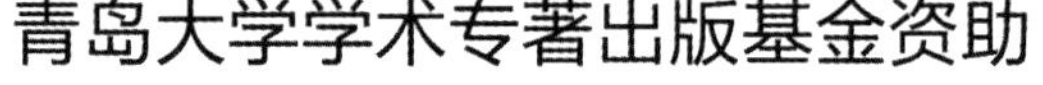

青岛大学学术专著出版基金资助

中国现代散文诗剧文体范式研究

董卉川◎著

中国社会科学出版社

图书在版编目(CIP)数据

中国现代散文诗剧文体范式研究/董卉川著. —北京：中国社会科学出版社，2022.6

ISBN 978-7-5203-9679-0

Ⅰ.①中… Ⅱ.①董… Ⅲ.①诗剧—文学研究—中国—现代
Ⅳ.①I207.38

中国版本图书馆CIP数据核字(2022)第024620号

出 版 人　赵剑英
责任编辑　郭晓鸿
特约编辑　杜若佳
责任校对　师敏革
责任印制　戴　宽

出　　版　中国社会科学出版社
社　　址　北京鼓楼西大街甲158号
邮　　编　100720
网　　址　http://www.csspw.cn
发 行 部　010-84083685
门 市 部　010-84029450
经　　销　新华书店及其他书店

印　　刷　北京明恒达印务有限公司
装　　订　廊坊市广阳区广增装订厂
版　　次　2022年6月第1版
印　　次　2022年6月第1次印刷

开　　本　710×1000　1/16
印　　张　19.25
插　　页　2
字　　数　269千字
定　　价　99.00元

凡购买中国社会科学出版社图书，如有质量问题请与本社营销中心联系调换
电话：010-84083683

目　　录

序

吕周聚

文体是随着人们社会生活的需要而产生的，并随着社会生活的发展而不断变化。人们的社会生活越来越趋于丰富复杂，因此文体也呈现从少到多、由简到繁的演变趋势。文体的这一发展趋势，对文体研究也提出了新的要求——文体研究必须面对文体发展的现实，跟上文体演变的步伐，对新出现的文体进行考察研究。

中国古代文体分为“韵”和“文”两大类。“韵”是指有韵之文，指讲究押韵、格律的诗、词等文体；“文”是指无韵之文，即广义的散文。韵文类于我们今天的文学，散文则类于我们今天的应用文。五四时期，随着小说、戏剧地位的提高，对韵文的文体分类呈现出新的变化。蔡元培将“美术文”分为诗歌、小说和戏剧三类，刘半农、傅斯年等则将散文视为一个独立的文学类型，赋予“散文”以新的含义，与古代的“文”区别开来，这样文学文体就出现了四分法——诗歌、小说、戏剧、散文。四分法强调每种文体的独立性，强调文体之间的个性差异。换言之，每种文体都有自己的文体属性，它们之间有明确的界限，不能互相混淆。但这种理论随之受到了挑战，难以适应多元化创作实践的需要，无法囊括文坛新出现的文体现象。

19 世纪末 20 世纪初，西方文体形式进入中国，对中国的传统文体形式产生了巨大冲击，催生了许多新的文体形式。晚清时期梁启超、黄遵宪等提倡的“诗界革命”、“小说界革命”和“文界革命”，已经呈现出文体变革的趋势，而且创作出了一些新的文体样式，如“新派诗”“新文体”等。到1917年，胡适提倡新文学革命，主张以白话代替文言、以新诗代替旧诗，并以“做诗如做文”的方法来创作新诗，这样就出现了一种新的诗歌文体——自由诗。胡适将格律诗的押韵、对仗、平仄等解构了，以长短不定的句式写作新诗，诗歌呈现出散文化倾向。由此来看，胡适提倡的新文学革命实际上也内含着文体革命，它打破了原来各种文体之间的界线，各种文体之间可以互相来往，甚至可以互相借鉴、互相融合，从而产生出新的文体形式。新文学作家们掌握了文体创新的规律，即不同文体之间通过互相融合而产生出新的杂合文体，这种杂合文体同时具有两种或两种以上文体的特征，跨文体写作成为一种新的写作趋势，成为作家们文体创新的一种重要方法。新文学如同打开了潘多拉魔盒，新的文体形式不断产生，如小说与散文融合，出现了散文化小说；小说与诗歌融合，出现了诗化小说；诗歌与散文融合，出现了散文诗；诗歌与戏剧融合，出现了诗剧；散文诗与戏剧融合，出现了散文诗剧。这些新出现的文体形式引起了学术界的关注。但相对而言，散文化小说、诗化小说、散文诗的研究取得了较为丰硕的成果，而诗剧、散文诗剧则少有人关注。正是在这种情况下，董卉川以敏锐的学术嗅觉，发现了这两个少有人关注的研究领域，并下功夫对之进行深入研究。

董卉川的博士学位论文选择中国现代诗剧作为研究对象，从艺术张力的角度切入来探讨诗剧的文体特征，论文《中国现代诗剧的艺术张力》在答辩时受到评委的好评，并已由人民出版社出版。卉川博士毕业后到青岛大学工作，仍对诗剧研究持有浓厚的兴趣，计划对诗剧做进一步研究。后来他申请进入南京大学博士后流动站，与张光芒教授合作从事研究工作。在进站期间，他以中国现代散文诗剧为研究对象，从文体的角度探讨散文诗剧的文体特征。

众所周知，散文诗是五四时期出现的一种新的文体形式，散文诗剧则是散文诗与戏剧融合而产生的一种新的文体形式。如果说散文诗的研究尚有少量的相关成果，那么散文诗剧的研究成果则寥若晨星。从这一角度来说，卉川的这一选题具有开拓性，他找到了一个少有人关注的研究领域。

散文诗剧是一种舶来品，研究它，首先要从理论上阐明这一文体的文体特征。卉川在写博士论文时已阅读了大量的西方理论文献，对诗剧这一文体形式进行了仔细深入的辨析，这为他的散文诗剧研究打下了坚实的基础。在此基础上，他对散文诗剧的文体属性进行探究，试图厘清各种相关的理论概念。他认为，诗剧即“戏剧化的诗”，是西方的一种历史悠久的文体形式，“戏剧化的诗”即在戏剧中将戏剧角色对话的语言形式设置为诗体（韵文），作品由“剧”升华为“诗剧”；19 世纪末 20 世纪初，西方文坛出现了以散文来创作戏剧的潮流，出现了散文体戏剧；到 20 世纪上半叶，西方文坛又出现复兴诗剧的浪潮，但这种复兴不是简单地回归到传统的诗剧，而是以“诗的戏剧化”形式出现。所谓的“诗的戏剧化”是指在诗歌中融入戏剧因子——戏剧角色，当注入戏剧角色之后，彼此之间的独白、对白构成戏剧对话，展现戏剧冲突与戏剧情节，从而由“诗”升华为“诗剧”。在梳理了西方诗剧发展的历史脉络之后，他指出了“诗的戏剧化”的两条不同路径，即“纯诗的戏剧化”和“散文诗的戏剧化”。“纯诗的戏剧化”就是在格律诗和自由诗中融入戏剧因子，使之升华为纯诗诗剧。“散文诗的戏剧化”则是在散文诗中融入戏剧因子，使之升华为散文诗剧，这种分析概括出了散文诗剧的文体特点，使之与诗剧区分开来。

正因为散文诗剧是一块未开垦的处女地，因此散文诗剧研究充满了挑战性。在明确了散文诗剧的文体特点之后，就要根据这一界定来搜寻哪些作品具备这一文体特征，即确定具体的研究对象。在一般人的印象中，散文诗作本身就是一个小众化的文体，散文诗剧就更加小众化，中国现代文学史上究竟有多少散文诗剧作品，尚是一个未知数。卉川是个能坐冷板凳的人，他通过各种数据库查阅相关原始期刊，从中搜寻与散文诗剧有关的作家作品；此外，他还花钱购买了不少作家文集、全集，从中查阅与散文诗剧相关的作品。在下了这一番功夫之后，他积累了大量的原始资料，从中发现了大量冠以“散文诗剧”名目发表或具备散文诗剧特征的作品。在此基础上，卉川梳理考察了中国现代散文诗剧发展的历史脉络，概括出不同时期散文诗剧呈现出的不同特点。多年来，这些作品大多未进入研究者的视野，即便偶尔有人提到某部作品，也很少将其作为散文诗剧来看待。卉川的这一发掘为散文诗剧研究提供了丰富的资料，打下了坚实的基础。这也充分说明，散文诗剧的确是一个未被开垦且有学术价值的研究领域。

与其他复合文体相比，散文诗剧无疑是一个更加复杂的文体形式，因为它同时具备散文、诗和剧的特征。作者运用范式理论，从散文诗剧的体裁范式、语言范式、艺术表现手法、文体风格等角度切入来探讨散文诗剧的文体特征，选择具有典型文体特征的作品进行文本分析，理论概括与文本分析相结合，以史料说话，得出的结论不乏新意，且具有说服力。

卉川的这部《中国现代散文诗剧文体范式研究》是第一部系统地考察研究中国散文诗剧的著作，正因如此，其中尚存在一些值得进一步探究的问题，例如行文中选举的作品样本分析有前后重复的现象，给人的感觉是散文诗剧的经典作品少，这实际上就是散文诗剧的经典化问题，如何从大量的散文诗剧作品中筛选出堪称经典的作品，是一个有待将来完成的任务；行文中也有个别逻辑重复的问题，如修辞手法与艺术表现手法之间是何关系，还有待进一步思考完善。但总体来说，瑕不掩瑜，这是一部具有开拓性、创新性的研究著作，观点新颖，史料翔实，论述有力，显示出青年学者勇于创新的锐气。散文诗剧是卉川开拓出的一个新的研究领域，研究中所存在的这些问题值得进一步深入思考，这就为卉川以后的研究指出了方向。同时，卉川的散文诗剧研究也是抛砖引玉，希望能有越来越多的人关注散文诗剧研究，期待散文诗剧研究不断有新的成果出现。

绪　论

中国现代文学体式的变革发轫于19世纪末20世纪初，以严复、夏曾佑、谭嗣同、梁启超等为代表的维新思想家以西方文艺思想和文学观念为指引，以西方近代文学体式为参照，不断粉碎、打破传统封闭的旧文学体系，以文体变革为突破，开启了中国文学的现代格局。“最引人注目的是作者推陈出新、千奇百怪的实验冲动，较诸‘五四’，毫不逊色。然而中国文学在这一阶段现代化的成绩，却未尝得到重视。”① 尤以梁启超的阐释最为系统全面，先是针对以报章文体为主的著译之业，“德富氏为日本三大新闻主笔之一，其文雄放隽快，善以欧西文思入日本文，实为文界别开一生面者，余甚爱之”②，提出“文界革命”，“中国若有文界革命，当亦不可不起点于是也”③。又相继提出“诗界革命”，“故今日不作诗则以，若作诗，必为诗界之哥伦布玛赛郎，不可不备三长，第一要新意境，第二要新语句，而又须以古人之风格入之，然后成其为诗……吾虽不能诗，惟将竭力输入欧洲之精神思想，以供来

---

① ［美］王德威：《被压抑的现代性——晚清小说新论》，宋伟杰译，北京大学出版社2005年版，第1—2页。

② 梁启超：《夏威夷游记（旧题汗漫录又名半九十录）》己亥，载《饮冰室合集·专集·第五册》，中华书局2015年版，第5669页。

③ 梁启超：《夏威夷游记（旧题汗漫录又名半九十录）》己亥，载《饮冰室合集·专集·第五册》，中华书局2015年版，第5669页。

者之诗料可乎，要之，支那非有诗界革命则诗运殆将绝，虽然诗运无绝之时也，今日者革命之机渐熟”①。“诗界革命”恰恰是从文体学角度出发，针对意境、语句、风格三个方面入手，指出如何创作“今日之诗歌”。

又提出“小说界革命”，“欲新一国之民，不可不先新一国之小说。故欲新道德，必新小说。欲新宗教，必新小说。欲新政治，必新小说。欲新风俗，必新小说。欲新学艺，必新小说。乃至欲新人心欲新人格，必新小说。何以故，小说有不可思议之力支配人道故……故今日欲改良群治，必自小说界革命始”②。梁启超把小说界革命同改良群治、新民救国紧密联系起来，推小说为文学最上乘。还提出“曲界革命”，“夫淘汰也，变革也，岂惟政治上为然耳，凡群治中一切万事万物莫不有焉……即今日中国新学小生之恒言，固有所谓经学革命、史学革命、文界革命、诗界革命、曲界革命、小说界革命、音乐界革命、文字革命、等种种名词矣”③。梁启超对曲本（传统戏曲）极为重视，“曲本之诗以广义之名名之，所以优胜于他体之诗者。凡有四端，唱歌与科白相间。甲所不能尽者，以乙补之。乙所不能传者，以甲描之。可以淋漓尽致。其长一也……曲本内容主伴可多至十数人，或数十人，各尽其情。其长二也……惟作者所欲，极自由之乐。其长三也……曲本则稍解音律者，可任意缀合诸调，别为新调。词亦可尔尔。然究不如曲之自由。即旧调之中亦可以添加花指者。往往视原调一句增加至七八字乃至十数字，而不为病。其长四也”。④ 梁启超将曲与诗、词进行对比，阐释戏曲的文体优势，指出“吾必以曲本为巨擘矣”⑤，认为戏曲才是韵文文学的顶

---

① 梁启超：《夏威夷游记（旧题汗漫录又名半九十录）》己亥，载《饮冰室合集·专集·第五册》，中华书局 2015 年版，第 5668—5669 页。

② 梁启超：《论小说与群治之关系》，见《饮冰室合集·文集·第四册》，中华书局 2015 年版，第 864—868 页。

③ 梁启超：《释革》，见《饮冰室合集·文集·第四册》，中华书局 2015 年版，第 792 页。

④ 饮冰：《小说丛话》，《新小说》1903 年 8 月第 7 号。

⑤ 饮冰：《小说丛话》，《新小说》1903 年 8 月第 7 号。

峰。他最为推崇的曲本是《桃花扇》，“窃谓孔云亭之桃花扇，冠绝前古矣”[①]，并为其专门作注并收录到《饮冰室专集之九十五》。

梁启超通过一系列文章建构起了专门的理论体系，为诗歌创作的转向，特别是小说、戏曲文体地位的竿头直上提供了理论支点，为体裁由“二分法”向“四分法”的转变，奠定了坚实基础。在新文学时期，文体实现了从传统到现代的彻底蜕变。“五四”时，“四分法”开始真正流行，小说与戏剧得到重视并占据主流地位。蔡元培将小说、戏剧同诗歌并列，“美术文，大约可分为诗歌，小说，剧本三类”[②]。刘半农则是“四分法”较早的倡导者，“所谓散文亦文学的散文而非文字的散文……韵文对于散文而言……作自己的诗文不作古人的诗文……白话之戏曲尤属完全未经发现……余赞成小说为文学之大主脑”[③]。傅斯年则进一步确立了新文学体裁的“四分法”，“我所讨论的范围，限于无韵文。韵文的做法胡适之先生预备做一篇精密的研究。我对于韵文的学问，不敢自信，也就不来插嘴，预备著快读便了。又无韵文里头，再以杂体为限，仅当英文的 Essay 一流。其余像小说，不歌的剧本，本是种专门之业，应当让专家研究他的做法，也不是这篇文章能够概括的。请读者注意，我所讨论的，只是散文……散文在文学上，没甚高的位置，不比小说，诗歌，戏剧。但是日用必需，整年到头的做他：小则做一篇文，大则做一部书，都是他”[④]。在《中国新文学大系》中，“五四”学人正式确立了“四分法”的体系。

在实际创作过程中，小说、戏剧、散文、诗歌的文体形式并非一成不变，而是表现出了一种杂糅的特质。譬如诗歌与散文的杂糅，形成了散文诗；诗歌与戏剧的杂糅，形成了诗剧。在中国现代文学史上，除诗

---

① 饮冰：《小说丛话》，《新小说》1903 年 8 月第 7 号。

② 蔡元培：《国文之将来　蔡元培先生在北京女子高等师范学校演讲辞》，《北京高师教育丛刊》1919 年 12 月第 1 集。

③ 刘半农：《我之文学改良观》，《新青年》1917 年第 3 卷第 3 号。

④ 傅斯年：《怎样做白话文?》，《新潮》1919 年第 1 卷第 2 期。

歌、戏剧、小说、散文之外，还有一种被忽视的文体形式——现代诗剧。现代诗剧本身就处于不受重视的尴尬境地，而位于现代诗剧边缘地带的现代散文诗剧，更是经受着来自诗歌界、戏剧界、散文界的三重冷落。处境可谓边缘之边缘、弱势之弱势。散文诗剧隶属诗剧阵营，既与散文诗和戏剧有着密切关系，又不同于散文诗和戏剧，是散文诗与戏剧两种体裁对立融合后生成的一种极富艺术张力的崭新的文体形式。中国现代散文诗剧有其独树一帜的文体范式以区别于其他文体。因此，需要在中国现代文学史和整个社会历史发展的大背景下，梳理1917年至1949年中国散文诗剧的书写脉络；重新搜集、筛选、整理这一时期的现代散文诗剧，甄别被划归到其他文体之中的散文诗剧；细致全面地探究阐释散文诗剧的文体范式，揭示散文诗剧与诗剧、散文诗、戏剧的区别与联系；从文体范式角度提炼概括中国现代散文诗剧的艺术特征。由此推进诗剧研究的理论进展，对中国现代散文诗剧进行整体把握与多维透视，为当下的散文诗、诗剧尤其是散文诗剧的创作提供借鉴与指导。

第一节　文体范式的定义与呈现层面

范式是美国学者托马斯·库恩提出的术语，源于古希腊词语 paradeigma，“在英语翻译中，我们的 paradigm 一词的前身通常认为是‘例子’（exemple）。然而，亚里士多德的意谓似乎更接近于‘范例’（exemplar），一种最好的、最具指导性的例子”①。paradigm 一词用于描述“被遵循或被模仿的标准模型”②。库恩则将范式理论应用于科学、哲学学科之中，“‘常规科学’是指坚实地建立在一种或多种过去科学成就基础上的研究，这些科学成就为某个科学共同体在一段时期内公认为是

① ［加］伊安·哈金：《导读》，见［美］托马斯·库恩《科学革命的结构》（第四版），金吾伦、胡新和译，北京大学出版社2012年版，第12页。

② ［加］伊安·哈金：《导读》，见［美］托马斯·库恩《科学革命的结构》（第四版），金吾伦、胡新和译，北京大学出版社2012年版，第13页。

进一步实践的基础……这些著作之所以能起到这样的作用，就在于它们共同具有两个基本的特征。它们的成就空前地吸引一批坚定的拥护者，使他们脱离科学活动的其他竞争模式。同时，这些成就又足以无限制地为重新组成的一批实践者留下有待解决的种种问题……凡是共有这两个特征的成就，我此后便称之为‘范式’，这是一个与‘常规科学’密切相关的术语……以共同范式为基础进行研究的人，都承诺同样的规则和标准从事科学实践……而一种范式通过革命向另一种范式的过渡，便是成熟科学通常的发展模式”①。范式即为最标准、最具指导性、被遵循、被模仿的例子和模板。

在《科学革命的结构》一书中，库恩进一步界定了“范式”的两类用法：综合的用法和局部的用法。综合的用法聚焦于“科学共同体”这一概念，范式是研究者共有的哲学观，是确定研究问题特点和方法的基础，也是研究的标准与尺度。局部的用法则是指各种类型的“范例”，各种类型的“范例”共同构成了“范式”。以中国现代散文诗剧为例，“中国现代散文诗剧的文体范式”相当于“科学共同体”，是由各种类型的“范例”——文体范式的呈现层面所构成。因此，只有明确文体范式的呈现层面（研究范围）包含哪些方面，才能实现对中国现代散文诗剧地全面剖析和考察，“只有文体学的方法才能界定一件文学作品的特质”②。也只有明确了散文诗剧文体范式的呈现层面——构成要素，才能对其进行全面系统的钩沉与整理，提炼和概括其艺术特征和创作特点，进而推进中国现代散文诗剧研究理论的建构，勾勒中国现代散文诗剧的脉络流变，最终构建中国现代散文诗剧的全貌。

在公元100年前后，西方就出现了集中探讨文体问题的德米特里厄斯的著作《论文体》。而我国，早在《尚书·毕命》中，就提出了“正

---

① ［美］托马斯·库恩：《科学革命的结构》（第四版），金吾伦、胡新和译，北京大学出版社2012年版，第8—10页。

② ［美］雷·韦勒克、奥·沃伦：《文学理论》，刘象愚等译，生活·读书·新知三联书店1984年版，第193页。

贵有恒，辞尚体要”这一重要命题。魏晋南北朝时期，刘勰在他的著作《文心雕龙》中对文体作出了详细著述，“夫才量学文，宜正体制，必以情志为神明，事义为骨髓，辞采为肌肤，宫商为声气；然后品藻玄黄，摛振金玉，献可替否，以裁厥中：斯缀思之恒数也”①。“宜正体制”即为正确地树立文章的整体规范（文体范式），如何规范文体，需要以“情志”（思想感情）作为文章的“神明”（主题思想）；需要用“事义”（事料、理据）撑起文章的“骨髓”（结构）；需要用“辞采”（语言辞藻）来展现文章的“肌肤”（外在的表现形式）；需要用“宫商”（音律、声律）以增强文章的“声气”（韵调、气息）。刘勰认为文体的构成要素为情志、事义、辞采、宫商，“这四者构成文体基本的组织结构”②。法国学者沙尔·巴依、德国学者斯皮泽均以语言作为文体研究的突破口，文学文体学即为语言学与文学的结合，它研究“语言在文学中的运用情况，它以语言学的方法为工具，对诗歌、小说、戏剧等文学语篇进行描述和解释”③。

狭义上的文体专指文学文体。需要强调的是，文体与体裁、风格是不同级别的概念，在以往的一些研究中，易被混为一谈。申丹认为文体的构成要素包括以下几个方面：“文学语言的艺术性特征（即有别于普通或实用语言的特征）、作品的语言特色或表现风格、作者的语言习惯、以及特定创作流派或文学发展阶段的语言风格等。”④ 文体包含体裁和风格，文体是“一定的话语秩序所形成的文本体式，它折射出作家独特的个性特征、感觉方式、体验方式、思维方式、精神结构和其他社会历史、文化精神。文体是一个系统。从呈现层面看，文体是指文体独特的话语秩序、话语规范、话语特征等”⑤。体裁是文体的呈现层面

---

① （南朝梁）刘勰著，王志彬译注：《文心雕龙》，中华书局2012年版，第478页。
② 郭英德：《中国古代文体学论稿》，北京大学出版社2005年版，第2页。
③ 刘世生、朱瑞青编著：《文体学概论》，北京大学出版社2006年版，第3页。
④ 申丹：《叙述学与小说文体学研究》，北京大学出版社1998年版，第81页。
⑤ 童庆炳：《童庆炳文集》第四卷，北京师范大学出版社2016年版，第89页。

之一，也是文体最重要的表现形式，“体裁就是文学的类型，进一步说是指不同文学类型的体式规范……是由某种类型作品的基本要素的特殊结合而构成的”①。而风格的形成是某种文体完全成熟的标志，也是文体的最高体现，“独特风格就成了艺术可能达到的最高水准，也就是说，它达到这样的水准，可以等同于人的最高努力”②。作家将其语体品格发挥到一种稳定的极致，就形成了个人独到的风格。

文体的呈现层面——构成要素包括语言、体裁、结构、艺术表现手法、文体风格五个方面。对中国现代散文诗剧文体范式的研究阐释也应从这五个方面入手，剖析论述中国现代散文诗剧的语言范式、体裁范式、结构范式、艺术表现范式与文体风格范式。

第二节　散文诗、诗剧、散文诗剧的文体释义

散文诗剧是诗歌与戏剧对立、碰撞、融合之后生成的全新文体形式，涉及散文诗和诗剧两种文体的杂糅。散文诗是一种现代文体，诗剧则是一种古老的文体。这“一新”“一旧”的两种文体形式，与其他文学体裁相比，始终处于边缘化、不受重视的尴尬境地，导致二者对立统一后生成的全新体裁——散文诗剧也罕有关注。散文诗剧脱胎于散文诗，隶属诗剧阵营，同时兼有抒情文学和叙事文学的特点。因此在阐释散文诗剧之前，需要对散文诗与诗剧的发展脉络与内涵进行细致的回溯与阐释，由此区分散文诗剧与散文诗、诗剧的区别和联系，从而全方位探究散文诗剧的文体范式。

一　散文诗的文体

1842 年，路易·贝尔特朗的《夜之卡斯帕尔》出版，是散文诗作

① 童庆炳：《童庆炳文集》第四卷，北京师范大学出版社 2016 年版，第 90 页。

② ［德］歌德：《对自然的简单模仿，虚拟，独特风格》，见《歌德文集》（10），范大灿、安书祉、黄燎宇等译，人民文学出版社 1999 年版，第 9 页。

为独立文体诞生的标志，“法国的文学研究者公认，这本书的出版标志着法国散文诗作为一个独立的文类诞生了”[①]。从此，散文诗逐渐在文苑里占据重要一席。夏尔·波德莱尔使新生的散文诗由寂寞走向繁荣，兴盛于世界文坛。波德莱尔于1855年发表了散文诗处女作《薄暮冥冥》与《孤独》，1857年又发表了《计划》《时针》《遨游》《头发》四篇散文诗。这六首散文诗后以《夜景诗》为总题，刊登于报刊之上。1861年，波德莱尔在法国《幻想派评论》上再次发表了九章散文诗，以《散文诗》为总题。1862年，又在《新闻报》上发表了二十章散文诗，题名为《小散文诗》。此后又陆续发表了诸多散文诗作，总题先后取名为《孤独的漫步者》《巴黎游荡者》《巴黎的忧郁》。1869年波德莱尔逝世两年后，他的散文诗结集出版，冠名《巴黎的忧郁：小散文诗》。《夜之卡斯帕尔》《巴黎的忧郁》与阿尔蒂尔·兰波1886年出版的《灵光集》，被公认为19世纪散文诗的奠基之作，是现代、前卫、先锋、反叛与颠覆的代表。散文诗开始在世界范围内广泛传播，涌现出一批优秀的散文诗人。中国的散文诗就是前辈学人对西方散文诗译介大潮后的产物。

中国散文诗从理论研究到实践创作的扛鼎者首推刘半农。刘半农1915年7月在《中华小说界》第2卷第7期以文言文翻译了屠格涅夫的四首散文诗——《乞食之兄》《地胡吞我之妻》《可谓哉愚夫》《嫠妇与菜汁》。同时在散文诗前还对杜瑾讷夫（屠格涅夫）进行了简单介绍——《小说名家 杜瑾讷夫之名著》。吊诡的是，刘半农将四首散文诗作为小说进行了译介，“然小说短篇者绝少，兹于全集中得其四……措辞立言，均惨痛哀切，使人情不自胜。余所读小说，殆以此为观止，是恶可不译以饷我国之小说家”[②]。在白话文运动尚未充分展开下，用文

① 郭宏安：《翻译后记》，载［法］夏尔·波德莱尔《巴黎的忧郁》，郭宏安译，上海译文出版社2011年版，第177页。

② 刘半农：《小说名家 杜瑾讷夫之名著》，《中华小说界》1915年第2卷第7期。

言文翻译屠格涅夫的散文诗，并将其归纳为短篇小说，也并未指出这四首作品为散文诗，因此，这四首散文诗还不足以称为严格意义上的汉译散文诗。1917 年 5 月，刘半农在《我之文学改良观》一文中最早提出了“散文诗”的概念，“英国诗体极多、且有不限音节不限押韵之散文诗。故诗人辈出、长篇记事或咏物之诗、每章长至十数万字、刻为专书行世者、亦多至不可胜数”[①]。又于 1918 年 5 月在《新青年》第 4 卷第 5 号上引用和翻译了印度歌者 RATAN DEVI 的散文诗。题目《我行雪中》是刘半农自己所题，“此诗篇名，原文不详。今以首句为题，意非拟古，亦不得已也”[②]。在诗前还翻译介绍了美国 *VANITY FAIR* 月刊记者的导言，美国 *VANITY FAIR* 月刊的记者称《我行雪中》是“结撰精密之散文诗一章”[③]。《我行雪中》应为中国现代文学史上第一首译介的白话散文诗。

在《中国新文学大系》中，朱自清指出中国现代文学史上的第一首散文诗应是沈尹默的《月夜》，“第一首散文诗而备具新诗的美德的是沈尹默的‘月夜’，在一九一七年”[④]。《月夜》刊载于 1918 年 1 月《新青年》第 4 卷第 1 号，为分行排列。沈尹默的诗作《人力车夫》如《月夜》一样也为分行排列，《鸽子》却采用了分段排列的形式。由于《月夜》为分行排列，因此学界也有众多学者倾向于将刘半农分段排列的《窗纸》或《晓》作为第一首散文诗。刘半农的《窗纸》与《晓》分别刊载于 1918 年 7 月《新青年》第 5 卷第 1 号，以及 1918 年 8 月《新青年》第 5 卷第 2 号。笔者认为刘半农的第一首散文诗应是 1918 年 4 月刊载于《新青年》第 4 卷第 4 号的《学徒苦》。《学徒苦》虽然在语言上以文言为主、白话为辅，但体裁形式却是典型的分段排列，还被

① 刘半农：《我之文学改良观》，《新青年》1917 年第 3 卷第 3 号。

② 刘半农：《我行雪中》，《新青年》1918 年第 4 卷第 5 号。

③ 刘半农：《我行雪中》，《新青年》1918 年第 4 卷第 5 号。

④ 朱自清：《选诗杂记》，见赵家璧主编，朱自清编选《中国新文学大系·第八集·诗集》，上海良友图书印刷公司 1935 年版，第 13 页。

刘半农注入了戏剧因子——戏剧角色，实现了戏剧对话，由此升华为散文诗剧。1918 年 5 月，刘半农在《新青年》第 4 卷第 5 号还刊载了完全以白话写成的诗作《卖萝卜人》，亦为分段排列，也被注入了戏剧因子。中国现代文学史上的第一首散文诗应是胡适 1918 年 1 月在《新青年》第 4 卷第 1 号上刊载的《人力车夫》，以白话谱就、体裁形式为典型的分段排列。同时被胡适注入了戏剧因子——戏剧角色，形成戏剧对话，升华为散文诗剧。因此，该作也是中国现代文学史上的第一首散文诗剧。

还有研究者认为郭沫若的《辛夷集·小引》应是中国现代文学史上的第一首散文诗。“《辛夷集》的序也是民五的圣诞节我用英文写来献给她的一首散文诗，后来把它改成了那样的序的形式。”[①] 郭沫若所说的“民五”是民国 5 年，即 1916 年。而郭沫若所说的“《辛夷集》的序”为 1923 年 4 月由上海泰东书局出版的创造社辛夷小丛书——《辛夷集》中的第一篇诗作《小引》。按照郭沫若所说，《小引》在 1916 年以英文写作完成，1922 年 7 月，又对其进行了改作，这种改作应该就是将英文翻译为中文，并进行润色。而中国现代散文诗最重要的一条文体范式标准就是以白话进行创作，这白话自然是国语而非英文，所以第一首散文诗不应是郭沫若以英文写作的《辛夷集·小引》，而应是胡适的《人力车夫》。而改作之后的《小引》在体裁形式上是典型的分段排列，且诗性浓郁，为新生的散文诗文体范式的确立注入了一剂强心针。郑振铎、滕固、郭沫若等学者相继发表理论文章，力图探究与完善散文诗的文体建构。具有里程碑意义的散文诗集《野草》在 20 世纪 20 年代的问世，标志着我国散文诗的创作走向了真正的成熟。

散文诗是散文与诗歌对立统一后形成的一种杂糅性文体，既有散文的文体特性，又有诗歌的文体特质。散文诗以何种文体形式示人成为学

① 郭沫若：《我的作诗的经过》，见《郭沫若全集·文学编·第十六卷·集外》，人民文学出版社 1989 年版，第 213 页。

人创作时面临的首要问题——到底是选取分段排列的散文形式还是选择分行排列的纯诗形式。作家在写作白话新诗时，致力于向旧思想、旧传统挑战，努力打破传统诗歌在语言方式和文体形式上的习惯与束缚。对“五四”学人来说，以白话写诗绝非难事，关键在于文体形式的构思与布局。自由诗固然能在一定程度上展现诗的觉醒与诗的解放，进而促进与推动其他文体的变革，但是散文诗由于分段排列的文体形式，使其在字数和篇幅方面有着先天的优势，更易于呈现自我的情思与理念，“我相信有裸体的诗，便是不借重于音乐的韵语，而直抒情绪中的观念之推移，这便是所谓散文诗”①。新诗的文体形式必须是自由的，而散文诗恰恰最符合这一特质，“诗的本质专在抒情。抒情的文字便不采诗形，也不失其诗。例如近代的自由诗，散文诗，都是些抒情的散文。自由诗散文诗的建设也正是近代诗人不愿受一切的束缚，破除一切已成的形式，而专挹诗的神髓以便于其自然流露的一种表示”②。散文诗分段排列、不受字数与布局方式限制的散文性特性形成了一种适宜于现代人情绪抒发的文体形式，不仅符合“诗体大解放”的需要，更是与“五四”的解放精神相契合。

散文诗的诗性则属于体裁内核的层次，也是散文诗此种杂糅性文体区别于散文的关键所在。散文与散文诗均可反映作者的主观精神世界，但散文更偏向于实用主义、功用主义，“我所讨论的，只是散文，——解论（Exposition）辨议（Argumentation）记叙（Narration）形状（Description）四种散文——没有特殊的文体。散文在文学上，没甚高的位置，不比小说，诗歌，戏剧。但是日用必需，整年到头的做他：小则做一篇文，大则做一部书，都是他”③。因此在表现作者的主观精神世界

① 郭沫若：《论节奏》，见《郭沫若全集·文学编·第十五卷·文艺论集》，人民文学出版社1990年版，第360页。

② 郭沫若：《郭沫若致宗白华》，见《郭沫若全集·文学编·第十五卷·三叶集》，人民文学出版社1990年版，第47页。

③ 傅斯年：《怎样做白话文?》，《新潮》1919年第1卷第2期。

时，散文是“多为解释的”①。诗歌与之相对，在展现作者的主观精神世界之时，是“偏于暗示的”②。散文诗的本质是诗，“是诗中的一体”③，那么暗示性（诗性）就是散文诗的体裁内核。散文诗本就带有文体归属的身份问题，创作之时若忽略诗性的体裁内核，就会流于散文，诗性恰恰是散文诗区别于散文的关键之所在。如何展现散文诗的诗性，需要从三个方面入手：内在情绪与外在节奏的诗性融合；折绕幽婉、余味曲包的诗性表述；暗示性意象的诗性建构。

一是内在情绪与外在节奏的诗性融合。即以外在起伏波动的节奏形式来展现诗人的诗之精神与诗歌的内在韵律——情绪的自然消长。“诗之精神在其内在的韵律（Intrinsic Rhythm）……内在的韵律便是‘情绪的自然消长’。”④ 情绪是内在韵律，节奏是外在形式，它们需要相互配合、相互作用，从而形成一种互动的诗意张力。在创作时，通过长短句、停顿、空格、空行、复沓、排比、对称、反复、并列等各种手段，外在的节奏形式参差错落、跌宕起伏。“节奏之于诗是它的外形，也是它的生命，我们可以说没有诗是没有节奏的，没有节奏的便不是诗。”⑤ 二是折绕幽婉、余味曲包的诗性表述。“诗是艺术的语言……是饱含情绪的语言，是饱含思想的语言。”⑥ 在有限的字里行间，诗人必须以折绕幽婉、余味曲包的诗意表述来呈现本人的思想感情、人生感悟，在文字中蕴含深刻的寓意指向，由此创造诗意浓郁的意境。诗人在写作散文诗之时，就要以此为标准。散文诗虽然比纯诗在文体形式上更为自由开放，限制也较少，但同样需要注重遣词炼句。假若把散文诗的文

---

① 西谛：《论散文诗》，《文学旬刊》1922 年第 24 期。

② 西谛：《论散文诗》，《文学旬刊》1922 年第 24 期。

③ 滕固：《论散文诗》，《文学旬刊》1922 年第 27 期。

④ 郭沫若：《论诗三札》，载《郭沫若全集・文学编・第十五卷・文艺论集》，人民文学出版社 1990 年版，第 337 页。

⑤ 郭沫若：《论节奏》，载《郭沫若全集・文学编・第十五卷・文艺论集》，人民文学出版社 1990 年版，第 353 页。

⑥ 艾青：《诗论》，复旦大学出版社 2005 年版，第 27—28 页。

学语言变成认知性、逻辑性的应用型语言，最终会使作品流向散文，诗性匮乏。三是暗示性意象的诗性建构。意象是诗歌文体的核心要素，“意象，是诗歌艺术最重要的组成部分之一（另一个是声律），或者说在一首诗歌中起组织作用的主要因素有两个：声律和意象”①。诗歌是由各种意象组合而成，“意”是作家的意志、思想、情感，“象”是现实社会、自然世界中具体可感、可触的物象，是“意”的客观对应物。意象的构成本身就具有暗示、隐喻、象征的因素，是诗歌独有的因子，它的应用也使散文诗具有了“暗示”的特性，从而区别于散文。

以许地山1920年代在商务印书馆出版的《空山灵雨》② 为例，作品的副标题为“落华生散记之一”，因此学界多称《空山灵雨》为散文集。《空山灵雨》初版的出版日期为1925年，众所周知在1920年前后，“散文”“散文诗”的命名已得到学界的普遍共识。刘半农于1917年5月在《我之文学改良观》一文中最早提出了“散文诗”的概念，傅斯年于1919年2月在《怎样做白话文?》一文中论及“散文”的特质，西谛、滕固分别于1922年1月和2月发表同名文章《论散文诗》，阐释“散文诗”与“散文”的区别。在此期间，还有诸多论述“散文”与“散文诗”的学术文章。作为“五四”著名学人、文学研究会重要成员的许地山更加没有理由不识“散文”与“散文诗”。而《空山灵雨》多次再版，许地山依然以“落华生散记之一”作为作品的副标题。也就是说许地山的“散记”并不专指散文，而是“将心中似憶似想的事，随感随记”③，是许地山的随感随笔。深入《空山灵雨》的文本，通过对具体作品的解读与分析，可以发现，其中一些文章为典型的散文，而另外一些文章则为纯诗与散文诗。

① 陈植锷：《诗歌意象论》，中国社会科学出版社1990年版，第13页。

② 落华生：《文学研究会叢书·空山灵雨·落华生散记之一》，上海商务印书馆1925年版。

③ 落华生：《文学研究会叢书·空山灵雨·落华生散记之一》，上海商务印书馆1925年版，第1页。

《心有事》《七宝池上底乡思》等作品为分行排列的自由诗。《愚妇人》《蜜蜂和农人》《你为什么不来》《暾将出兮东方》等作品在体裁外形上虽为分段排列，但又以分行排列的纯诗穿插其中。《蝉》《生》《面具》等作品，篇幅虽短，表述却极为精练。《空山灵雨》中的众多作品是“暗示性”的，而非“解释性”的，以诗歌般折绕幽婉、余味曲包的诗性表述写作而成，十分讲究遣词炼句。最为关键的是，是以诗歌文体的核心要素、暗示性的意象来建构文本。主要有《蝉》《蛇》《香》《海》《生》《梨花》《山响》《面具》等作品。这些作品非散文，而为散文诗。许地山还将大量的叙事因子与戏剧因子注入《空山灵雨》之中，注重借助故事性情节和戏剧性对话客观呈现自我的情思与理念。因此，《空山灵雨》并不是一部单纯的散文作品合集，从思想上看，是许地山人生感悟的“散记”，从体裁上看，是散文诗、散文以及纯诗的合集。

因此，散文诗既要具有诗性的体裁内核，又要具有散文性的体裁形式，二者缺一不可，相辅相成。只有首先明确了散文诗的文体形式，才能进一步探秘以散文诗为基础升华而成的散文诗剧的文体特质。

二　诗剧的文体

在西方，传统的文体分类法为三分法，倡导者有亚里士多德、黑格尔等学者。亚里士多德在《诗学》中将文学作品的体裁分为史诗、抒情诗、悲剧三类；黑格尔在《美学》中则分为史诗、抒情诗和戏剧体诗。其中的“悲剧”和“戏剧体诗”就是诗剧，又被称为剧诗、戏剧诗等。“从某种意义上来说，戏曲文学也可以说是诗的一种，明清之际很多曲论家，都把戏曲看作诗的流变和分支……戏曲是诗，但又不是一般的诗，而是具有戏剧性的诗，是诗与剧的结合，曲与戏的统一，故名‘戏曲’，也叫‘剧诗’。西欧的古典戏剧也是一种戏剧与诗相结合的产物，也叫‘戏剧体诗’。中国的剧诗和西欧的戏剧体诗，并无本质上的差异。”[①] 诗剧在西方被誉为“诗的最高发展阶断，是艺术的冠冕，而悲剧又是戏剧诗的最高阶段和冠冕”[②]，是一种十分重要的文体形式，历来受到研究界的极大重视。其内涵也随着历史的发展不断发生改变，大致以 20 世纪英国诗剧复兴为界分为前后两个阶段：传统诗剧与现代诗剧。要研究中国现代诗剧、中国现代散文诗剧，首先就要回溯与厘清西方诗剧的发展脉络与文体特质，这是因为中国现代诗剧的体系是在西方诗剧的影响下建立并发展起来的，“现在所谓诗剧实在是从西洋学来的剧体的诗或则诗体的剧，要既是诗又是剧。因为中国的新诗和新剧都还在草创时期，这种两者兼备的体裁便极难建立起来”[③]。

西方传统诗剧的文体形式为“戏剧化的诗”，即在戏剧中，将戏剧角色对话的语言形式设置为诗体（韵文），从而使作品由“剧”升华为“诗剧”。西方的诗剧创作可以追溯到古希腊时期，三大悲剧家埃斯库罗斯、索福克勒斯和欧里庇得斯的戏剧创作，喜剧之父阿里斯托芬的戏剧创作；中世纪塞尼加和泰伦提乌斯的戏剧创作；伊丽莎白时代莎士比亚、马洛的戏剧创作；近代歌德、易卜生的戏剧创作（易卜生是以诗剧创作开启自己的戏剧生涯的）。欧洲 19 世纪之前的戏剧即为诗剧，二者的概念指向是完全一致的，因为对话的语言必须为诗体。19 世纪末 20 世纪初，以散文（与韵文相对的、通俗易懂的语言）创作戏剧的风潮形成，引领这股风潮的作者为易卜生，对于他的改革与贡献，人们历来给予极高的评价。“英国著名戏剧批评家凯纳斯·缪尔说：‘易卜生在《培尔·金特》一剧之后放弃诗体，为的是用散文写出当代的社会问题，这在现代戏剧史上是一桩最为重大的事件。’”[④] 众多作家受此影响，纷纷转投写实主义的散文剧阵地，放弃诗体改用散文谱就戏剧对

① 张庚、郭汉城主编：《中国戏曲通论》，上海文艺出版社 1989 年版，第 237 页。

② ［苏］维萨里昂·格里戈里耶维奇·别林斯基：《戏剧诗》，李邦媛译，见杨周翰选编《莎士比亚评论汇编》（上），中国社会科学出版社 1979 年版，第 447 页。

③ 柯可：《论中国新诗的新途径》，《新诗》1937 年第 1 卷第 4 期。

④ 汪义群：《客观世界的观照——论现实主义戏剧》，《外国戏剧》1987 年第 1 期。

话，这直接导致了西方传统诗剧的衰微。这一时期诗剧与戏剧的概念也实现了分离，戏剧开始专指散文剧，散文剧又称为散文体戏剧，散文体戏剧与散文诗剧是两个完全不同的概念，我国的现代话剧是在西方散文剧（散文体戏剧）的影响下发展起来的。20 世纪上半叶，英美新批评派的一众学者、作家在西方掀起了一股诗剧复兴浪潮，以“诗的戏剧化”形式呈现。“戏剧化论”是美国学者肯尼思·勃克创用的术语，克林斯·布鲁克斯在此基础上又提出“戏剧性原则”的概念，指出“诗歌的结构类似戏剧的结构”①。“诗的戏剧化”是指在诗歌中融入戏剧因子——戏剧角色，当注入戏剧角色之后，彼此之间的独白、对白构成戏剧对话，展现戏剧冲突与戏剧情节，从而由“诗”升华为“诗剧”。

中国现代诗剧是在西方诗剧影响下生成并发展的，同时又渗透着诸多中国传统诗歌与戏曲的因子。在此基础之上，中国现代诗剧主要表现为“戏剧化的诗”与“诗的戏剧化”两种艺术形式。以郭沫若的《孤竹君之二子》为例。

渤海北岸，海水平静，直与天接，天上云峰怒涌。

海滨后端为沙岸，前段为草坪，坪中杂色草花点缀。右翼临海处岩石嶙峋，高低不等；稍前垂柳一株，左翼一带原始的森林。

初夏的正午时分，时阴时晴。

士人女子年二十四五，装束如印度风，以黄衣蒙头裹身，耳上垂大铜环，赤足；倚睡柳树荫下，抱一婴儿在怀中哺乳，口中低低唱歌：

日头高，柳丝长，

① ［美］克林斯·布鲁克斯：《精致的瓮：诗歌结构研究》，郭乙瑶、王楠、姜小卫等译，陈永国校，上海人民出版社 2008 年版，第 190 页。

柳丝牵儿入梦乡，
梦乡便在娘身上，
娘在望你爹爹呢，
儿呀，儿呀，
你在望他吗？

暖风吹，笑纹涨，
涨在婴儿脸儿上，
涨在海洋水面上，
海水贪着午睡了，
儿呀，儿呀，
你也睡睡罢！

女子边唱歌，边自言自语：“今天他怎么回来得这么迟呢？午饭十分了，他还不见回来，怕他到上湾去了，……等人真是难等呀！”

连掩口作几次呵欠，母子在柳树下睡去。①

这是一部典型的“戏剧化的诗”类型的现代诗剧。在作品中有完整的舞台提示——地点：“渤海北岸”；时间：“初夏的正午时分”；角色：“女子”以及之后即将出场的“渔父”“伯夷”“叔齐”“野人甲”“野人乙”“野人丙”“野人丁”“凌妻”“柳妈”。又辅以旁白交代角色形象、剧情等。角色的独白“唱歌”“放歌”是典型的诗体形式，如上文“女子”的“唱歌”。郭沫若根据角色的具体身份来设置语言表述的特色，“女子”的身份为渔民，她咏唱的诗体与后文“伯夷”吟诵的诗体相比，就较为通俗。除了采用诗体，作品中还包含大量散文化的台

① 郭沫若：《孤竹君之二子》，《创造季刊》1923 年第 1 卷第 4 期。

词。这种“诗”与“散文”相结合的形式，最初是由郭沫若开创，借鉴了我国传统戏曲的艺术形式，“西洋的诗剧，据我看来，恐怕是很值得考虑的一种文学形式，对话都用韵文表现，实在是太不自然，《浮士德》这部诗剧，单就第一部而言，仅可称为文字游戏之处要在对成以上，像那《欧北和酒寮》、《魔女之厨》、《瓦普儿司之夜》、及《夜梦》，要算是最没有诗意的地方。那些文字掺杂在诗剧里面而滥竽诗名，仅是在有韵调的铿锵而已。在这些译得最吃力。假如要用散文译出时，会成为全无意味的一些骸骨。用韵文译出，也不外是下乘的游戏文字而已。因此，我觉得元代杂剧，和以后的中国戏曲，唱与白分开，唱用韵文以抒情，白用散文以叙事，比之纯用韵文的西洋诗剧似乎是较近情理的”①。

再如《湘累》。

洞庭湖。

早秋，黄昏时分。

君山前横，上多竹林芦蔹。有银杏树株，参差天际。时有落叶三五，戏舞空中如金色蝴蝶。

妙龄女子二人，裸体，散发，并坐岸边砂石上，互相偎倚。一吹“参差”（洞箫），一唱歌。

（歌）

泪珠儿要流尽了

爱人呀，

还不回来呀？

我们从春望到秋，

从秋望到夏，

① 郭沫若：《创造十年》，见《郭沫若全集·文学编·第十二卷》，人民文学出版社1992年版，第75页。

望到水枯石烂了，

爱人呀，

还不回来呀？

棹舟之声闻，二女跳入湖中，潜水而逝。

此时帆船一只，自左手棹出。船头饰一龙首，帆白如雪。老翁一人，银发椎髻，白髯，袒上身，在船之此侧往来撑篙，口中漫作欸乃之声。

屈原立船头展望，以荷叶为冠，玄色绢衣，玉带，头上挂一莲瓣花环，长垂至脐。颜色憔悴，形容枯槁。

其姐女婴扶持之。鬓发如云，簪以象揥。耳下垂碧玉之瑱。白衣碧裳，俨如朝鲜女人妆束。

屈原．这儿是什么地方，这么浩淼迷茫地！前面的是什么歌声？可是谁人在替我

招魂吗？

女婴．嗳！你横顺爱说这样疯癫识倒的话，你不知道你姐姐底心中是怎么样酸苦。

你的病，嗳！难道便莫有好的希望了吗？

……

屈原．姐姐，你却怪不得我，你只怪得我们所处的这个溷浊的世界！我并不会疯，他们偏要说我是疯子。他们见了凤凰要说是鸡，见了麒麟要说是驴马，我也把他们莫可奈何。他们既不是疯子，我又不是圣人，我也只好疯了，疯了。哈哈哈哈哈，疯了！疯了！

（歌）

惟天地之无穷兮，

哀人生之长勤。

往者余弗及兮，

来者吾不闻。

吾将绳思心以为纕兮

编愁苦以为膺，

折苦木以蔽光兮，

随飘风之所仍！①

在《湘累》中，角色“屈原”与“女须”之间的对白是完全散文化的，“妙龄女子”与“屈原”的独白——歌唱之时，则以诗体呈现，这就是典型的唱白分离，“唱白分离”形式还体现在《棠棣之花》和《广寒宫》等作品中。郭沫若四部“戏剧化的诗”的作品全部采用此种形式，诗体前会以戏剧提示语“唱”或“歌”提示。《湘累》中为“（歌）”、《棠棣之花》中是“（唱）”、《孤竹君之二子》中为“（放歌）”、《广寒宫》中是“（朗吟）”。王显廷的《怀沙》、转蓬的《爱的除夕》、白薇的《琳丽》、杨骚的《心曲》、史轮的《血的愿望》等作品均是如此建构文本。郭沫若开创了“唱白分离”的对话形式，对“戏剧化的诗”的创作产生了深远影响。受此影响，即使某些现代诗剧作品不以“唱”“歌”等舞台提示来明确引入诗体，也是典型的诗体与散文相结合的对话方式，角色的独白以诗体为主，对白以散文为主。诗体的注入使作品由戏剧升华为诗剧，散文的应用又使读者与观众能够明白晓畅地理解剧情，既有利于说理，又有利于抒情。

20 世纪 40 年代，“诗歌戏剧化”理论正式由以袁可嘉为代表的九叶派学者引入国内，袁可嘉指出：“诗底必须戏剧化因此便成为现代诗人的课题。”② 穆旦、杜运燮、唐湜、杭约赫、陈敬容以及九叶派的外围作家莫洛、方敬、冯振乾、许浒等人则创作了一系列“诗的戏剧化”类型的作品。但实际上早在新文学创作伊始，就有众多前辈学人已然开

---

① 郭沫若：《湘累》，《学艺》，1921 年第 2 卷第 10 期。

② 袁可嘉：《论新诗现代化》，生活·读书·新知三联书店 1988 年版，第 47 页。

始了这方面的尝试。创作白话新诗第一人的胡适也创作了中国现代文学史上第一部“诗的戏剧化”的作品——《人力车夫》，该作撰写于1917年11月，刊载于1918年1月的《新青年》第4卷第1号。此外，胡适的《威权》《示威?》《失望》均是“诗的戏剧化”形式的创作。此种形式的现代诗剧十分流行，作家作品不胜枚举。

以徐雉的《残废者》为例。

(一) 瞎子
瞎子呀！在现实的世界里你是个瞎子，
难道在梦里你也看不见什么吗?
(二) 跛足者
跛足者呀！小心些！
世路是这样险，
我们好好儿生着健全的脚的，
尚叹行路难，
何况是你呢！
(三) 哑子
以人言可畏因而常闭口的先生们呀！
哑子却是你们最好的导师了。
(四) 聋子
当该咒骂的可怕的枪声响起来时，
我恨不能做一个聋子呀!①

徐雉虽然在《残废者》这部作品中也加入了类似戏剧角色的舞台提示——“瞎子”“跛足者”“哑子”“聋子”，但是这部作品却不是一部诗剧，源于“瞎子”“跛足者”“哑子”“聋子”后面的语言并不是

① 徐雉：《残废者》，《小说月报》1922年第13卷第6期。

由他们发出的，而是作者徐雉发出的。因此角色后面的语言没有成为“瞎子”“跛足者”“哑子”“聋子”的独白与对白，彼此之间也并未形成对话，导致作品无法由诗歌升华为诗剧。

再以冯振乾的《残废者与受难者》为例，

瞎子　没有光，失掉了颜色，
　　　被摈弃在太阳的王国之外；
　　　生活：爬行在黑色的网罟里。
喧躁与欢笑，
　　　跃动与喝彩
　　　听着世界美的赞语，
　　　痛苦于孤独与崎岖。
聋子　假如我是上帝，
　　　我将开放所有生灵的耳朵。
　　　而不幸，这宇宙
　　　是口死寂的棺材。
人与人如一江浪花，冲撞、
　　　挤拥；匆匆的分散、幻灭。
　　　我用大声质问所有的人，
　　　为人间的冷漠窒息。
哑子　人人像冬眠的蛤蟆，
　　　只会凄惨的苦笑；
和抽噎的哭泣。
　　　大家互相做着鬼脸，
　　　而且做得如此呆痴。
受难者　你们，渴望完美，
　　　为了所缺陷的，失望，

在自然的缺陷里，演着
个人的悲剧的主人。
而我——完全的人，
却在大的命运的缺陷里，
演着大悲剧里牺牲的小角色。
　　我懂了：摸索的崎岖，
胜过无形的崎岖；
而剧嚎、独白、痉挛的笑，
和肉裂的呻吟；使我希望
像寒蝉，作最后一声长叹，
丢弃了言语；
闭了眼——永远哑默！①

该作以明确的舞台提示设置戏剧角色——“瞎子”“聋子”“哑子”“受难者”。最为关键的是，“瞎子”“聋子”“哑子”“受难者”后面的语言是由上述角色以第一人称的口吻发出，因此就成为“瞎子”“聋子”“哑子”“受难者”的独白，彼此的独白相互呼应，又形成了对白。这也是《残废者与受难者》能由诗歌升华为诗剧的关键所在。

戏剧角色的注入方式主要分为两类：一是以舞台提示明显设置；二是在创作过程中自然注入。后者也是“诗的戏剧化”的作品常见的写作方式。

以田汉的《生日》为例。

“医生说这病万不能这样拖下去的，你得替我想法子呀。”

“是，我总去想法子。”他听了她的哀诉，取了一卷稿子安排上报馆里去。

① 冯振乾：《残废者与受难者》，《诗创造》1948 年第 2 卷第 1 期。

“哥哥，你上哪里去?”他刚出大门便被他弟弟叫住了。

“你明天生日忘了吗? 妈妈说去年没有吃面，今年是三十岁总得吃吃。不过，”他低声地说，“你得筹几块钱回去，什么也没有买哩。”

“晓得了。”他迎着寒风前进，一手拿着稿子，一手数着衣袋里的铜子。

一家大公……①他对着他那皱纹很深的额白发很多的头，微微地叹了一声：

“就满三十岁了吗?”

依然掉转头来开着勇壮的大步走去。②

田汉除了创作了大量“戏剧化的诗”形式的现代诗剧，还写作了《春雨》《生日》《最后的那一晚》等“诗的戏剧化”形式的作品。在《生日》中，田汉虽未借助舞台提示注入戏剧角色，但在创作过程中通过情节的发展，自然融入了戏剧角色“他”、“她”以及“他的弟弟”。最为关键的是“他”与“她”、“他”与“他的弟弟”分别形成了戏剧对话，戏剧对话的形成使《春雨》由诗升华为诗剧。在作品中，借助戏剧角色和戏剧对话，田汉以有限的文字，引出戏剧冲突——家庭生活的窘迫，“他”要为“她”的病想法子筹钱，又要为自己三十岁生日时家人吃的面条筹钱。戏剧性因素自然融入诗歌之中，没有任何违和、突兀之感。

再以杭约赫的《动物寓言诗：善妒的孔雀》为例。

“亲爱的，孔雀开屏了呀!
　那是它看见了你，

① 原刊此处有缺文。

② 田汉：《生日》，《中央日报特刊》1928 年第 2 卷。

在与你比美呀!”
“它能与我比美吗,
　这个善妒的动物?”
“它的确很美呢,亲爱的,
　你看它那金光灿烂的羽毛,
　谁还能比她更美呢!”
“它美吗?
　你去看看它背后,
　那个多丑陋的屁股!”
　　“哦,”他咽下了一口酸溜溜的唾沫:
——她是比它更善妒的动物呀![①]

杭约赫同样没有借助舞台提示去设置戏剧角色,而是将戏剧角色自然注入在叙述及抒情过程之中。通过细读文本,尤其通过引号的提示可以发现出场的戏剧角色有“她”和“他”,二者的戏剧对白构成了戏剧对话,以此展开戏剧剧情,揭示戏剧冲突。由此实现了诗歌与戏剧的自然融合,作品由诗升华为诗剧。

与西方诗剧和我国传统戏曲相比,中国现代诗剧虽然只有短短三十余年的创作历程,却表现出了融会东西、贯通古今的艺术魅力与艺术张力,是新文学的重要一翼。只有对“戏剧化的诗”特别是“诗的戏剧化”的文体进行细致剖析阐释,才能为研究隶属“诗的戏剧化”阵营的散文诗剧奠定坚实的基础。

三　散文诗剧的文体

散文诗剧脱胎于散文诗,也就是说,散文诗剧必定是散文诗,但散文诗不一定是散文诗剧。散文诗剧是一种在散文诗诞生之后才出现的文

① 杭约赫:《动物寓言诗:善妒的孔雀》,《诗创造》1947 年第 1 卷第 2 期。

体形式，先有散文诗后有散文诗剧。散文诗是一种全新的文体，诞生于19世纪末的法国，散文诗剧的出现时间只会与这个时间点相同或更晚。而我国散文诗剧的起步更是晚于西方，诞生于20世纪初——胡适1917年11月创作的《人力车夫》。散文诗剧即为“散文诗的戏剧化”，在散文诗的创作历程中，“散文诗的戏剧化”是一个极其值得瞩目的文学现象。诗剧主要分为“戏剧化的诗”与“诗的戏剧化”两种文体形式。“戏剧化的诗”是在戏剧中融入诗的因子，使戏剧升华为诗剧。“诗的戏剧化”则是在诗歌中融入剧的因子，使诗歌升华为诗剧。“诗的戏剧化”又可以细化为两种文体形式，一是“纯诗的戏剧化”，二是“散文诗的戏剧化”。“纯诗的戏剧化”就是在格律诗和自由诗中融入戏剧因子，使之升华为纯诗诗剧。而“散文诗的戏剧化”则是在散文诗中融入戏剧因子，使之升华为散文诗剧。

路易·贝尔特朗的散文诗集《夜之卡斯帕尔》是散文诗作为独立文体诞生的标志。“自此，散文诗这一文学新品种才逐渐在文苑里占上席重要的位置。”① 在《夜之卡斯帕尔》中，被誉为“法国散文诗之父”的贝尔特朗进行了前卫、先锋的文体实验，其中最惹人注目的即为戏剧因子的注入，使散文诗升华为散文诗剧。如在作品《尖须》中，贝尔特朗自然地注入了戏剧角色“埃莱博丹的大学士”“犹太祭司”“梅尔基奥尔骑士”“屠户以撒”等，并且让他们分别发声，各个角色引号后的语言成为他们的台词，构成独白与对白。“对白也是戏剧的载体。戏剧的可能性取决于对白的可能性”②，从而形成戏剧对话，承载作品的戏剧剧情与戏剧冲突。也就是说，散文诗剧是伴随着散文诗的诞生而出现的。贝尔特朗十分钟情戏剧因子，除《尖须》外，《夜之卡斯帕尔》中的《郁金香花商》《两名犹太人》《夜间乞丐》《晚课》《小夜曲》

---

① 黄建华：《译序》，见［法］路易·贝尔朗特《夜之卡斯帕尔》，黄建华译，花城出版社2004年版，第4页。

② ［德］彼得·斯丛狄：《现代戏剧理论（1880—1950）》，王建译，北京大学出版社2006年版，第11页。

《约翰阁下》《斯卡博》《奥日尔大师》《卢浮宫的暗门》《雇佣骑兵》《独立大队》《赶骡人》《阿罗卡侯爵》《警戒》《蒙芭菘夫人》《让·德·维托的魔曲》等作品均为典型的“散文诗的戏剧化”形式。散文诗剧不仅被贝尔特朗钟情，也成为他的后继者们所钟爱的一种文体形式。

夏尔·波德莱尔使新生的散文诗由寂寞走向繁荣，兴盛于世界文坛。1862 年他出版了散文诗集《巴黎的忧郁》，公开承认他从《夜之卡斯帕尔》中受到了极大的启发，“波德莱尔把阿洛修斯·贝朗特的《夜之卡斯帕尔》称作‘神秘辉煌的榜样’，充满了景仰之情”①。贝尔特朗对波德莱尔最大的启发与榜样之一即为在散文诗中注入戏剧因子——散文诗剧的创作。以《异乡人》为例，通篇均是“我”与“你”的对话，以客观的戏剧对话取代了诗人的主观抒情与叙事，诗人（波德莱尔）置身于“舞台”之后，读者与观众无法直接感受作者的创作意图，需要借助戏剧角色的对话去理解作品的内蕴和主题。除《异乡人》外，《巴黎的忧郁》中的《钟表》《仙女的礼物》《诱惑或爱神、财神、名誉之神》《孤独》《伪币》《绳子》《志向》《镜子》《情妇的画像》《光环丢了》《比斯杜里小姐》等作品也是典型的散文诗剧。

兰波的散文诗九章《地狱里的一季》中的《狂想（一）狂女：疯狂的情侣》一诗为典型的“散文诗的戏剧化”，以兰波本人双重人格的对话贯穿全文，来揭示矛盾的自我，“我在理性下找到两个自我”②。除《狂想（一）狂女：疯狂的情侣》外，《地狱里的一季》中的其他作品也有大量兰波化身作品角色的独语。类似于波德莱尔《狗和香水瓶》《恶劣的玻璃匠》《野女人和小情人》《计划》等作品中的独白。虽然未能形成戏剧对话，使作品升华为散文诗剧，却也表现出了兰波对戏剧因子的钟情。泰戈尔在《园丁集》的第一首作品中设置了戏剧角色“仆

① 郭宏安：《翻译后记》，见［法］夏尔·波德莱尔《巴黎的忧郁》，郭宏安译，上海译文出版社 2011 年版，第 177 页。

② ［法］兰波：《兰波诗全集》，葛雷、梁栋译，浙江文艺出版社 1997 年版，第 184 页。

人”与“女王”，第二首作品中设置了戏剧角色“诗人”与“我”，通篇都是二者的戏剧对话。诗人隐藏于舞台之后，让读者和观众自我体味作品的主旨与作者的情感。再如纪伯伦的《昨天、今天和明天》《夜和疯人》、尼采的《山上的树》、屠格涅夫的《对话》《门槛》、高尔基的《鹰之歌》等作品均是典型的散文诗剧。通过对西方散文诗的探究，可以发现散文诗剧是伴随着散文诗的创作同时诞生的，是欧美散文诗人十分钟情的一种文体形式。虽然在理论上没有形成一套完整的体系进行阐释与建构，但是丰富巨大的创作实践已然证明了散文诗剧所具有的独特文体魅力，值得我们对其进行细致、深入的考察和研究。

在中国新文学的萌蘖，最早提出“散文诗剧”这个概念的应数余上沅，他在 1926 年 4 月《晨报副刊 · 诗镌》第 5 号上发表了《论诗剧》一文。在文中余上沅指出：“当然，我们所称为诗剧的也不限定是用诗作体裁的戏剧，有许多散文戏剧也是诗剧。凡是具有诗的题旨，诗的节奏，诗的美丽，诗的意境的散文戏剧，我们都称它为诗剧。梅特林克和美士裴儿的散文诗剧便是最好的例。我们的杂剧传奇里的道白，也每每有能得天籁之自然，浸入于音乐，浸入于诗的。”① 但余上沅在《论诗剧》一文中提及的“散文诗剧”并非我们现在所讨论的“散文诗剧”，而应是“散文体戏剧”，他把散文剧与散文诗剧混为一谈。散文剧与散文诗剧是特别容易混淆的两个概念。之前指出，在西方，19 世纪之前的戏剧专指诗剧，因为戏剧对话的语言方式均为诗体（韵文）形式。发展到伊丽莎白时代，诗体又演变为一种更为复杂和华丽的形式——无韵诗。这种诗体（韵文）的应用却使诗剧逐渐走向衰败，“这种在 16 世纪曾经是那么充满想象和新鲜动人的比喻的语言，此刻却变得僵硬了，而采用无韵诗来写作的剧作家也越来越感到自己在传统形式的束缚下无所作为了”②。诗剧创作受限于固定的语言形式，作家的精力全部陷于诗

① 余上沅：《论诗剧》，《晨报副刊 · 诗镌》1926 年第 5 号。

② 汪义群：《T. S. 艾略特与英国诗剧传统》，《外国语》（上海外国语大学学报）1994 年第 4 期。

体的模仿与写作，却忽略了思想情感与文本内容的创新。况且无韵诗根本不适宜表达现代人的思想感情，导致作品与整个社会发展的脱节，与读者、观众产生极大的距离感。“我相信给剧院写作的十九世纪诗人（最伟大的英国诗人大多在剧本上试过身手），他们最大的失败不在于戏剧技巧，而在戏剧语言；而这里主要原因是他们仅仅用严格的无韵诗来写。”[①]

19 世纪中后期，以散文（与韵文相对的、通俗易懂的语言）创作戏剧的风潮开始形成，“写实主义是在 19 世纪求实风气影响下产生的一个戏剧流派，以易卜生、契诃夫为代表”[②]。在思想内容方面关注现实人生，在语言表达方面则放弃韵文改用散文。众多作家受此影响，纷纷转投写实主义的散文剧阵地。这就直接导致西方传统诗剧的衰微，并且使诗剧与戏剧的概念实现分离。从此之后，戏剧开始专指散文剧。散文剧又被称为散文体戏剧。散文诗是一种独立的文体形式，散文体则是戏剧对话的语言方式。散文体戏剧（散文剧）的戏剧对话是以通俗易懂的散文而非韵文写成。“因为人们对于散文体戏剧，在当时往往总和‘写实’联系在一起，总体上来说要求剧作家屏蔽自我，感情流露愈隐蔽、愈自然愈好。”[③] 由此来看，散文剧（散文体戏剧）与散文诗剧是完全不同的两个概念，余上沅《论诗剧》中提及的梅特林克和美士裴儿的“散文诗剧”，所指应为二人创作的散文体戏剧，而非散文诗剧。另外，余上沅则把诗剧的含义扩大化和泛化了，认为一些戏剧作品，虽然对话不是以诗体的形式写成，但只要语言表现出“诗的题旨”“诗的节奏”“诗的美丽”“诗的意境”也可算作诗剧。但梅特林克和美士裴儿的作品若是按照诗剧的文体范式来看，并不属于诗剧的范畴。

我国的话剧就是在西方散文剧（散文体戏剧）影响下发展起来的。

---

① ［英］托·斯·艾略特：《大教堂里的谋杀》，赵毅衡译，见中国社会科学院外国文学研究所、外国文学研究资料丛刊编辑委员会编《外国现代剧作家论剧作下编》，中国社会科学出版社 1982 年版，第 269 页。

② 杨文华：《西方戏剧导论》，大众文艺出版社 1995 年版，第 179 页。

③ 张时民：《中国现代诗剧：坠落的“欧福里翁”》，《中国现代文学研究丛刊》1998 年第 4 期。

但是在1928年以前，话剧此种称谓并没有正式确立，作家创作的散文剧主要被称为“文明戏”“爱美剧”等。洪深则是将我国散文剧（“文明戏”“爱美剧”）正式命名为话剧的第一人，并获得学界的公认。“1928年，田汉与洪深等戏剧界的朋友聚会，他又一次阐述了这些观点。洪深服膺田汉之说，建议将并不准确的‘新剧’之名改称‘话剧’，以避中西新旧对立之嫌，大家同意，于是‘话剧’之称便流行起来，一直沿用至今。”① 洪深紧接着又在1929年2月的广州《国民日报》撰文《从中国的新戏说到话剧》，“话剧，是用那成片段的剧中人的谈话，所组成的戏剧。（这类谈话，术语叫作对话。）前数节所述春柳社的新戏，以及文明戏爱美剧等，都应当老实地称作话剧的”②，这就从理论上彻底、正式地确立了我国散文剧的称谓——话剧。与之相比，散文诗剧却罕有学者、作家进行界定与阐释。在新文学时期，基于独特的文体形式与表现方式，中国现代散文诗剧受到诸多学人的青睐，散文诗剧的创作不胜枚举。理论建设与创作实践却是云泥之别，研究成果无论在数量还是质量上都不成比例，专门性的研究著作和论文均十分罕见。在新时期的一些著作或论文中，能够探寻到一些对散文诗剧论述的只言片语，“我突然想起鲁迅的散文诗剧《过客》，内中的中年人就是鲁迅自己的写照（其实他写这部作品的时候也不过四十九岁），他也在一个漫无目标的人生旅途中感觉疲倦了，也是只顾足向日薄崦嵫之途”③。

李欧梵在一篇旅途随笔《巴黎日记》中，将鲁迅的《过客》称为散文诗剧。《过客》的确是一部散文诗剧，但从文体形式上看更倾向于“戏剧化的诗”的创作。有很多研究者认为鲁迅没有创作过戏剧，实际

① 《田汉全集》编辑委员会：《前言》，见《田汉全集·第一卷·话剧》，花山文艺出版社2000年版，第9页。

② 洪深：《从中国的新戏说到话剧》，见复旦大学中文系编《卿云集——复旦大学中文系七十五周年纪念论文集》，上海古籍出版社2002年版，第114页。

③ ［美］李欧梵：《世纪末的反思》，浙江人民出版社2000年版，第28页。

上，散文诗集《野草》中的《过客》、杂文集《伪自由书》中的《曲的解放》、小说集《故事新编》中的《起死》，这三部作品均是典型的戏剧。首先，三部作品具有戏剧所特有的舞台提示，尤其是《过客》《起死》，戏剧提示语贯穿全文，用于介绍作品的时间、地点、戏剧角色、人物动作、心理活动、舞台背景等。其次，鲁迅借助舞台提示在上述作品中进行了明确的戏剧角色划分。戏剧角色提示语后的语言均为角色发出，构成了戏剧独白、戏剧对白，从而形成戏剧对话，组织戏剧剧情并布局戏剧冲突。最后，鲁迅特别注重文体形式的实验与创造，“在中国新文坛上，鲁迅君常常是创造‘新形式’的先锋”①。因此在创作散文诗《过客》、杂文《曲的解放》、小说《起死》时，鲁迅选取了戏剧的文体形式。鲁迅作品的体裁由此呈现出杂糅的特质——杂文与戏剧、小说与戏剧，尤其是散文诗与戏剧的杂糅。从文体形式上看，《过客》是典型的戏剧。从文体内核上看，鲁迅亲承《野草》是一部散文诗集，“有了小感触，就写些短文，夸大点说，就是散文诗，以后印成一本，谓之《野草》”②，那么《野草》中的《过客》必然也是一首散文诗。《过客》就是散文诗与戏剧的杂糅，从而升华为散文诗剧。

近年来，也有个别学者开始关注散文诗剧的研究问题，但主要是针对当下单个作家作品的探究和论述，如对周庆荣当代散文诗剧《诗魂——大地上空的剧场》的研究。在周庆荣的散文诗《诗魂——大地上空的剧场》问世后，东方樵夫和黄恩鹏分别撰文对这部作品进行了详细的评论。无独有偶，两位评论家针对这部散文诗均提出了“散文诗剧”这个概念。“首先我被他的散文诗结构所吸引，有布景，有道具，有人物，一幕幕开启，共十一幕。在散文诗中展现这些历史人物与诗的关系和他们的思想。据我所知，在当代散文诗创作中，有许淇的词

① 茅盾：《读〈呐喊〉》，见《茅盾全集·第十八卷·文论一集》，人民文学出版社1989年版，第398页。

② 鲁迅：《〈自选集〉自序》，见《鲁迅全集·第四卷·南腔北调集》，人民文学出版社2005年版，第469页。

牌散文诗，有钟声扬的小说体散文诗，还有遭到诟病的报告体散文诗等等。而这种形式，似乎未见，可否命名为‘散文诗剧’或‘戏剧体散文诗’？这是学者的事情了。”① 东方樵夫认为《诗魂——大地上空的剧场》可命名为“散文诗剧”或“戏剧体散文诗”。黄恩鹏则指出周庆荣善于写“散文诗剧”，周庆荣的《三人行》与《诗魂——大地上空的剧场》两部作品均是散文诗剧，“《三人剧》，开创了‘散文诗剧’一个崭新的奇谲话语意境的广阔天地……时隔五年，周庆荣再次以‘散文诗剧’或曰‘剧场文本’：《诗魂——大地上空的剧场》呈现”②。

《诗魂——大地上空的剧场》首先在文体形式上是典型的散文诗作，以分段排列的文体形式呈现，“这是一个巧妙的散文诗文本”③。其次是它的剧性文体特质与诗性文体内核的完美结合，周庆荣利用历史上真实存在的诗人或历史人物作为作品的戏剧角色，借戏剧角色向读者与观众复述自我的思想、作品的主旨，“在散文诗中展现这些历史人物与诗的关系和他们的思想”④。在散文诗的基础上融入了戏剧中其他常见的剧性因素，譬如将散文诗的组章改为戏剧的分幕，对每一章（每一幕）进行“布景”，最为关键的是设置戏剧角色并形成戏剧对话，从而使作品由散文诗升华为散文诗剧。“散文诗是大文学。散文诗要承载大的意义指向、大的审美喻象。散文诗应有多种写作的可能性。散文诗必须跨越文体的束缚，走向实验。”⑤ 当散文诗与戏剧相融合之后，升华为散文诗剧，具备了剧性的体裁特质与因子——戏剧剧情与戏剧冲突。

---

① 东方樵夫：《呼唤诗魂的一部大剧——周庆荣散文诗〈诗魂——大地上空的剧场〉读后》，《星星》诗歌理论中旬刊 2016 年第 4 期。

② 黄恩鹏：《散文诗〈诗魂〉“剧场文本”精神分析——周庆荣散文诗〈诗魂——大地上空的剧场〉文本细读》，《诗潮》2016 年第 6 期。

③ 东方樵夫：《呼唤诗魂的一部大剧——周庆荣散文诗〈诗魂——大地上空的剧场〉读后》，《星星》诗歌理论中旬刊 2016 年第 4 期。

④ 东方樵夫：《呼唤诗魂的一部大剧——周庆荣散文诗〈诗魂——大地上空的剧场〉读后》，《星星》诗歌理论中旬刊 2016 年第 4 期。

⑤ 黄恩鹏：《散文诗〈诗魂〉“剧场文本”精神分析——周庆荣散文诗〈诗魂——大地上空的剧场〉文本细读》，《诗潮》2016 年第 6 期。

戏剧冲突的形成使散文诗剧的文体特性变得更为复杂与深邃，戏剧冲突是社会生活中的各种矛盾在戏剧文本中高度集中的反映与概括，与一般的叙事性文学体裁相比，戏剧文学更加强调把人与自我、人与他人、人与社会、人与自然、人与命运之间的矛盾集中、尖锐地去展现，“戏剧主义的批评体系十分强调矛盾中的统一”①。

散文诗剧的剧性文体特质能够使作品避免浅薄、直露的抒情与叙述，实现含蓄、曲折的诗意表述，与其诗性的文体内核不谋而合，为理性的与感性的平衡提供了条件，从而表现出饱满的艺术张力与艺术感染力。能够更全面、更深刻地反映与揭示现代人复杂的内心世界，既与“五四”的时代精神相契合，又与开放、创新的社会需求相吻合。

第三节　中国现代散文诗剧的历史流变

胡适于1917年11月创作的《人力车夫》，刊载于1918年1月《新青年》的第4卷第1号上，是中国现代文学史上的第一部诗剧作品，也是第一部散文诗剧。因为它的文体形式是典型的“散文诗的戏剧化”，属于“诗的戏剧化”的范畴。而郭沫若于1920年10月10日发表于《时事新报·学灯》上的《棠棣之花》以及朱培均于1920年在《学生文艺丛刊汇编》第1卷第4册上发表的《最后的一夜》，则是我国最早的两部“戏剧化的诗”形式的现代诗剧。“诗的戏剧化”（散文诗剧）先于“戏剧化的诗”开创了中国现代诗剧创作的先河，这得益于白话新诗在实践上为其他文学体裁的变革充当了先导。“五四”学人以散文诗而非纯诗（自由诗）为基础，融入戏剧因子，实验与实践诗剧此种文体形式，这是十分值得瞩目的文学现象，也从侧面说明了散文诗在文体方面的一些先天优势。散文诗比纯诗在文体形式与篇幅字数上更为“自由”，符合诗体解放的文学诉求与启蒙解放的时代精神。从此，“散

① 袁可嘉：《论新诗现代化》，生活·读书·新知三联书店1988年版，第37页。

文诗的戏剧化”进入了高速发展的时期，与“纯诗的戏剧化”一同壮大着“诗的戏剧化”的创作，并与“戏剧化的诗”一道，交相辉映，谱写出中国现代诗剧完整的艺术篇章。

早期的散文诗剧作品还有刘大白的《再造》《月和相思》、刘半农的《学徒苦》《卖萝卜人》《猫与狗》《饿》《老牛》（《扬鞭集》版）、郑振铎的《旅程》《自由》《荒芜了的花园》、穆木天的《复活日》、徐雉的《送给上帝的礼物》《乞丐》、徐志摩的《“夜”》《谁知道》等。从题材上看，1910 年代末到 1920 年代初的散文诗剧创作，除少部分作品为人类情感生活（爱情）的个人化写作，如刘大白的《月和相思》。其他作品基本是与整个时代大背景相吻合，诗人们多关注社会问题，站在时代的高点放歌，与“五四”的时代精神相契合。追求自由民主、个性精神，力图唤醒麻木、愚昧的民众，具有强烈的思想启蒙意识。对底层劳动人民的悲惨命运尤为同情，揭露与批判黑暗的社会现实。如《卖萝卜人》关注的是底层商贩，《送给上帝的礼物》关注的是工人、穷人和孩童，《乞丐》关注的是乞丐，《人力车夫》和《谁知道》关注的是人力车夫，《老牛》关注的是农民，《饿》关注的是贫困吃不饱饭的孩童。

1927 年 7 月，北新书局出版了鲁迅的散文诗集《野草》，“有了小感触，就写些短文，夸大点说，就是散文诗，以后印成一本，谓之《野草》”①。本书收录鲁迅 1924 年至 1926 年所作散文诗 23 篇。其中的《过客》《死火》《狗的驳诘》《失掉的好地狱》《颓败线的颤动》《立论》《死后》《聪明人和傻子和奴才》为典型的散文诗剧。在中国现代文学史上称得上体裁家的作家寥寥，鲁迅就是其中之一。“西欧的作家对于体裁，是其第一安到著作的路的门径，还竟有所谓体裁家（Stylist）者……作家们不将西欧的体裁作第一步的模仿，将来艺术始终是不

① 鲁迅：《〈自选集〉自序》，见《鲁迅全集·第四卷·南腔北调集》，人民文学出版社 2005 年版，第 469 页。

容易成熟的。我们中国文学，从来就没有所谓体裁这名词，到现在还是没有。我们的新文艺，除开鲁迅叶绍钧二三人的作品还可见到有体裁的修养外，其余大都似乎随意的把它挂在笔头上。”① 对此，鲁迅也十分认同，“这一节，许多批评家中，只有一个人看出来了，但他称我为Stylist”②。鲁迅特别注重实验与创造新的文体形式、确立新的文体规范，“在中国新文坛上，鲁迅君常常是创造‘新形式’的先锋”③。鲁迅除了对小说与散文、杂文与戏剧、散文与诗歌、小说与戏剧进行了杂糅性的文体实验，在《野草》中，主要对散文诗与戏剧进行了文体实验，确立了自我散文诗剧的文体范式。《野草》中的散文诗，特别是散文诗剧展现出鲁迅对人生、人性、命运的深刻哲理思考，为现代诗剧的创作注入了理性因子，这在中国现代诗剧创作初期是十分难能可贵的。

早期白话新诗重说理，不重抒情；重实感，不重想象；重诗体解放，不重诗学建设；过度强调白话，却忽略了作家个人感受。早期的社会问题剧则注重以写实的笔法揭露社会现实问题，批判封建伦理道德，“唤醒”了一批中国民众。但另一方面，过度讲究现实性和批判性，成为一种无形的精神枷锁，使作家的艺术创造力大打折扣，尤其限制了作家个人情绪的抒发。“而与社会问题剧诞生时间差不多的诗剧，因为其文体上的优势，便于剧作家张扬创作热情，舒展想象的翅膀，在作品中体现了剧作家独特的个性。”④ 1920 年代的现代诗剧在题材上多倾向于个人情感生活，以爱情题材的作品居多。如郭一新的《恋爱之神》《美

① 锦明：《论体裁描写与中国新文艺》，见《文学周报》第 5 卷，开明书店 1928 年版，第 95—96 页。

② 鲁迅：《我怎么做起小说来》，见《鲁迅全集·第四卷·南腔北调集》，人民文学出版社 2005 年版，第 527 页。

③ 茅盾：《读〈呐喊〉》，见《茅盾全集·第十八卷·文论一集》，人民文学出版社 1989 年版，第 398 页。

④ 张时民：《中国现代诗剧：坠落的“欧福里翁”》，《中国现代文学研究丛刊》1998 年第 4 期。

神归来》、杨骚的《心曲》《迷雏》、白薇的《琳丽》、飞来客的《诗人与月》、焦菊隐的《七夕》、谢康的《露丝》等。1930年代初期，部分作家仍醉心于爱情题材诗剧的写作，如王坟的《她的亡魂》、转蓬的《爱的除夕》、陈晋遐的《魔王的吩咐》、严梦的《曼殊的春梦》、苏灵的《梦与潮儿》等。过度强调情绪的抒发与作家个性的展现，最终导致诗剧创作走向了感性泛滥的歧路，“郭沫若的诗剧基本是他当时情绪的外化，白薇、杨骚的诗剧不仅如此还带有浓厚的自叙传色彩……但是在他们的创作中理性和情感无法协调起来，情感压倒了理性，作者的主观情感在剧中人物身上重复出现，剧中人还原成了作者”①。

令人欣喜的是，散文诗剧的创作不但没有陷入感性泛滥的泥沼，反而表现出了理性沉思的特质。刘大白的《再造》、田汉的《春雨》、郑振铎的《旅程》《自由》《荒芜了的花园》等作品，在艺术思维上已然开始注重向理性靠拢。刘大白在《再造》中思考了何谓自由，郑振铎在《旅程》《自由》《荒芜了的花园》中则分别思考了命运、人生意义、人性等深刻的问题。田汉的《春雨》虽然也描写爱情，却借爱情思考人性、命运等问题。在他们笔下，难以见到情绪不加节制地倾泻，也难以探寻作家的个人身影。刘大白、郑振铎、田汉借助戏剧性因子、暗示性意象等艺术手法，实现了“非个人化”的客观写作。鲁迅同样意识到了此种问题，《野草》的创作就表现出了一种典型的哲理思辨与晦涩含糊的艺术风格，“大抵仅仅是随时的小感想。因为那时难于直说，所以有时措辞就很含糊了”②。鲁迅是1920年代“散文诗的戏剧化”理性写作的代表人物。需要指出的是，一些善于创作“纯诗的戏剧化”作品的作家，也注意到了感性泛滥的弊端问题，在写作中注入理性因子，以实现感性与理性的平衡，主要有朱湘、李广田、梁实秋、陈梦家、唐

① 张时民：《中国现代诗剧：坠落的“欧福里翁”》，《中国现代文学研究丛刊》1998年第4期。

② 鲁迅：《〈野草〉英文译本序》，见《鲁迅全集·第四卷·二心集》，人民文学出版社2005年版，第365页。

湜等人。1920 年代的冯至、1930 年代的卞之琳、1940 年代的穆旦则是“纯诗的戏剧化”理性写作的代表人物。

20 世纪三四十年代，特别是 1940 年代，散文诗剧的创作进入了繁荣期，诸多作家开始尝试写作散文诗剧，其中最值得瞩目的是深受鲁迅影响的莫洛、唐弢、聂绀弩三人，无论数量还是质量都是散文诗剧创作的佼佼者。以莫洛为例，莫洛对散文诗，特别是对散文诗剧的钟情、感悟与撰写明显受到了鲁迅的影响，莫洛曾将鲁迅放在对自己最具影响的中外散文诗作家中的第一位：“中国的有鲁迅、朱自清……外国的有泰戈尔、屠格涅夫……”[①] 莫洛在青少年时期曾阅读鲁迅的大量著作，很小的时候就已接触到“鲁迅译的爱罗先珂通话”[②]。当年纪渐长后，开始深入阅读鲁迅作品，“1934 年我考入高中……读书的范围也扩大了……鲁迅著作、外国名著、屠格涅夫散文诗……”[③] 甚至被有的研究者冠以“鲁迅散文诗创作最合格的传人”[④] 的称号。再如唐弢，他从 1936 年至 1989 年共写作过有关记述、怀念及其他有关鲁迅先生的论文、文章共计 75 篇，还有《鲁迅先生的故事》《鲁迅的故事》《鲁迅传》（未完稿十一章）等著作。唐弢对鲁迅先生充满了敬佩之情，“他总是那样地积极的：梦着将来，而致力于达到这一将来的现在，抱了非常坚决的自信……鲁迅先生的伟大，就建立在这种自信力上面”[⑤]。

在初进文坛之时，唐弢的创作已然有了鲁迅的影子，“于是那些‘看文字不用视觉，专靠嗅觉’的文豪们，就疑神疑鬼，妄加猜测起来，他们在我的文章里嗅到一点异端气，却向鲁迅先生‘呜呜不已’……这时候，小报上可就热闹起来了，有的说我不是鲁迅，有的说我终于还是鲁

---

① 莫洛：《莫洛集》（下），岳麓书社 2012 年版，第 678 页。

② 莫洛：《莫洛集》（下），岳麓书社 2012 年版，第 672 页。

③ 莫洛：《莫洛集》（下），岳麓书社 2012 年版，第 670 页。

④ 骆寒超：《百年回眸散文诗》，见骆寒超、黄纪云主编《星河　红豆　大型新诗丛刊　2015 年　夏季卷》，人民文学出版社 2015 年版，第 183 页。

⑤ 唐弢：《记鲁迅先生》，见《唐弢文集第六卷：鲁迅研究卷（上）》，社会科学文献出版社 1995 年版，第 16—17 页。

迅，真是议论纷纷。为了避免使人蒙无妄之灾，我就用了一个比较固定的笔名，但有人说：这也是鲁迅”①。上海孤岛时期，唐弢等人创办了《鲁迅风》杂志，唐弢是最得鲁迅真传的作家之一。聂绀弩与前二者相比，不遑多让。抗战时期，聂绀弩曾与朋友在桂林创办文学杂志《野草》，刊发大量杂文，继承鲁迅的传统。聂绀弩对鲁迅的认知与推崇也更为全面与深刻，“回首重读聂绀弩五十三年前、即一九四零年写于桂林的《鲁迅——思想革命与民族革命的倡导者》一文，就不禁会感到惊异！原来正是聂绀弩对鲁迅的精神本质做出了最为深透的理解与最为契合的阐释！而且这竟然是早在半个世纪之前做出的！”② 在《鲁迅——思想革命与民族革命的倡导者》一文中，聂绀弩明确地指出了鲁迅先生思想的超人之处：“人的觉醒不仅是民权的，同时也是民族的。鲁迅先生的思想正是这一需要的代表……只有在鲁迅先生的思想中的‘人’，才显著，自觉，贯串组成而为有机的整体。”③ 正是莫洛、唐弢、聂绀弩对鲁迅文艺技巧、思想精神的认识与推崇，他们的文学创作尤其是散文诗剧写作继承了鲁迅的文体风格，并将其发扬光大。

这一时期创作散文诗剧的代表作家还有师陀。师陀、聂绀弩、莫洛对散文诗剧的建构方式与表现手法进行了大胆的实验。聂绀弩写作的“哥儿”系列、师陀写作的“夏侯杞”系列、莫洛写作的“叶丽雅”“黎纳蒙”系列。上述“系列”散文诗剧完全不同于以往的创作，“哥儿”“夏侯杞”“叶丽雅”“黎纳蒙”并不仅仅是一部散文诗剧的主角，而是多部作品的主角，这些作品共同构成了“哥儿”系列、“夏侯杞”系列、“叶丽雅”系列、“黎纳蒙”系列。聂绀弩的“哥儿”系列散文诗剧包括《架桥者》《雪的旷野》《市场上》《荣誉村》《没有脊椎的

---

① 唐弢：《记鲁迅先生》，见《唐弢文集第六卷：鲁迅研究卷（上）》，社会科学文献出版社1995年版，第13—14页。

② 张梦阳：《鲁迅的精神本质与聂绀弩的杂文创作》，《鲁迅研究月刊》1993年第3期。

③ 聂绀弩：《鲁迅——思想革命与民族革命的倡导者》，见《聂绀弩全集》第一卷，武汉出版社2004年版，第173—182页。

人》《美的追求者》《狼狈和主后》；师陀的“夏侯杞”系列散文诗剧包括《灯下》《座右铭》《健全》《作家先生》《童心》《人性》《一个自私的人》《善恶》《笑与泪》《坟》；莫洛的“叶丽雅”系列散文诗剧主要有《窄门》《血的花瓣》；“黎纳蒙”系列散文诗剧则为《倦旅》《海岛》《蚯蚓》《凭眺》《白夜》《峻坂》《传递》《城堡》。同时，“哥儿”“夏侯杞”“叶丽雅”“黎纳蒙”既是上述每一部散文诗剧的主角，又是作品中的象征性意象。聂绀弩、师陀与莫洛个人的思想情感、理想信念以及对社会现实的揭露批判不是通过一个“哥儿”“夏侯杞”“叶丽雅”“黎纳蒙”来暗示与表现，而是由多个“哥儿”“夏侯杞”“叶丽雅”“黎纳蒙”来共同隐喻和象征。

从1917年胡适的《人力车夫》肇始，到1949年莫洛的《再嫁》竣事，中国现代散文诗剧作为“诗的戏剧化”的重要一翼，走过了三十余年的创作历程。“散文诗的戏剧化”能够使散文诗避免浅薄、直露的撰写方式，“戏剧化的诗既包含众多冲突矛盾的因素……诗的过程是螺旋形的、辩证的”①，从而与其诗性的文体内核不谋而合，也能够更好地揭示和呈现现代人敏感复杂的内心和思维。

① 袁可嘉：《论新诗现代化》，生活·读书·新知三联书店1988年版，第39页。

第一章　中国现代散文诗剧的体裁范式

在以往的一些研究中，文体与体裁易被混为一谈。实际上，二者是两个不同级别的概念，文体包含体裁，体裁是文体的呈现层面之一。文体是一个综合性的语域系统，包含多种构成要素。英国学者雷蒙德·查普曼在其著作《语言学与文学——文学文体学导论》中，认为要从口语和书面语、句法结构、词语和意义、修辞语言、节奏和格律等方面综合研究文体。虽然雷蒙德·查普曼归纳的仅仅是文体的一个呈现层面——语言，却也揭示出文体与语言的密切关系，以及文体系统构成要素的复杂性。文体是“一定的话语秩序所形成的文本体式，它折射出作家独特的个性特征、感觉方式、体验方式、思维方式、精神结构和其他社会历史、文化精神。文体是一个系统。从呈现层面看，文体是指文体独特的话语秩序、话语规范、话语特征等”①。文体还包括体裁、结构、艺术表现手法、文体风格等多个构成要素。其中，体裁是文体最重要的构成要素与表现形式，也是文体最直观的呈现层面，“体裁就是文学的类型，进一步说是指不同文学类型的体式规范……是由某种类型作品的基本要素的特殊结合而构成的”②。体裁就是根据文学作品的结构形态、语言建构、表达方式、创作规律等所表现出的某种稳定和固定的形

① 童庆炳：《童庆炳文集》第四卷，北京师范大学出版社 2016 年版，第 89 页。

② 童庆炳：《童庆炳文集》第四卷，北京师范大学出版社 2016 年版，第 90 页。

式。“一个特征是作家创作时在选择特定的话语框架时的兴趣。他要运用组织和连结的方法来写作某个题目，一般来说他形成的写作单位早已被其他作家运用过，并已被批评家划分为各种类别，即人们熟知的体裁。”①

新文化运动前后，大量西方文艺思想和理论传入国内，彻底革新了国内学人的文学观念。在体裁方面，实现了从古典到现代的蜕变。具体来说，表现为打破传统二分法的体裁分类方式（韵文与散文），四分法开始流行。在我国古代，文学体裁分为两类：一是韵文，即用韵严格的创作，以诗词为主，一些用韵严格的体裁，譬如六朝时期的骈文也可被划归为韵文。二是散文，与韵文相对，即不用韵或用韵不严格的散化文章，一般被称为古文或古体文，如宋代的文赋等。亦有学者称之为“散文”，南宋罗大经在《鹤林玉露》一文中，就将其命名为散文，“山谷诗骚妙天下，而散文颇觉琐碎局促”②。在新文学时期，蔡元培将小说、戏剧同诗歌并列，“美术文，大约可分为诗歌，小说，剧本三类”③。刘半农是四分法较早的倡导者，“所谓散文亦文学的散文而非文字的散文……韵文对于散文而言……作自己的诗文不作古人的诗文……白话之戏曲尤属完全未经发现……余赞成小说为文学之大主脑”④。傅斯年则在《怎样做白话文?》一文中进一步确立了新文学体裁的“四分法”。在《中国新文学大系》中，“五四”学人正式确立了文学体裁的四分法体系——小说、散文、诗歌、戏剧。

四分法的体系虽然较之古代二分法的体系要更为现代、科学与全面，但仍然无法全方位地涵盖所有文学体裁——诗剧。在西方，传统的文学体裁分类体系是三分法，亚里士多德在《诗学》中将西方的文学

---

① ［英］雷蒙德·查普曼：《语言学与文学——文学文体学导论》，王士跃、于晶译，春风文艺出版社1988年版，第5页。

② （宋）罗大经撰，孙雪霄校点：《鹤林玉露》，上海古籍出版社2012年版，第164页。

③ 蔡元培：《国文之将来　蔡元培先生在北京女子高等师范学校演讲辞》，《北京高师教育丛刊》1919年12月第1集。

④ 刘半农：《我之文学改良观》，《新青年》1917年第3卷第3号。

体裁划为史诗、抒情诗与悲剧（戏剧体诗），黑格尔在《美学》中则将其分为史诗、抒情诗与戏剧体诗。无论何种划分方式，戏剧体诗（“戏剧化的诗”）均占有一席之地。诗剧在西方一直备受重视，被誉为“艺术的冠冕”①，即使在某一时间段内的发展有所式微，但随着20世纪初英国诗剧的复兴，西方诗剧再次迎来发展的高潮。因此，诗剧在西方是一种极其重要的、独立的文学体裁。19世纪末期，贝尔朗特、波德莱尔、兰波等人开创了一种全新的文学体裁——散文诗。散文诗开始在世界范围内传播，印度的泰戈尔、黎巴嫩的纪伯伦、俄国的屠格涅夫、英国的王尔德等，都成为享誉文坛的散文诗作家。而在法国本土也涌现出洛特莱阿芒、魏尔伦、马拉美、洛厄尔、阿拉贡、法朗士、阿波利奈尔、艾吕雅、布勒东、纪德、尼采、克洛岱尔、圣琼·佩斯、勒内·夏尔等优秀的散文诗作者。在西方，诗剧和散文诗一直是学界的研究重点。

我国却与之相反，诗剧与散文诗始终位于被忽视、被冷落的尴尬境地，甚至诸多的诗剧与散文诗作品还被划归到了其他文学体裁之内。二者碰撞融合而成的崭新文学体裁——散文诗剧，更是处于边缘之边缘、寂寥之寂寥的处境，鲜有学者论及与研究。在东西方，于散文诗中融入戏剧因子使之升华为散文诗剧的文本建构方式是十分流行与常见的，从贝尔朗特到波德莱尔、从胡适到鲁迅，优秀的散文诗剧作品不胜枚举，如恒河沙数。新文学时期的散文诗剧创作，在中国现代文学史上留下了浓墨重彩的一笔，也为世界散文诗、散文诗剧的发展做出了重要贡献。中国现代散文诗剧的创作实绩却与其研究现状完全不成比例，这主要源于散文诗剧杂糅性的体裁特质。散文诗剧是散文、诗歌、戏剧三种文学体裁的结合，它的内部蕴含着散文性、诗性、剧性三种不同因子的碰撞、对抗、交融、统一。因此，中国现代散文诗剧体裁范式的研究阐释就需要从这三个层面入手：散文性的体裁形式、诗性的体裁内核以及剧性的体裁特质。

---

① ［苏］维萨里昂·格里戈里耶维奇·别林斯基：《戏剧诗》，李邦媛译，见杨周翰选编《莎士比亚评论汇编》（上），中国社会科学出版社1979年版，第447页。

第一节　散文性的体裁形式

我们今天所谈论的现代散文，作为通识性一词得到普遍认同是在“五四”时期。此“散文”既非罗大经在《鹤林玉露》一文中提及的散文（体裁形式），也非与韵文相对的散文（语言方式）。它是一种全新的舶来品，或者说是“西学东渐”的产物。“所以中国向来没有‘散文’这一个名字。若我的臆断不错的话，则我们现在所用的‘散文’两字，还是西方文化东渐后的产品，或者简直是翻译也说不定。”[①] 刘半农在《我之文学改良观》一文中最早提出“散文”这个名称，“所谓散文亦文学的散文而非文字的散文”[②]。刘半农提及的“文字的散文”包含的范围有科学著述、政教实业评论、官署公文告令、私人日记信札等社会性、生活性的文章。而文学的散文则是专指与诗歌、戏剧、小说并列的一种文学体裁，是一种纯文学意义的散文。此种分类与定义得到了众多学者、作家的推崇，“以新文学的趋势，没有对纯散文加以提倡……其写景写事实，以及语句的构造，布局的清显，使人阅之自生美感……我们对于纯散文的研究，及改进的方法，希望有人出而提倡”[③]。散文是“自由的艺术”，与诗歌、戏剧相比，散文的形式最自由、羁绊最少，顺势而行、顺情而作。在体裁形式上，散文不像诗歌、戏剧那样有严格的结构限制。散文主要是分段排列，诗歌与之相对，则是分行排列，还需配以韵律格式。戏剧则需要设置完整的舞台提示并划分戏剧角色。这是散文与诗歌、戏剧相比，在体裁形式上最明显的差别，通过分段排列的散文性体裁形式（外形）即可将三者区别开来。

散文诗剧的内部蕴含着散文、诗歌、戏剧三者之间的对立、碰撞、

① 郁达夫：《导言》，见赵家璧主编，郁达夫编选《中国新文学大系·第七集·散文二集》，上海良友图书印刷公司 1935 年版，第 1 页。

② 刘半农：《我之文学改良观》，《新青年》1917 年第 3 卷第 3 号。

③ 剑三：《纯散文》，《晨报副刊·文学旬刊》1923 年第 3 号。

融合，应选取何种体裁形式示人成为学者与作家所要面临的首要问题。假若选取戏剧的体裁形式，那么作品无疑就会倒向“戏剧化的诗”，所以前辈学人首先排除了此种形式。但需要特别强调的是鲁迅的散文诗剧《过客》，这部作品在体裁形式方面十分独特，采用了国内外罕见的“戏剧化的散文诗”的体裁形式，是散文诗剧创作历程中的一朵奇葩，需要从鲁迅的创作意图入手，单独进行剖析。然后就是选取分段排列的散文形式，还是选择分行排列的纯诗形式。之前指出，散文诗剧脱胎于散文诗，而散文诗最突出的体裁形式即为分段排列，这是经过中外无数学人的大量创作实践所确立的。假若采用分行排列，无疑就会倒向纯诗，使散文诗的文体独立性遭到破坏。脱胎于散文诗的散文诗剧在体裁形式方面自然承继了散文性分段排列的特性。而散文诗剧的创作，就是在分段排列的散文诗中，自然注入戏剧因子，使其由散文诗升华为散文诗剧。因此，我国的现代散文诗剧在体裁形式方面主要表现为“散文诗的戏剧化”，而唯一的一部“戏剧化的散文诗”，则为鲁迅的《过客》。

一 “散文诗的戏剧化”

散文诗剧是“诗的戏剧化”的一翼，是散文诗融入戏剧因子后升华而成的——“散文诗的戏剧化”。因此，散文诗剧在体裁形式上是以散文诗的体裁形式为建构基础，是以散文诗的体裁形式示人。这是西方散文诗剧比较流行的一种体裁建构方式。如何确立散文诗的体裁形式，也成为中国学人所面临的首要问题，即到底是选取分段排列的散文形式还是选择分行排列的纯诗形式。作为“舶来品”的散文诗，其体裁形式的确立势必会面临一个本土化的过程。朱自清认为新文学的第一首散文诗应是沈尹默的《月夜》，“第一首散文诗而备具新诗的美德的是沈尹默的‘月夜’，在一九一七年”①。《月夜》刊载于《新青年》1918 年

① 朱自清：《选诗杂记》，见赵家璧主编，朱自清编选《中国新文学大系·第八集·诗集》，上海良友图书印刷公司 1935 年版，第 13 页。

1月第4卷第1号，是典型的分行排列。因为是一种全新的体裁形式，到底以何种方式建构，沈尹默也在不断摸索。他的《人力车夫》（非胡适的《人力车夫》）如《月夜》一样也为分行排列，但《鸽子》却又采用了分段排列的形式，说明诗人自己也在尝试和实验的阶段。由于《月夜》为分行排列，因此学界也有众多学者倾向于将刘半农分段排列的《窗纸》或《晓》作为第一首散文诗。刘半农的《窗纸》刊载于1918年7月的《新青年》第5卷第1号，《晓》则刊载于1918年8月的《新青年》第5卷第2号（刘半农还有一首以文言为主、白话为辅写作而成的散文诗《学徒苦》，刊载于1918年4月的《新青年》第4卷第4号）。但笔者认为第一首散文诗应是胡适刊载于《新青年》1918年1月第4卷第1号的《人力车夫》，《人力车夫》为典型的散文式的分段排列。

还有的研究者认为郭沫若的《辛夷集·小引》是第一首散文诗。"《辛夷集》的序也是民五的圣诞节我用英文写来献给她的一首散文诗，后来把它改成了那样的序的形式。"[①] 郭沫若所说"民五"是民国5年，即1916年。而郭沫若所说的"《辛夷集》的序"即为1923年4月由上海泰东书局出版的创造社辛夷小丛书——《辛夷集》中的第一篇诗作《小引》。此诗是郭沫若向安娜表明自我心意的一首爱情诗，"把我从这疯狂的一步救转了的，或者怕要算是我和安娜的恋爱吧？但在这儿我不能把那详细的情形来叙述。因为在民国五年的夏秋之交有和她的恋爱发生，我的作诗的欲望才认真地发生了出来"[②]。和安娜恋爱的1916年，郭沫若除了为安娜作了《辛夷集·小引》这首诗，还创作了大量的诗歌，均是献给安娜的。《小引》在1916年是以英文写作的，但在体裁形式上却是典型的分段排列，1922年7月，郭沫若对其进行了改作，应该是翻译为中文，并进行了润色，改作之后的《小引》在体裁形式

① 郭沫若：《我的作诗的经过》，见《郭沫若全集·文学编·第十六卷·集外》，人民文学出版社1989年版，第213页。

② 郭沫若：《我的作诗的经过》，见《郭沫若全集·文学编·第十六卷·集外》，人民文学出版社1989年版，第213页。

上依然是分段排列。因此，那些认为《辛夷集·小引》是第一首散文诗的研究者，除了对于创作时间的考虑——1916 年，作品采用分段排列的体裁形式也是考量的核心所在。但是我们所研究的中国现代散文诗，其中最重要的一条文体范式标准就是以白话进行创作，这白话自然是国语而非英文，所以第一首散文诗不应是郭沫若的《辛夷集·小引》，而是胡适的《人力车夫》。但不可否认的是，郭沫若的《辛夷集·小引》诗性浓郁，在体裁形式上为典型的分段排列。

纵观这一时期胡适的《人力车夫》、刘半农的《卖萝卜人》《猫与狗》《饿》《老牛》（《扬鞭集》版）、刘大白的《再造》《月和相思》、郑振铎的《旅程》《自由》《荒芜了的花园》、徐雉的《送给上帝的礼物》《乞丐》、穆木天的《复活日》等散文诗作品，均为分段排列的体裁形式。在散文诗集《野草》中，鲁迅同样进行了体裁的实验，除《我的失恋》是分行排列外，其他作品均为分段排列。随着散文诗创作的日趋成熟，采用散文性分段排列的方式成为散文诗固定的体裁形式，这就与欧美的散文诗创作实现了契合。自由诗、格律诗固然能在一定程度上展现诗的觉醒与诗的解放，但与散文诗分段排列的体裁形式相比，仍存在着诸多限制。散文诗散文性的体裁形式在字数、篇幅、布局方面有着先天的优势，更易于表达作者自我的情思与理念。“诗的本质专在抒情。抒情的文字便不采诗形，也不失其诗……自由诗散文诗的建设也正是近代诗人不愿受一切的束缚，破除一切已成的形式，而专挹诗的神髓以便于其自然流露的一种表示……情绪的吕律，情绪的色彩便是诗。诗的文字便是情绪自身的表现（不是用人力去表示情绪的）。”① 在郭沫若看来，“文学的本质是有节奏的情绪的世界”②，既然要打破一切陈规旧俗，就不应该再受其他形式的限制，“我相信有裸体的诗，便是不借

① 郭沫若：《郭沫若致宗白华》，见《郭沫若全集·文学编·第十五卷·三叶集》，人民文学出版社 1990 年版，第 47—48 页。

② 郭沫若：《文学的本质》，见《郭沫若全集·文学编·第十五卷·文艺论集》，人民文学出版社 1990 年版，第 352 页。

重于音乐的韵语，而直抒情绪中的观念之推移，这便是所谓散文诗”[1]。旧诗已破、新诗未立，新诗的体裁必须是自由的，而散文诗的体裁形式恰恰最符合这一特质。具体来说，在创作过程中，以散文立体，以诗歌的内在律即情绪的自然消长或者说利用情绪的“波动”来书写文本，从而展现个人的诗之精神，使之富有浓厚的抒情意味。

散文诗剧以分段排列的散文诗为基础，注入戏剧因子后升华而成。戏剧因子的注入，主要为自然注入式。具体来说，就是在散文诗中不以舞台提示的方式设置戏剧角色，而是在叙述和抒情的过程之中将戏剧角色自然穿插其中。戏剧角色之间再形成戏剧对话，戏剧对话的形成是关键一环，使散文诗升华为散文诗剧。

以胡适的《人力车夫》为例。

“车子！车子！”

车来如飞。

客看车夫，忽然心中酸悲。

客问车夫，“你今年几岁？拉车拉了多少时？”

车夫答客，“今年十六，拉过三年车了，你老别多疑。”

客告车夫，“你年纪太小，我不坐你车。我坐你车，我心凄惨。”

车夫告客，“我半日没有生意，我又寒又饥。”

“你老的好心肠，饱不了我的饿肚皮。我年纪小拉车，警察还不管，你老又是谁？”

客人点头上车，说“拉到内务部西！”[2]

---

① 郭沫若：《论节奏》，见《郭沫若全集·文学编·第十五卷·文艺论集》，人民文学出版社1990年版，第360页。

② 胡适：《人力车夫》，《新青年》1918年第4卷第1号。

该作在体裁形式上为典型的散文式分段排列，在写作过程中也没有借助任何舞台提示，而是根据情节的发展自然注入了戏剧角色“客”与“车夫”，引号内的文字成为二者的独白与对白。二者自然实现了对话，戏剧对话的形成是决定性一环，“全面适用的戏剧形式是对话，只有通过对话，剧中人物才能互相传达自己的性格和目的”①，对话的形成使作品由散文诗升华为散文诗剧。戏剧对话呈现出戏剧角色的性格特点、戏剧剧情与戏剧冲突。在《人力车夫》中，胡适并没有直接暴露自我的情感与理念，而是借助“客”与“车夫”之间的对话去客观地呈现未成年车夫艰难的生活状态，客观地揭露和批判社会的黑暗。并不是直接抒情，也不是直接说教，由此避免了感性情绪的倾泻。使作品多了几分理性沉思的特质，也大大增强了批判与暴露的力度。

再以刘半农的《卖萝卜人》为例。

一个卖萝卜人，——狠穷苦的，——住在一座破庙里。
一天，这破庙要标卖了，便来了个警察，说——
“你快搬走！这地方可不是你久住的。”
“是！是！”
他口中应着，心中却想——
“叫我搬到那里去！”
明天警察又来，催他动身。
他瞠着眼看，低着头想，撒撒手，踏踏脚，却没说——
“我不搬。”

警察忽然发威，将他撵出门外。
又把他的灶也捣了，一只砂锅碎作八九片！
他的破席，破被，和萝卜担，都撒在路上。

① ［德］黑格尔：《美学》第三卷下册，朱光潜译，商务印书馆1981年版，第259页。

几个红萝卜，滚在沟里，变成了黑色！
路旁的孩子们，都停了游戏奔来。
他们也瞠着眼看，低着头想，撒撒手，踏踏脚，却不做声！

警察去了，一个七岁的孩子说，
“可怕……”
一个十岁的答道，
“我们要当心，别做卖萝卜的！”
七岁的孩子不懂，
他瞠着眼看，低着头想，却没撒手，没踏脚！[①]

刘半农在作品中进行了题注：“这是半农做‘无韵诗’的初次尝试。”[②] 作品介乎纯诗与散文诗之间，刘半农以空行将作品分成了三部分：卖萝卜人的卑微与穷困、警察的蛮横与霸道、孩童的迷茫与蒙昧。以破折号进行顿句和断句，断开的句子又另起独占一段。以排比和反复的手法（第一段结尾的“他瞠着眼看，低着头想，撒撒手，踏踏脚，却没说——‘我不搬。’”、第二段结尾的“他们也瞠着眼看，低着头想，撒撒手，踏踏脚，却不做声！”、第三段的“他瞠着眼看，低着头想，却没撒手，没踏脚！”），使每一段都实现了表述的呼应。空行、断句、排比、反复的应用，使外在的节奏——言语表述，抑扬顿挫、参差错落，富有节奏感。

通过剧情的安排——穷苦的卖萝卜人住在破庙里，破庙却要被标卖，引来无良警察地两次驱赶，在第二次驱赶中，警察蛮横地将卖萝卜人在破庙里的家当特别是赖以谋生的萝卜全部损毁，并引来小孩子们的

① 刘半农：《卖萝卜人》，《新青年》1918 年第 4 卷第 5 号。
② 刘半农：《卖萝卜人》，《新青年》1918 年第 4 卷第 5 号。

围观。自然注入戏剧角色“卖萝卜人”、“警察”、“一个七岁的孩子”和“一个十岁的孩子”。引号内的文字成为上述角色的独白与对白，并彼此构成戏剧对话，戏剧对话形成后，作品由散文诗升华为散文诗剧。第三部分“一个七岁的孩子”与“一个十岁的孩子”之间的戏剧对话，使作品极富理性深度与思辨哲理。面对霸道蛮横的“警察”，特别是他对“卖萝卜人”的欺侮之后，“一个七岁的孩子”被吓到了，脱口而出“可怕”二字。这个孩子似乎感受到了可怕的缘由，但“一个十岁的孩子”却说：“我们要当心，别做卖萝卜的！”七岁孩童正处于懵懂、迷茫的阶段，对眼前的一切似懂非懂，假若不加以正确的引导和启蒙，将来就会变成十岁孩童那样麻木无知。“一个七岁的孩子”象征了那些迷茫懵懂的民众，而“一个十岁的孩子”则象征了那些愚昧麻木的民众。“卖萝卜人”的悲剧不是由他的身份所造成的，而是黑暗的社会所导致的。“一个十岁的孩子”（愚昧麻木的民众）只看到了表面，而未发现本质，甚至连基本的同情心都丧失了，这才是最可怕的社会现象和问题。《卖萝卜人》并不是简单地描写一个底层劳动人民的悲剧人生，而是借助巧妙的戏剧剧情、尖锐的戏剧冲突尤其是富含哲理的戏剧对话，去揭示一个深刻的国民性问题，实现对读者与观众的启蒙。“一个七岁的孩子”与“一个十岁的孩子”之间的对话，既是作品的高潮，也是作品的主旨所在。

作者借助戏剧因子，将自己完全隐藏在幕后，读者与观众无法直接探查作者的立意与理念，需要通过品味戏剧对话慢慢挖掘，这就是典型的“非个人化”的创作方式。戏剧因子的注入使作者与自我的作品始终保持着一种客观的距离，戏剧对话中孕育着深刻的理性沉思。富含戏剧因子的散文诗剧比单纯的散文诗更加强调对立性，使文本呈现出一种辩证性的特质，“戏剧化的诗既包含众多冲突矛盾的因素……诗的过程是螺旋形的、辩证的”[①]。利用二者的结合，使散文诗避免了浅薄、直

① 袁可嘉：《论新诗现代化》，生活·读书·新知三联书店 1988 年版，第 39 页。

接、明了的撰写，实现了含蓄、曲折、朦胧的表达，也使作品具有了理性的因子。在刘半农笔下，新生的散文诗剧以感性情绪与理性情感的对立统一，迸发出艺术张力。

需要特别论述的是刘半农的作品《老牛》。《老牛》最早发表于1919年10月《新潮》第2卷第1期，为典型的分行排列的纯诗形式。

秧田岸上，
有一只老牛戽水，
一连戽了多天。
酷热的太阳，
直射在他背上。
淋淋的汗，
把他满身的毛，
浸成了毡也似的一片。
他虽然疲乏，
却还不肯休息。
树荫里坐着一只小狗，
很凉快，很清闲，
摇着它的小耳朵，
用清脆的声音向牛说，
“笨牛！
你天天的绕着圈子乱走，
何尝向前一步？
不要说你走得吃力，
我看也看厌了！”
牛说，
“我不管得我自己能不能向前，

也管不得你看不看厌；
只好我车下的水，
平稳流动，
浸润着我一片可爱的秧田。”
狗说，
“到秧田成熟了，
你早就跑死了！”
牛说，“这件事，
我从来没有功夫想到！
你也不必来管闲事，
还是去多摇几摇尾，
向你主人要好食吃，
养得你肥头胖耳，
快活到老！”①

《老牛》后来被刘半农收入了北新书局1926年出版的《扬鞭集》之中，变更为了分段排列的散文诗形式。

秧田岸上，有一只老牛戽水，一连戽了多天。酷热的太阳，直射在它背上。淋淋的汗，把他满身的毛，浸成毡也似的一片。它虽然极疲乏，却还不肯休息。树荫里坐着一只小狗，很凉快，很清闲，摇着它的小耳朵，用清脆的声音向牛说，“笨牛！你天天的绕着圈子乱走，何尝向前一步？不要说你走得吃力，我看也看厌了！”牛说：“我不管得我自己能不能向前，也管不得你看不看厌，只要我车下的水，平稳流动，浸润着我一片可爱的秧田。”狗说：“到秧田成熟了，你早就跑死了！”牛说：“这件事，我从来没有功

① 刘半农：《老牛》，《新潮》1919年第2卷第1期。

夫想到……”①

通过对比两个版本的《老牛》，可以发现以下的变更。一是《新潮》中的“直射他背上”，收入《扬鞭集》之后被改为了“直射它背上”，“他”变为了“它”。二是《新潮》中的“浸成了毡也似的一片”，收入《扬鞭集》之后被改为了“浸成毡也似的一片”，“了”被去掉了。三是《新潮》中的“他虽然疲乏”，收入《扬鞭集》之后被改为了“它虽然极疲乏”，“他”变为了“它”，还增加了“极”字。四是《新潮》中的“牛说,”，收入《扬鞭集》之后被改为了“牛说:”，逗号变为了冒号。五是《新潮》中的“只好我车下的水”，收入《扬鞭集》之后被改为了“只要我车下的水”，“好”变为了“要”。六是《新潮》中的“狗说,”，收入《扬鞭集》之后被改为了“狗说:”，逗号变为了冒号。七是《新潮》中的“我从来没有功夫想到！/你也不必来管闲事，/还是去多摇几摇尾，/向你主人要好食吃，/养得你肥头胖耳，/快活到老!”，收入《扬鞭集》之后被改为了“我从来没有功夫想到……”，“想到”后面的叹号以及之后的文字都被去掉了，变为了省略号。八是最为关键的变动，由分行排列的体裁形式变更为了分段排列的体裁形式。体裁形式的变更，使《老牛》由一首纯诗变为了散文诗。作品本身就被刘半农注入了戏剧角色“老牛”与“小狗”，二者之间形成了戏剧对话，使作品由散文诗升华为散文诗剧。

《老牛》被收入诗集《扬鞭集》时，刘半农势必要将其修改润色，语言表述上的变更可以理解，但令人称奇的是作者将《老牛》的体裁形式进行了彻底颠覆，使作品由原先分行排列的纯诗变为了分段排列的散文诗。考虑到刘半农对散文诗的偏爱，早在1915年7月《中华小说界》第2卷第7期中，就以文言文翻译了屠格涅夫的四首散文诗——《乞食之兄》《地胡吞我之妻》《可谓哉愚夫》《嫠妇与菜汁》。又于

① 刘半农：《老牛》，见《扬鞭集》（上），北新书局1926年版，第34—35页。

1917 年 5 月在《我之文学改良观》一文中最早提出了“散文诗”这个概念，“英国诗体极多、且有不限音节不限押韵之散文诗。故诗人辈出、长篇记事或咏物之诗、每章长至十数万字、刻为专书行世者、亦多至不可胜数”[①]。还于 1918 年 5 月在《新青年》第 4 卷第 5 号上引用并翻译了印度歌者 RATAN DEVI 的散文诗。题目《我行雪中》是刘半农自己所题，“此诗篇名，原文不详。今以首句为题，意非拟古，亦不得已也”[②]。在诗前他还翻译介绍了美国 *VANITY FAIR* 月刊记者的导言，美国 *VANITY FAIR* 月刊的记者称《我行雪中》是“结撰精密之散文诗一章”[③]。《我行雪中》应为我国现代文学史上第一首译介的白话散文诗。这就不难理解刘半农为何要变更《老牛》的体裁形式了。此外，刘半农热衷于对新文学体裁的探索与实验，“我在诗的体裁上是最会翻新鲜花样的。当初的无韵诗，散文诗，后来的用方言拟民歌，拟‘拟曲’，都是我首先尝试”[④]。

再以刘大白的《再造》为例。

当群花齐放的时候，司春的神，在花丛中徘徊着；忽听得低低的赞叹声道：“好呀！灿烂的美满的花呀！”

司春的神，很满意地微笑道：“这是我底创作呀！这是我选取自然之锦，用无痕之剪裁成，不离之胶粘住，万变之色染出，百合之香薰透的呀！”

但不一会儿，就有切切的怨声，从花间吐露道：“谁锁着我们呀？飞了罢！”一瓣的花，翩翩地飞了。

司春的神，不觉心痛道：“不听命的花瓣儿，你破坏了我底完全了！”但又没法儿招伊回来，只是凄凄楚楚的悲泣着。

---

① 刘半农：《我之文学改良观》，《新青年》1917 年第 3 卷第 3 号。

② 刘半农：《我行雪中》，《新青年》1918 年第 4 卷第 5 号。

③ 刘半农：《我行雪中》，《新青年》1918 年第 4 卷第 5 号。

④ 刘半农：《自序》，见《扬鞭集》（上），北新书局 1926 年版，第 4 页。

许多的花瓣儿，互相耳语道：“飞是我们底自由呀！春底完全，已经被破坏于飞了的一瓣了！我们何苦依然牺牲了自由，维持这不可久的残局呀！爱自由的，飞呀！”一瓣、两瓣、三瓣、……无数瓣，纷纷地一齐都飞了。

司春的神醒悟道：“飞是伊们底自由呀！但是创作也是我底自由。永久的完全，是不能有的；继续的创作，是不可无的呀！自然之锦，是取之不竭的，过一会儿，再造罢！”

风声、雨声、流水声，送尽了瓣瓣的落花。一群能歌德鸟儿，在绿阴里唱着，慰勉那司春的神道：“再造！再造！”①

进入1920年代，散文诗的创作已日趋成熟，尤其表现在文本的体裁形式方面，散文性分段排列的方式已然得到确立，刘大白的《再造》就是典型的代表。散文性的体裁形式，比纯诗在篇幅、字数方面，可以承载更多的思想情感与理想信念，可以更全面地进行暴露、批判与反思。散文性的体裁形式也使作家更易于抒发自我的情感，“在essay，比什么都紧要的要件，就是作者将自己的个人底人格的色采，浓厚地表现出来”②。这得益于散文性的体裁特性，“作为自己告白的文学，用这体裁是最为便当的。既不像在戏曲和小说那样，要操心于结构和作中人物的性格描写之类，也无须像做诗歌似的，劳精敝神于艺术的技巧”③。在散文性体裁形式的基础上，刘大白根据情节的发展自然地注入戏剧角色“司春的神”与众多的“花瓣儿”，引号内的语言则是上述戏剧角色的台词，彼此构成戏剧对话，讨论“自由”这一问题，戏剧对话的形成使作品由散文诗升华为散文诗剧。

通过戏剧对话与文本分析，可以发现刘大白化身“司春的神”，对

① 刘大白：《再造》，《民国日报·觉悟》1921年5月29日。
② ［日］厨川白村：《出了象牙之塔》，鲁迅译，北新书局1935年版，第7页。
③ ［日］厨川白村：《出了象牙之塔》，鲁迅译，北新书局1935年版，第8页。

何谓“自由”进行了探索，呈现了自我的认知。对自由的探究、认知与表达并不是一蹴而就、直抒胸臆，而是随着“司春的神”与诸多“花瓣儿”的戏剧对话逐步揭示，具有润物无声的艺术效果。这完全得益于散文自由开放的体裁形式，没有篇幅、字数、格式的限制，在文本中，作者可以最大限度地细致地谱就自我的情感和理念。在文本的最后，对自由探究的情感线索汇集成了一个总括性的表述与阐释：“飞是伊们底自由呀！但是创作也是我底自由。永久的完全，是不能有的；继续的创作，是不可无的呀！”

“五四”时期，文学创作的主题始终围绕着解放、自由、民主、启蒙等词汇展开，如何更好地表达上述主题、更好地启蒙民众，成为作家们创作时反复思索的重要问题之一。散文诗剧无疑是一种极为合适的载体，对立性与辩证性的戏剧因子地注入，使作品具有了“非个人化”理性思辨的特性。同时，分段排列的散文性体裁形式的应用，使作品能够呈现更为宏大的叙事与抒情主题，承载更为深远与复杂的情感与内容，也更适宜现代人敏感复杂的思想情感地呈现和传达。

二　“戏剧化的散文诗”

散文诗剧在体裁形式（外形）方面表现为分段排列，是“散文诗的戏剧化”区别于“纯诗的戏剧化”（分行排列）和“戏剧化的诗”（戏剧）的关键与核心所在。几乎所有的中国现代散文诗剧均采用了分段排列的体裁形式，但是也有例外，鲁迅在《野草》中除了尝试散文性分段排列的创作方式——《死火》《狗的驳诘》《失掉的好地狱》《颓败线的颤动》《立论》《死后》《聪明人和傻子和奴才》，还进行了不同类型的体裁形式实验。《过客》既是《野草》又是现代散文诗剧写作历史上唯一一篇“戏剧化的散文诗”形式的创作。对于如何建构散文诗、散文诗剧这类全新的体裁形式，鲁迅在创作《野草》时，进行了深入的思考与先锋性的实验。《我的失恋》采用的是分行排列的体裁形式，在题目下方特意标明该作为“拟古的新打油诗”[①]，作品是模拟东汉学者张衡《四愁诗》的格式所作，既然是拟古的打油诗自然也就无法采用分段排列的形式，必然是纯诗的体裁形式。而《过客》则采用了典型的戏剧体裁形式，兹引《过客》一篇中的部分片段，一窥全豹。

时——或一日的黄昏。

地——或一处。

人——

老翁，约七十岁，白须发，黑长袍。

女孩，约十岁，紫发，乌眼珠，白地黑方格长衫。

过客，约三四十岁，状态困顿倔强，眼光银沈，黑须，乱发，黑色短衣裤皆破碎，赤足着破鞋，胁下挂一口袋，支着等身的竹杖。

东是几株杂树和瓦砾，西是荒凉破败的业葬，其间有一条是路非路的痕迹。一间小土屋向这痕迹开着一扇门，门侧一段枯树根。女孩正要将坐在树根上的老翁搀起。

翁　孩子，喂，孩子！怎么不动了呢？

孩　（向东望着）有谁走来了，看一看罢。

翁　不用看他。扶我进去罢，太阳要下去了。

孩　我，——看一看。

翁　唉，你这孩子！天天看见天，看见土，看见风，还不够好看吗？什么也决不比这些好看，你偏是要看谁。太阳下去时候出现的东西，不会给你什么好处的，——还是进去罢。

孩　可是，已经近来了。呵呵。是一个乞丐。

翁　乞丐？不见得罢……。

（过客从东面的杂树间跟跄走出，暂时踌躇之后，慢慢地

① 鲁迅：《我的失恋》，《语丝周刊》1924年第4期。

走近老翁去。)

客　老丈，你晚上好。

翁　阿，好，托福。你好?

客　老丈，我实在冒昧，我想在你那里讨一杯水喝。我走得渴极了，这地方又没有一个池塘，一个水洼。

翁　唔，可以可以。你请坐罢。（向女孩）孩子，你拿水来，杯子要洗干净。

(女孩默默地走进土屋去)[①]

《过客》有完整的舞台提示，分别位于作品的开始、结尾以及文章之中。文章开头，舞台提示介绍了作品发生的时间、地点以及出场的人物，并且对人物形象和背景环境进行了细致的描述。同时，借助舞台提示，鲁迅对戏剧角色也进行了明确的标注与划分。在文章中还通过舞台提示（括号内的文字）描述人物动作、串联剧情。舞台提示是戏剧文体所独有的体裁特性，又被称为戏剧提示语，是戏剧剧本的主要构成。“舞台提示是对故事发生的时间、地点、背景，人物生活的特殊的历史阶段、时空环境，特殊处境以及人物形象的基本性格和基调的整体性交代。”[②] 戏剧提示语为读者与观众营造出剧场空间展示戏剧剧情和戏剧冲突的特定情境，“让观众将其视为戏剧人物的生活环境或活动场所”[③]。以戏剧提示语明确地划分、标注戏剧作品中的出场角色，与“散文诗的戏剧化”作品中出场角色的设置完全不同。“散文诗的戏剧化”作品中人物角色的设置为自然注入式，根据情节的发展，角色（人物）自然穿插于文本之中，而角色（人物）的发声方式主要是借助标点符号（冒号与引号）进行标示。在《过客》中，每一个出场的戏

① 鲁迅:《过客》,《语丝周刊》1925 年第 17 期。

② 戴平主编:《戏剧美学教程》，上海书店出版社 2011 年版，第 190 页。

③ 施旭升:《戏剧艺术原理》，中国传媒大学出版社 2006 年版，第 298 页。

剧角色都有专门的戏剧提示语进行划分、设置："翁""孩""客"。戏剧角色提示语后出现空格，空格后的部分就是戏剧角色的台词。戏剧角色的戏剧台词即为戏剧对白与戏剧独白，彼此再构成戏剧对话，展现戏剧冲突与戏剧剧情。

《我的失恋》《过客》从体裁形式上看明显不属于分段排列的散文诗、散文诗剧，却能够被划入散文诗与散文诗剧的行列，这源于鲁迅的创作理念与诗学认知。对于一部文学作品进行体裁分类，主要通过两个方面，一是以文学文体学的评价标准为范式对具体文本进行剖析和阐释，这是最基本、最可靠的分类方式。二是根据作家本人的划分与认定，对作品进行体裁的分类。第二种分类方式需要对作家的创作意图、写作背景、时代背景进行细致的考究。《我的失恋》和《过客》的体裁分类，即为第二种的评价方式。对于《我的失恋》，鲁迅指出："但我并不气忿，因为那稿子不过是三段打油诗，题作〈我的失恋〉，是看见当时'阿呀阿唷，我要死了'之类的失恋诗盛行，故意做一首'由她去罢'收场的东西，开开玩笑的。这诗后来又添了一段，登在〈语丝〉上，再后来就收在〈野草〉中。"① 通过鲁迅的描述可以得知，鲁迅在创作《我的失恋》时虽然把它认作"打油诗"，但在后来却主动收入《野草》之中。也就是说鲁迅自己认定《我的失恋》为散文诗可以归入散文诗集《野草》中。同理，鲁迅将《过客》收入散文诗集《野草》之中，说明鲁迅对《过客》的体裁分类有自我的清晰认知，并没有将这部戏剧体裁形式的作品排除在《野草》之外。《过客》从体裁形式上看是一部典型的戏剧，鲁迅又将《过客》（戏剧）收入散文诗集《野草》之中，认定其是一部散文诗。因此，《过客》是戏剧与散文诗的杂糅，是一部名副其实的散文诗剧。

除了鲁迅自我的判定与分类，最早指出《过客》为散文诗剧的学

① 鲁迅：《我和〈语丝〉的始终》，见《鲁迅全集·第四卷·三闲集》，人民文学出版社2005年版，第169—170页。

者是李欧梵。“我突然想起鲁迅的散文诗剧《过客》，内中的中年人就是鲁迅自己的写照（其实他写这部作品的时候也不过四十九岁），他也在一个漫无目标的人生旅途中感觉疲倦了，也是只顾足向日薄崦嵫之途。”① 与《野草》中其他散文诗剧分段排列的体裁形式不同，《过客》是一部“戏剧化的散文诗”，也是中国现代散文诗剧史上唯一一部“戏剧化的散文诗”形式的作品。因此，既不能单纯地将其划归到“戏剧化的诗”形式的诗剧作品中来，也不能将其分类到“散文诗的戏剧化”形式的散文诗剧作品中去。《过客》体裁的复杂性、杂糅性源于鲁迅本人对文学体裁创造与应用的极度重视与先锋实验。他是第一个被称为“体裁家”的作家，“西欧的作家对于体裁，是其第一安到著作的路的门径，还竟有所谓体裁家（Stylist）者……作家们不将西欧的体裁作第一步的模仿，将来艺术始终是不容易成熟的。我们中国文学，从来就没有所谓体裁这名词，到现在还是没有。我们的新文艺，除开鲁迅叶绍钧二三人的作品还可见到有体裁的修养外，其余大都似乎随意的把它挂在笔头上”②。对此，鲁迅也是十分认同，“这一节，许多批评家中，只有一个人看出来了，但他称我为Stylist”③。

在中国新文学的发展历程中，能够被称为体裁家的学人寥寥，鲁迅就是其中之一。鲁迅十分重视体裁的建构，特别注重创造新的体裁形式、确立新的体裁规范。对于体裁，鲁迅有着异于常人的思考和前卫、先锋、创新的布局。其中的典型即为《过客》《曲的解放》《起死》三部作品。上述作品从体裁形式上看，均为典型的戏剧，也就是说鲁迅并不是没有创作过戏剧作品，但是鲁迅有着自己的深层次考量，并不想将上述作品归属于戏剧之列。而是将《曲的解放》收入杂文集《伪自由

① ［美］李欧梵：《世纪末的反思》，浙江人民出版社2000年版，第28页。

② 锦明：《论体裁描写与中国新文艺》，见《文学周报》第5卷，开明书店1928年版，第95—96页。

③ 鲁迅：《我怎么做起小说来》，见《鲁迅全集·第四卷·南腔北调集》，人民文学出版社2005年版，第527页。

书》中，是因为《曲的解放》的杂文性文体内核——讽刺、批判、暴露之意要远远大于它的戏剧性体裁形式。对于创作《曲的解放》的意图，鲁迅在文中一开始就已指出："'词的解放'已经有过专号，词里可以骂娘，还可以'打打麻将'。曲为什么不能解放，也来混账混账?"[①] 戏剧角色"旦"与"生"的戏剧对话包含着大量的双关语，比如"热汤"指当时热河省主席汤玉麟，日军进攻热河时，汤玉麟仓皇逃跑。"人前指定可憎张"[②] 中的"张"指张学良，热河失陷后，蒋介石把责任诿罪于张学良。在九一八事变后，1933 年 2 月，日军又大举进攻热河，3 月 10 日，热河战役结束，东北全境沦陷。《曲的解放》刊载于 1933 年 3 月 12 日的《申报·自由谈》，鲁迅针对的就是热河战役这一事件，对东北全境的沦陷痛心疾首，以讽刺、批判、暴露来抒发自己的郁结。

鲁迅将《起死》收入《故事新编》中，是因为《起死》与《故事新编》中的其他七部作品——《补天》《奔月》《理水》《采薇》《铸剑》《出关》《非攻》一样，均是借古喻今、借古讽今，"叙事有时也有一点旧书上的根据，有时却不过信口开河。而且因为自己的对于古人，不及对于今人的诚敬，所以仍不免时有油滑之处"[③]。鲁迅强调《补天》为小说，"我决计不再写这样的小说"[④]，同时又指出："现在才总算编成了一本书。其中也还是速写居多，不足称为'文学概论'之所谓小说"[⑤]，这是典型的自谦与反语，意为《故事新编》中的其他作品与《补天》一样，均是小说。因此，《起死》的叙事性文体内核要远远大

① 鲁迅:《曲的解放》，见《鲁迅全集·第五卷·伪自由书》，人民文学出版社 2005 年版，第 58 页。

② 鲁迅:《曲的解放》，见《鲁迅全集·第五卷·伪自由书》，人民文学出版社 2005 年版，第 59 页。

③ 鲁迅:《故事新编·序言》，见《鲁迅全集·第二卷》，人民文学出版社 2005 年版，第 354 页。

④ 鲁迅:《故事新编·序言》，见《鲁迅全集·第二卷》，人民文学出版社 2005 年版，第 353 页。

⑤ 鲁迅:《故事新编·序言》，见《鲁迅全集·第二卷》，人民文学出版社 2005 年版，第 354 页。

于其对话性的戏剧体裁形式。《故事新编》是鲁迅对中国传统神话、历史故事的新编与重写，鲁迅所说的“油滑之处”即以“讽刺反语”的艺术技法在作品中塑造全新的古人形象，讲述全新的历史故事。借助《故事新编》，整体呈现自我对中国古代传统哲学思想的认知与态度。《起死》解构了道家思想和庄子形象，将其著述比喻（讽刺）为“上流的文章”①，从而反思道家哲学体系是否适用于现代社会和现代民众。“上流的文章”出自林语堂的《烟屑》一文，“吾好读极上流书或极下流书，中流书读极少。上流如佛老孔孟庄生，下流如小调童谣民歌盲词”②。通过“上流的文章”五字即可推断出鲁迅对儒家、道家思想的态度。在《故事新编》的其他作品中，鲁迅也反思了儒家、道家思想，表达了对墨家思想的推崇。《起死》与其他七部作品是不可分割的统一整体，共同展现鲁迅对中国传统哲学思想的认知和态度。

鲁迅将《过客》收入散文诗集《野草》之中，则源于《过客》所具有的诗性内核——暗示之意远远大于它的戏剧性体裁形式。在1922年至1926年期间，鲁迅充满了痛苦与彷徨，一方面“五四”高潮已落、女师大事件影响；另一方面，1923年鲁迅接到周作人的绝交信，周氏兄弟正式决裂。1924年9月的深夜，伤痕累累的鲁迅走进了幽暗的“野草”，开始独自解剖内心的伤痕。鲁迅以散文诗剧的艺术形式再次创造了一个孤独者的形象——“过客”，以“过客”的身份在《野草》中反思和呈现自己的内心苦痛与矛盾。“例如我是诅咒‘人间苦’而不嫌恶‘死’的，因为‘苦’可以设法减轻而‘死’是必然的事，虽曰‘尽头’，也不足悲哀。而你却不高兴听这类话，——但是，为什么吞藤黄的？这就比不做‘痛哭流涕的文字’还‘该打’！又如来信说，‘凡有死的同我有关的，同时我就诅咒所有与我无关的。……’同

① 鲁迅：《起死》，见《鲁迅全集·第二卷·故事新编》，人民文学出版社2005年版，第493页。

② 语堂：《烟屑》，《宇宙风》1935年第6期。

我有关的活着，我就不放心，死了，我就安心，这意思也在《过客》中说过：都与小鬼的不同。其实，我的意见原也不容易了然，因为其中本有着许多矛盾。”[①]“过客”即为一个典型的意象，暗示、象征了鲁迅自我的人生处境以及对自我前路的人生态度。

茅盾指出，“在中国新文坛上，鲁迅君常常是创造‘新形式’的先锋”[②]，“常常”二字用的极为贴切。一方面，鲁迅打破了小说、杂文、散文、诗歌、戏剧等体裁之间的界限，将各种不同形式的体裁杂糅在一起，譬如散文与诗歌的杂糅、散文诗与戏剧的杂糅、小说与戏剧的杂糅、小说与散文的杂糅、散文与戏剧的杂糅等；另一方面，鲁迅没有囿于文学作品原有的体裁特性，而是根据自我的创作意图、审美理念、诗学观念，前卫地将文学创作重新进行体裁的划归与分类。《过客》《曲的解放》《起死》三部戏剧作品即为典型的代表，分别划归与分类到了散文诗集《野草》、杂文集《伪自由书》、小说集《故事新编》之中。尤其是《过客》，成为中国现代散文诗剧创作史上的唯一一部“戏剧化的散文诗”形式的作品。这既是对20世纪上半叶中国、欧美散文诗、散文诗剧创作的有益补充，开辟了一种全新的思路与写作方式，也为当下乃至今后的散文诗、散文诗剧写作提供了极大的借鉴与启发，为中国及世界的散文诗、散文诗剧的发展做出了重要贡献。

第二节　诗性的体裁内核

散文诗剧是在散文诗的基础上融入戏剧因子升华而成的，散文诗剧脱胎于散文诗，散文诗剧的体裁内核与散文诗是完全一致的。因此，探讨散文诗剧的体裁内核也就是要探究、剖析和论述散文诗的体裁内核。

---

① 鲁迅：《致许广平》，见《鲁迅全集·第十一卷·书信·一九二五年》，人民文学出版社2005年版，第493页。

② 雁冰：《读〈呐喊〉》，《文学旬刊》1923年第91期。

散文诗是散文与诗歌杂糅后形成的文体，其体裁内核是应该倾向于散文还是倾向于诗歌，这是一个关乎文体存亡的核心问题。“在一切文体之中，最可厌的莫过于所谓‘散文诗’了。这是一种高不成低不就，非驴非马的东西。它是一匹不名誉的骡子，一个阴阳人，一只半人半羊的faun。往往，它缺乏两者的美德，但兼具两者的弱点。往往，它没有诗的紧凑和散文的从容，却留下前者的空洞和后者的松散。”① 这一论断虽颇为偏激，却准确地抓住了散文诗的本质问题——文体的模糊与不确定。散文诗由于杂糅性的文体形式，与其他文学体裁相比，在创作时难度更大，若在写作过程中不能准确把握自身的文体范式，就易流于散文或归向纯诗，变得不伦不类、不三不四。因而在写作散文诗和散文诗剧时，要明确其体裁的内核，否则散文诗和散文诗剧也就失去了存在的意义。散文诗与散文诗剧的体裁内核是诗而非散文，滕固指出：“散文诗是诗中的一体，有独立艺术的存在，也可无疑。”② 谢冕也提及：“散文诗与其说是散文的诗化，不如说它不过是诗的变体。散文诗只是散文的近邻，而确是诗的近亲，它和诗有血缘关系。”③

虽然散文诗和散文诗剧有着散文的体裁形式，但其体裁内核是“诗”而非散文。散文诗和散文诗剧的体裁形式表现为分段排列——散文性的体现，而散文诗和散文诗剧的诗性则属于体裁内核的层次，这也是散文诗与散文诗剧此种杂糅性文体区别于散文文体的关键之所在。内容决定形式，形式表现内容，二者相辅相成，相互依存，不可分割，“文附质也……质待文也”④。具体来说，散文诗与纯诗一样，为诗歌的一翼，因而对于诗歌的若干认知同样适用于散文诗和散文诗剧，其中最

---

① 余光中：《剪掉散文的辫子》，见《余光中集·第四卷·逍遥游》，百花文艺出版社2004年版，第154页。

② 滕固：《论散文诗》，《文学旬刊》1922年第27期。

③ 谢冕：《北京书简——关于散文诗》，见福建师范大学中文系主编《中国当代文学研究资料郭风专集》，1979年，第66页。

④ （南朝梁）刘勰著，王志彬译注：《文心雕龙》，中华书局2012年版，第366页。

为重要的即为如何建构与表现文本的诗性。诗性既然是诗歌的体裁内核，那么也必然是散文诗与散文诗剧的文体本质所在。假若在写作时不能把握散文诗剧诗性的体裁内核，作品的诗性缺乏甚至丧失，就易导致散文诗剧文体身份的模糊与尴尬，最终变得“非驴非马”。中国现代散文诗剧的诗性体裁内核主要表现在两个方面：一是内在情绪与外在节奏的诗性融合，二是暗示性意象的诗性建构。

一 内在情绪与外在节奏的诗性融合

在中国传统诗歌理论中，诗的本质除“诗言志”外，还包括“诗言情”，“以情为志……改作诗言情，也无不可”①。新文学时期，以郭沫若为代表的早期白话诗人主要继承与发展了中国传统诗歌“诗言情”的理论，提出了“诗的本职专在抒情”② 的诗歌理念，在前人“诗言情”理论的基础上，将其发展为“情绪”诗学观，“情绪的吕律，情绪的色彩便是诗。诗的文字便是情绪自身的表现”③。并得到其他学人的认同与呼应，“在诗里面，所包含的元素是：（一）情绪 这是最重要的”④，对新诗的创作产生了深远影响。情绪作为人类感情的存在方式、心理状态，是一种看不见、摸不着的东西，如何以“情绪”结构诗歌就成为诗人要着手解决的主要问题。郭沫若指出诗歌有内在韵律与外在韵律之分，外在韵律是传统诗歌中所强调的平上去入、高下抑扬、宫商徵羽、双声叠韵等。而诗之精神则在其内在韵律，内在韵律是“情绪的自然消长”⑤。郭沫若以散文诗为切入，论及诗歌写作应从内在韵律

---

① 潘大道：《诗论》，中华学艺社 1924 年版，第 2 页。

② 郭沫若：《郭沫若致宗白华》，见《郭沫若全集·文学编·第十五卷·三叶集》，人民文学出版社 1990 年版，第 47 页。

③ 郭沫若：《郭沫若致宗白华》，见《郭沫若全集·文学编·第十五卷·三叶集》，人民文学出版社 1990 年版，第 47 页。

④ 西谛：《论散文诗》，《文学旬刊》1922 年第 24 期。

⑤ 郭沫若：《论诗三札》，见《郭沫若全集·文学编·第十五卷·文艺论集》，人民文学出版社 1990 年版，第 337 页。

着手，“诗应该是纯粹的内在律，表示它的工具用外在律也可，便不用外在律，也正是裸体的美人。散文诗便是这个。我们试读泰戈尔的《新月》、《园丁》、《几丹伽里》诸集，和屠格涅夫与波多勒尔的散文诗，外在的韵律几乎没有。惠迭曼的《草叶集》也全不用外在律”①。

以内在韵律——“情绪的自然消长”写诗，关键则在于外在的节奏，“文学的本质是有节奏的情绪的世界”②，情绪是诗歌的核心要素，节奏则是传递与展现情绪的主要方式。内在情绪与外在节奏是无法分割的，它们相互作用形成一种诗意的张力。“情绪的进行自有它的一种波状的形式，或者先抑而后扬，或者先扬而后抑，或者抑扬相间，这发现出来便成了诗的节奏。所以节奏之于诗是它的外形，也是它的生命，我们可以说没有诗是没有节奏的，没有节奏的便不是诗。”③ 诗人在写作诗歌时，需要把自我的内在情绪转化为具体可见的外在节奏，用外在波动的节奏表现内在消长的情绪，这就是诗歌诗性体裁内核的具体表现方式。因此，内在情绪与外在节奏的诗性融合是中国现代散文诗剧诗性内核的第一个表现方面。在散文诗剧的创作过程中，作家借助长短句、停顿、空行、空格、复沓、排比、对称、反复、并列等各种艺术手法，使外在的节奏形式参差错落、跌宕起伏、抑扬顿挫，从而传递与展现内在情绪的高低起伏。

以郑振铎的《荒芜了的花园》为例。

一座荒芜了的花园里，
只有有毒的恶草与刺人的荆棘生长着；

---

① 郭沫若：《论诗三札》，见《郭沫若全集·文学编·第十五卷·文艺论集》，人民文学出版社1990年版，第338页。

② 郭沫若：《文学的本质》，见《郭沫若全集·文学编·第十五卷·文艺论集》，人民文学出版社1990年版，第352页。

③ 郭沫若：《论节奏》，见《郭沫若全集·文学编·第十五卷·文艺论集》，人民文学出版社1990年版，第353页。

除了蟋蟀在草丛中悲鸣以外，听不见别的声响了。

美丽的池从前淙淙地流过石桥的，现在因为没有人管理，渐渐地干了——干得见底了。

美丽的花木从前灿烂微笑地盛开着的，现在因为没有人时时灌溉，也渐渐地枯萎尽了。

就是从前天天飞到园里唱夜之歌的夜莺，也因为他的好朋友玫瑰死了，好久没有再飞来了。

有一天忽然有好几个人来到园里。

他们看见这座美丽的花园的凄凉情况，几乎要痛哭了。

他们坐在快要坍倒的草亭破椅上，谈起这座花园的以前的美景，个个人脸上都显出追慕惋惜的神色。

一个人叹气道："难道我们就任他长此荒芜了吗？"

其余的人都毅然站起身来答道："不，决不，我们应该大家努力把他整理好。"

于是，他们跑到池旁，坐在一块假山上，细细地讨论怎样改造这座荒芜的花园的方法。

青蛙带着满肚子的喜欢，由池岸下石罅中跳出来听。

终夜悲鸣的蟋蟀也暂时停止了他的哭声由草丛中露出半个头来，看他们讨论。①

作者虽以散文性分段排列的体裁形式建构文本，却不囿于分段排列的体裁形式。文章的第一段文字与第二段文字本是完整的一个长句，作者有意将其人为断开，由此形成了第一段为短句，第二段也为短句的形式。第三段到第六段则是完整的句子，分别描写了花园荒芜的现状。每一段结尾，均采用了近似于排比与重复的形式："听不见别的声响了""干得见底了""渐渐地枯萎尽了""好久没有再飞来了"，细致地呈现

① 郑振铎：《荒芜了的花园》，《小说月报》1922 年第 13 卷第 4 期。

破败、凄凉、毫无生机的景象。第七、八段原本也应为完整的一句，作者再次将其人为拆分，使两段均为短句的形式，第九段为完整的长句。上述布局方式源于作者心中充沛的诗情，以内在的情绪建构作品，所以作品并不是完全的分段排列。外在变化的节奏与内在消长的情绪实现了完美的融合，由此呈现作品的诗性内核。从第十段至结尾，根据情节的发展——为了修复这荒芜了的花园，戏剧角色“一个人”“其余的人”“一人”“别一人”等纷纷出场，实现了戏剧对话，使作品由散文诗升华为散文诗剧。

诗歌——散文诗，是作家内在律（情绪）的外化，这种外化需要配以起伏、波动的外在律（节奏），由内及外地呈现作者的思想情感、作品的主题意义，展现散文诗的诗性内核。

再以徐志摩的《“谁知道”》为例。

我在深夜里坐着车回家——
一个褴褛的老头也使着劲儿拉；
天上不见一个星，
街上没有一只灯：
那车灯的小火
冲着街心里的土——
左一个颠播，右一个颠播，
拉车的走着他的踉跄步；
……………………………
“我说拉车的，这道儿那儿能这么的黑？”
“可不是先生？这道儿真——真黑！”
他拉——拉过了一条街，穿过了一座门，
转一个弯，转一个弯，一般的暗沈沈；——
天上不见一个星，

街上没有一个灯：

那车灯的小火

蒙着街心里的土——

左一个颠播，右一个颠播，

拉车的走着他的踉跄步；

……………………………………

“我说拉车的，这道儿那儿能这么的静？”

“可不是先生？这道儿真——真静！”

他拉——紧贴着一垛墙，长城似的长，

过一处河沿，转入了黑遥遥的旷野；——

天上不露一颗星，

道上没有一只灯：

那车灯的小火

晃着道儿上的土——

左一个颠播，右一个颠播，

拉车的走着他的踉跄步；

……………………………………

“我说拉车的，怎么这道儿上一个人都不见？”

“倒是有先生，就是您不大瞧得见！”

　　我骨髓里一阵子的冷——

　　那边青缭缭的是鬼还是人？

　　仿佛听着鸟咽与笑声——

　　　　阿，原来这遍地都是坟！

天上不露一颗星，

道上没有一只灯：

那车灯的小火

缭着道儿上的土——

左一个颠播，右一个颠播，
拉车的跨着他的踉跄步；
…………………………………
“我说——我说拉车的喂，这道儿那……那儿有这么远?”
“可不是先生？这道儿真——真远！”
“可是你拉我回家你走错了道儿没有?”
“谁知道先生，谁知道走错了道儿没有！”
…………………………………
我在深夜里坐着车回家，
一堆不相识的褴褛他使着劲儿拉；——
天上不明一颗星，
道上寻不着一只灯：
只那车灯的小火
裹着道儿上的土——
左一个颠播，右一个颠播，
拉车的跨着他的踉跄步①

徐志摩是新月诗派的领军人物，新月诗派对新诗的发展作出了重要贡献——倡导新诗的格律化、探索新诗的形式美，通过大量的创作实绩推动了新生的现代诗歌特别是现代诗剧的发展与成熟。以徐志摩为例，创作了大量的“诗的戏剧化”形式的诗剧作品，既有“纯诗的戏剧化”，如《月夜听琴》《“先生！先生!”》《叫化活该》《太平景象》《海韵》《大帅——战歌之一》《变与不变》等。又有“散文诗的戏剧化”，如《“夜”》《“谁知道”》等。徐志摩的诗人身份、其内心饱满充沛的诗情、对于新诗形式美积极探索的艺术理念与追求，使他在写作散文诗时，十分注重内在情绪与外在节奏的诗性交融。从体裁形式上看，

① 徐志摩：《“谁知道”》，《晨报副刊》1924 年 11 月 9 日。

《“谁知道”》是分行排列的散文诗。作品共分为六部分，第一部分交代剧情、引出角色。“我”在深夜里坐车准备回家。第二部分至第五部分则是戏剧角色“我”与“车夫”之间的五段戏剧对话。戏剧对话的形成，使作品由散文诗升华为散文诗剧。第六部分是对第一部分的呼应，并交代结束的剧情，“我”仍然坐在车上想要回家。但徐志摩并不是简单地把六部分整合成散文式的六段文字，而是在写作时以波动起伏的外在节奏表现自然消长的内在诗情。

徐志摩以“………………………………”作为空行的符号，将文章分为六部分。徐志摩在除第五部分的每一部分都注入了一首文本内容近乎相同的自由诗，实现了回环往复的艺术效果。分段排列的散文诗与分行排列的纯诗并置在一起，仿佛乐章的变奏，实现了不同曲调（散文诗与纯诗）的相互碰撞、相互交汇、相互融合，直至统一的复杂过程。作品的基本框架依然是以散文分段排列的体裁形式为基础，徐志摩的人格气质、艺术追求、创作理念促使他在写作散文诗之时，钟情于探索散文诗写作的新形式。对于自由诗和格律诗来说，外在的节奏应为声律/韵律，声律/韵律是诗歌艺术最重要的组成部分之一。对于体裁形式为分段排列的散文诗来说，外在节奏的决定性因素就不再是声律/韵律，而应该是一种自由洒脱的波动节奏——跌宕起伏、自由舒畅、任意而发、不断变奏。徐志摩内心充沛饱满的诗情、自然消长的内在情绪，也需要这变化多端、抑扬顿挫的外在节奏与之配合。《“谁知道”》的创作过程就是内在情绪与外在节奏诗性融合的完美呈现。

焦菊隐除了研究、创作戏剧，在诗剧写作方面也颇有建树，却在以往的研究中被学界忽视。以他的《母亲的病》为例。

夜在沈沈睡了的时节，母亲从呻吟中惊醒了。

小妹正跪在花床上，向无际见默默地祈语，阿姑也含着眼泪为病的安琪祝福。

这可亲爱的仁慈的灵魂，在夜正沈沈睡了的时节，从呻吟中轻轻惊醒。她问：“我的孩子还没有睡吗？夜深了！”我在她床前展开紧锁了的双眉，安安静静地答道：“母亲，你的孩子已经睡了。”她终于才又慢慢合上慈爱的惦念，未辨出我仍立在她病中昏乱的前边。①

《母亲的病》是一首标准的体裁形式为分段排列的散文诗作。在创作中，作者注入了戏剧角色“我”与“母亲”，二者实现了戏剧对话，作品由散文诗升华为散文诗剧。虽然《母亲的病》并没有像《荒芜了的花园》《“谁知道”》那样，有明显的断句、长短句、空行、纯诗与散文诗并置等变化多端、跌宕起伏、抑扬顿挫的外在节奏，但是通过细读文本，依然能够发现作者内在情绪的自然消长以及作品浓郁饱满的诗性。

首先，语言是折绕幽婉、余味曲包的诗性表述，这是需要在第二章语言范式中研究的问题，暂且不展开讨论。其次，焦菊隐借助第一段和第三段中“从呻吟中惊醒”，这两个近似于对称、反复的语句，来描述重病中的母亲依然惦念着自己的孩子，展现母爱的伟大。外在节奏形式的回环往复，令诗作的感情真挚且深沉。散文诗的创作是恣意挥洒成篇的，是作家内在情绪的自然流露，需要外在的节奏律配合内在情绪的传递，呈现作者的思想情感，展现诗性内核。关键在于作者将内在的诗之情绪通过外在的诗之节奏自然展现。一些诗性匮乏的散文诗，在创作时，诗人的情绪波动是直线的，外在节奏也就没有了强弱、高低之分，外在形式就是大段整齐划一的抒情直白或叙事陈述，流于散文化。散文诗的本质是诗，诗歌的特质同样适用于散文诗，因此，内在情绪与外在节奏的融合统一是散文诗富有诗意的捷径之一。

需要特别指出的是，在一些研究著作中将焦菊隐的《七夕》《“有

① 焦菊隐：《母亲的病》，见《夜哭》，北新书局1929年版，第3页。

一个残废的瞎子……"》两部作品划归到了散文诗的行列。先以《七夕》为例。

月色空照着茅舍的窗棂，
　　四野无声。
　　木栅栏旁系着一只老牛，
　　破大车睡着个小牧童。

　　这傻子每晚含着酸眼泪，
　　朦胧入睡，
　　梦中犹见逐出他来的兄嫂，
　　大家还在一块儿吵嘴。
　　只有这山川是他的广场，
　　月是珍玩，
　　论宝藏，除了那老牛破车，
　　再有便是热泪坠落成千。

　　老牛本是一天宫里的侍者，
　　谪居人间——
　　不忍看傻牧童苦得可怜，
况且他的前生星宿不凡。

他附耳低语，说了个详细，
傻子狂喜——
赶紧套上那辐重车瘦牛，
奔向了月色低沉的正西。
……

一个个都拖了轻云罗，
遮身飞脱。
只有最美丽的找不到红罗，
牛郎慢走到她面前狂乐。

“今晚既被你利用了玄机，
也是缘期，
活该我又得流落到人间，
我从今夜起便作你的娇妻。”

这句话可出乎傻子本意，
“作个娇妻！”
他还不懂这句话的意义，
便胡乱把美女载回茅邸。[①]

《七夕》创作于“一九二七，八，三，七夕前夕”[②]，作者的创作意图是借传统神话传说来表达自我对爱情的认知和体味。焦菊隐在作品中塑造了戏剧角色“牧童”（牛郎）、“仙女”（织女）、“老牛”以及“王母”，每一个戏剧角色的形象基本符合传统神话传说中的人物原型。“牧童”为爱情苦苦追寻“仙女”，但二人最终被迫分离，只能在七夕那一天相会。通过戏剧角色之间的戏剧对话，表现了“牧童”与“仙女”爱情的悲苦以及分离的伤痛。戏剧角色彼此之间的戏剧台词形成了戏剧对话，使作品由诗升华为诗剧（“诗的戏剧化”），这是毫无疑问的。但《七夕》在收入北京人民艺术剧院戏剧博物馆编纂、文化艺术出版社2005年出版的《焦菊隐文集》之时，却被收录在“早期散文

① 焦菊隐：《七夕》，《晨报副刊》1927年8月8日。
② 焦菊隐：《七夕》，《晨报副刊》1927年8月8日。

诗”一栏之中。那么，作品到底是升华为“纯诗的戏剧化”还是“散文诗的戏剧化”，是需要细致地考查和论述的关键问题。

首先，从体裁形式上看，《七夕》是典型的分行排列的纯诗形式而非分段排列的散文形式，作品理所当然地应属“纯诗的戏剧化”之列。其次，焦菊隐在1927年8月8日《晨报副刊》上发表该诗时，在题目旁边也没有注明作品是“散文诗”，仅仅注明“诗”。与之相对，郑振铎在1922年4月《小说月报》第13卷第4期上发表《荒芜了的花园》时，题目下方明确标注该作为“散文诗”。再次，1926年北新书局出版了焦菊隐的散文诗集《夜哭》，“菊隐的诗的创作，比较上以散文诗为成功。一个作家最大的成功，是能在他的作品中显露出‘自我’来。菊隐在这卷诗里，曾透出他温柔的情怀中所潜伏的沉毅的生力，曾闪耀出‘将来’的光辉，这是我们从哭声中所得的安慰。这卷诗中情思的缠绵与委婉，沉着与锐利，固已满足了我们最近的欲望；但用这种文体写诗，而且写得如此美丽深刻的，据我所知，在中华的诗园中，这是第一次的大收获”[①]。于赓虞在《夜哭序》中对焦菊隐的散文诗集《夜哭》给予了极高的评价，他所提到的“这种文体”就是指散文诗。《夜哭》中的作品在语言方面除了具有折绕幽婉、余味曲包的特质，焦菊隐在文体方面还进行了大胆的实验——“散文诗的戏剧化”，《母亲的病》就是典型的散文诗剧。《夜哭》还是新文学时期较早出现的散文诗集之一，甚至早于1927年7月同样由北新书局出版的鲁迅的散文诗集《野草》。《夜哭》分“夜哭”“人间”“一缕青烟”“慵懒”“杂诗”五部分，共收28首散文诗。却并没有收录《七夕》，因为《七夕》是1927年创作并发表的。但翻看1929年北新书局再版的《夜哭》，焦菊隐依然没有将《七夕》收入这个散文诗集之中，这恰恰说明作者本人也不认为《七夕》是一首散文诗。

因此，《七夕》是一部“纯诗的戏剧化”形式的作品。与之类似的

① 于赓虞：《夜哭·序》，见《夜哭》，北新书局1929年版，第6—7页。

还有焦菊隐的另一部诗作《“有一个残废的瞎子……”》，在收入2005年版的《焦菊隐文集》后，也被收录于“早期散文诗”一栏。《“有一个残废的瞎子……”》与《七夕》相同，在体裁形式上也是典型的分行排列，而非分段排列。此外，这部作品发表于1942年2月的《诗创作》第八期：春季特大号。在时间上并不属于早期诗歌。因此，通过之前对鲁迅和本节对焦菊隐创作地回溯与考察，可以得知，对散文诗剧的考证需要从文体范式与创作历史两个方面共同入手。

二　暗示性意象的诗性建构

散文的文体特性偏向于实用主义与功用主义，“我所讨论的，只是散文，——解论（Exposition）辨议（Argumentation）记叙（Narration）形状（Description）四种散文——没有特殊的文体。散文在文学上，没甚高的位置，不比小说，诗歌，戏剧。但是日用必需，整年到头的做他：小则做一篇文，大则做一部书，都是他”。[①] 因此，在主观抒情与客观叙述的过程中，散文是“多为解释的”[②]。诗歌则与之相对，是“偏于暗示的”[③]，需要做到幽婉与曲折。与诗歌有着血脉联系，作为“诗中一体”“诗的变体”的散文诗，以及脱胎于散文诗的散文诗剧，在主观抒情或客观叙述的过程中，应是婉转与折绕的。如何做到幽婉与曲折、如何呈现诗歌诗性的体裁内核，成为作家在撰写散文诗尤其是散文诗剧之时需要考虑和解决的重要问题。

作为诗歌（散文诗）独有因子的意象，自然成为散文诗与散文诗剧体裁内核的具体表现方式之一。诗歌是由各种意象组合而成，“意象是诗歌艺术最重要的组成部分之一（另一个是声律），或者说在一首诗歌中起组织作用的主要因素有两个：声律和意象”[④]。意象本身就具有

---

① 傅斯年：《怎样做白话文?》，《新潮》1919年第1卷第2期。

② 西谛：《论散文诗》，《文学旬刊》1922年第24期。

③ 西谛：《论散文诗》，《文学旬刊》1922年第24期。

④ 陈植锷：《诗歌意象论》，中国社会科学出版社1990年版，第13页。

暗示、隐喻、象征的要素，“一个‘象’具有多层的‘意’，通过‘象’来暗示、表现丰富的内涵，即一个‘能指’可以聚合多个‘所指’”[①]。意象由“意”和“象”组合而成，“意”是作者抽象的意志、思想、情感、理念，“象”是自然界与社会生活中各种具体可感的物象，是“意”的客观对应物。当“意”与“象”组合之后，会使自然界与社会生活中原本具体可感的物象升华为意象，具有了全新的暗示、隐喻、象征之意。意象的应用使散文诗、散文诗剧具有了“暗示性”的特性，即朦胧、含蓄与抽象，从而区别于散文。

意象的理论建设贯穿于整个新文学时期，以新月诗派为例，其艺术主张之一便是“理性节制情感”，“爱是不能没有的，但不能太热了。情感不能不受理性的相当节制与调剂”[②]。对于上述理论，徐志摩不止一次撰文进行阐释，“我们相信感情不经理性的清滤是一注恶浊的乱泉……我们当然不反对解放情感，但在这头骏悍的野马的身背上我们不能不谨慎的安上理性的鞍索”[③]。闻一多也极力提倡诗歌应具有“浓丽繁密而具体的意象”[④]。冯至、卞之琳深受里尔克、艾略特的影响，他们的诗作具有典型的“非个人化”的特质，借助意象，在诗作中进行深刻的哲理思索，以曲折、幽婉的方式去描写人性、人生、命运。1940年代，九叶派的袁可嘉、唐湜撰写和译著了诸多理论文章，如《现代英诗的特质》《释现代诗中底现代性》《论意象》《论意象的凝定》等，指出意象对于诗歌创作的重要意义。九叶派的重要外围作家莫洛则撰写了大量的散文诗和散文诗剧，在创作中，莫洛十分注重意象的发掘、实验和应用，把自我的情感、意念、理想通过新颖的意象进行传递，实现了感性与理性的融合，作品极富艺术张力。

---

① 吕周聚：《中国新诗审美范式的历史转型》，人民出版社2014年版，第116页。

② 徐志摩：《白朗宁夫人的情诗》，《新月》1928年第1卷第1号。

③ 徐志摩：《“新月”的态度》，《新月》1928年第1卷第1号。

④ 闻一多：《〈冬夜〉评论》，见《闻一多全集》第二卷，湖北人民出版社1993年版，第69页。

脱胎于散文诗的散文诗剧更需要注重暗示性意象的诗性建构，由此呈现自身诗性体裁的内核。以王统照的创作为例，他的散文诗剧诗性浓郁，恰恰得益于作品中暗示性意象的诗性建构。在散文诗剧《失了影的镜子》中，王统照选取了社会生活中常见常用的一种客观物象——镜子。镜子能够反射光线，在镜中可以看到照镜子人的成像。王统照以客观物象镜子来承载自我的情感与理念，镜子被赋予了全新的含义，从而升华为意象——“失了影的镜子”。“照照看，一个无所有的虚空，在其中失去了他自己的影子。他自然是十分惊奇！试验着把镜子映在室内室外的一切东西上，那些反影都清晰地照出来。再把自己的面容对准那个圆镜，仍然什么东西也没有。”[①] 作品的主旨十分晦涩，贯穿全文的意象“失了影的镜子”的应用是一个重要的缘由。围绕此意象，文章共设置了三个戏剧角色：“他”“老人”“童子”。“他”用自己的圆镜照镜子时发现所有东西都能映照在镜子之中，唯独没有自己的反影。在“他”晕眩、颓然之际，“老人”上门而来，告诉“他”：“你的影子走失了，它早已跑到我那个模糊的有裂纹的老镜子中了。”[②] 之后，“童子”也上门而来，又告诉“他”：“我有一个镜子，向来没见过自己的影子的……也许，你用它可以找到你往日的影。这是一件需要试验的事啊。”[③]

通过上述戏剧角色之间的戏剧对话，意象“失了影的镜子”的暗示、隐喻之意逐渐被揭示，“老人”与“童子”分别象征了年老时的“他”和孩童时的“他”。“他”无法在镜中找到自己的照影，暗示了那些在现实生活中迷失自我的中年人。“老人”告诉“他”，“他”影子跑

① 王统照：《失了影的镜子》，见《王统照文集》第四卷，山东人民出版社 1982 年版，第 278 页。

② 王统照：《失了影的镜子》，见《王统照文集》第四卷，山东人民出版社 1982 年版，第 278 页。

③ 王统照：《失了影的镜子》，见《王统照文集》第四卷，山东人民出版社 1982 年版，第 279 页。

到自己的镜子里去了，“老人”对此感到一种烦扰与忧心，因为“老人”已经辛苦操劳了一生，不愿再回想以往疲惫劳心的人生，所以“老人”告知“他”，自己已不再需要影子了，请“他”把影子取回，如果不取回，“老人”就会把自己的老镜子摔碎，只有这样，才能在暮年获得一丝的安慰和平静。“童子”与老人相反，“童子”也有一面镜子，“童子”的镜子和“他”的镜子一样，里面也没有自己的照影。但与“他”无法找到自己的影子不同，“童子”才刚刚开始自己的人生，世界上的一切对“童子”来说都还十分新奇，所以说未来人生的不确定性导致了“童子”镜子中的照影还未形成。因此，“童子”建议“他”可以借用自己的镜子来试着找回自己的照影。

但“失了影的镜子”对每个人的影响是不同的，“童子”（孩童时的“他”）面对“失了影的镜子”，表现出了一种乐观积极的人生态度。“老人”（年老时的“他”）面对“失了影的镜子”，表现出了一种平静淡然的人生态度。只有“他”（当下的自我）面对“失了影的镜子”，十分“茫然”、“颓然”、“悚然”甚至“惨淡”，最后那面“失了影的镜子”在“他”惊慌失措的“抖颤”中摔成了碎片。意象“失了影的镜子”是作者思想情感与理想意念的诗意外化，全文的主旨和立意是十分隐晦与曲折的，得益于暗示性意象“失了影的镜子”的应用与建构。王统照借贯穿全文的意象“失了影的镜子”，对人生进行了深刻的理性思考。“失了影的镜子”暗示和隐喻了不同人生阶段所面临的不同问题，以及不同年龄、不同阅历的人在面临人生问题时迥异的人生态度。暗示性意象的应用与建构，使体裁形式为分段排列的作品《失了影的镜子》诗性浓郁、意境幽深，这也是王统照在文章标题后注明其为“散文诗”的缘由。此外，戏剧角色“老人”“童子”“他”的自然注入以及彼此之间戏剧对话的形成，使《失了影的镜子》由散文诗升华为散文诗剧。

在散文诗剧《荆棘与荆冠》中，王统照选取了自然界中的植物

“荆”和“棘”。“荆”“棘”在野外常常混合而生，因此就产生了人们耳熟能详的客观物象“荆棘”。王统照借客观物象“荆棘”，对现实生活中人或事的两面性——善/恶、好/坏、益/害，进行了深刻的哲理思辨。戏剧角色“天使”向另一个戏剧角色“神”申诉“荆棘”给人世间造成了诸多的不便，希望“神”能把“荆棘”完全清除掉，“神”没有同意，而是命“天使”再去人间细察是否应该清除“荆棘”。当“天使”再度回到天国时，带回了用“荆棘”制成的“荆冠”，指出“荆棘”曾被编成“荆冠”，虽然有过光荣值得铭记，还是有“伤害嘉穀与刺伤人与动物的蹄腿”① 的劣行，依旧请求“神”将其清除。而“神”依然对清除“荆棘”不以为然，令“天使”十分惊愕。戏剧角色“天使”与“神”围绕是否应该清除人间的“荆棘”展开戏剧对话，“荆棘”被赋予了辩证统一的特性。在“天使”眼中，“荆棘”只有害处，“走道的脚上踏着它的尖针，土地被它占据了，供人吃食的种子不易萌生；风替它散布，雨给它滋润，甘露成了它的营养的原料。主啊！这样，将来连你每天所要献在圣坛上的早晨与黄昏的羊羔也难以生育出来。因为羊的蹄腿都被荆针刺伤，牧羊的草地都让给荆棘了”②。

而在“神”看来，“荆棘”具有两面性，“没有尖刺的不会享受曾戴在圣子头上的光荣。不生荆棘的土地岂不成为永远欢乐的天国？我以荆针尖上的光荣示诫世界，人却争逐着这尖上的光荣，所以荆棘在地上到处生长。但是荆棘编成的光荣冠冕你现在从人间带来了！你还替地里茂生的荆针发愁？以后，因为没了这光荣的冠，荆棘自然不会到处滋长，供人吃食的种子便可萌生”③。王统照将“天使”塑造为一个“对一样东西要加善恶分别”④ 的形象，因而在他眼中，“荆棘”是一个

① 王统照：《荆棘与荆冠》，见《王统照文集》第四卷，山东人民出版社 1982 年版，第 377 页。

② 王统照：《荆棘与荆冠》，见《王统照文集》第四卷，山东人民出版社 1982 年版，第 376—377 页。

③ 王统照：《荆棘与荆冠》，见《王统照文集》第四卷，山东人民出版社 1982 年版，第 377 页。

④ 王统照：《荆棘与荆冠》，见《王统照文集》第四卷，山东人民出版社 1982 年版，第 377 页。

“恶”的东西。与“天使”相反，“神”看待事物则是辩证的考量。“荆棘”并不像“天使”口中所说，除了光荣，没有任何有益的一面。“荆棘”那看似有害的尖针（荆针），恰是“神”故意用来示诫众人的，只不过众人却只知追逐尖针上的光荣而导致荆棘到处生长。“神”的原意是用“荆棘”的尖刺迫使人类不安于现状、沉溺享乐，去努力奋斗、争取光荣，“不生荆棘的土地岂不成为永远欢乐的天国?”①

当“意”（王统照的哲理思辨）与“象”（荆棘）结合后，作品实现了内涵与外延、感性与理性的对立统一，客观物象“荆棘”升华为意象。王统照的理性沉思——对现实人生的哲理思考是借助“荆棘”这个暗示性意象进行隐喻与表现。“荆棘”的意象并非浅显易懂，需要读者与观众细细体味戏剧情节、戏剧冲突，才能感知其复杂的内涵，才能进一步理解作者的意念与作品的主旨。暗示性意象的应用既能展现散文诗剧的诗性体裁内核，又能使其摆脱肤浅的抒情与叙事。王统照的散文诗剧善于选取自然界和社会生活中各式各样的客观物象，将自我的思想情感与人生理念灌注其中，合适的“象”与“意”结合后，就会升华为意象，借助暗示性的诗性意象在创作过程中进行深刻、复杂的理性思考，因此王统照的散文诗剧诗性浓郁、韵味悠长、意境深远，极具理性思辨的特质。

在1920、1930年代，王统照创作了诸多的散文诗剧，如《道听——在津浦道中》《好难捉到的!》《失了影的镜子》《回声》《苔语》等。1940年代又迎来了一个散文诗剧的创作高峰期，“一九四八年夏，又收到他的第三篇文稿《散文诗十章》”②。《散文诗十章》共有十部散文诗作品——《荆棘与荆冠》《神迹与污鬼的假日》《“入于土的永变为土”》《“水就变成血了”》《“是在身子以外呢还是得罪自己的身子?”》《顶楼中的醉人说》《赐给他的重新收回》《施予者的路遇》《寻求梦的

① 王统照：《荆棘与荆冠》，见《王统照文集》第四卷，山东人民出版社1982年版，第377页。
② 范泉：《记王统照》，见《范泉文集》第二卷，上海书店出版社2015年版，第82页。

寻求者》《生命树的等待》，上述作品均被王统照注入了戏剧因子，由散文诗升华为散文诗剧。纵观王统照散文诗剧的创作历程，最突出的特质是注重在文本中建构暗示性的诗性意象，让意象来承载和隐喻自我的情感、意念、理想与思考。王统照的散文诗剧，特别是以《散文诗十章》为代表的创作，与主观抒情完全划清了界限，理性思辨色彩极其浓厚，呈现出冷静、理智的智性审美风格。在写作中，王统照化身为哲学家，用哲学家的眼光来观察思考社会、历史、人生。注重提炼自然界与社会生活中的客观事物，将本人的情感意念灌注于客观事物之中，使客观物象与主观感情相结合，创造出暗示性的诗性意象，布局于文本之内。再通过意象将自我的情感、意念客观地传递给读者与观众，而不是直接展现与叙述。配以折绕幽婉、余味曲包的诗意表述嵌入文本，写出了一首首富有诗意、富有韵味、富有美感的散文诗剧，对当下的散文诗、散文诗剧创作极富启示意义。

第三节　剧性的体裁特质

诗剧在西方被誉为“艺术的冠冕”①，中国现代诗剧是在西方诗剧的影响下发展壮大的，“现在所谓诗剧实在是从西洋学来的剧体的诗或则诗体的剧，要既是诗又是剧”②，分为“戏剧化的诗”与“诗的戏剧化”两种形式。“散文诗的戏剧化”是“诗的戏剧化”的重要一翼。美国学者肯尼思·勃克最先提出“戏剧化论”这一术语。“任何文学作品都具有戏剧性的结构，人生冲突在作品中像戏剧般地展开，并得到象征性的解决……他在30—40年代的几本书中，尤其是1941年的名著《文学形式哲学：象征行动研究》（The Philosophy of Literary Form：Studies

① ［苏］维萨里昂·格里戈里耶维奇·别林斯基：《戏剧诗》，李邦媛译，见杨周翰选编《莎士比亚评论汇编》（上），中国社会科学出版社1979年版，第447页。

② 柯可：《论中国新诗的新途径》，《新诗》1937年第1卷第4期。

in Symbolic Action）中着重阐明了他的文学作品戏剧化理论。在他看来，文学作品是人生障碍的表现和象征性的解决，它总是戏剧性的。”[①] 布鲁克斯进一步提出了“戏剧性原则”（the principle of dramatic property）一词，认为“诗歌的结构类似戏剧的结构”[②]。在布鲁克斯看来，要描述诗歌的结构，最合适的类比就是戏剧，“也许把诗歌的结构作为戏剧的结构来考虑才是最有益的类比”[③]。戏剧的写作是一个形成冲突并解决冲突的过程，这个过程不是直线式的，而是曲线式的，非常适用于诗歌的创作。

诗歌戏剧化理论在20世纪40年代正式由欧美传入中国，以袁可嘉为代表的九叶派学者响应最为积极，“诗底必须戏剧化因此便成为现代诗人的课题”[④]。具体来说就是在诗歌中融入戏剧因子，如戏剧角色、戏剧剧情、戏剧冲突等，并使戏剧角色之间形成戏剧对话，戏剧对话的形成是关键一环，使“诗”升华为“诗剧”（“诗的戏剧化”），这既是摆脱肤浅抒情重拾理性并实现感性与理性融合统一的捷径，也是现代诗歌典型的撰写与建构方式。“这却不是说现代诗人已不再需要抒情，而是说抒情的方式，因为文化演变的压力，已必须放弃原来的直线倾泻而采取曲线的戏剧的发展。造成这个变化的因素很多（如现代文化的日趋复杂，现代人生的日趋丰富，直线的运动显然已经不足应付这个奇异的现代世界），最基本的理由之一是现代诗人重新发现诗是经验的传达而非单纯的热情的宣泄。热情可以借惊叹号而表现得痛快淋漓，复杂的现代经验却决非捶胸顿足所能道其万一的。诗底必须戏剧化因此便成为现代诗人的课题。”[⑤]“诗的戏剧化”又可以细化为两种形式，一是“纯

① 司有仑：《当代西方美学新范畴辞典》，中国人民大学出版社1996年版，第476页。

② ［美］克林斯·布鲁克斯：《精致的瓮：诗歌结构研究》，郭乙瑶等译，陈永国校，上海人民出版社2008年版，第190页。

③ ［美］克林斯·布鲁克斯：《精致的瓮：诗歌结构研究》，郭乙瑶等译，陈永国校，上海人民出版社2008年版，第190页。

④ 袁可嘉：《论新诗现代化》，生活·读书·新知三联书店1988年版，第47页。

⑤ 袁可嘉：《论新诗现代化》，生活·读书·新知三联书店1988年版，第47页。

诗的戏剧化”，二是“散文诗的戏剧化”。“纯诗的戏剧化”是在格律诗和自由诗中融入戏剧因子，使之升华为纯诗诗剧。而“散文诗的戏剧化”则是在散文诗中融入戏剧因子，使之升华为散文诗剧。散文诗剧的体裁范式除了散文性的体裁形式、诗性的体裁内核，还包括剧性的体裁特质，三者缺一不可。只有具备并凸显其剧性的体裁特质，才能使散文诗剧区别于散文诗。

散文诗剧是一种典型的杂糅性文体，是散文诗与戏剧的杂糅，剧性因子的注入使散文诗升华为散文诗剧。当剧性因子注入散文诗的时候，被注入的剧性因子势必会和原先已经存在于散文诗中的散文性因子、诗性因子发生碰撞、对抗，直至交融、统一，这是一个极其复杂的过程，也是一个生成艺术张力的过程。在这个过程中，剧性因子中的一部分会和其他已经存在的因子——诗性因子发生化学反应，产生一种全新的因子，这种全新的因子是散文诗剧所独有的，主要表现为诗歌意象与戏剧角色的交融与统一。众所周知，意象是诗歌这种体裁形式所独有的因子，而戏剧角色则是戏剧此种体裁形式所特有的因子。散文诗剧的生成使二者产生交集，并最终实现融合统一。诗歌意象与戏剧角色的交融统一成为新文学时期散文诗剧创作，最为引人注目的文本建构方式与艺术表现形式之一。剧性因子中的另一部分则没有同诗性因子、散文性因子发生化学反应，而是保留了原有的形态，这原有的、初始的剧性因子则为戏剧冲突的布局。戏剧冲突既是戏剧文本的重要体裁特质与表现形式之一，又是社会生活中的各种矛盾在戏剧文本中高度集中的反映与概括。与一般的叙事性文学体裁相比，戏剧文学更加强调把人与自我、人与他人、人与社会、人与自然、人与命运之间的矛盾集中尖锐地展现，“戏剧主义的批评体系十分强调矛盾中的统一”①。因此，戏剧文学十分强调对立性、冲突性，使其文本具有了一种辩证性的特质。

---

① 袁可嘉：《论新诗现代化》，生活·读书·新知三联书店 1988 年版，第 37 页。

一 诗歌意象与戏剧角色的交融统一

如何在散文诗中自然融入戏剧因子，成为作家在创作散文诗剧时面临的主要问题，注入的戏剧因子应为戏剧角色和戏剧角色之间的戏剧对话，通过戏剧对话继而呈现戏剧剧情与戏剧冲突。其他的文学体裁，譬如小说，也有对话。但是戏剧对话不仅担负着塑造人物性格的功能，还具有布局全文、推进戏剧动作的重要功效，“无论对话如何富有装饰性，只要它们不足以推进动作，它们便毫无价值”①。由戏剧角色彼此之间的戏剧对话叙述剧情也是戏剧区别于其他叙事性文体的一大重要特质。由此来看，戏剧角色与戏剧对话是戏剧文学的关键环节。戏剧角色的注入与戏剧对话的形成，也是散文诗升华为散文诗剧的决定性一环，“全面适用的戏剧形式是对话，只有通过对话，剧中人物才能互相传达自己的性格和目的”②。散文诗剧中的戏剧对话，既能呈现戏剧角色的性格特点又能展现戏剧剧情与戏剧冲突，而戏剧对话植根于戏剧角色，假若没有戏剧角色的设置，也就没有戏剧对话的形成。

前文提及，新文学时期的作家在写作散文诗剧时，主要采用自然注入的方式设置戏剧角色，即戏剧角色随着戏剧剧情的展开，自然穿插于作品之中。还有一种戏剧角色的注入方式为明显注入式，这唯一的特例便是散文诗剧《过客》。在《过客》中，鲁迅用戏剧特有的、完整的舞台提示，向观众与读者介绍作品发生的时间、地点以及出场的人物，并且对人物形象和环境进行细致的描述。通过舞台提示，对出场的戏剧角色进行了明确的标注与设置。“舞台提示是对故事发生的时间、地点、背景，人物生活的特殊的历史阶段、时空环境，特殊处境以及人物形象的基本性格和基调的整体性交代。”③

---

① ［美］约翰·霍华德·劳逊：《戏剧与电影的剧作理论与技巧》，邵牧君、齐宙译，中国电影出版社 1989 年版，第 359 页。

② ［德］黑格尔：《美学》第三卷下册，朱光潜译，商务印书馆 1981 年版，第 259 页。

③ 戴平主编：《戏剧美学教程》，上海书店出版社 2011 年版，第 190 页。

一部分作家在写作散文诗剧时，注入的戏剧角色，没有和散文诗中原有的诗性因子发生化学反应，因而戏剧角色保留了原有的、初始的形态，只具有出场人物的功效，戏剧角色发声后，其叙述的台词（戏剧对白与戏剧独白）彼此构成戏剧对话。也有一部分作家在写作散文诗剧时，将注入的剧性因子——戏剧角色，和其他已经存在的因子——诗性因子，使二者产生化学反应，生成了一种全新的因子——戏剧角色与诗歌意象的融合。诗歌意象与戏剧角色的交融统一，成为新文学时期散文诗剧创作，最为引人注目的文本建构方式与艺术表现形式之一。在这些作品中，意象不再是以往诗歌中仅用来暗示、隐喻和寄托作家情感理念的载体，而是被赋予了全新的功用。作家以匠心独具的精妙手法处理诗情与剧情的碰撞——把诗歌意象与戏剧角色融为一体，二者生成了一种全新的"意象式角色"。"意象式角色"一方面具有承载作家思想情感的暗示、隐喻之功用，另一方面则具有了化身戏剧角色、实现戏剧对话的功能。

鲁迅是新文学时期较早运用此种建构方式的作家之一。《野草》比较晦涩难懂，其中的原因固然是多方面的，但隐喻、暗示手法的大量运用无疑是一个重要因素。鲁迅在谈及《野草》的写作时说，"大抵仅仅是随时的小感想。因为那时难于直说，所以有时措辞就很含糊了"①。"难于直说"的感想通过"含糊"的措辞呈现出来，就产生了一种晦涩的艺术效果。"含糊"的措辞不只限于文字层面，也涉及表现手法层面。鲁迅在作品中大量运用隐喻与象征，不直接显露自我的情思和理念，而是借助意象客观传递。《野草》部分作品的意象不是以往诗歌中那种单纯的意象，而是诗歌意象与戏剧角色的交融。以散文诗剧《死火》为例，"死火"既是作品中的戏剧角色，又是贯穿全文的意象。通过"我"与"死火"的戏剧对话揭示出"死火"的悖论命运——"走出冰谷，永得燃烧"与"留在冰谷，永远冰冻"。"死火"假若被"我"

---

① 鲁迅：《〈野草〉英文译本序》，见《鲁迅全集·第四卷·二心集》，人民文学出版社 2005 年版，第 365 页。

带出冰谷，将永远燃烧最终会被烧成灰烬——死亡；假若被“我”留在冰谷，则会被一直冰冻最终将被冻灭——死亡。这是一个典型的命运悖论，戏剧角色“死火”无论离开还是留下，它的最终结局和最后命运均是死亡。“死火”是一个典型的意象符号，具有象征、暗示、隐喻之功能，暗示了现实世界中的鲁迅本人所面临的矛盾、苦痛、艰难的人生抉择。

1924 年 9 月的深夜，伤痕累累的鲁迅走进了幽暗的“野草”，开始独自解剖内心的伤痕，探寻人生新的出路，就如同《过客》中的戏剧角色“客”。《过客》共出场了三个戏剧角色：“翁”“孩”“客”，戏剧主人公“客”同戏剧角色“翁”“孩”之间发生了一系列的戏剧对话。主要围绕三个问题来展开戏剧对话：“你是怎么称呼的?”[①]（你是谁）、“那么，你是那里来的呢?”[②]（你从哪里来）、“那么，我可以问你到那里去吗?”[③]（你到哪里去）。这三个提问既是日常生活中人们常用的交流语言，又是存在主义哲学的基本理论问题，“过客”对这些问题给出了复杂而又意味深长的回答。“称呼？——我不知道。从我还能记得的时候起，我就是一个人，我不知道我本来叫什么。我一路走，有时人们也随便称呼我，各式各样地，我也记不清楚了，况且一样的称呼也没有听到过第二回……我不知道。从我还能记得的时候起，我就在这么走……我不知道，从我还能记得的时候起，我就在这么走，要走到一个地方去，这地方是在前面。我单记得走了许多路，现在来到这里了。我接着就要走向那边去，（西指）前面!”[④] 鲁迅借助戏剧角色的戏剧对话，尤其是主人公“客”的独白与对白，呈现出自我深邃复杂的精神世界，“语言是心灵的精神性的表现”[⑤]，此时的“客”就是置身于黑暗

① 鲁迅:《过客》,《语丝周刊》1925 年第 17 期。
② 鲁迅:《过客》,《语丝周刊》1925 年第 17 期。
③ 鲁迅:《过客》,《语丝周刊》1925 年第 17 期。
④ 鲁迅:《过客》,《语丝周刊》1925 年第 17 期。
⑤ ［德］黑格尔:《美学》第三卷下册，朱光潜译，商务印书馆 1981 年版，第 276 页。

中的鲁迅的代言人。

对于“翁”和“孩”来说，“客”只是一个过路之人，对于“客”来说，“翁”和“孩”居住的“小土屋”也仅是一个过路之地。“客”的不停行走、暂时停留以及之后对前路——有可能是“坟”的执着探寻，象征了现实中的鲁迅本人，虽然人生之路充满了困顿、歧途甚至绝望，但经过思考与挣扎后，最终没有放弃希望，在人生信念的指引下，勇敢无畏地反抗现实、反抗绝望，开拓新的人生之路。因此，戏剧角色“客”同作者本人的现实人生、思想情感、理性沉思实现了契合，戏剧角色“客”升华为意象“过客”，“过客”是戏剧角色与诗歌意象融合统一的典型。鲁迅以一个“过客”的身份，思索纠缠自己的内心苦痛与深层矛盾，对人生、命运、现实进行了深刻的理性反思。理性沉思后的情感积淀是借助诗歌意象与戏剧角色的交融——“过客”的暗示意义与戏剧台词客观呈现的。此种文体建构方式与艺术表现形式为鲁迅的散文诗剧注入了理性沉思的特质，使作品富有深邃幽婉的诗意，也体现出作品的剧性体裁特质，对之后诸多作家的散文诗剧写作产生了深远影响。

莫洛、唐弢与聂绀弩的文学创作深受鲁迅的影响与陶染（上海孤岛时期，唐弢等人创办《鲁迅风》杂志，唐弢是最得鲁迅真传的作家之一；在抗战时期，聂绀弩曾与朋友一起在桂林创办文学杂志《野草》，发表大量杂文，继承了鲁迅的传统，被赞誉为“对鲁迅的精神本质做出了最为深透的理解与最为契合的阐释”①；莫洛在青少年时期就开始阅读鲁迅的作品，特别钟爱鲁迅的散文诗，因而被称为“鲁迅散文诗创作最合格的传人”②）。尤其体现在散文诗剧的写作上，从思想到风格、从外延到内涵、从技法到选题，莫洛、唐弢与聂绀弩无不表现出鲁迅

① 张梦阳：《鲁迅的精神本质与聂绀弩的杂文创作》，《鲁迅研究月刊》1993年第3期。

② 骆寒超：《百年回眸散文诗》，见骆寒超、黄纪云主编《星河　红豆　大型新诗丛刊　2015年　夏季卷》，人民文学出版社2015年版，第183页。

散文诗剧传承者的特质，三人极其善于运用诗歌意象与戏剧角色交融这一文体建构方式与艺术表现形式。以莫洛的散文诗剧《披花的少女》为例，莫洛选取了自然界中的客观物象——“花”，物象“花”的意义指向为爱情，“爱情正象那些花，它们开在野坪上，山谷里，是美丽的，是惑人的；然而你采了它，把它占为己有，它就枯了，失去美丽了”①。“披花”则指戏剧角色“年轻的姑娘”得到了爱情的滋润，“对于春天的诱惑，她一定不能抗拒，她变做俘虏了……她去采爱情的花蜜了……”② 而“未披花”（“不再去采一些花缀在衣服上”③）则意为与恋人感情的终结，“她完全变了，脚步沉重，姿态也笨滞了。有时笑起来，就象一朵萎靡的花……却常常缓徐徐地唱出一些哀婉的，凄凉的，忧悒的歌”④。客观物象“花”升华为“披花”，“披花”被作者赋予了崭新的意义指向——是否获得爱情，成为贯穿全文的意象。意象“披花”与戏剧角色“年轻的姑娘”进一步组合，生成为全新的意象——“披花的少女”。

“披花的少女”既是文中的戏剧角色“年轻的姑娘”，又是贯穿全文的意象，暗示现实生活中为爱或喜悦或伤痛的女性。莫洛描写爱情，不是肤浅的抒情，而是利用诗歌意象与戏剧角色的交融，使作品由散文诗升华为散文诗剧，诗意浓郁，主旨幽婉。再如莫洛的《投宿者》《取火者》以及唐弢的《寻梦人》，三部作品承载着莫洛和唐弢崇高的理想信念，全篇却难以找寻莫洛、唐弢个人情绪的倾泻。这源于作者利用诗歌意象与戏剧角色的交融，将自我的个人情绪作了淡化处理，不直接显露自我的理念与意图，而是借“意象式角色”去诉说、暗示、象征。《寻梦人》中贯穿全文的意象为“寻梦人”，暗示与象征了唐弢的人生追求：

① 莫洛：《披花的少女》，见《梦的摇篮》，花城出版社 1984 年版，第 98 页。
② 莫洛：《披花的少女》，见《梦的摇篮》，花城出版社 1984 年版，第 99 页。
③ 莫洛：《披花的少女》，见《梦的摇篮》，花城出版社 1984 年版，第 100 页。
④ 莫洛：《披花的少女》，见《梦的摇篮》，花城出版社 1984 年版，第 100 页。

“我是在蕲求人生的真，我是在蕲求存在的意义。”① 戏剧角色“我”就是“寻梦人”，“你不说要告诉我一个寻梦人的故事吗……这故事里有你的影子”②。在《投宿者》与《取火者》中，贯穿全文的意象为“投宿者”和“取火者”，“投宿者”暗示了为寻求人类快乐与幸福勇于探索的开拓者，而“取火者”则暗示了为人类解放事业勇于献身的殉道者，分别对应了两部作品中的戏剧角色“一个年老的投宿的人”与“一个不速之客”。

聂绀弩、莫洛还对此种表现方式进行了新的实验，作出了创新。聂绀弩的“哥儿”系列以及莫洛的“叶丽雅系列”“黎纳蒙系列”完全不同于以往的散文诗或散文诗剧，“哥儿”“叶丽雅”“黎纳蒙”并不只是一部散文诗剧的主角，而是多部散文诗剧的主角，这些散文诗剧共同构成了“哥儿”系列、“叶丽雅”系列、“黎纳蒙”系列。进行此种文体试验的代表作家还有师陀，师陀写作了“夏侯杞”系列，与“哥儿”系列、“叶丽雅”系列、“黎纳蒙”系列的文体建构方式与艺术表现形式完全一致，“夏侯杞”是多部散文诗剧的主角，这些作品共同构成了“夏侯杞”系列。聂绀弩笔下的“哥儿”系列散文诗剧包括《架桥者》《雪的旷野》《市场上》《荣誉村》《没有脊椎的人》《美的追求者》《狼狈和主后》；莫洛的“叶丽雅”系列散文诗剧有《窄门》《血的花瓣》；“黎纳蒙”系列散文诗剧有《倦旅》《海岛》《蚯蚓》《凭眺》《白夜》《峻坂》《传递》《城堡》；师陀的“夏侯杞”系列散文诗剧包括《灯下》《座右铭》《健全》《作家先生》《童心》《人性》《一个自私的人》《善恶》《笑与泪》《坟》。“哥儿”“叶丽雅”“黎纳蒙”“夏侯杞”既是上述每一部散文诗剧的戏剧主人公，又是贯穿全文的暗示性意象，这在中国现代散文诗以及散文诗剧的创作历程中均是十分罕见的。

聂绀弩、莫洛、师陀的个人思想情感、理想信念以及对社会现实的

① 唐弢：《寻梦人》，见《唐弢文集第三卷：诗词 · 小说 · 散文卷（上）》，社会科学文献出版社 1995 年版，第 404—405 页。

② 唐弢：《寻梦人》，见《唐弢文集第三卷：诗词 · 小说 · 散文卷（上）》，社会科学文献出版社 1995 年版，第 405 页。

揭露与批判，不是通过一个“哥儿”“叶丽雅”“黎纳蒙”“夏侯杞”隐喻，而是由多个“哥儿”“叶丽雅”“黎纳蒙”“夏侯杞”共同象征，“像《叶丽雅》这样富有高度现代艺术色彩的散文诗，在那时还是不可多得的。而叶丽雅的形象本身，其实又是莫洛当年精神生活的象征，暗喻着新时代的预感对莫洛蛰伏的灵魂所作的呼唤，呼唤自己觉醒、振奋，再度勇敢地投入大时代的巨流中去。另一个散文诗系列《黎纳蒙》，虽和《叶丽雅》写于同个时期，但具有另一种内涵。它所写的是一个知识分子在我们民族处于历史转折时的一段精神历程”①。聂绀弩、莫洛与师陀藏身于幕后，借“哥儿”“叶丽雅”“黎纳蒙”“夏侯杞”这些戏剧角色客观地叙述剧情、表达情感。这是一种典型的“非个人化”的艺术创作思路，此种文本建构方式与艺术表现手法为中国现代散文诗剧的创作开辟了一条全新的思路，为散文诗剧注入了理性沉思的特质，既避免了以往现代诗剧写作中作家个人主观情绪泛滥的弊端，又使作品迸发出强烈的艺术张力与艺术感染力。

除聂绀弩、莫洛、师陀等作家外，王统照也十分善于运用此种手法进行创作。王统照的散文诗剧主旨幽婉、内蕴深远、富含理性因子，源于暗示性意象的诗性建构。如散文诗剧《苔语》，诗人选取了自然界中的“青苔”和“秋海棠”两种植物作为客观物象。“青苔”生长在水中或者阴暗的地方，“秋海棠”对光照反映极为敏感，一般也生长在山谷潮湿的石壁上、山谷溪旁的密林之中。二者的生存环境极为相似，生长在一起的两种植物自然会发生交集。虽是生长在一起的植物，二者形象反差却极大，“青苔”其貌不扬，“秋海棠”则尽态极妍。另外，秋海棠的花期一般为半年，青苔的生命力却极为顽强。因此，生长于相似环境之中的两种客观物象之间形成了鲜明的对比：一个低调、一个高调；一个平凡、一个夺目；一个坚韧、一个柔弱。王统照借两种客观物象的对比，对于生命的意义以及人的生存本质进行了深刻的哲理性思考。自

① 骆寒超：《骆寒超诗学文集·诗学散论（中）》，人民文学出版社2010年版，第311页。

然界的客观物象“青苔”和“秋海棠”与作者的创作理念实现了契合，从而升华为暗示性意象，承载着作者的理性思考，客观地传递诗人的思想情感与人生理念。

在此基础上，王统照又将暗示性意象“青苔”和“秋海棠”设置为戏剧角色“青苔”和“秋海棠”，二者之间有着大量的戏剧对话，通过戏剧对话，进一步向读者和观众展现作者自我的人生追求与理想信念。意象“青苔”暗示、象征了那些在现实生活中脚踏实地、具有生命强力的一类人，“败叶、飘蓬，正在被冷风吹乱的时间，这些似无根蒂的青苔低低地，柔柔地，却不为秋力催动。它们没有摇动的华耀，所以也没有漂泊的忧虑，正是由于它们的层集，密附，不是轻薄，不会分散的缘故”①。“青苔”与“秋海棠”相比，静静地生长，即便干黄枯萎，只要一场雨便能使它再次充满活力。不管经历多大的苦难，最后仍会回到生命本初的状态。作为其他花草的陪衬，虽看似是一种卑微的存在，却具有永恒的生命、绵延的力量。

意象是诗歌特有的因子，它的应用使散文诗剧具有了“暗示”——朦胧与含蓄的特性，从而区别于散文、戏剧。散文诗剧中意象与角色的合一，又使散文诗与戏剧有机地融为一体，体现出剧性的体裁特质。《苔语》中，诗歌意象与戏剧角色实现了完美的融合与统一，使散文诗《苔语》升华为散文诗剧。同时，又客观地呈现作者的情感与理念，主旨幽婉、内蕴深远，实现了感性与理性的交融，使作品迸发出强烈的艺术张力。

二　戏剧冲突的精妙布局

把戏剧冲突作为戏剧创作的重要原则，重视戏剧冲突布局的第一人，应为法国学者狄德罗。狄德罗在《论戏剧诗》一文中指出：“人物性格要根据情境来决定……情境要有力地激动人心，并使之与人物的性

① 王统照：《苔语》，见《王统照文集》第四卷，山东人民出版社1982年版，第285页。

格发生冲突，同时使人物的利害互相冲突。应该使一个人不破坏别人的意图就不能达到自己的目的；或者使大家关心同一件事，然而每个人希望这件事按照他的打算进展。真正的对比是人物性格和情境之间的对比，是不同的利害之间的对比。”① 黑格尔则在《美学》中，进一步详细阐释了戏剧冲突对于戏剧体诗（戏剧）的重要性，“充满冲突的情境特别适宜于用作剧艺的对象”②，以及如何在文本中布局、建构戏剧冲突，并对戏剧冲突作出了具体、详细的分类和论述，彻底为戏剧冲突建立起完善、全面的理论体系。“第一，物理的或自然的情况所产生的冲突，这些情况本身是消极的、邪恶的，因而是有危害性的；第二，由自然条件产生的心灵冲突，这些自然条件虽然本身是积极的，但是对于心灵，却带着差异对立的可能性；第三，由心灵性的差异面产生的分裂，这才是真正重要的矛盾，因为它起于人所特有的行动。”③

戏剧艺术的根本原则是“冲突律”④。在黑格尔的论述中，戏剧冲突的形成与布局主要是以下几个方面。一是人与外在自然的冲突（矛盾），这种外在自然主要指疾病与灾害，它们破坏了原来和谐的生活，造成了对立与矛盾。二是人与自然条件的冲突（矛盾），这种自然条件不是疾病与灾害，而是指以继承权为代表的亲属关系，最终指向的是人与人之间的对立和冲突。三是人与社会环境的冲突（矛盾），“由于习俗和法律的影响变成了一种不可克服的界限，好像它已是一种习惯成自然的不公平的事，因此成为冲突的原因。奴隶地位，农奴地位，等级的差别，在许多国家里犹太人的处境，以及在某种意义上贵族出身与市民出身的矛盾都属于这一种。这种冲突在于按照人的概念，人有人应有的权利、关系、欲望、目的和要求，而由于上述的出身差别中某一种关系，它们仿佛受

① ［法］狄德罗：《论戏剧诗》，徐继曾、陆达成译，见《狄德罗美学论文选》，人民文学出版社 1984 年版，第 179 页。

② ［德］黑格尔：《美学》第一卷，朱光潜译，商务印书馆 1979 年版，第 260 页。

③ ［德］黑格尔：《美学》第一卷，朱光潜译，商务印书馆 1979 年版，第 262 页。

④ 陈旭光：《艺术概论》，江苏教育出版社 2008 年版，第 218 页。

到一种自然力量的阻碍和危害”[①]，最终指向一个阶级与另一个阶级的冲突。四是人与有害的自然天性的冲突（矛盾），这种有害的自然天性是人类所独有的，黑格尔称其为“情欲”，主要指野心、贪婪、暴力、懒惰、愚蠢等。五是人与命运的冲突（矛盾），“人不是以心灵的身份所做出的事，也就是说，人不自觉地无意地做了某一件事，后来他才认识到那件事在本质上破坏了某种应受尊重的道德力量……后来他对他的行动有了认识，承认他原先没有认识到的那种破坏行为还是出于他自己的，这样，他就被迫进入分裂和矛盾。这冲突的根源就在于行动发生时的意识与意图和后来对这行动本身的性质的认识之间的矛盾”[②]，虽然是人与命运的对立，但还是通过人与人之间的冲突和矛盾显现出来。

通过黑格尔对戏剧冲突的阐释，以及回溯戏剧作品中具体的戏剧冲突，我们可以发现，所有的戏剧冲突基本上是围绕人与人之间展开，即一个戏剧角色与另一个戏剧角色、一个戏剧角色与另一群戏剧角色、一群戏剧角色与另一群戏剧角色。戏剧冲突是社会生活中各种矛盾在戏剧文本中高度集中的反映与概括，与一般的叙事性文学体裁相比，戏剧文学更加强调把人与自我、人与他人、人与社会、人与自然、人与命运之间的矛盾，集中、尖锐地展现在读者与观众的面前，“戏剧的基本特征是社会性冲突——人与人之间、个人与集体之间、集体与集体之间、个人或集体与社会或自然力量之间的冲突；在冲突中自觉意志被运用来实现某些特定的、可以理解的目标，它所具有的强度应足以导使冲突到达危机的顶点”[③]。戏剧冲突是戏剧艺术的核心与关键，没有戏剧冲突或是不重视戏剧冲突的布局，就无法形成一出好戏。我们通常讲的所谓“有戏”，就是指富有戏剧性的冲突（矛盾）。戏剧性的冲突（矛盾）最能强化戏剧角色的性格深度，能够更好地展现剧作的戏剧剧情，诠释戏

① ［德］黑格尔：《美学》第一卷，朱光潜译，商务印书馆1979年版，第265页。

② ［德］黑格尔：《美学》第一卷，朱光潜译，商务印书馆1979年版，第271页。

③ ［美］约翰·霍华德·劳逊：《戏剧与电影的剧作理论与技巧》，邵牧君、齐宙译，中国电影出版社1989年版，第213页。

剧剧本的思想内涵。戏剧冲突既是戏剧也是散文诗剧的重要体裁特质，散文诗剧中剧性因子的存在——对立性、冲突性（戏剧冲突），“戏剧主义的批评体系十分强调矛盾中的统一”[①]，还会促使散文诗剧呈现出辩证性的特质，从而更加折绕与幽婉，与诗性的体裁内核不谋而合、相得益彰。

五四学人十分善于在散文诗剧的写作中布局戏剧冲突。结合时代背景，作为新文学创作重要组成部分的现代散文诗剧，也必然承担起启蒙与救亡的社会功用。因此，作家在布局戏剧冲突时，首先是以人与社会环境的冲突——不同阶级之间的冲突为切入，建构文本。如新文学的第一首散文诗与散文诗剧——胡适的《人力车夫》，即是根据人与社会环境的矛盾，布局戏剧冲突，利用戏剧冲突揭露社会问题，批判黑暗现实。在作品中，戏剧角色“客”与“车夫”围绕“车夫”的年龄问题展开了一系列戏剧对话。“客”不忍未成年的“车夫”（“今年十六，拉过三年车了”[②]）拉车，但“车夫”面对“客”的不断提问而感到厌烦，指出“客”的同情对他没有任何意义，“你老的好心肠饱不了我的饿肚皮”[③]。同时，“车夫”对于这种生活状态已然感到麻木与正常了，“我年纪小拉车，警察还不管，你老又是谁?”[④] 作品表层的戏剧冲突是戏剧角色“客”与“车夫”之间围绕“车夫”年龄太小，“客”是否应该坐他的车展开。以这一冲突铺陈剧情，“客”与“车夫”开始时都坚持自己的意见，最后“客”同“车夫”的争论“败下阵来”，同意坐“车夫”的车。当“车夫”问“客”去哪时，“客”回答：“拉到内务部西!”[⑤]“客”的回答暴露了他的身份——政府官员，由此揭示出作品的深层次矛盾——人与社会环境的冲突，以未成年且拉了多年车的

① 袁可嘉：《论新诗现代化》，生活·读书·新知三联书店 1988 年版，第 37 页。
② 胡适：《人力车夫》，《新青年》1918 年第 4 卷第 1 号。
③ 胡适：《人力车夫》，《新青年》1918 年第 4 卷第 1 号。
④ 胡适：《人力车夫》，《新青年》1918 年第 4 卷第 1 号。
⑤ 胡适：《人力车夫》，《新青年》1918 年第 4 卷第 1 号。

“车夫”为代表的童工与统治阶级之间的矛盾。正是政府的腐败、不作为以及社会的黑暗、麻木，导致了“车夫”们——童工们的悲惨现状。进而揭示出“客”的同情是多么的伪善，假若“客”们（统治阶级）能够把本职工作做好，也就不会有这么多的“车夫”在街头艰辛谋生。

胡适在《人力车夫》中安排了“明”与“暗”、“表”与“里”的两层戏剧冲突，表层戏剧冲突是“客”与“车夫”之间的争论，深层戏剧冲突则是阶级之间的对立，是人与社会环境的矛盾——以“车夫”为代表的底层人民，尤其是孩童与以“客”为代表的统治阶级之间的冲突和对立。这种“明”与“暗”、“表”与“里”的戏剧冲突布局手法，也出现在刘半农的散文诗剧《卖萝卜人》中。在《卖萝卜人》中，刘半农甚至以精妙的布局建构了表、中、里三层戏剧冲突。作品的表层戏剧冲突是戏剧角色“卖萝卜人”与“警察”之间的矛盾。戏剧角色“卖萝卜人”居住的破庙要被征收，“警察”通知他后，“卖萝卜人”并没有想过要赖着不走，“他瞠着眼看，低着头想，撒撒手，踏踏脚，却没说——‘我不搬。’”①，而是不知道要往哪里搬，但是“警察”却蛮横霸道地把“卖萝卜人”所有的物品尤其是谋生的萝卜全部损毁了。第二层的戏剧冲突则是人与社会环境的矛盾——以“卖萝卜人”为代表的底层劳动人民与以“警察”为代表的统治阶级暴力机关之间的对立，隶属政府机构、服从统治阶级的暴力机关（“警察”）对底层劳动人民（“卖萝卜人”）欺压、侮辱。

作品最深层的戏剧冲突则是国家的未来（孩童）与现实中麻木的民众（庸众）之间的对立与矛盾，也是刘半农创作这部作品的立意所在。虽然作品的主角是“卖萝卜人”，戏剧对话主要是在戏剧角色“卖萝卜人”与“警察”之间展开，但实际上作品最重要的戏剧角色是最后出场的“一个七岁的孩子”与“一个十岁的孩子”。面对“警察”的

① 刘半农：《卖萝卜人》，《新青年》1918年第4卷第5号。

霸道蛮横，戏剧角色“一个七岁的孩子”被吓到了，脱口而出“可怕”二字。这个七岁的小孩童似乎感受到了到底是哪里可怕，并且有一种朦胧的觉醒意识，“他瞠着眼看，低着头想，却没撒手，没踏脚”①。戏剧角色“一个十岁的孩子”对他的回答却是：“我们要当心，别做卖萝卜的！”②“一个七岁的孩子”正处于懵懂的阶段，对眼前的一切似懂非懂，是国家和民族的未来，假若不加以正确的引导和启蒙，“一个十岁的孩子”就是他未来的样子。通过“一个十岁的孩子”的戏剧台词可以发现，他已经变得麻木，价值观念被彻底扭曲了，象征了现实中那些愚昧麻木的庸众。刘半农真正想要揭示的戏剧冲突就是孩童与庸众之间的对立与矛盾，假若孩童不能得到正确的引导和启蒙，他们在“明天”就可能变成另一群的庸众。刘半农借助散文诗剧的剧性体裁特质，通过表、中、里三层戏剧冲突的精妙布局，以富含哲理的戏剧对话揭示深刻的国民性问题，由此实现了对读者与观众的启蒙。

刘半农的散文诗剧，除了善于建构人与社会环境的冲突、揭露与思考社会问题，还擅长布局人与自然天性的戏剧冲突，反思人性、人生。散文诗剧《老牛》（《扬鞭集》版）的戏剧冲突——戏剧角色“老牛”与“小狗”的对立与矛盾，通过二者之间的戏剧对话进行呈现。“老牛”在秧田间辛勤劳作，汗水浸湿了全身，虽然十分疲惫，也不肯停下休息，却被树荫里凉快清闲的“小狗”嘲笑，“笨牛！你天天的绕着圈子乱走，何尝向前一步？不要说你走得吃力，我看也看厌了”③，“老牛”依然故我，“我不管得我自己能不能向前，也管不得你看不看厌，只要我车下的水，平稳流动，浸润着我一片可爱的秧田”④。“小狗”没有收敛，反而更加恶毒的嘲讽诅咒老牛，“到秧田

① 刘半农：《卖萝卜人》，《新青年》1918 年第 4 卷第 5 号。
② 刘半农：《卖萝卜人》，《新青年》1918 年第 4 卷第 5 号。
③ 刘半农：《老牛》，见《扬鞭集》（上），北新书局 1926 年版，第 34—35 页。
④ 刘半农：《老牛》，见《扬鞭集》（上），北新书局 1926 年版，第 35 页。

成熟了，你早就跑死了”[①]。老牛始终辛勤劳作，没有任何怨言和不满，面对“小狗”的挑衅，默默地回答，“这件事，我从来没有功夫想到……”[②] 作品仅出场两个戏剧角色，戏剧冲突也十分明显，即“老牛”是否应该不求回报的辛勤劳动。“老牛”与“小狗”是人的两种自然天性的象征，也是两种人生的象征。“老牛”代表了人类勤劳质朴、努力奋进的自然天性，“老牛”的人生虽然清苦却脚踏实地。“小狗”则代表了人类懒惰无耻、贪图享乐的自然天性，“小狗”的人生好逸恶劳、饱食终日。这两种人类的自然天性是完全对立与矛盾的，刘半农将人类的自然天性具象化，用自然界的动物（客观物象）进行象征，物象（动物）又化身戏剧角色，通过二者的戏剧冲突向观众与读者具体展现人的自然天性，具有深刻的启蒙和教育意义。

在散文诗剧《老牛》中，既有诗歌意象与戏剧角色的交融，又有戏剧冲突的精妙布局，凭借上述的剧性体裁特质，刘半农在大变革、大动荡的时代背景下，对人性、人生进行了深刻的理性思索，探究人的何种自然天性与人生态度适合我国国民性的改造与应用。对人性、对人生进行哲理性思考是新文学时期散文诗剧作家的重要创作主旨，在《苔语》中，王统照也通过布局人与自然天性的戏剧冲突，对人性、人生、命运进行了深刻的理性反思，向读者与观众传递出自我的人生信条。

《苔语》中的第一个戏剧冲突是黑格尔笔下的人与外在自然的冲突（矛盾），也是表层的戏剧冲突。“经过一夜的密雨，凄凉的秋气已遍布在欲冷的空间。黎明时，墙角上一丛垂败的秋海棠，独掬着破脸的泪痕，在萧瑟中打着寒颤。那粉娇的色泽，明艳的姿态，与原来是轻弱的身体都在向命运的怀中预备沉没了，但织秋的风雨毫不容情，似乎空中的飞叶与被摧打的柔枝尚不足发展它们的威力；似乎必须把这一丛的秋

① 刘半农：《老牛》，见《扬鞭集》（上），北新书局 1926 年版，第 35 页。
② 刘半农：《老牛》，见《扬鞭集》（上），北新书局 1926 年版，第 35 页。

花揉折净尽，方能显示出它们的无私与正义！”① 根据戏剧剧情的安排，戏剧角色“青苔”与“秋海棠”共同面临了外在自然的侵害，这种外在自然的侵害在《苔语》中主要指自然灾害——秋力的侵袭和摧打。外在自然的侵害破坏了“青苔”与“秋海棠”原本和谐的生活环境，使二者面临着生存的危机，由此形成了“青苔”“秋海棠”与秋力的戏剧冲突。

《苔语》中的第二个戏剧冲突是黑格尔笔下的人与自然天性的冲突（矛盾），这是深层次的戏剧冲突。这种自然天性是人类所独有的，黑格尔称其为“情欲”。客观物象“青苔”与“秋海棠”在作品中被王统照赋予了戏剧角色的功能，由植物变为了人，也就具有了人的自然天性。人性的缺陷在戏剧角色“秋海棠”的身上主要表现为贪婪与懦弱。面对秋力的摧残，“秋海棠”在秋雨和秋风中乞求悲啼，仿佛没有了灵魂似的，惊慌失措，害怕失去自己那美丽的身躯。而“青苔”在寒风冷雨中，却显现出人性的光辉，坚韧无畏，以“生存的力”顽强抵抗着秋力，“圆尖形软刺的绿叶下有一团青苔，自从夏天的阴雨连绵以来，它们在土地上生长着，低低地，柔柔地，象是本无根蒂的东西，却在厚润的土上坚固地附着住。秋来，它们不曾感到荒寒；热天，也显不出分外的骄傲。没有姿态，没有兴趣一般的活着，但是独有色泽却那么明耀动人，嫩青，深碧，在围子中，在帘痕面前，在阳光的辉煌与皎月的银流下都能看见出它们的严肃沉静的色泽。——那是色泽，却不是老气的态度，永远有着青年潮气的色泽，也正因为是有生发映月的青碧的光辉”。② “青苔”与“秋海棠”的自然天性形成了鲜明的对比，从而导致二者生命态度的完全对立，由此激发出了强烈的戏剧冲突（矛盾）。在《苔语》中，王统照借表里两层不同类型的戏剧冲突，对人

① 王统照：《苔语》，见《王统照文集》第四卷，山东人民出版社 1982 年版，第 283—284 页。

② 王统照：《苔语》，见《王统照文集》第四卷，山东人民出版社 1982 年版，第 284 页。

性、人生及命运等形而上的问题，进行了深刻的理性思考，作品剧性的体裁特质使作品的主旨幽婉且富有理性深度，诗意浓郁。

再以刘半农的《猫与狗》为例。

> 猫与狗相打。猫打败了，逃到了树顶上，呼呼的向下怒骂。狗追到树下，两脚抓爬着树根，向上不住的咆哮。
>
> 猫说："你狠！让我你。到你咆哮死了，我下来吃你的肉。"
>
> 狗说："你能上树，我抓不到你。到你在树上饿死了跌下来，我吃你的肉。"
>
> 一阵冷风吹来，树打了个寒噤，摇头叹气的说："不幸的是我，我处于他们的永远的争执的中间了。但幸运的也是我，我可以可怜他们啊！到他们都死了，我冬天落下些叶子，遮盖他们的尸身；春天招些小鸟来，娱乐他们的灵魂。"①

在作品中，刘半农选取了自然界中的动物"猫"与"狗"以及自然界中的植物"树"作为客观物象，自我的情感是借助这些物象进行客观传递与表现，尤其是客观物象"树"的戏剧台词，蕴含着刘半农本人深刻的理性思考，这些客观物象与作者的创作主旨实现了契合，由此升华为意象。刘半农又同时赋予了三者戏剧角色的功能，"猫"与"狗"之间的戏剧对白，"树"向"猫"和"狗"发出的戏剧独白，构成了戏剧对话。"猫"和"狗"的冲突是日常生活中十分常见的矛盾，作者以此为切入进行创作。作品中二者的对峙十分激烈，"猫"威胁"狗"，要等"狗"咆哮死了，从树上跳下来吃狗的肉。"狗"也威胁"猫"，等"猫"在树上饿死跌下来之后，也要吃"猫"的肉。此时的"猫"与"狗"被作者赋予了人类的属性，它们因此也就具有了人类那些有害的自然天性，在"猫"与"狗"的身上主要表现为相互打架的

① 刘半农：《猫与狗》，见《扬鞭集》（上），北新书局1926年版，第54—55页。

暴力、等着对方死掉的阴险、吃掉对方的野心，这些人性邪恶的一面。人性的恶通过“猫”与“狗”的戏剧冲突，淋漓尽致地展现在读者与观众面前。

戏剧角色“树”则以辩证式的思维看待“猫”与“狗”之间的戏剧冲突，“不幸的是我，但幸运的也是我”。在作品中，刘半农凭借散文诗剧的剧性体裁特质——诗歌意象与戏剧角色的融合、戏剧冲突的精妙布局，对人性的恶、人性的缺陷进行了描写与思考，表明了自我的人生态度。郑振铎的散文诗剧《荒芜了的花园》同样是以人与自然天性的矛盾为切入，布局戏剧冲突，借助戏剧冲突为现实服务，以期达到揭露、批判的功用。

郑振铎在作品中设置了戏剧角色一众“人”，这些“人”看到荒芜的花园之后，便围绕怎样修缮花园这个问题展开了热烈的讨论。花园里的“小青蛙”“小蟋蟀”听到这个消息后十分开心，期待这些人类能够马上讨论出结果，然后立即修缮这座以往属于植物、动物们的乐园，恢复其往日的荣光。戏剧角色一众“人”之间开始了戏剧对话，研究应该如何修缮花园，讨论由热烈逐渐变得激烈，时间也越来越漫长，每一个人提出的方案都无法获得其他人的认同，意见不合的他们最后甚至互相辱骂、扭打在一起。这些“人”之间的戏剧对话与戏剧动作展现出激烈的戏剧冲突，每一个“人”都想让其他的“人”听从自己的意见，按照自己的方案来修缮花园。争夺修缮花园的决定权导致了彼此之间的冲突和矛盾，而这强烈的戏剧冲突同样源于人的自然天性的缺陷——对于权力的极度渴望。

结合作品创作的时代背景，郑振铎想要借《荒芜了的花园》去影射政治问题与社会现实。意象“荒芜了的花园”暗示了百废待兴、内忧外患的国家，戏剧角色“小青蛙”和“小蟋蟀”则象征了生活在这个国家中的普通民众，戏剧角色一众“人”则隐喻了每天都在“慷慨激昂”讨论国家大事，却不做任何实事的政客们。在现实中，北洋政府对于国家的改造和民族的振兴，一次又一次让民众失望，国家的现状依然是安常守故、停滞不前，就像“荒芜了的花园”那样，只能在回忆中想象着以往的荣光，可现实却十分的残酷，民众也耗尽了最后的耐心。“青蛙等得不耐烦了，哭丧着脸，不高兴地，一步一步慢腾腾的仍旧走进石罅中去。蟋蟀的希望也渐渐地减少了；他不愿意看见他们的争斗；终于把头缩回草丛中，跑到墙角下，拖长他的音调，重复曼声悲鸣起来。荒芜了的花园还是照旧荒芜着。”① 散文诗剧杂糅性的文体特性恰恰为郑振铎的创作提供了便利，尤其是剧性的体裁特质让作家将诗情与剧情完美融合，利用戏剧冲突客观表达自我的情感与理念。在散文诗剧《荒芜了的花园》中，郑振铎将对现实政治的不满、对国家前途的担忧的主观情绪，借戏剧冲突客观地熔铸进文章之中，因此，作品中难以探寻郑振铎的主观情绪，对读者与观众的说教也不是直抒胸臆，作者藏身于幕后，以润物无声的艺术手法客观的抒情达意，实现了感性和理性的交融，作品极富艺术张力与艺术感染力。

① 郑振铎：《荒芜了的花园》，《小说月报》1922 年第 13 卷第 4 期。

第二章　中国现代散文诗剧的语言范式

文学的第一要素是语言，“文学就是用语言来创造形象、典型和性格，用语言来反映现实事件、自然景象和思维过程……文学的第一个要素是语言。语言是文学的主要工具，它和各种事实、生活现象一起，构成了文学的材料”①。对于文体来说，更是同语言有着密切的关系。作为索绪尔弟子的西方现代文体学创始人法国学者巴利，以口语中的文体为研究对象，借用索绪尔的结构主义语言学对传统修辞学进行反思与改造，尝试将文体学纳入语言学的体系之下。被尊称为文体学之父的德国学者斯皮泽，则以文学作品的语言为研究对象，斯皮泽认为文学作品的价值主要体现在语言方面，注重对文本语言进行详细的阐释与分析，以此区别于传统的印象直觉式批评方法。“文体学是用语言学方法研究文体风格的学问”②，作为文体学重要一支的文学文体学就是研究语言在文学中的运用情况，“它以语言学的方法为工具，对诗歌、小说、戏剧等文学语篇进行描述和解释”③。英国学者雷蒙德·查普曼也提及文体研究不能脱离语言，要以语言为突破口，“文学与其他文体不同，不会

① ［苏］高尔基：《论文学》，孟昌、曹葆华、戈宝权译，人民文学出版社1978年版，第332页。

② 刘世生、朱瑞青编著：《文体学概论》，北京大学出版社2006年版，第1页。

③ 刘世生、朱瑞青编著：《文体学概论》，北京大学出版社2006年版，第1页。

也不可能排除语言的任何方面”[①]。雷蒙德·查普曼指出要从语言——口语和书面语、句法结构、词语和意义、修辞语言、节奏和格律等方面来综合分析和研究文学的文体。虽然雷蒙德·查普曼归纳的仅仅是文体的一个呈现层面——语言，却也揭示出文体与语言之间的密切关系，并且为中国现代散文诗剧语言范式的研究层面提供了重要的借鉴与指导。

中国现代散文诗剧是一种杂糅性的文体，是在散文诗的基础上融入戏剧因子升华而成的，其内部蕴含着诗歌、戏剧、散文三种不同的体裁因子。中国现代散文诗剧的语言也必然表现出承继上述三种体裁因子的特性。另外，三者杂糅合成的散文诗剧又是一种全新的文体形式，其语言必定又具有一种不同于诗歌、戏剧、散文的独异性特质。只有全面剖析中国现代散文诗剧的语言范式，才能彻底透视其文体范式。对中国现代散文诗剧语言范式的考察，既要将其置于新文学生成的特定时代背景之下——传统与现代、东方与西方、高雅与通俗对峙交融的大环境之中，又要从文体的角度进行专门的论述，“因为只有文体学的方法才能界定一件文学作品的特质。我们有两个可能的方法来做这样的文体分析：第一个方法就是对作品的语言做系统的分析，从一件作品的审美角度出发，把它的特征解释为‘全部的意义’，这样，文体就好像是一件或一组作品的具有个性的语言系统”[②]。因此，要以上述两个角度为切入，从语言的表述范式、语言的杂合范式以及语言的修辞范式三个方面，全面考察和探究中国现代散文诗剧的语言范式。

第一节　语言的表述范式

亚里士多德在《诗学》中指出，所有的悲剧（戏剧体诗）都具有

① ［英］雷蒙德·查普曼：《语言学与文学——文学文体学导论》，王士跃、于晶译，春风文艺出版社1988年版，第23页。

② ［美］雷·韦勒克、奥·沃伦：《文学理论》，刘象愚等译，生活·读书·新知三联书店1984年版，第193页。

六个要素，分别是“情节”“性格”“语言”“思想”“戏景”“唱段”。亚里士多德把“语言”作为戏剧的第四个要素，将其定义为“言词的含义”[①]，也就是“语言的表达”[②]，亚里士多德关注的语言层面实际上就是在悲剧创作过程中语言以何种方式进行表述的问题。雷蒙德·查普曼在其著作中也论及了语言的表述问题，他主要是从语域的角度进行论述和阐释，“语域是文体学研究的重要概念……每个作家都会根据某种场合中的不同因素来选取语域……文学会迫使某人采用一个特殊的语域。规定性势力在文学文化中起作用，但作用方式与作用强度不尽相同……批评家与作家可以在某种程度上创造一种文体，要求那些争取文体规范的人选用某个语域，回避其他语域……有时候，语域的不同是跟体裁不同有关系的，比较邓恩的布道词和诗歌就可以发现。布道词虽然具有某些‘文学’特征，但是毕竟吸收了宗教风格和演说风格。它的直接对话形式跟抒情诗中虚拟对话形式迥然有别”[③]。“语域”是社会语言学家提出的概念，“与使用者使用语言有关。与使用相关的变体被称为是各种语域（registers）。同方言不同的是，语域主要是在语言形式（如语法和词汇）上彼此相异”[④]。语域与使用者及使用环境息息相关，是语言使用的场合或领域的统称。因此，语域不同，语言的表述方式就会不同。推及文学，正如雷蒙德·查普曼所强调的，不同的文学体裁有不同的“语域”，或者说，不同文学体裁的语言表达方式各具特色。

中国现代散文诗剧是散文诗与戏剧的杂糅，是在散文诗的基础上糅合戏剧因子升华而成的。散文诗剧虽隶属诗剧阵营，却脱胎于散文诗。

① ［古希腊］亚里士多德、［古罗马］贺拉斯：《诗学·诗艺》，郝久新译，九州出版社2007年版，第27页。

② ［古希腊］亚里士多德、［古罗马］贺拉斯：《诗学·诗艺》，郝久新译，九州出版社2007年版，第27页。

③ ［英］雷蒙德·查普曼：《语言学与文学——文学文体学导论》，王士跃、于晶译，春风文艺出版社1988年版，第23—25页。

④ ［英］H. Basil，M. Ian：《话语与译者》，王文斌译，王克非校，外语教学与研究出版社2005年版，第56页。

也就是说，散文诗剧必定是散文诗，但散文诗不一定是散文诗剧，因此，散文诗剧与散文诗的体裁内核是完全一致的——诗性体裁内核。散文诗又是“诗中的一体”①，本质上是诗，是“诗的变体……它和诗有血缘关系”②。那么作为新诗重要一支的散文诗，在语言表述方面与新诗的主张与要求必然是一致的。诗歌讲究抒情达意，作家激荡的内心情绪（情）、深沉的人生思考（意）最后都要通过语言表述进行呈现。“诗是艺术的语言……是饱含情绪的语言，是饱含思想的语言。”③ 语言表述的方式各异，抒情达意的效果也就不同。纵观整个新文学时期的新诗尤其是散文诗写作，语言的表述方式主要分为两种，一是以通达易懂的语言去明白清楚地描摹陈述，二是以折绕婉曲的语言去朦胧幽婉地抒情达意。在散文诗剧的创作过程中，作家同样会根据自身的喜好与追求，根据具体的外部条件，如时代诉求、社会现实等，做出不同的选择——或通俗质朴，或折绕华丽。因而，中国现代散文诗剧的语言表述主要也表现为两种范式，一是通达易懂、直白晓畅的言语表述，二是折绕幽婉、余味曲包的言语表述。

一　通达易懂、直白晓畅的言语表述

作为中国散文诗与散文诗剧开拓者与奠基人之一的胡适，极为推崇通达易懂、直白晓畅的言语表述。并且将“明白清楚”作为其诗歌写作的第一条“戒约”与“戒律”。“‘胡适之体’只是我自己尝试了二十年的一点点小玩意儿。在民国十三年，我作我的侄儿胡思永的遗诗序，曾说：他的诗，第一是明白清楚，第二是注重意境，第三是能剪裁，第四是有组织，有格式。如果新诗中真有胡适之派，这是胡适之的嫡派。我在十多年之后，还觉得这几句话大致是不错的。至少我

---

① 滕固：《论散文诗》，《文学旬刊》1922 年第 27 期。

② 谢冕：《北京书简——关于散文诗》，见福建师范大学中文系主编《中国当代文学研究资料郭风专集》，1979 年，第 66 页。

③ 艾青：《诗论》，复旦大学出版社 2005 年版，第 27—28 页。

自己做了二十年的诗，时时总想用这几条规律来戒约我自己。平常所谓某人的诗体，依我看来，总是那个诗人自己长期戒约自己，训练自己的结果。所谓‘胡适之体’，也只是我自己戒约自己的结果。我做诗的戒约至少有这几条：第一，说话要明白清楚。古人有‘言近而旨远’的话，旨远是意境的问题，言近是语言文字的技术问题。一首诗尽可以有寄托，但除了寄托之外，还须要成一首明白清楚的诗。意旨不嫌深远，而言语必须明白清楚。古人讥李义山的诗，‘若恨无人作郑笺’，其实看不懂而必须注解的诗，都不是好诗，只是笨迷而已。我们今日用活的语言作诗，若还叫人看不懂，岂不应该责备我们自己的技术太笨吗？我并不说，明白清楚就是好诗；我只要说，凡是好诗没有不是明白清楚的。至少‘胡适之体’的第一条戒律是要人看得懂。”[①] 胡适对那些以艰深晦涩、艰涩难懂的语言谱就而成的诗歌，明确提出了反对意见：“平伯主张‘努力创造民众化的诗’。假如我们拿这个标准来读他的诗，那就不能不说他大失败了。因为他的诗是最不能‘民众化’的。我们试看他自己认为有平民风格的几首诗，差不多没有一首容易懂得的……平伯最长于描写，但他偏喜欢说理；他本可以作好诗，只因为他想兼作哲学家，所以越说越不明白，反叫他的好诗被他的哲理埋没了。”[②] 刘半农、康白情、沈尹默等人是胡适“明白清楚”主张的积极响应者。

胡适散文诗剧言语表述的通达易懂、直白晓畅，除了与胡适本人的创作理念与审美追求密切相关，另一方面则源于散文诗剧自身杂糅性的文体特质。虽然散文诗剧的体裁内核与散文诗（诗歌）完全一致，但或多或少还是渗透进了散文与戏剧的体裁因子。尤其是散文诗剧分段排列的散文性体裁形式，使其与纯诗对比，在字数与篇幅方面极具优势。并且散文与诗歌、戏剧、小说相比，体裁形式更为自由，羁绊和束缚也

① 胡适：《谈谈“胡适之体”的诗》，《自由评论》1936 年第 12 期。
② 适：《评新诗集（二）》，《读书杂志》1922 年第 2 期。

更少，“作为自己告白的文学，用这体裁是最为便当的。既不像在戏曲和小说那样，要操心于结构和作中人物的性格描写之类，也无须像做诗歌似的，劳精敝神于艺术的技巧”①。顺势而行、顺情而作、行云流水、自然天成，“在 essay，比什么都紧要的要件，就是作者将自己的个人底人格的色采，浓厚地表现出来”②。散文诗与散文诗剧使作家更易于表达自我的情感，“诗的本质专在抒情。抒情的文字便不采诗形，也不失其诗。例如近代的自由诗，散文诗，都是些抒情的散文。自由诗散文诗的建设也正是近代诗人不愿受一切的束缚，破除一切已成的形式，而专挹诗的神髓以便于其自然流露的一种表示”③。因此，散文诗剧十分需要“明白清楚”的语言表述方式——通达易懂、直白晓畅，与其相对自由的外在体裁形式互相配合，从而在创作过程中，更从容地描写现实、讲述人生，更彻底地揭露、批判与启蒙。

《人力车夫》是践行胡适“明白清楚”诗歌理论主张的代表作，因此，作品的语言——“客”与“车夫”的戏剧对话，必然通达易懂、直白晓畅。作品揭露的是童工悲惨的生活以及政府的不作为等社会现实问题，其批判与暴露的创作主旨、面向的受众群体，要求戏剧角色之间的戏剧对话应该通达易懂、直白晓畅，以达到更直接、更有效的启蒙与传播的社会功用。戏剧角色“车夫”的身份背景——未受过良好教育的底层劳动者，又决定了他的戏剧对白与戏剧独白应该以通达易懂、直白晓畅的表述方式呈现。需要强调的是，通达易懂、直白晓畅的言语表述并不等同于通俗易懂的口语。口语具有强烈的地方色彩、浓郁的生活气息以及生动通俗的特性，主要表现为地方方言、俗语、歇后语甚至低俗的言语表述。口语在纯戏剧和一些“戏剧化的诗”类型的现代诗剧中十分常见。譬如在安娥的诗剧《高粱红了》中，戏剧角色“顺老伯”

① ［日］厨川白村：《出了象牙之塔》，鲁迅译，北新书局 1935 年版，第 8 页。

② ［日］厨川白村：《出了象牙之塔》，鲁迅译，北新书局 1935 年版，第 7 页。

③ 郭沫若：《郭沫若致宗白华》，见《郭沫若全集·文学编·第十五卷·三叶集》，人民文学出版社 1990 年版，第 47 页。

的台词“滚他妈的杂种蛋！看谁敢动我一根高粱叶，我叫他死了都不能出丧！”[①] 以及“云儿妈”的戏剧台词“我这个寡妇失业的，整天整晚地死干”[②]。“滚他妈的杂种蛋”“我叫他死了都不能出丧”“整天整晚地死干”在粗俗中透露出浓郁的生活气息，“寡妇失业”则是北方俗语，为“既寡又穷”的意思。这些粗俗的日常语言和地方俗语均为典型的口语。又如，在现代文学史上的第一部革命诗剧《风火山》中，“二姑娘”“大娘”等农民角色的戏剧台词就多使用谚语、俚语、俗语，如“三脚蛤蟆无处找”“不管三七二十一”“火烧眉毛”等。戏剧角色“兵”痞们的戏剧台词则揭示出他们的低俗与恶俗，如“想妹想到七月七”“你在太阳顶上撒泡尿”等。上述的谚语、俚语、俗语和粗鄙、低俗、恶俗的语言均为典型的口语。

语言口语化是20世纪三四十年代革命根据地、解放区文学创作，特别是某些现代诗剧写作的鲜明特色，这既是革命、抗战的需要，也是1940年代解放区兴起的戏剧大众化、民族化运动的必然要求。口语化的语言表述主要应用于“戏剧化的诗”之中，由于戏剧创作背景和戏剧角色身份的限定，某些戏剧角色甚至全部戏剧角色的台词必须设置为口语化的表述方式。目的是利用口语化的语言表述进行抗战、革命的宣传，对民众进行启蒙、教育。戏剧角色丰富生动、朴素亲切的口语迅速拉近了文学作品与大众之间的距离，揭示出农村和农民的真实生活，深受革命根据地、解放区广大人民群众的喜爱。但是，过度的口语化——未加修饰的、低俗的语言表述导致了部分诗剧作品诗性及艺术性的丧失，对诗剧的文体独立性也是极大的损害，使其倒向了话剧。与口语不同，通达易懂、直白晓畅的言语表述属于书面语的范畴，通达易懂不是通俗易懂，假若倒向了粗俗、低俗，就与散文诗剧的诗性体裁内核相冲突。“明白清楚”是胡适针对那些艰深晦涩、艰涩难懂的诗歌语言提出

① 安娥：《高粱红了》，见《安娥文集》（上），中国文联出版社2008年版，第247页。
② 安娥：《高粱红了》，见《安娥文集》（上），中国文联出版社2008年版，第247页。

的应对策略。胡适主张诗歌的语言应该要使人看得懂，却不是粗俗、低俗，或是不加修饰，而是在注重遣词造句的同时，尽量做到通达易懂、直白晓畅，二者之间并不冲突。

"车夫"的身份背景决定其戏剧台词本应类似于《高粱红了》和《风火山》中的戏剧角色那样，以口语为主。但《人力车夫》不是"戏剧化的诗"而是"诗的戏剧化"——"散文诗的戏剧化"，诗性的体裁内核决定了其语言表述应是诗意的，虽然不需要达到折绕幽婉、余味曲包的境界，也要讲究遣词造句。"车夫"向"客"诉说自己饥寒交迫，"我半日没有生意，我又寒又饥"① 与"你老的好心肠饱不了我的饿肚皮"②，为典型的书面语而非口语。"车夫"没有使用"半天"或"很长时间"而是用"半日"，"半日"为书面语，见唐代诗人李涉的《题鹤林寺僧舍》——"偷得浮生半日闲"，此"半日"为片刻的意思。又可见"水路抵盖则半日程"③，此"半日"为一天之半，半天的意思。"半日"还有相当长一段时间、颇久的意思。"车夫"又用了"又寒又饥"，而未用"又冷又饿"，"饥寒"为典型的书面语，见东晋诗人陶渊明的《劝农》——"儋石不储，饥寒交至"，又可见"饥寒交切，所以为盗"④。"好心肠"对应"饿肚皮"，讲究对仗与韵律，同时词意、句意又十分明白清楚，做到了通达易懂、直白晓畅。再如"客"向"车夫"表明不忍坐车的台词——"你年纪太小，我不坐你车。我坐你车，我心凄惨"。⑤ "凄惨"为书面语，可见"袭狐貉之暖者，不忧至寒之凄惨"⑥，又可见"见虫攒尸骨，无不凄惨"⑦，"凄惨"为

① 胡适：《人力车夫》，《新青年》1918 年第 4 卷第 1 号。

② 胡适：《人力车夫》，《新青年》1918 年第 4 卷第 1 号。

③ （明）谈迁：《国榷卷八十六·熹宗天启四年》，见《国榷》1—6 册，中华书局 1958 年版，第 5282 页。

④ （宋）王谠撰：《唐语林校证·上·卷一·政事上》，周勋初校证，中华书局 1987 年版，第 51 页。

⑤ 胡适：《人力车夫》，《新青年》1918 年第 4 卷第 1 号。

⑥ （汉）荀悦：《两汉纪·上·汉纪·孝宣皇帝·纪四·卷第二十》，张烈点校，中华书局 2002 年版，第 352 页。

⑦ （明）冯梦龙：《东周列国志》（上），北方文艺出版社 2013 年版，第 187 页。

悲惨、凄凉、悲痛之意。“客”对“车夫”艰辛的生活和幼小的年龄产生了悲痛之感，此处未用十分伤心、难过等口语化表述。此外，“客”的身份是内务部的政府官员，他的戏剧台词却未采用深奥难解、艰涩幽深的表述方式，同样是明白清楚。

作为胡适诗歌语言“明白清楚”理念积极响应者的刘半农，在创作散文诗剧时，言语表述也做到了通达易懂、直白晓畅。刘半农的散文诗剧《卖萝卜人》《饿》《老牛》（《扬鞭集》版）等，多关注与描写底层劳动人民和弱势群体的生活状况。《卖萝卜人》和《老牛》中的戏剧主角的背景身份与“车夫”相近，均是底层的劳动人民，但是他们的语言表述也并未采用口语，而是以书面语的形式写作，这是由散文诗剧的诗性体裁内核所决定的。为了践行“明白清楚”的诗歌语言主张，以及达到传播启蒙的功用，语言表述是典型的通达易懂、直白晓畅，尤以长篇散文诗剧《饿》为代表。《饿》选取了一个孩童“他”作为主角，新文学创作伊始，“五四”学人将描写的重心放到了青年、妇女以及少年儿童的身上，尤其是作为民族和国家未来与希望的少年儿童，更是重点关注的对象，“故今日之责任，不在他人，而全在我少年，少年智则国智，少年富则国富，少年强则国强，少年独立则国独立，少年自由则国自由，少年进步则国进步，少年胜于欧洲，则国胜于欧洲，少年雄于地球，则国雄于地球”①。散文诗剧的创作亦是如此，《人力车夫》中的“车夫”、《卖萝卜人》中真正的主角“一个七岁的孩子”、《饿》中的孩童“他”。黑暗的社会现实让孩童们本应幸福、快乐、单纯的童年，承载了过多的苦痛。《饿》中，“他”的家境贫困，“他”的父亲又把赚来的微薄钱财用来买酒，使“他”长期忍饥挨饿，“饿”成为他唯一的人生感受。与早期散文诗剧主要以戏剧角色之间的戏剧对话建构文本的方式不同，《饿》主要由戏剧主角“他”的心理感受——戏剧独白

① 梁启超：《少年中国说》，见《饮冰室合集·文集·第二册》，中华书局 2015 年版，第 396 页。

构成，“在独白里剧中人物在动作情节的特殊情况之下把自己的内心活动对自己表白出来。所以独白特别在下述情况中获得真正的戏剧地位：人物在内心里回顾前此已发生的那些事情，反躬内省，衡量自己和其他人物的差异和冲突或是自己的内心斗争，或是深思熟虑地决策，或是立即作出决定”①。

戏剧独白即为戏剧角色的内心活动，“他”的内心活动是对饿的一种心理感受，逐步扩展到“反躬内省”——对家人、家庭的思考、“衡量自己和其他人物的差异”——与其他未挨饿孩童的比较。“他”的心理活动（戏剧独白），实际上是刘半农“思”的结果，此时的刘半农与主人公“他”融为一体，刘半农理性沉思后，将思考的过程通过戏剧角色“他”的戏剧独白展现于读者与观众面前。因此，“他”的戏剧独白不是简单普通的戏剧台词，而是承载着作者情感与沉思的诗意传情。因此，“他”的语言的表述方式不应是通俗的口语或儿童化的语言，而应为诗性的陈述——悲情、深沉又富有哲理性，是刘半农对人类生存本质理性思考后的通达易懂、直白晓畅的命运拷问，“我也何妨去？但是，我总觉得没有力气，我便坐在门槛上看看吧。……你们都回去睡觉了么？你们都吃饱晚饭了吗？……姑母呢？我的好姑母，为什么不来？……我们为什么不吃豆腐花？……这是什么人家的小孩的姑母啊！”②“他”的戏剧独白（沉思）具有一种拷问读者与观众心灵和灵魂的强力，直抵读者与观众的内心深处，敲击他们的心脏与大脑。假若以折绕幽婉、余味曲包的方式进行诉说，反而会减弱这份力量，削弱对读者与观众的震撼感。正是通达易懂、直白晓畅的言语表述淋漓尽致地展现出一个忍饥挨饿的幼童的悲惨人生，让人们反思是谁、是什么造成了这种人间悲剧。

作家化身戏剧角色，借助戏剧独白（心理活动）——通达易懂、直白晓畅的言语表述，客观呈现自我的情感与理念，成为散文诗剧写作

---

① ［德］黑格尔：《美学》第三卷下册，朱光潜译，商务印书馆 1981 年版，第 259 页。

② 刘半农：《饿》，见《扬鞭集》（上），北新书局 1926 年版，第 92A—92K 页。

的一种典型建构方式。在《过客》中，向“客”提问的戏剧角色是“翁”。他向“客”（过客）——鲁迅，提出了三个问题——“你是怎么称呼的?”[①]“那么，你是那里来的呢?”[②]“那么，我可以问你到那里去吗?”[③]。从而牵引出“客”的大段通达易懂、直白晓畅、富有哲理的戏剧独白——“称呼？——我不知道。从我还能记得的时候起，我就是一个人，我不知道我本来叫什么。我一路走，有时人们也随便称呼我，各式各样地，我也记不清楚了，况且一样的称呼也没有听到过第二回……我不知道。从我还能记得的时候起，我就在这么走……我不知道，从我还能记得的时候起，我就在这么走，要走到一个地方去，这地方是在前面。我单记得走了许多路，现在来到这里了。我接着就要走向那边去，（西指）前面……我只得走。回到那里去，就没一处没有名目，没一处没有地主，没一处没有驱逐和牢笼，没一处没有皮面的笑容，没一处没有眶外的眼泪。我憎恶他们！我不回转去……然而我不能！我只得走。我还是走好罢……（昂了头，奋然向西走去）”[④]。“客”的戏剧独白，逐层次展现出鲁迅本人复杂的心路历程和顽强的战士品质。

作为“鲁迅散文诗创作最合格的传人”[⑤] 的莫洛，在其散文诗剧《投宿者》中，同样借助戏剧角色“主人”向另一个戏剧角色“一个年老的投宿的人”（“投宿者”）提出了类似于“翁”向“客”的提问。这三个问题既是日常生活中人们常用的交流语言，又是存在主义哲学的基本理论问题——“谁呀?”[⑥]“老人家从很远的地方来吧?”[⑦]“到什么地方去呢?”[⑧]。剧作也是围绕上述三个问题（“你是谁”“你从哪里来”

---

① 鲁迅：《过客》，《语丝周刊》1925 年第 17 期。

② 鲁迅：《过客》，《语丝周刊》1925 年第 17 期。

③ 鲁迅：《过客》，《语丝周刊》1925 年第 17 期。

④ 鲁迅：《过客》，《语丝周刊》1925 年第 17 期。

⑤ 骆寒超：《百年回眸散文诗》，见骆寒超、黄纪云主编《星河　红豆　大型新诗丛刊　2015 年　夏季卷》，人民文学出版社 2015 年版，第 183 页。

⑥ 莫洛：《投宿者》，见《梦的摇篮》，花城出版社 1984 年版，第 10 页。

⑦ 莫洛：《投宿者》，见《梦的摇篮》，花城出版社 1984 年版，第 10 页。

⑧ 莫洛：《投宿者》，见《梦的摇篮》，花城出版社 1984 年版，第 11 页。

"你到哪里去"）展开戏剧对话。继而牵引出"一个年老的投宿的人"的大段通达易懂、直白晓畅、富有哲理的戏剧独白。"我，对不起，一个年老的投宿的人……从我懂得自己应该做些什么的时候起；就是说，从我十八岁的那年起，我就开始了行旅，四十多个春天从我的脚底下过去了……但是。于我却是快乐的。我必须走路，走一条长长的路……那是不可知的远方——就是说，方向是清楚的，但目的地离我们这儿有多远，可就不知道了。就是这样的地方，我要去……我是去寻取'理想'——一个灿烂的梦——那蕴藏着快乐与幸福的源泉的地方……我正须趁早迎上前去……四十年来，我是不知道有休息二字的……不，丝毫不能减轻！这是我的责任……这里面，是我的后辈的命运……"[①]"一个年老的投宿的人"的戏剧独白，揭示出了莫洛本人坚定的人生信念。

与之类似的创作还有叶金的散文诗剧《旅人》，在作品中，戏剧角色"老人"也向另外一个戏剧角色"旅人"提出了类似于《过客》以及《投宿者》中，那三个存在主义哲学的基本理论问题。"谁呵？"[②]"你从何来？要往哪里去呢？"[③] 剧作也是围绕上述三个问题（"你是谁""你从哪里来""你到哪里去"）展开戏剧对话，从而牵引出"旅人"的大段通达易懂、直白晓畅、富有哲理的戏剧独白。"不要问我。你从何来呢？老人！我就是来寻找，寻找我从何来，往何处去，我跋山涉水，我到处寻找，但我找不到，也许我从何来是不重要的，但我往何处去呢？我渴望知道。老人，我看见你的眼睛闪亮，告诉我吧，我寻找得疲倦了。"[④] 通过对比《过客》中戏剧角色"客"、《旅人》中戏剧角色"旅人"以及《投宿者》中戏剧角色"一个年老的投宿的人"的戏剧独白，可以发现，在《投宿者》中，戏剧角色"一个年老的投宿的

① 莫洛：《投宿者》，见《梦的摇篮》，花城出版社 1984 年版，第 10—12 页。
② 叶金：《旅人》，见《阳光的踪迹》，花城出版社 1984 年版，第 104 页。
③ 叶金：《旅人》，见《阳光的踪迹》，花城出版社 1984 年版，第 106 页。
④ 叶金：《旅人》，见《阳光的踪迹》，花城出版社 1984 年版，第 106 页。

人”虽然十分疲倦，但对自己的前路是充满信心的，对自我的人生信念也十分明确。而“旅人”与《过客》中的戏剧角色“客”更为相似，他们对自我的前路在文章开始时是感到迷茫与犹疑的，随着剧情的发展，逐渐摆脱了这份迷茫与犹疑，最后坚定了自我的信念，勇敢的向前路前行，“……他听见前面呼声，有歌声，群众的行列走过去。他投身在那行列中，一同呼唤，一同歌唱：‘起来……’”①。

在《饿》《过客》《投宿者》《旅人》中，某个戏剧角色（主角）的戏剧独白占据了文章大量的篇幅，其他戏剧角色的作用是引出主角，继而再牵引出主角的戏剧独白。尤其在《过客》《投宿者》《旅人》三部作品中，戏剧角色“翁”“主人”“老人”的作用完全是投砾引珠，作用是引出戏剧主角“客”“一个年老的投宿的人”“旅人”，其任务是实现与主角之间的戏剧对话，然后让主角——“客”“一个年老的投宿的人”“旅人”发出大段的戏剧独白。鲁迅、莫洛、叶金在《过客》《投宿者》《旅人》三部作品中，分别化身为戏剧主角“客”“一个年老的投宿的人”“旅人”，诗人们将自我的思想情感、人生信念借戏剧主角之口，借大段的戏剧独白，客观地呈现在读者与观众面前。这正是艾略特所说的诗的“第三种声音”——不是诗人自我的直接抒情，而是诗人声音与戏剧角色声音的重合，这与散文诗剧诗性的体裁内核也完全契合。“依我看，如果我们需要一个诗剧，那它多半会出自学着写戏的诗人之手，而较少可能出自学着写诗的熟练的剧作家之手。”② 作品中大段的戏剧独白既展现出鲁迅、莫洛、叶金对命运、人生、前路的理性思考，又展现出自我的理想信念，特别是自我那坚定、顽强的战斗意志。此种言语表述方式既深沉富有哲理、引人深思、诗意浓郁，又通达易懂、直白晓畅、不艰涩难解，让读者与观众能够深入体味理解作者的

① 莫洛：《投宿者》，见《梦的摇篮》，花城出版社 1984 年版，第 109 页。

② ［英］T. S. 艾略特：《鸡尾酒会》，赵毅衡译，见中国社会科学院外国文学研究所、外国文学研究资料丛刊编辑委员会编《外国现代剧作家论剧作下编》，中国社会科学出版社 1982 年版，第 275 页。

心境、意志和理想，更好地与作者实现思想的共鸣。

二　折绕幽婉、余味曲包的言语表述

散文诗剧的语言表述方式虽然深受胡适诗歌理论和自身内部散文性因子的影响，却不能忽视散文诗剧诗性体裁内核的作用。内容决定形式，形式表现内容，“形式是内容的形式”①，二者相辅相成，不可分割。新文学时期，新诗语言的表述方式除“明白清楚”的特点外，还有朦胧幽婉的特质，后者实际上与散文诗剧诗性的体裁内核也最为契合。散文性的体裁形式与诗性的体裁内核决定了散文诗剧的语言表述应该既有通达易懂、直白晓畅的特点，又有折绕幽婉、余味曲包的特质。因为诗歌是“偏于暗示的”②，即幽婉与曲折。散文诗的本质是诗，“是诗中的一体”③，那么暗示性就是散文诗也必然是散文诗剧体裁内核的典型特质，折绕幽婉的语言恰恰与散文诗剧诗性的体裁内核相吻合。

需要指出的是，胡适提倡“明白清楚”，而明确反对晦涩难解、艰涩难懂的语言表述方式。“适尝谓凡人用典或用陈套语者，大抵皆因自己无才力，不能自铸新辞，故用古典套语，转一弯子，含糊过去，其避难趋易，最可鄙薄……尝谓今日文学之腐败极矣：其下焉者，能押韵而已矣。稍进，如南社诸人，夸而无实，滥而不精，浮夸淫琐，几无足称者。（南社中间亦有佳作。此所讥评，就其大概言之耳。）更进，如樊樊山、陈伯严、郑苏盦之流，视南社为高矣，然其诗皆规摹古人，以能神似某人某人为至高目的，极其所至，亦不过为文学界添几件赝鼎耳，文学云乎哉!”④ 胡适针对的是中国传统诗歌那种晦涩难解、艰涩难懂的语言表述方式——堆砌典故、套语，过度讲究格式、用词，导致诸多传统诗歌必须通过注解才能让人明白其意义和主旨，内容空洞，无病呻吟。

① 童庆炳：《童庆炳文集》第四卷，北京师范大学出版社 2016 年版，第 90 页。
② 西谛：《论散文诗》，《文学旬刊》1922 年第 24 期。
③ 滕固：《论散文诗》，《文学旬刊》1922 年第 27 期。
④ 胡适：《寄陈独秀》，见《胡适全集 · 第一卷》，安徽教育出版社 2003 年版，第 2 页。

胡适反对的是艰深晦涩、艰涩难懂，并不是反对折绕幽婉、余味曲包。折绕幽婉、余味曲包不是晦涩难解、艰涩难懂，而是婉转深沉、蕴藉含蓄。并且折绕幽婉、余味曲包的言语表述方式是散文诗、散文诗剧此种杂糅性文体区别于散文的特点之一。“诗和其他文学的文之区别，就是：其他的文学的文，虽重言情，其势较直；诗之言情，其势较曲。反复咏歎，是诗的特质。”[①]“其势较曲”就是诗之特性——暗示性。散文诗、散文诗剧虽然比纯诗在文体形式上更为自由开放，限制也较少，但是写作之时同样要像诗歌那样注重遣词炼句，应采用折绕幽婉、余味曲包的言语表述方式，“其势较曲”的对自然、社会、人生等方方面面进行描摹书写，“其势较曲”地去反映作者的思想感情与人生感悟，在文字中蕴含深刻的寓意指向，从而营造诗意浓郁的意境。散文诗剧语言表述的折绕幽婉、余味曲包主要表现在两个方面，一是遣词造句的含蓄婉曲，二是语言表述布局的折绕幽婉。

徐志摩的散文诗剧《“夜”》就是语言表述含蓄婉曲的典范。这是由作家本人和新月诗派的诗歌艺术理念共同决定的——理性节制情感，“爱是不能没有的，但不能太热了。情感不能不受理性的相当节制与调剂”[②]。在新诗与现代诗剧的草创期，部分作家过度追求主观情绪的展现，“作者个人主观色彩太浓……在他们的创作中理性和情感无法协调起来，情感压倒了理性”[③]。新月诗派的学者和诗人发现这一问题后，通过诗学主张、创作实践来努力扭转此种局面，“我们相信感情不经理性的清滤是一注恶浊的乱泉……我们当然不反对解放情感，但在这头骏悍的野马的身背上我们不能不谨慎的安上理性的鞍索”[④]。徐志摩作为新月诗派的领军人物，与其他学人一道，积极探索新诗的格律化与形式

---

① 潘大道：《诗论》，中华学艺社 1924 年版，第 4 页。

② 志摩：《白朗宁夫人的情诗》，《新月》1928 年第 1 卷第 1 号。

③ 张时民：《中国现代诗剧：“坠落的欧福里翁”》，《中国现代文学研究丛刊》1988 年第 4 期。

④ 志摩：《“新月”的态度》，《新月》1928 年第 1 卷第 1 号。

美，“上面已经讲了格律就是 form。试问取消了 form，还有没有艺术？上面又讲到格律就是节奏。讲到这一层更可以明瞭格律的重要；因为世上只有节奏比较简单的散文，决不能有没有节奏的诗。本来诗一向就没有脱离过格律或节奏……所以新诗采用了西文诗分行写的办法，的确是很有关系的一件事。姑且论开端的人是有意的还是无心的，我们都应该感谢他。因为这一来，我们才觉悟了诗的实力不独包括音乐的美（音节，）绘画的美（辞藻，）并且还有建筑的美（节的匀称和句的均齐。）”。[①] 在《“夜”》中，徐志摩努力实践理性节制情感的创作理念，除了实验新诗的格律化、形式美，还尝试融入戏剧因子，在体裁形式方面表现出了一种典型的杂糅性。

在《“夜”》中，徐志摩先是从体裁形式入手来践行理性节制情感的诗歌理念，“所贵乎为上流的情诗者，是要能够把一股热烈深挚的感情约束起来，注纳在一个有范围的模型里”[②]。《“夜”》是一首抒情长诗，共分为六部分，总的体裁形式为典型的分段排列。但在具体创作过程中，由于诗人内在情绪的不断变化，诗歌的外在节奏形式也随之改变。在创作过程中，随着内在情绪的变化，外在的体裁形式或转变为分行排列，如第一、二、三、四、六部分是分段排列，而第五部分则是典型的分行排列。或在叙述过程中适时加入一首分行排列的纯诗，如第三部分是分段排列，但在叙述过程中，徐志摩穿插了一首分行排列的英文诗及其译诗。作品的外在形式表现出了一种散文诗与纯诗混杂的体裁特质。在第六部分，徐志摩设置了戏剧角色“一个声音”与“我”，整个第六部分的内容就是二者之间的戏剧对话，从而使《“夜”》由散文诗升华为散文诗剧。王统照在文章最后的“附”中指出：“志摩这首长诗，确是另创出一种新的格局与艺术，请读者注意！”[③]《“夜”》的

① 闻一多：《诗的格律》，《晨报副刊·诗镌》1926 年第 7 号。

② 梁实秋：《霍斯曼的情诗》，《现代评论》1927 年第 6 卷第 141 期。

③ 志摩：《“夜”》，《晨报副刊·文学旬刊》1923 年第 19 期。

“新的格局与艺术”首先就表现为散文诗与纯诗体裁形式的混杂。其次则是戏剧角色的注入和戏剧对话的生成，使之升华为诗剧（散文诗剧）。再次就是注重遣词造句。上述三个方面的艺术实践，其终极目的就是实践理性节制情感的艺术主张，尤其在语言方面，作品的遣词造句极尽含蓄婉曲、幽婉折绕。

《“夜”》如其名，作品每一部分描写的均是不同地方的“夜”，通过描写“夜”，抒发作者自我的情思和理念，逐步将创作主旨呈现在读者与观众面前。全诗只有唯一的一次感性情绪倾泻——“夜，无所不包的夜，我颂美你！”[①] 至此，语言的表述就转入了折绕幽婉，难以直接探寻徐志摩对“夜”的赞美。在第一部分，徐志摩使用了大量的比拟修辞格，譬如将“夜”比喻为“大母温柔的怀抱”，将“万象”比拟为“乳饱了的婴孩”，在“大母温柔的怀抱”中“眠熟”。又将“乌云”比喻为“野外的帐篷”，先以“紧叠”修饰“乌云”，又以连续两个“静悄悄的”将“乌云”拟人化，展现乌云此时的状态。将“水草”比喻为“几条烂醉的鲜鱼横浮在水上”，紧接着将“柳条”“水草”拟人化，“水草”的眉尾边被“惫懒的柳条”撩拂。将“牧场”比喻为“镵空的古墓”。在对景物进行细致的描写之后，戏剧角色“我”翩翩登场，夜游这“黑色的胜迹”。并且连用几个排比句，展现“我”此时的状态：“我在这沈静的境界中徘徊，在凝神地倾听……听不出青林的夜月，听不出康河的梦呓，听不出鸟翅的飞声；我却在这静谧中，听出宇宙进行的声息，黑夜的脉搏与呼吸，听出无数的梦魂的匆忙踪迹；也听出我自己的幻想。”[②] 第一部分的“夜”给人以静谧、神秘之感，作者的遣词造句、折绕婉曲的语言表述使自我同读者观众之间形成了一道“美的鸿沟”，作者的情思理念消解于折绕幽婉、余味曲包的言语表述之中。

① 志摩：《“夜”》，《晨报副刊·文学旬刊》1923年第19期。
② 志摩：《“夜”》，《晨报副刊·文学旬刊》1923年第19期。

第二部分描写的是大海边沿的“夜”，此处的“夜”依然被比拟为“慈母”。“波澜”也被拟人化，向沙滩的“洗淹”由于“睡忘”而变得“懒懒的”，“波澜”的这种状态又被比喻为“像一个小沙弥在瞌睡地撞他的夜钟”①。此时，作者的情绪依然与第一部分相同，平稳又深沉。紧接着，作者的内在情绪开始出现波动，因此，分段排列的静谧描写也就转变为分行排列的激荡表述。情绪的改变源于岩石前面，出现了一个“伟大的”黑影，在悲泣时似乎留下了“明星似的眼泪”。诗人将他流下的“眼泪”比喻为“发酵的酒娘”“爆炸的引火”“霹雳的电子”，这一连串的比喻使气势陡然增强，紧接着又连用四个排比再次加强气势，“唤醒了海，唤醒了天，唤醒了黑夜，唤醒了浪涛”②。诗人称这落下的眼泪为“真伟大的革命”，能够使满天的云幕扯开、迟重的雾气化散、团圆的明月复现。言语表述由平稳转向起伏，情绪由沉静转为高昂，气势由低沉转为强劲。“威武”“猛扫”“神伟”“呼啸”“狮虎”“咆哮”“浩大”“猖狂”等一连串情绪外放型词语的应用，使作品的基调实现了彻底的转向。虽然情绪发生了波折，但语言的表述依然婉曲折绕，作品的立意也同样幽婉难测。第三部分描写了“不夜城”的“夜”，第二部分是情感变奏的转折段，第三部分的情感基调紧承第二部分后半段热烈、激昂、高亢的情绪。作者描绘了“不夜城”的“夜”的“无耻”“淫猥”“残暴”“肮脏”，揭示出“不夜城”的疯狂。因不堪忍受这堕落、疯狂、不堪，遂“向清净境界飞去”。

从而引出第四部分的“夜”，第四部分的“夜”不是固定的地方，由“诗侣的山庄”飞到“湖滨”，又飞到“海岱儿堡”。诗人来到了中世纪的欧洲，又去到了神话时代，直至原始社会。对于中国读者与观众来说，西方化的言语背景必定是陌生的。在第四部分，诗人使用了大量的外来词语，如“海岱儿堡”“尼波河”“巴南苏斯的群山”“阿加孟

---

① 志摩：《“夜”》，《晨报副刊·文学旬刊》1923 年第 19 期。

② 志摩：《“夜”》，《晨报副刊·文学旬刊》1923 年第 19 期。

龙”“海伦”“希腊雅典”等。外来词语的应用，势必会造成读者与观众阅读、认知的困难，这是诗人有意制造的审美距离，是典型的婉曲。在第四部分最后，诗人又将“夜”比拟为我们的“老乳娘”。第五部分则是一首分行排列的短诗，描写“我”冲出了地球，冲破了时空的限制，情感与气势逐渐上升——在宇宙中看到了“宇宙的大观”，有“几百万个太阳”，大的小的、红的黄的，地球与之相比极其渺小。诗人将地球比喻为“一海的星砂”，因此，导致“我”的回归之路极为艰难，“夜”也难以再找寻。就在“我”不知所措之际，“一个声音”出现了，通过剧情的开展和巧妙安排，使“我”与“一个声音”碰面，彼此开始了戏剧对话。第六部分就是由“我”与“一个声音”的戏剧对话构成。“一个声音”用一连串的排比句向“我”表明身份，“我是宇宙的枢纽，我是光明的泉源，我是神圣的冲动，我是生命的生命，我是诗魂的向导……我是太阳的太阳”①。此种语言表述，展现出了强烈的生命激情和生命强力。

诗人将现实中的自我一分为二，一个是迷茫的“我”，一个是自信的“我”（“一个声音”）。自信的“我”是最强者，“我不在这里，也不在那里，但只随便那里都有我”②，“我”可以睥睨一切，可以主宰一切，与一切融为了一体，强大而自信，充满力量，能够引导迷茫不自信的“我”。郭沫若曾经发出类似的呼声：“我们便是他，他们便是我。我中也有你，你中也有我。我便是你。你便是我。”③张白衣也发出过类似的呼号，“我就是你，你就是我，我就是他，他就是你，你就是他，他就是你，你就是我，我就是他，他就是我”④。在《“夜”》中，徐志摩也发出了此种呐喊，展现了体内那个自信的“我”所具有的绵延不

① 志摩：《“夜”》，《晨报副刊·文学旬刊》1923年第19期。

② 志摩：《“夜”》，《晨报副刊·文学旬刊》1923年第19期。

③ 郭沫若：《凤凰涅槃》，见《郭沫若全集·文学编·第一卷·女神》，人民文学出版社1982年版，第43页。

④ 张白衣：《信号》，中外书店1934年版，第243页。

断的巨大力量，这种力量超越了一切，与一切都融为了一体，一切都要由“我”来创造。“一个声音”又用了一系列强有力的排比句，对迷茫的“我”进行鼓励，为“我”注入信心，“你要真静定，须向狂风暴雨的底里求去；你要真和谐，须向混沌的底里求去；你要真平安，须向大变乱，大革命的底里求去；你要真幸福，须向真痛苦里尝去；你要真实在，须向真空虚里悟去；你要真生命，须向最危险的方向访去；你要真天堂，须向地狱里守去”①。但与郭沫若、张白衣的无比自信不同，徐志摩灵魂中依然存在着那个迷茫不自信的“我”，戏剧角色“一个声音”在文章最后，又一次对“我”进行了鼓励与安慰，“愿你再不要多疑，听我的话，不会错的——我永远在你的周围”②，这实际也是诗人对自我的激励与鼓舞。《“夜”》的意境幽婉、诗意浓郁，除了诗歌体裁形式方面的精心建构，主要源于遣词造句上的折绕幽婉、余味曲包。通过婉曲的言语表述，逐渐显露出诗人的思想情感与创作意图。徐志摩通过观“夜”，对“夜”进行赞美，又通过“夜”联想到自我这个矛盾体，对夜的描写也是一个对自我进行深度剖析和力度鼓舞的复杂过程。

除了遣词造句上的含蓄婉曲，一些作家在创作散文诗剧时，还善于利用戏剧对话实现语言表述布局上的折绕幽婉，并形成散文诗剧创作的一种较为常见的布局手法和艺术技法。如郑振铎的散文诗剧《自由》，作品的主题是寻找自由，但作者并不是直接向读者与观众揭示——自由究竟在何处。而是利用散文诗剧的剧性体裁特质——戏剧对话，折绕幽婉地逐步进行表述，最后才揭示答案，余味曲包，韵味无穷，从而与散文诗剧的诗性体裁内核相契合。作品共出场了五个戏剧角色：“一个国王”“一个军官”“一个农夫”“一个孩子”“死之神”。“一个国王”“一个军官”“一个农夫”“一个孩子”这四个戏剧角色在“生之旷原”

① 志摩：《“夜”》，《晨报副刊·文学旬刊》1923 年第 19 期。
② 志摩：《“夜”》，《晨报副刊·文学旬刊》1923 年第 19 期。

中寻找“自由”，彼此之间发生了大量的戏剧对话，围绕“‘自由’他在什么地方呢?”[①] 这个贯穿全文的问题进行对话。四个戏剧角色的身份背景虽不相同，国王被“尊严”与“荣誉”的金冠覆盖，军官被“责任”与“赏罚”的魔鬼跟随，农夫被“工作”“饥饿”“赋税”困扰，孩子则终日被母亲爱护。四人都没有闲暇，也不知道到哪里寻找“自由”，由此形成了一种戏剧剧情上的悬念，又是一种语言表述布局上的折绕幽婉。

之后，戏剧角色“死之神”从天而降，带领“一个国王”“一个军官”“一个农夫”“一个孩子”飞到了“死之宫”，最终在“死之宫”让他们寻找到了“自由”——“在那里‘尊严’与‘责任’与‘饥饿’与一切束缚人类的身与心的恶魔都徘徊门外而不能进去；在那里一切都是寂静而平安，超脱了所有的束缚”。[②] 之前四个戏剧角色“一个国王”“一个军官”“一个农夫”“一个孩子”之间的戏剧对话——寻找自由，是作者在语言表述上的故意折绕，“将本该一句话即可直说明白、清楚的，却为着委婉含蓄的目的，故意迂回曲折地从侧面或是用烘托法将本事、本意说将出来，让人思而得之的修辞文本模式。这种修辞文本模式，一般说来，表达上有一种婉转深沉、余味曲包的妙趣；接受上，由于表达者在文本语意的表达与接受之间制造了一定的‘距离’，增添了接受者文本解读的困难，但是一旦接受者经过努力破除了解读的阻障而洞悉了修辞文本的真意后，便会情不自禁地生发出一种文本破译成功的喜悦心理，从而加深对修辞文本主旨的理解认识”[③]。制造悬念，让读者与观众无法轻易探寻作者的情感与理念。徐雉的散文诗剧《乞丐》和《送给上帝的礼物》，与郑振铎的《自由》类似，在语言表述方面也是以折绕幽婉进行巧妙的布局。

---

① 郑振铎：《自由》，《诗》1922 年第 1 卷第 3 期。
② 郑振铎：《自由》，《诗》1922 年第 1 卷第 3 期。
③ 吴礼权：《现代汉语修辞学》修订版，复旦大学出版社 2013 年版，第 34—35 页。

《乞丐》的主题是歌颂爱情，但徐雉并没有直抒胸臆地去赞美爱情。首先，作者在设定题目时就有意的“闪烁其词”，题目“乞丐”与爱情似乎没有任何关系，但深思之下这是一种明显的婉曲，因为乞丐就是乞讨的人，乞讨的人要么乞讨物质，要么乞讨精神，当读者与观众欣赏完作品之后，会发现戏剧角色“乞丐”是在进行精神上的乞讨——寻求爱情。其次，作品出场的戏剧角色有“乞丐”、“一个富人”、“一个少年音乐家”和“一个清丽的女子”。“一个富人”和“一个少年音乐家”的作用是衬托铺垫，通过他们与“乞丐”的戏剧对话揭示出“乞丐”的人生追求并不是富人所看重的“面包”“金钱”“名誉”，也不是音乐家所看重的“天才”。在戏剧角色“一个清丽的女子”出场后，“乞丐”真正需要的东西被作者揭示出来——“是一颗少女的心，装满着纯洁的爱情”①。“一个清丽的女子”在出场之前，“一个富人”“一个少年音乐家”同“乞丐”戏剧对话的目的是使文章主旨更加的婉曲折绕。真正能够与“乞丐”实现心灵对话的是最后出场的“一个清丽的女子”，只有她才能给予“乞丐”也是作者本人最需要、最看重的精神需求——爱情。“爱情？这正是我所最需要的！这正是我所最需要的！面包只能疗我物质上的饥饿，惟有你的爱能疗我精神上的饥饿！金钱死后是带不去的，天才也有涸竭的时候，惟有你的爱，才是永远不会磨灭的东西！名誉不能给我一些帮助，惟有你的爱是冲破烦闷之浓雾的太阳！是黑暗中引导我的光明！”②

在另一部散文诗剧《送给上帝的礼物》中，徐雉依然采用了折绕幽婉的语言表述布局方式。作品的主要内容是无论谁想要进入天堂，都需要送给上帝礼物，通过天使的考核之后，最后才有资格进入天堂。究竟何种礼物是上帝满意的，成为作品的悬念与主旨所在。徐雉巧妙地设置了戏剧角色“小孩子”“工人”“穷人”“诗人”，他们分别站在天堂

① 徐雉：《乞丐》，《诗》1923 年第 2 卷第 2 期。
② 徐雉：《乞丐》，《诗》1923 年第 2 卷第 2 期。

门口等待“天使”的考核，从而决定谁最终能够进入天堂。戏剧角色“天使”分别询问上述四人携带了什么样的礼物送给上帝，以表现自己的敬意与诚意。“小孩子”的回答是：“我没什么可以送给上帝，我只有一颗纯洁无瑕的灵魂。”[①]“工人”的回答是：“我还有什么礼物可以献于上帝之前呢？我的血汗都被那些资本家榨完了！”[②]“穷人”的回答是：“什么也没有！感谢上帝，因为他赐给我肉体和灵魂；现在我只能把他赐给我的，仍旧完完全全归还他。”[③]“诗人”的回答则是：“我送给上帝唯一的礼物，便是‘现时代的悲哀’！”[④]为了进入天堂，上述角色本应送给上帝最为珍贵的礼物，他们准备的却是看起来十分“寒酸”的东西。让人意外的是，这些礼物竟然让他们最后全部通过了考核，“天使”让他们都进入了天堂。作品的主旨是批判黑暗的社会现实，表达对劳动人民和弱势群体的深切同情，在语言表述上却难以见到徐雉本人的任何情绪倾泻与呐喊呼号，而是借助语言表述布局的折绕婉曲，幽婉地揭示出自我的情感与作品的主旨。

莫洛的散文诗剧《爱的种子》《老鞋匠》的语言表述布局亦是如此。《爱的种子》的主题是主角“他”想要寻找一颗“能在人间的土壤里，发芽滋长，开放理想的花朵”[⑤]的“爱的种子”。“他”在探寻过程中遇到的第一个戏剧角色是战地中“荷枪的战士”，便询问是否有“爱的种子”，“荷枪的战士”告诉“他”自己只有“血的种子”。“他”在都市里碰到了戏剧角色“大腹便便的商绅”，便询问是否有“爱的种子”，“大腹便便的商绅”告诉“他”自己只有“铅的种子”。“他”在宫殿中遇见了戏剧角色“手握长剑的王”，便询问是否有“爱的种子”，“手握长剑的王”告诉“他”自己只有“奴隶的种子”。“他”又碰到

① 徐雉：《送给上帝的礼物》，见《酸果》，光华书局1929年版，第82页。
② 徐雉：《送给上帝的礼物》，见《酸果》，光华书局1929年版，第83页。
③ 徐雉：《送给上帝的礼物》，见《酸果》，光华书局1929年版，第83页。
④ 徐雉：《送给上帝的礼物》，见《酸果》，光华书局1929年版，第83页。
⑤ 莫洛：《爱的种子》，见《梦的摇篮》，花城出版社1984年版，第42页。

了戏剧角色“艳丽的少女”，便询问是否有“爱的种子”，“艳丽的少女”告诉“他”自己只有“笑的种子”。上述四个戏剧角色与“他”的戏剧对话是一种典型的铺垫和衬托，目的是引出文章最后出场的戏剧角色“一群穷苦的青年”，从而揭示文章的主旨所在。“他”历尽艰难，在“世界的路的边沿”遇见了戏剧角色“一群穷苦的青年”，便向他们询问是否有“爱的种子”，“一群穷苦的青年”告诉“他”，他们的工作就是播撒“爱的种子”。“爱的种子”的暗示意义、文章的主旨，最后都是通过戏剧角色“一群穷苦的青年”之口说出：“建造一个人间的乐园，拓辟一条新的道路，这路连着旧的世界。让所有的人都来到这里，让所有的人——人与人之间，消灭了仇恨……这就是人间最可贵的爱的种子。”①

莫洛并不是直接告诉读者与观众何谓“爱的种子”，何为作家本人的人生理想，而是凭借折绕婉曲的语言表述布局逐步、逐层次地揭示主题思想和作家本人的情感理念，让读者与观众跟随戏剧角色“他”在剧作中一同寻找，根据戏剧对话细细品味，由此实现了与作者本人的精神共鸣。在莫洛的另一部散文诗剧《老鞋匠》中，描写了戏剧角色“老鞋匠”想要为某个人做一双“坚实的鞋子”，因此，他一直在等待这个人的到来。“老鞋匠”等来的第一个戏剧角色是“年轻漂亮的小姐”，她想让“老鞋匠”为她做一双“时髦的鞋子”，却被老人“连头也不抬一下”地拒绝了。“老鞋匠”等来的第二个戏剧角色是“一个商人”，他想让“老鞋匠”为他做一双“精致的鞋子”，同样被“老鞋匠”无情地拒绝：“我不会为一个市侩的脚，而浪掷了我有限的短促的生命！”②“老鞋匠”等来的第三个戏剧角色是“一个尊贵的人”，他想让“老鞋匠”为他做一双“舒适的鞋子”，也被老人以“呸”回应，冷酷回绝了他的要求。在文章最后，“老鞋匠”遇到了戏剧角色“一个年轻的褴褛的人”，他想要“老鞋匠”为他做一双“坚实的鞋子”，“老鞋

① 莫洛：《爱的种子》，见《梦的摇篮》，花城出版社1984年版，第45页。

② 莫洛：《老鞋匠》，见《梦的摇篮》，花城出版社1984年版，第48页。

匠”终于迎来了他苦苦等待的那个人，“老鞋匠”不收取任何报酬，欢喜开心地为年轻人做好鞋子并送给他。“坚实的鞋子”与“爱的种子”均是典型的象征性意象，莫洛借“老鞋匠”之口揭示出它的象征意义，也是作品的立意所在，“我做的鞋子，正是要穿在这样一位坚强的小伙子的脚上，让鞋底吻着一条勇敢的路，走向那日出的地方”①。

在郑振铎、徐雉、莫洛的部分散文诗剧之中，戏剧角色之间的大量戏剧对话只是一种铺垫与衬托——折绕，目的是引出最后一个戏剧角色，剧作中最后部分的戏剧对话才是作品的主旨立意和作者的情感理念所在。通过此种婉曲折绕的语言表述布局一方面使作品富有悬念，另一方面则使作品诗意浓郁、余味曲包、立意深远，与散文诗剧的诗性体裁内核相契合。

第二节　语言的杂合范式

中国现代文学的发生与发展是以文体改革为开端，以语言变革为突破，“抑今之文字，沿自数千年以前，未尝一变（篆分楷草写法小异不得谓文字之变）而今之语言，则自数千年以来，不啻万百千变，而不可以数计，以多变者与不变者相遇，此文言相离之所由起也……盖文言相离之为害，起于秦汉以后，去古愈久，相离愈远，学文愈难”②。以梁启超为代表的维新思想家指出语言的变革、文体的解放势必会促进文学的改革与发展，文学的变革又会促进整个社会的进步与民众素质的提升。“五四”时期，胡适同样以语言为突破口，从理论与实践等多个方面对新文学的发生与发展作出了重要贡献。他在《寄陈独秀》《文学改良刍议》《历史的文学观念论》《建设的文学革命论》等文章中，系统

① 莫洛：《老鞋匠》，见《梦的摇篮》，花城出版社1984年版，第51页。

② 梁启超：《沈氏音书序》，见《饮冰室合集·文集·第二册》，中华书局2015年版，第133—134页。

地提出了自己关于白话文学的理论主张，“我的‘建设新文学论’的唯一宗旨只有十个大字‘国语的文学文学的国语’我们所提倡的文学革命，只是要替中国创造一种国语的文学。有了国语的文学，方才可有文学的国语。有了文学的国语，我们的国语才可算得真正国语……因此我说，‘死文言决不能产出活文学。’中国若想有活文学，必须用白话，必须用国语，必须做国语的文学”①。他又创作了《国语文学史》和《白话文学史》两部著作，一方面展现中国白话文学的悠久历史，另一方面也为白话文学正名，“我要大家知道白话文学是有历史的，是有很长又很光荣的历史的。我要人人都知道国语文学乃是一千几百年历史进化的产儿。国语文学若没有这一千几百年的历史，若不是历史进化的结果，这几年来的运动决不会有那样的容易，决不能在那么短的时期内变成一种全国的运动，决不能在三五年内引起那么多的人的响应与赞助”②。

在新文学的草创期，新、旧文化阵营围绕文言与白话进行了激烈论争，“所以我敢断定白话派一定占优胜”③，这是蔡元培代表新文学阵营发出的强力呼声。围绕国语与欧化语的问题，部分学者则认为应提倡欧化语法，用欧化语法对国语进行改造，“中国的旧文体太陈旧而且成滥调了。有许多很好的思想与情绪都为旧文体的成式所拘，不能尽量的精微的达出。不惟文言文如此，就是语体文也是如此。所以为求文学艺术的精进起见，我极赞成语体文的欧化。在各国文学史的变动期中，这种例是极多的。不过语体文的欧化却有一个程度，就是：‘他虽不像中国人向来所写的语体文，却也非中国人所看不懂的。’”④ 鲁迅在与瞿秋白的来信中也指出：“中国的文或话，法子实在太不精密了……要医这

① 胡适：《建设的文学革命论国语的文学——文学的国语》，《新青年》1918 年第 4 卷第 4 号。

② 胡适：《我为什么要讲白话文学史呢?》，见《胡适全集·第十一卷》，安徽教育出版社 2003 年版，第 215 页。

③ 蔡元培：《国文之将来　蔡元培先生在北京女子高等师范学校演讲辞》，《北京高师教育丛刊》1919 年 12 月第 1 集。

④ 振铎：《语体文欧化之我观（二）》，《文学旬刊》1921 年第 7 号。

病，我以为只好陆续吃一点苦，装进异样的句法去……外国的，后来便可以据为己有……远的例子，如日本，他们的文章里，欧化的语法是极平常的了。”① 1930 年代，“左联”成立后，在语言方面又开始推广大众语（口语），意图扩大无产阶级革命文学在工农大众中的影响。“我们要用的话是绝对的白话，是大多数的工农大众所说的普通话，这种普通话既不是五四式的假白话，也不是章回体上的旧白话，只有这种普通话才是活着的人说的话。用这种大众门常所说的绝对白话写出来的东西，才能为大众看得懂，听得懂，因之，这样的作品也才能在大众中起作用。”② 1940 年代，延安文艺座谈会的召开、文艺整风运动、“工农兵文学观”的形成，进一步促使文学创作在语言上倾向甚至倒向口语化。

但也有一部分学人跳出了二元对立的空间，他们以更为开阔的视野来看待文言与白话、国语与欧化语、口语与书面语的对峙。刘半农认为白话、文言各有所长，不可偏废，白话应吸取文言之长，“文言白话可暂处于对待的地位……二者各有所长、各有不相及处、未能偏废故”③。闻一多也指出国语与欧化语应相互结合，“我总以为新诗径直是‘新’的，不但新于中国固有的诗，而且新于西方固有的诗；换言之，他不要做纯粹的本地诗，但还要保存本地的色彩，他不要做纯粹的外洋诗，但又要尽量地吸收外洋诗底长处；他要做中西艺术结婚后产生的宁馨儿”④。上述学人敏锐地察觉到了新文学语言杂合性的特质，具体来说，单纯地使用白话、文言、口语、书面语、国语、欧化语都是不可取的，只有将上述种种传统的、现代的、外来的、本土的、通俗的、高雅的语体相互渗透、相互杂合，直至融会贯通，才能使新文学，特别是中国现

---

① 鲁迅：《关于翻译的通信（并 J · K 来信）· 回信》，见《鲁迅全集 · 第四卷 · 二心集》，人民文学出版社 2005 年版，第 391 页。

② 寒生：《文艺大众化与大众文艺》，见文振庭编《文艺大众化问题讨论资料 · 一 · 第一、二次讨论主要文章》，上海文艺出版社 1987 年版，第 86 页。

③ 刘半农：《我之文学改良观》，《新青年》1917 年第 3 卷第 3 号。

④ 闻一多：《女神之地方色彩》，《创造周报》1923 年第 5 号。

代散文诗剧的语言呈现出贯通古今、融会中西、雅俗共赏的艺术张力。对于中国现代诗剧语言的杂合性特质，除了将其放置于整个新文学创作的大时代背景之下进行考量，散文诗剧杂糅性的文体特质同样决定了其语言的杂合性特质。

艾略特把“诗”的声音分为三种，“第一种声音是诗人对自己说话的声音——或者是不对任何人说话时的声音。第二种是诗人对听众——不论是多是少——讲话时的声音。第三种是当诗人试图创造一个用韵文说话的戏剧人物时诗人自己的声音；这时他说的不是他本人会说的，而是他在两个虚构人物可能的对话限度内说的话”①。艾略特所讲的第一种声音是诗歌的声音，即作者本人（主体）的发声；第二种声音是戏剧的声音，即戏剧作品中戏剧角色（客体）的发声；第三种声音则是诗剧也是隶属诗剧阵营的散文诗剧的声音，诗剧中的声音既有作者本人（主体）的发声，也有戏剧角色（客体）的发声，还有可能是作者本人与戏剧角色（主体与客体）合二为一的发声。在散文诗剧中，不同戏剧角色的戏剧对白与戏剧独白的语言表述方式是完全不同的，这是由语言的发出者——戏剧角色所决定的，也是由戏剧剧情所决定的。作家在写作散文诗剧时，根据戏剧角色的具体身份背景选取适合该角色身份的语言表述方式。譬如，戏剧角色的背景身份为社会底层民众，受教育程度不高，若其台词以欧化语或书面语的形式撰写，反而会令该戏剧角色的身份背景、戏剧剧情产生违和感。戏剧角色的发声（语言）应由戏剧背景与戏剧角色的身份所决定，当两个背景身份不同的戏剧角色“相遇”后，彼此之间的戏剧对话——语言，必定表现出差异性，由此使散文诗剧的语言呈现出杂合性的特质。中国现代散文诗剧语言的杂合范式主要表现为口语与书面语的杂合、国语与欧化语的杂合。

---

① ［英］艾略特：《诗的三种声音》，王恩衷译，见王恩衷编译《艾略特诗学文集》，国际文化出版公司 1989 年版，第 249 页。

一　口语与书面语的杂合

口语指人们口头交际所使用的语言，跟“书面语”相对，又是书面语的基础和源泉。口语与书面语相比，具有强烈的地方色彩、浓郁的生活气息以及生动通俗等特性。书面语又称“笔语”“文字语”，“是某一人类社会进行书面交际时使用的语言。一般也是这一人类社会的文学语言。书面语产生于文字创建之后，口语是书面语的源泉和基础……书面语一般比口语精确严密”①。书面语与口语相比，具有准确含蓄、高度凝练的特点。中国古代语言的发展是逐渐演变为文和言——写和说的分离。文人墨客谱就的文章，普通人是看不懂的，更不必说创作，这就意味着只有少部分具有深厚文学功底的人才能写作古代的书面语。古代的口语为“言”，古代的书面语为“文”，二者均属于文言文的体系范围。“五四”至今所讨论的口语与书面语，则是白话文学体系中的口语与书面语，同古代的口语与书面语是完全不同的概念。新文学在语言方面的“新”主要体现在用白话文的口语与书面语进行创作。

新文学的主要任务之一就是启蒙，以文学创作开启民智，因此，文学作品——散文诗剧的语言应采用通俗易懂的口语（大众语），以达到传播、启蒙的功效。“文学大众化首先就是要创造大众看得懂的作品，在这里，‘文字’就成了先决问题。‘之乎者也’的文言，‘五四式’的白话，都不是劳苦大众所看得懂的。”② 具体来说，“我们要用的话是绝对的白话，是大多数的工农大众所说的普通话，这种普通话既不是五四式的假白话，也不是章回体上的旧白话，只有这种普通话才是活着的人说的话”③。但这并不意味着在创作散文诗剧之时要放弃书面语而只采

---

① 向熹：《古代汉语知识辞典》，四川人民出版社 1988 年版，第 4 页。

② 起应：《关于文学大众化》，见文振庭编《文艺大众化问题讨论资料·一·第一、二次讨论主要文章》，上海文艺出版社 1987 年版，第 139 页。

③ 寒生：《文艺大众化与大众文艺》，见文振庭编《文艺大众化问题讨论资料·一·第一、二次讨论主要文章》，上海文艺出版社 1987 年版，第 86 页。

用口语。一方面，散文诗剧的诗性体裁内核决定了作家在创作散文诗剧之时，需要特别注重遣词炼句，应采用书面语的形式撰写；另一方面，戏剧角色的戏剧对白与戏剧独白是采用书面语还是采用口语撰写，应根据具体的戏剧剧情以及戏剧角色的身份进行设置与安排。此外，作家本人甚至有可能化身散文诗剧中的某个戏剧角色，以该戏剧角色的身份进行发声——戏剧对白与戏剧独白，这是诗剧创作的常用艺术技法。“诗剧中强烈的抒情性的体现不同于一般诗歌。诗剧中有不同的人物角色。诗剧作者将丰沛的主观情感贯注于剧中人物形象的塑造之中，其中主要的人物往往是诗剧作家自己的影子。而这些人物形象又折射着诗剧作家不同的情感气质。”① 该戏剧角色的台词（语言）即为作家本人思想情感、理想信念的外化，诗性的体裁内核与诗人的身份，共同决定了该戏剧角色（作家本人）的台词应为书面语，而非口语。因此，散文诗剧的语言杂合范式首先表现为口语与书面语的对立统一。

在刘半农的散文诗剧《猫与狗》中，出场的戏剧角色有“猫”“狗”“树”。作家在创作时，会根据戏剧角色的具体身份背景设置其戏剧台词的表述，“猫”与“狗”的身份背景使它们的戏剧对白为典型的口语——“猫说：‘你狠！让我你。到你咆哮死了，我下来吃你的肉。’狗说：‘你能上树，我抓不到你。到你在树上饿死了跌下来，我吃你的肉。’”②“狠”“死”“下来”“吃”“抓”“跌”等词语具有浓郁的市井气息，同“猫”“狗”的身份背景十分契合。在向读者与观众展现“猫”“狗”激烈的戏剧冲突之时，揭示了它们凶恶的个性、粗俗的言语。而戏剧角色“树”的戏剧独白与“猫”“狗”的口语化台词不同，为典型的书面语——“不幸的是我，我处于他们的永远的争执的中间了。但幸运的也是我，我可以可怜他们啊！到他们都

① 张时民：《中国现代诗剧：坠落的“欧福里翁”》，《中国现代文学研究丛刊》1998 年第 4 期。

② 刘半农：《猫与狗》，见《扬鞭集》（上），北新书局 1926 年版，第 54 页。

死了，我冬天落下些叶子，遮盖他们的尸身；春天招些小鸟来，娱乐他们的灵魂”。①“树”的身份背景本应与“猫”“狗”相同，戏剧台词应以口语为主。但是，刘半农在作品中与戏剧角色“树”实现了合二为一，化身为戏剧角色“树”。“树”的戏剧独白既是戏剧角色“树”的戏剧台词，又是作家本人思想情感的外化，是作家本人在舞台的发声。因此，“树”的戏剧台词必然为书面语而非口语，这就是艾略特所说的“第三种声音”，是作者本人与戏剧角色（主体与客体）合二为一的声音。戏剧角色“猫”“狗”“树”的戏剧对话为典型的口语与书面语的杂合。

羊翚的散文诗剧《银河一颗星》的背景是主人公“我”准备在日寇封锁的长江上进行一次危险的偷渡，到新四军五师师部。为了顺利过江，“我”伪装成了重庆大兴桐油公司的采购员，去拜访一个控制着沿江走私码头的舵把子，寻求他的帮助，根据剧情发展，引出了第二个戏剧角色“舵把子”，“我”与“舵把子”发生了戏剧对话。

> 我递上名片，拿出公司的大信封，说明来意，“想过江做一趟桐油生意”。
>
> 他打量着我，微微一笑：“你不象做买卖的人。”
>
> 我吓了一跳，脸涨红了，正想分辩；他止住了我：
>
> “晓得了，还说啥子嘛？——这几天风声紧喽！……”向我摆了摆手，“先耍两天吧！”
>
> 我心里暗暗叫苦，退了出来；却听见他向身边的“瘦猴子”说，“这娃儿嫩得很啊！老五，你亲自走一趟——就说我的客——送他过江！……”好象也是说给我听的。②

---

① 刘半农：《猫与狗》，见《扬鞭集》（上），北新书局1926年版，第55页。

② 羊翚：《银河一颗星》，见《晨星集》，花城出版社1984年版，第66—67页。

戏剧角色“舵把子”的戏剧台词为典型的口语，如“晓得了”“说啥子”“要两天”“这娃儿”“嫩得很”等，再如语气助词“嘛”“喽”“啊”的应用，具有强烈的地方色彩——四川、湖北、湖南一带的方言。首先，这与作品的戏剧背景密切相关，本作剧情发生在长江边上的津市，位于湖南省西北部，澧水中下游，傍澧水、滨洞庭，与“我”发生戏剧对话的戏剧角色“舵把子”是当地一个走私码头的舵主，他的戏剧台词自然要使用当地方言。其次，则与作家本人的人生经历息息相关。羊翚，原名覃锡之，笔名羊翚，四川广汉县人，1945 年参加新四军第五师文工团，曾任武汉中原大学文艺学院创作组教员。他的人生经历使他在撰写戏剧角色的台词之时，必然会倾向采用作家本人熟悉的方言。羊翚的文学创作，特别是散文诗和散文诗剧写作，具有浓郁的生活特色、市井气息与地方色彩。

在《银河一颗星》中，方言入诗、俗语入诗，比比皆是，出现在除“我”之外的其他戏剧角色的戏剧台词之中。如“舵把子”的戏剧台词，“看牌：红中——符了!”① 中的“符了”（打麻将和牌的意思）；如“瘦猴子”的戏剧台词，“兔子的尾巴——长不了”②；如“刘大爷”的戏剧台词，“这么晏了，还来要鱼?!”③ 中的“晏”（晚的意思）；如“刘大爷的孩子”的戏剧台词，“人家才费（睡）……”④ “九（走）吧！……”⑤ “向（上）船！……”⑥ “不许……呼（吸）烟!”⑦ “我费（睡）一会儿，只一会儿……你可不能叫我费（睡）着了呀！……”⑧ “嗳，我们讲话吧！……不说话又费（会）睡着的。”⑨ “哩（你）住在

① 羊翚：《银河一颗星》，见《晨星集》，花城出版社 1984 年版，第 68 页。
② 羊翚：《银河一颗星》，见《晨星集》，花城出版社 1984 年版，第 69 页。
③ 羊翚：《银河一颗星》，见《晨星集》，花城出版社 1984 年版，第 70 页。
④ 羊翚：《银河一颗星》，见《晨星集》，花城出版社 1984 年版，第 71 页。
⑤ 羊翚：《银河一颗星》，见《晨星集》，花城出版社 1984 年版，第 72 页。
⑥ 羊翚：《银河一颗星》，见《晨星集》，花城出版社 1984 年版，第 73 页。
⑦ 羊翚：《银河一颗星》，见《晨星集》，花城出版社 1984 年版，第 74 页。
⑧ 羊翚：《银河一颗星》，见《晨星集》，花城出版社 1984 年版，第 74 页。
⑨ 羊翚：《银河一颗星》，见《晨星集》，花城出版社 1984 年版，第 75 页。

江边上吗?”① “哩（你）费（会）打渔吗?”②。其中的“费”（睡觉的意思）、“九”（走的意思）、“向”（上的意思）、“呼”（吸的意思）、“费”（会的意思）、“哩”（你的意思）等均为典型的方言。纵观戏剧角色“舵把子”“瘦猴子”“刘大爷”“刘大爷的孩子”的戏剧台词，均为典型的口语（方言、俗语），甚至某些口语化的戏剧台词还十分的粗鄙、低俗。从表面上看，这些粗俗、简洁、未加修饰的原生态戏剧台词似乎与诗意、诗情没有任何的关系，它们的使用仿佛使作品更倾向于分段排列的散文，而非散文诗。但实际上，《银河一颗星》诗性的重要来源之一，就源自上述戏剧角色口语化（方言、俗语）戏剧台词的应用。

作品的主题是歌颂以戏剧角色“刘大爷的孩子”为代表的津市（湘西北）民众的人性美。戏剧角色“我”委托江湖中人“舵把子”过江，“舵把子”安排自己的手下“瘦猴子”去执行此项任务，“瘦猴子”却又找了一个独眼的老船夫“刘大爷”送我渡江，而“刘大爷”实际也不是具体送我渡江之人，而是让他口齿不清、年龄不大的孙子送我渡江。严峻的斗争形势使“我”从剧作伊始就对周围的人与事充满了疑虑、恐惧与不安，这种紧张与焦虑贯穿全文，“我心上忐忑不安，等待着不可知的命运……我象陷入地狱……我失望了……我迷惑不解了”③。“我”在剧作开始时对“舵把子”“瘦猴子”这类的江湖中人充满了不信任与鄙视，只是为了避开日军过江才不得已求助于他们，对年纪很大、眼睛瞎了一只的“刘大爷”以及口齿不清、年纪很小的“刘大爷的孩子”，也充满了不信任与怀疑。但恰恰是这些“我”鄙视与怀疑的湘西北民众，顺利将我送到了长江对岸。长期混迹江湖的“舵把子”从一开始就识别了我的身份，“舵把子”让我要两天再走，实际是为了安排与守军打麻将，从而使江边的防卫放松，为我的渡江制造便利。

---

① 羊翚:《银河一颗星》，见《晨星集》，花城出版社 1984 年版，第 75 页。
② 羊翚:《银河一颗星》，见《晨星集》，花城出版社 1984 年版，第 75 页。
③ 羊翚:《银河一颗星》，见《晨星集》，花城出版社 1984 年版，第 67—72 页。

"瘦猴子"对日军充满了憎恨，对"舵把子"的吩咐又极其尽心，将我托付给了十分负责的"刘大爷"和"刘大爷的孩子"。"刘大爷的孩子"虽然毫不起眼，却十分尽责。作品歌颂的就是以"刘大爷的孩子"为代表的湘西北人民的人性美，歌颂他们的善良、真诚、质朴、正直、热情。而这种纯洁美好的人性恰恰是由湘西北人民自己表现出来的，《银河一颗星》中的湘西北戏剧角色"舵把子""瘦猴子""刘大爷""刘大爷的孩子"们不加修饰、原生态的戏剧台词——方言（口语），与作者想要歌颂、赞美的纯洁人性实现了契合。假若使用书面语，反而会削弱主题的表现力度，产生违和之感。

戏剧角色"舵把子""瘦猴子""刘大爷""刘大爷的孩子"的戏剧台词为典型的口语，而戏剧角色"我"的戏剧台词——戏剧对白以及"我"的心理活动——戏剧独白，均为典型的书面语。书面语的应用使作品充满了诗意，作品的题目"银河一颗星"为象征性意象，"天上有一道银河，水里也一道银河"①。作者将江河比作了天上的银河，而戏剧角色"刘大爷的孩子"就是银河（江河）中的那颗星，"他挣脱我们的手，跳上小船，荡起双桨，又向着迷濛的江上划去。我和哨兵痴痴站在岩上，望着一个小黑点驶向中流，走向银河的拱门，渐渐消失了；他仿佛变成了一颗星，溶入银河的星群里……"② 客观物象"银河中的星辰"是最为纯洁和闪亮的，它与戏剧角色——终日在江河中奔忙的"刘大爷的孩子"那纯洁、善良、天真、光辉的人性实现了完美的融会，升华为意象"银河一颗星"。"银河一颗星"不仅象征了"刘大爷的孩子"的纯洁人性，还象征了江河边以"舵把子""瘦猴子""刘大爷"等为代表的湘西北人民的人性美、人情美，象征性意象的应用也与散文诗剧的诗性体裁内核相契合。在创作过程中，羊翚还注重描写与展现戏剧角色"我"的内心世界，"我"实际就是羊翚本人，是作

① 羊翚：《银河一颗星》，见《晨星集》，花城出版社 1984 年版，第 73 页。
② 羊翚：《银河一颗星》，见《晨星集》，花城出版社 1984 年版，第 76 页。

家将自我的亲身经历艺术化后生成的文本角色。“我”的心理活动——戏剧独白，是作家在创作过程中对自我精神世界的深刻剖析，对自我心路历程的诗意回溯。原生态口语的应用、口语与书面语的杂合，既凸显出了湘西北人民的人性美，又使作品饱含着浓郁的诗意。

《呵，桂花……》是羊翚的另一部长篇散文诗，戏剧角色的注入、戏剧对话的生成使作品由长篇散文诗升华为长篇散文诗剧。类似于《银河一颗星》，在《呵，桂花……》中，由于戏剧角色身份背景的不同，戏剧角色的戏剧台词也表现出了口语与书面语杂合的特质。戏剧角色“我”的身份背景是参军的大学生，病倒后被司令部破例送到野战医院休养，与我同住在野战医院的均是重伤员，在这里“我”认识了另一个戏剧角色“年青的连长”（掩护战友而身负重伤的战斗英雄）。野战医院由于战事的变化转移到了大别山的腹地，“我”与“年青的连长”在这里又认识了戏剧角色“十分俊秀的姑娘”（一个叫“桂花”的当地人）和“奶奶”（将“桂花”照顾长大的慈祥老人），彼此之间发生了大量的戏剧对话。“我”的身份背景是参军的大学生，因此，“我”的戏剧台词以书面语为主。而戏剧角色“年青的连长”“十分俊秀的姑娘”“奶奶”由于文化水平较低，他们的戏剧台词则以口语为主。“年青的连长”的文化水平要高于“十分俊秀的姑娘”和“奶奶”，因此，他的戏剧台词虽以口语为主，却也夹杂着一些书面语，如“溜达溜达去”① 中的“溜达溜达”为口语，而“人家是‘大学生’，千里迢迢来参军的！”中的“千里迢迢”则为书面语。“十分俊秀的姑娘”与“年轻的连长”相比，其戏剧台词主要为口语，如“这个当兵的，坏！把俺的小名喊着玩。”② 其中的“坏”“俺”“小名”“喊着玩”为典型的口语；如“俺们这里——连三岁小孩都是从枪缝里长大的哩！……”③ 中的

① 羊翚：《呵，桂花……》，见《晨星集》，花城出版社 1984 年版，第 80 页。
② 羊翚：《呵，桂花……》，见《晨星集》，花城出版社 1984 年版，第 81 页。
③ 羊翚：《呵，桂花……》，见《晨星集》，花城出版社 1984 年版，第 82 页。

“俺们”“枪缝里”“哩”为典型的口语；又如“在战场上，由你；在这儿，就得服俺老百姓管！伤不养好不让走；伤好归队！这是司令员讲的……”[①] 中的“由你”“服”“俺老百姓”“不让走”为典型的口语；再如“奶奶，你啥时候才讲得完呢？……又是讲‘桂花是捡来的吧！’……”[②] 中的“啥时候”“讲得完”“捡来的”为典型的口语。

“奶奶”的戏剧台词也以口语为主，如“孩子，饭凉了！俺们的东西再不好，也要吃哪！……”[③] 中的“饭凉了”“俺们”“也要吃哪”为典型的口语。虽然《呵，桂花……》中有大量的口语化表述，却没有削弱作品的诗意。在作品中，“桂花”既是作品的题目，也是戏剧角色“十分俊秀的姑娘”的名字，又是贯穿全文的意象。“桂花”象征了人性美与人性善，象征了人类最真挚、最纯洁的情感，在战争年代给人以希望与激励。通过“桂花”这个戏剧角色和象征意象，羊翚描写了以“年青的连长”为代表的人民战士的勇敢无畏，展现了军人与军人之间（“我”与“年青的连长”）的战友情、战士与群众之间（“我”“年青的连长”与“十分俊秀的姑娘”“奶奶”）的军民情、亲人与亲人之间（“十分俊秀的姑娘”与“奶奶”）的祖孙情。羊翚的散文诗与散文诗剧多描写作者自我的亲身经历，《呵，桂花……》中的戏剧角色“我”依然是作者本人在剧作中的化身，羊翚将自我的所见、所闻、所感，借散文诗剧的文体形式呈现在读者与观众的面前。在文中，凭借暗示性的意象、凭借戏剧角色之间的戏剧对话，对自我的前路、对自我的追求进行了深刻的理性思索。“我问自己：千里迢迢到这里来，寻找什么呢？新的生活好象打开了一本书，我见所未见，闻所未闻——现在，我要从头来读它……在大别山群峰下，我感到自己的渺小了。我从那不洁的城市来，带着一身病——我是来接

① 羊翚：《呵，桂花……》，见《晨星集》，花城出版社 1984 年版，第 84 页。
② 羊翚：《呵，桂花……》，见《晨星集》，花城出版社 1984 年版，第 86 页。
③ 羊翚：《呵，桂花……》，见《晨星集》，花城出版社 1984 年版，第 84 页。

受人民和战争的洗礼的……如果我复生，将成为一个战士；如果不能，就会化为尘土。……”① 在文中，戏剧角色“我”的理性沉思、心理活动均为典型的书面语，承载着作家本人的思想情感，诗意浓郁，饱含哲理，揭示出作家本人的人生信念与抱负追求。

在《呵，桂花……》《银河一颗星》等散文诗剧中，羊翚借助大量的地方话口语（方言），借助口语与书面语的杂合，展现当地的风土人情，展现纯洁的人性美，展现人世间最美好的情感，使作品饱含浓郁的诗意与真挚的感情，同时，又具有了理性沉思的艺术特质，极具艺术张力与艺术感染力。

二　国语与欧化语的杂合

国语即为现代汉语，现代汉语是一种中国式的白话，而不是欧美化的白话。白话在我国自古有之，被称为“传统白话”、“旧白话”或“古白话”。发展到近代，那时的白话已经接近现代白话了，“五四”文学革命确立了白话的正统地位，现代白话随之形成。现代白话随着“白话文运动”的深入发展，大大增强了自身的影响力，“官话”（官白）在辛亥革命后被“国语”代替。“国语”获得了当时政府的官方认可，成为中华民族共同语的一个正式称呼，“国语”就是现代汉语也就是现代白话。以现代白话（国语）为创作宗旨，是现代文学区别于传统文学的标志之一，所以国语的实质应为“白话的语言”。当然，现代汉语中也包含有大量的欧化成分，同时也具有其他成分，内部构成十分复杂，本身就具有一种“杂合性”的特质。而欧化语就是国语中的欧化成分，最初源自对传教士手中“圣经”的翻译，“《圣书》与中国文学有一种特别重要的关系，这便因他有中国语译本的缘故……《马太福音》的确是中国最早的欧化的文学的国语，我又豫计他与中国新文学的前途有极大极深的关系”②。国

① 羊翚：《呵，桂花……》，见《晨星集》，花城出版社1984年版，第88页。
② 周作人：《圣书与中国文学》，《小说月报》1921年第12卷第1号。

语中的欧化成分能够丰富新文学的语言，促使其更富有深意和韵味。因此，欧化语得到了诸多学人的青睐，“我们在这里制造白话文，同时负了长进国语的责任，更负了借思想改造语言，借语言改造思想的责任……既然明白我们的短，别人的长，又明白取长补短，是必要的任务，我们做起白话诗时，当然要减去原来的简单，力求层次的发展，模仿西洋语法的运用；——总而言之，使国语受欧化”①。

欧化语随即成为“五四”时期文学创作的流行风潮，作家在写作时大量使用欧化词汇、欧化语法，但国语的过度欧化反而导致了语言表述的拖沓和晦涩，这就与新文学传播和启蒙的功用背道而驰。“我很愿意我很希望，被压迫的劳苦群众‘能够’做革命文艺的读者对象。但是事实上怎样？请恕我又要说不中听的话了。事实上是你对劳苦群众呼吁说‘这是为你们而作’的作品，劳苦群众并不能读，不但不能读，即使你朗诵给他们听，他们还是不了解……他们还是不能懂得你的话，你的太欧化或是太文言化的白话……所以结果你的‘为劳苦群众而作’的新文学是只有‘不劳苦’的小资产阶级知识分子来阅读了。”② 茅盾、朱光潜等众多学者均从传播、启蒙的角度指出症结所在，“这正如我们学外国文到很纯熟的地步，有时觉得用外国文传达情感思想，反比用中文较方便。不过这只是就作者说……这里我们又回到传达与社会影响的问题了。诗既以传达为要务，就不能不顾到群众了解的便利”。③ 由此来看，国语的过度欧化会导致新文学疏离大众，但过度排斥欧化语又会造成语言表达的受限，削弱作品的艺术表现力。“五四”前后，大量西方思想传入国内，不但革新了国人的思想观念，而且以《圣经》为代表的西方宗教体系对“五四”学人的文学创作也产生了深远的影响，诸多学人又有留学欧美的身份背景。作为新文学的创作主体，当他们

① 傅斯年：《怎样做白话文?》，《新潮》1919 年第 1 卷第 2 号。

② 茅盾：《从牯岭到东京》，《小说月报》1928 年第 19 卷第 10 号。

③ 朱光潜：《诗论》，见《朱光潜全集》第三卷，安徽教育出版社 1987 年版，第 102—103 页。

发现传统的美学思想无法满足其创作需求时，就从更为开阔的天地中——以《圣经》为代表的，西方的宗教、神学、哲学、美学体系中探寻全新的艺术技巧，欧化语即是突破口之一，因而众多文学作品的语言表现出了欧化语与国语的杂合，甚至在某些作品中欧化语完全压倒了国语。

以散文诗剧为代表的众多新文学创作，甚至直接以《圣经》作为题材来源，写作过程中必然会出现大量的以西方宗教为背景的欧化词汇。特殊的杂糅性体裁特质使“舶来品”的散文诗剧在国语与欧化语的杂合方面有了先天的优势。首先，散文诗剧的体裁特性使其具有了艾略特所说的“第二种声音”——戏剧角色的发声。出场的某一个戏剧角色若是被作家刻意设置为西方神话或宗教体系中的某个原型人物，那么该戏剧角色的戏剧独白与戏剧对白——语言表述必然为典型的欧化语。与之对话的另一个戏剧角色，如若是同一身份背景，那么二者的语言表述方式相同。若没有被设定为此种背景身份，那么该戏剧角色的语言表述则应为国语，二者之间形成的戏剧对话则是典型的国语与欧化语的杂合。其次，散文诗剧的体裁特性又使其具有了艾略特所说的“第三种声音”——戏剧角色与作家本人重合的发声。作家作为戏剧角色出现在作品之中，该戏剧角色是作家本人的具象化，其戏剧对白与戏剧独白则承载着作家本人的思想感情与理想信念。创作主体又普遍具有复杂的身份背景和精神世界——西方与东方、国外与本土的对峙，该戏剧角色（创作主体）的戏剧台词也必然呈现出欧化语与国语的杂合。因此，对于中国现代散文诗剧的创作来说，国语与欧化语的杂合尤为典型，二者的杂合不仅能够使散文诗剧的语言表达方式新颖又富有深度，同时又能够担负起传播与启蒙的社会功用，并且展现出中国现代散文诗剧独有的艺术张力与艺术魅力。

大量新名词（欧化词汇）首先出现于新诗之中，作为新诗重要一翼的散文诗，以及脱胎于散文诗的散文诗剧创作亦未能免俗。诸多作家在撰写散文诗剧之时，直接以《圣经》为创作背景，浓厚的宗教色彩使作品自然充溢着大量与西方宗教有关的欧化词汇，王统照的《散文诗十章》即为此方面的代表之作。1940年代的《散文诗十章》中的散文诗剧，基本是以《圣经》为创作背景，如《荆棘与荆冠》中的“荆冠”，即为“荆棘王冠”，既是基督教的圣物，也是典型的欧化词语。作品中还出现了诸如“天使”“万能的神”“圣子”“十字架”“天国”等欧化词语。又如《“水就变成血了”》中的“天使”，《赐给他的重新收回》中的“主”。再如《“是在身子以外呢还是得罪自己的身子?”》中的“牧师”“天国”“基督”“基督教”“主日”“使徒保罗”“所提尼”“哥林多教会”等欧化词语，“他讲到使徒保罗同兄弟所提尼写给在哥林多神的教会的信上的某一节”①。“使徒保罗”原名扫罗（Saul），被天主教称为“圣保禄”，新教则通常称他为“使徒保罗”，是圣经中的人物，悔改信主后改名为保罗，被历史学家公认为对早期教会发展贡献最大的使徒，一生中至少进行了三次漫长的宣教之旅，足迹遍布小亚细亚、希腊、意大利等地，建立了许多教会，影响深远。公元51年前后，使徒保罗来到新建的哥林多城，在这个崇拜物质、性欲和偶像的希腊城市，他建立了一个全新的教会——“哥林多教会”，在此，保罗写出了《罗马书》，而《哥林多前书》和《哥林多后书》也是他为哥林多教会所写。“所提尼”最初是在哥林多负责管理犹太会堂，可能由于保罗在这个会堂里传讲过耶稣基督，所提尼心受感动，之后就成了虔诚的基督教徒，又做了基督徒的会堂管理人。保罗写给哥林多教会的第一封信中，就曾提及他和所提尼情同兄弟，可见保罗对所提尼的重视，也证明了所提尼与保罗之间的深厚友谊。

此外，还有《生命树的等待》中的“撒但”“天使”“先知”“天国”“天堂”等欧化词语。在《散文诗十章》中，欧化词语的大量应

---

① 王统照：《“是在身子以外呢还是得罪自己的身子?”》，见《王统照文集》第四卷，山东人民出版社1982年版，第388页。

用，使作品完全区别于我国传统诗歌和传统戏曲的遣词造句，展现出了散文诗剧的现代性特质。以《圣经》为代表的与西方宗教有关的欧化词语入诗，成为中国现代散文诗剧的一种创作潮流。如叶金散文诗剧《门》中的“撒旦”，徐雉散文诗剧《送给上帝的礼物》中的“天堂”“天使”“上帝”，鲁迅散文诗剧《失掉的好地狱》中的“魔鬼”“天国”。柔石散文诗剧《“一个革命者的结局”》中的“上帝的奴仆”“主”“天国”“亚门”，以及散文诗剧《无题之三》[①] 中的“上帝”“天使”“亚当”。羊翚的散文诗剧《窄门》、穆木天的散文诗剧《复活日》，两部作品更是全篇充溢着此类的欧化词语。譬如《窄门》中的“教会”“神的殿堂”“哥特式的穹隆建筑”“天主教堂”“希伯来文”“摩洛哥皮篋里的《圣经》”“梵蒂冈”“红衣主教”“布道师”“上帝的仆人”“教堂”“神父”“修女”“上帝”“意大利神父”“天父”“圣诞节”“天主教徒”“神学院”“教会大学”“神学课”等。又如《复活日》中的“礼拜的钟声”“牧师”“主”“复活日”“圣经”“阿门”“圣书”“十字架”“上帝”“祷告”等。

唐弢的散文诗剧《渡》，就是以先知摩西率领犹太人祖先希伯来人逃离古埃及，返回耶和华（上帝）应许他们的国度——迦南地为题材的文学创作。《出埃及记》中记载，摩西受耶和华之命，率领被奴役的希伯来人，逃离古埃及，在摩西的带领下，经历四十多年的艰难跋涉，最终率领希伯来人从埃及迁徙到上帝的应许之地——迦南地（巴勒斯坦），从而摆脱了被埃及人奴役的悲惨命运，摩西教导犹太人学会遵守十诫，并成为历史上首个尊奉单一神宗教的民族。唐弢以此为基础，进行了一定的文学改编，写作了体裁形式为分段排列的散文史诗《渡》。在作品中设置了戏剧角色“摩西”、“门拿拍王”（“法老”）以及“跟随摩西逃离埃及的犹太民众”。“摩西”同“法老”、“跟随摩西逃离埃

---

① 原稿无题，“无题之三”为编者所加。见鲁迅博物馆文物资料部整理《晨光·柔石 冯铿遗稿·无题之三》，书目文献出版社 1986 年版。

及的犹太民众”分别发生了大量的戏剧对话，使《渡》由散文诗升华为散文诗剧。由于题材的特殊性，整部作品必然充溢着与西方宗教、西方神话、西方历史有关的各式各样的新词语——欧化词语。如“摩西”“埃及”“以色列”“毗斯迦山顶”“约旦河”“雅各的子孙”“天国”“以色列先知”“摩西的蛇杖”“红海”“西奈沙漠”“金字塔”“尼罗河”“法老”“鲁班”“利未”“犹大”“西蒙”“伊萨卡”“柴普伦”“犹太人”“利费丁”“亚玛力人”“阿拉伯”“米甸”“叶忒罗”“约书亚”“耶和华”“西奈山”“利未族”“十诫”“迦南”“伽勒”“死海东岸”“以实谷”“上帝”等。

除了欧化词汇的应用，出场的戏剧角色如“摩西”“门拿拍王”（“法老”）均为西方神话、历史、宗教体系中的原型人物，二者的戏剧独白与戏剧对白必然应以欧化句式为主，这样能够与作品的西方宗教性背景——宏大的原型题材、深厚的历史底蕴以及神秘磅礴的史诗气势保持一致。另外，对于作品剧情的客观叙述（画外音），也应以欧化语为主，这样能够与戏剧对白一道，同作品的题材背景保持一致。如“摩西”的戏剧对白，“‘让我们的民族和平地退出埃及！’他说”①，这就是一个典型的欧化句式，“对话和剧本对话‘某某说’写在说话后面，说话太长的可写在第一句话后”②，唐弢把“他说”放置在具体的戏剧对白之后。又如“摩西摇头：‘我无法领受你的盛情，因为以色列的子女必须与父母同行’”③，这也是一个典型的欧化句式，“须是原有文法底颠倒或离合……这一条，须有标点帮助”④。虽然“摩西摇头”位于戏剧对白之前，但是具体的戏剧台词（戏剧对白）是对原有文法的颠倒，正常的语序应为“因为以色列的子女必须与父母同行，所以我无法领受你的盛情”。文法的颠倒，是对“以色列的子女必须与父母同

① 唐弢：《渡》，见《唐弢文集》第三卷，社会科学文献出版社 1995 年版，第 520 页。
② 朱星：《汉语语法学的若干问题》，河北人民出版社 1979 年版，第 53 页。
③ 唐弢：《渡》，见《唐弢文集》第三卷，社会科学文献出版社 1995 年版，第 522 页。
④ 望道：《语体文欧化底我观》，《民国日报·觉悟》1921 年 6 月 16 日。

行”的强调，从而体现出“摩西”对“法老”提议的坚定回绝。此种欧化句式在《渡》中的戏剧对白、剧情陈述中均十分常见。

再如“摩西”从西奈山上带回了镌刻着犹太人法律的石板，上面印记着举世闻名的犹太人“十诫”。“他们不可敬奉别的神，除了耶和华。/他们不可为自己雕作偶像，如在埃及时那样。/他们不可妄称耶和华的名。/他们应该操作六日，第七日安息，守为礼拜日。/他们应当孝敬父母。/他们不可杀人。/他们不可奸淫人妻。她们不可偷恋人夫。/他们不可偷窃。/他们不可作假见证，陷害邻人。/他们不可贪慕邻人的房量、奴隶、牛驴以及一切属于邻人的东西。”①“十诫”是作者在作品中的客观陈述，而非戏剧对话。其中的第一诫“他们不可敬奉别的神，除了耶和华”，以及第二诫“他们不可为自己雕作偶像，如在埃及时那样”，均为典型的欧化句式——对原有文法的颠倒。正常的语序应为“除了耶和华，他们不可敬奉别的神”与“如在埃及时那样，他们不可为自己雕作偶像”。欧化句式的应用，一是为了强调“不可敬奉别的神”“不可为自己雕作偶像”这两条戒律。二是为了与之后的“八诫”的语言表述方式保持一致，形成“他们 + must do something”或者“他们 + must not do something”的统一形式。分行排列的统一句式一方面使外在的语言节奏形式较为齐整，富有诗意；另一方面则展现出“十诫”所具有的神圣性、法律性、庄严性、肃穆性、权威性以及不可违背性的特点，与作品的史诗性气质相吻合。

虽然作品中出现了大量的欧化词语与欧化句式，但戏剧角色“跟随摩西逃离埃及的犹太民众”的戏剧对白和戏剧独白则是以国语为主。他们不像犹太人的先知“摩西”、埃及的国王“法老”——既是典型的原型性角色，又受过良好的教育，身份显赫，因此，“摩西”和“法老”的戏剧台词以欧化语为主。与之相反，“跟随摩西逃离埃及的犹太民众”的戏剧台词则以通俗易懂的口语为主，如“我们不要

① 唐弢：《渡》，见《唐弢文集》第三卷，社会科学文献出版社 1995 年版，第 527 页。

这样的自由”①“给我们东西吃”②“让我们回到埃及去”③“我们的孩子快要渴死了”④ 等。在散文诗剧的创作中，作家会根据戏剧角色的具体身份背景设置戏剧对白与戏剧独白的语言表述方式,。欧化语的应用实际也是为作家本土化、民族化的创作宗旨所服务的。以唐弢的《渡》为例，作品虽然包裹着西方宗教、历史、神话的外壳，但文章的核心内容是作家本土化、民族化的深沉理性思考。创作宗旨则是对中国社会现实的再现，对中华民族前路的思考，对中国民众的启蒙。作品分为两部分，叙述了两段情节，揭示了两种不同的戏剧冲突。一是“摩西”与“法老”的戏剧对话和戏剧冲突。“摩西”要求“法老”给予犹太人自由，允许他们回到自己的土地，“法老”却百般刁难，不予放行，“摩西”用“摩西的蛇杖”施放各种法术去迫使“法老”让步，最终“法老”妥协，“摩西”带领人民踏上了回归故土的征程。“摩西”与“法老”的戏剧冲突表面上看是犹太奴隶与埃及奴隶主之间的矛盾，实际隐喻了我国社会现实中为民众争取自由的先驱者与强大的统治阶级之间的抗争。

二是“摩西”与“跟随摩西逃离埃及的犹太民众”的戏剧对话和戏剧冲突。回到故土迦南地的旅程——追求自由的过程，伴随着各式各样的艰难险阻，因此，“跟随摩西逃离埃及的犹太民众”逐渐开始怀念在埃及做奴隶的时光，怀念埃及的都市生活。“出了埃及，犹太人必须为自己的生活苦斗，吃的时候宰牲，喝的时候掘井，荒凉和疲劳使他们怀念都市的享受。‘让法老的鞭子打得更重些吧，’许多人想，‘我们不要这样的自由！’困惑在心里滋长。一个个，他们在背地里诅咒。”⑤ 对于“摩西”带领他们跋山涉水、历尽艰险回到自己的故土，十分不满，

① 唐弢：《渡》，见《唐弢文集》第三卷，社会科学文献出版社 1995 年版，第 524 页。
② 唐弢：《渡》，见《唐弢文集》第三卷，社会科学文献出版社 1995 年版，第 524 页。
③ 唐弢：《渡》，见《唐弢文集》第三卷，社会科学文献出版社 1995 年版，第 524 页。
④ 唐弢：《渡》，见《唐弢文集》第三卷，社会科学文献出版社 1995 年版，第 525 页。
⑤ 唐弢：《渡》，见《唐弢文集》第三卷，社会科学文献出版社 1995 年版，第 524 页。

甚至不要自由，反而要求“摩西”让他们回到埃及，重新做埃及人的奴隶。“摩西”与“跟随摩西逃离埃及的犹太民众”之间的戏剧冲突，实际隐喻了现实生活中带领民众追求自由的先驱者与漠然甚至甘愿做奴隶的庸众之间的矛盾，批判了在社会现实中，众多的庸众已然“坐稳了奴隶”。“待到人们羡慕牛马，发生‘乱离人，不及太平犬’的叹息的时候，然后给与他略等于牛马的价格，有如元朝定律，打死别人的奴隶，赔一头牛，则人们便要心悦诚服，恭颂太平的盛世。为什么呢？因为他虽不算人，究竟已等于牛马了。”[①] 唐弢对“摩西”与“跟随摩西逃离埃及的犹太民众”之间戏剧冲突的挖掘、描写与反思，也是“五四”以来，以鲁迅为代表的学人在文学创作中持续关注的问题。深受鲁迅影响与陶染、被誉为最得鲁迅真传作家之一的唐弢，自然在撰写散文诗剧时将这一抽象的现实问题转化为具体可观的戏剧冲突和戏剧剧情，呈现在读者与观众面前，让读者与观众在领悟作品主旨之后，进行反思，直至觉醒，从而达到通过文学创作实现社会启蒙的终极目标。

在散文诗剧《渡》中，唐弢像艾略特所说的“第三种声音”那样，化身为带领犹太人民摆脱奴役、追求自由的先知“摩西”。作者在现实人生中的理想信念与人生追求，均是通过戏剧角色“摩西”在作品中的精神意志与决绝行动客观呈现。随着戏剧剧情的推进，在文章最后，戏剧角色与创作主体真正实现了合二为一。“摩西”在文章最后的戏剧独白，“他们必须从奴隶的命运渡到自由人”[②]，实际上也是唐弢自我的人生感悟与理想信念。戏剧角色的戏剧独白与作家本人的内心呐喊和人生追求实现了重合——“诗的第三种声音”，振聋发聩、发人深省，也使作品诗意浓郁、立意深远，激发出了作品强烈的艺术张力与艺术感染力。在中国现代散文诗剧的创作过程中，国语与欧化语的杂合成为一种

① 鲁迅：《灯下漫笔》，见《鲁迅全集·第一卷·坟》，人民文学出版社 2005 年版，第223 页。

② 唐弢：《渡》，见《唐弢文集》第三卷，社会科学文献出版社 1995 年版，第529 页。

典型的语言范式，来为作家的本土化、民族化书写进行服务。

无论是王统照的《散文诗十章》，还是唐弢的《渡》，以及其他作家以西方历史、西方宗教、西方神话为主题的散文诗剧创作，在语言方面，均呈现出国语与欧化语的杂合——或是以《圣经》为代表的欧化词语的大量应用，或是戏剧角色之间的戏剧对话中欧化语与国语的混杂。作家借此对神性、人性、命运等形而上的哲理问题进行深刻的思索，进而扩展到对国家、民族、人类等宏大问题的理性思考。以王统照、唐弢为代表的现代作家，他们思考、忧虑的是国人甚至整个人类的生存困境、历史传承以及命运前途等一系列现实性问题，充分体现出现代学人强烈的社会责任感与历史使命感。

第三节 语言的修辞范式

“修辞”一词最早见于《易经》，“修辞立其诚”①。“修辞”是“修”与“辞”二字的结合，“修”是修饰、调整之意，“辞”是文辞、语辞之意，“修辞”就是修饰、调整文辞、语辞的意思。具体来说就是对语言进行调配，使言语表达呈现出更好的效果，这种调配需要借助“修辞格”实现。“修辞格”是“积极修辞”的各种格式，又被称为“辞格”“语格”“修辞方式”“修辞方法”“修辞手段”。“积极修辞”和“消极修辞”是学者陈望道从日本现代修辞学中引入的概念。“消极修辞”的应用目的是消除人们对意义理解的隔阂与困难，力求意义之明白、清楚、直接。“记述的境界，如科学文字、法令文字及其他的诠释文等，都以使人理会事物的条理、事物的概况为目的。而要使人理会事物的条理、概况，就须把对象分明地分析，明白地记述。所以这一方面的修辞总是消极的，总拿明白做它的总目标。而要明白，大抵应当：（1）使它没有闲事杂物来乱意；（2）没有奇言怪语来分心。所以所用

① 徐澍、张新旭译注：《易经》，安徽人民出版社1992年版，第10页。

的语言，就要求是概念的、抽象的、普通的，而非感性的、具体的、特殊的。因为概念的、抽象的、普通的语言，才能使它的意义限于所说，而不含蓄或者混杂有别的意思；若用感性的、具体的、特殊的语言，那就无论如何简单，也总有多方面可以下观察、下解释，而且免不了有各自经验所得的感想附杂在内，要它纯粹传达一个意思，实际非常为难。又所用的语言，也须是质实的、平凡的，不是华丽的、奇特的。因为假如用了华丽奇特的语言，又将使读者分心于语言的外表，而于内里反不留心了。"① "积极修辞"应用的目的则与之相反，需要以各式各样的"修辞格"，展现"文辞之美"——"语言之美"（除"语言之美"外，"文辞之美"还包括"形式之美""意境之美""韵律之美"）。

"修辞格"的概念最早是由学者唐钺提出的，"凡语文中因为要增大或者确定词句所有的效力，不用通常语气而用变格的语法，这种地方叫做修辞格（又称语格）"②。"修辞格"是一种遣词造句的技巧，也是一种增强语言表达效果的手法，更是文学创作必不可少的艺术技法。诗歌与其他文学体裁相比，与修辞格的关系更为密切。在有限的字里行间，运用各种修辞格传情达意，以实现形象生动、字字珠玑的表达效果——语言之美。对于散文诗以及脱胎于散文诗的散文诗剧来说，其诗性的体裁内核，更是需要作家在写作过程中注重应用各式各样的修辞格，不同的修辞格会产生不同的言语表达效果。诗歌是"偏于暗示的"③，暗示性是散文诗剧诗性体裁内核的典型特质。折绕幽婉的语言恰恰能够表现出散文诗剧暗示性的体裁特质，与其诗性的体裁内核相契合。诗歌语言的含蓄美，与我国古代的美学思想也是相吻合的。"中国古代美学思想，讲究含蓄，讲究'言有尽而意无穷'，讲究'味外之

① 陈望道：《修辞学发凡》，复旦大学出版社 2016 年版，第 42 页。
② 唐钺：《修辞格》，上海商务印书馆 1923 年版，第 1 页。
③ 西谛：《论散文诗》，《文学旬刊》1922 年第 24 期。

味’等等，都是要使审美的对象，不是毫发毕现，全部展露于面前，而是要有所保留，要有距离”①，修辞格的应用恰恰能够呈现语言的含蓄美。作家擅以“象征”“相反相成”的修辞格来表现中国现代散文诗剧语言的含蓄美，一方面能够使语言的表述不是直抒胸臆式的，而是曲折迂回式的；另一方面又形成了一种相互对立、相互冲突的语言表述布局，造就了一种复杂的语言结构，辩证地展露作者的情思与意图。“象征”“相反相成”等修辞格的运用，使文章的主旨与作者的情思变得幽婉与含蓄，为散文诗剧注入了理性沉思的特质，为感性与理性的交融奠定了基础，使作品韵味悠远，富有艺术张力。

一 象征

象征辞格是指：“任何一种抽象的观念、情感、与看不见的事物，不直接予以指明，而由于理性的关联、社会的约定，从而透过某种意象的媒介，间接加以陈述的表达方式。”② 象征辞格是文学创作，尤其是散文诗和散文诗剧写作中最为常见的一种修辞手法。象征辞格的应用，使散文诗剧的语言表述变得折绕曲折，使作品主旨显得委婉含蓄，与散文诗剧暗示性的诗性体裁内核相契合。

以田汉的散文诗剧《春雨》为例，作品以象征辞格来承载田汉本人的情思，展现作者对爱情以及人生的理性思考。

> 她面朝里地斜躺在床上，被儿盖齐着胸儿；
> 听着 T 的步声回转头来，
> “你今晚回来吗？”她问，眼圈儿带着一道深的黑晕。
> “别忘了带手套，天气冷哩。”
> 窗外风声夹着雨声，是这么凄冷。

① 蒋孔阳：《美学新论》，人民文学出版社 1993 年版，第 106 页。
② 黄庆萱：《修辞学》，三民书局股份有限公司 1975 年版，第 337 页。

“天气老是不晴，不知何时可以出去看病呢。”

“这病是要耐烦将息的，别着急吧。”

他是这样安慰她。他心里又是怜，又是恨。

他戴上了那双手套走到门口又回到床前：

“我今晚准回，你等着吧。”

这才和他的朋友向凄迷的春雨中觅醉去了。①

田汉以“春雨”为题，并以“春雨”隐喻了戏剧角色“她”的心情，以及“她”与爱人“T”之间的关系。“春雨”是一种极具象征意义的气候现象，也是中国传统诗歌中一种最为常见的象征辞格，历史上以“春雨”为题材的诗作同样不胜枚举。“春雨”的象征之意主要有两种，一是代表着希望、生机与活力。古代中国是一个典型的农业社会，采用春天耕种、秋天收获的生产模式，因此，人们会把一年的经济收入以及生活希望都寄托于春天——春雨之上，只有春雨才能使谷物发芽生长，大地得到滋润。如曹植的《喜雨诗》、鲍照的《喜雨诗》、杜甫的《春夜喜雨》等诗作，对“春雨”的喜爱之情溢于言表，将春雨过后万物生长、社会繁荣的景象刻画得淋漓尽致。二是蕴含惜春、悲春、伤春、恨春之意。在中国传统诗歌中，“春雨”还被用来象征离别相思之情、落寞惆怅之感，如李商隐的《春雨》、徐凝的《春雨》、陆游的《临安春雨初霁》等诗作。田汉在散文诗剧《春雨》中，选取了“春雨”的第二种象征含义，用“春雨”隐喻戏剧角色“她”与“T”的感情，随着“她”的久病不愈逐渐消逝，原本甜蜜的爱情变得“凄冷”“凄迷”“又怜又恨”。以象征辞格“春雨”建构了一部有关爱情、有关人生的散文诗剧，风格凄冷、悲伤，令人伤感，发人深省。

譬如刘大白的散文诗剧《月和相思》，作品中的“月”既是戏剧角色，与另一个戏剧角色“相思”发生了戏剧对话，又是一个典型的象

① 田汉：《春雨》，《中央日报特刊》1928年第2卷。

征辞格。在中国的传统文化中，月亮自古以来是思念的载体，象征了恋人之间、亲人之间的相思，象征了对恋人、亲人、朋友、家乡的思念之情，“月”已经成为一种约定俗成的象征符号，有其固定的象征意义。在《月和相思》中，“月”就代表和象征了“亲爱的伴侣们之间的相思”，“我不醒着，怎惹得起爱恋？我不躲着，怎惹得起相思？长露着整个的脸儿，怎惹得起爱恋的相思呀？就算是我底可惜罷，没我底吝惜，哪来的相思呀？相思呀，亲爱的伴侣！”[①] 刘大白在1921年至1922年间，创作了一系列的“相思”诗作，主要有《一丝丝的相思》（《民国日报·觉悟》1921年3月21日）、《月和相思》（《民国日报·觉悟》1921年7月12日）、《心里的相思》（《民国日报·觉悟》1921年7月15日）、《月下的相思》（《责任》1922年第2期）等，上述作品均与“月”“相思”有关。其中，《月和相思》是一部散文诗作，在此基础上，刘大白将“月”与“相思”拟人化，使之化身戏剧角色，并使二者彼此之间形成戏剧对话，从而使之由散文诗升华为散文诗剧。另一部作品《月下的相思》则是一首自由诗，刘大白在作品中也将“月”和“相思”拟人化，但是二者之间并未形成戏剧对话，只有“相思”的一句自说自话，“伊也正在独坐无眠呢！”。[②] 因此，作品未能由自由诗升华为“纯诗的戏剧化”。上述作品表现出了刘大白的恋爱哲学，同时，也是对新文学创作伊始，爱情题材文学创作潮流的一种呼应。

在刘半农的散文诗剧《老牛》（《扬鞭集》版）中，“老牛”与《月和相思》中的“月”相同，既是一个戏剧角色，与另一个戏剧角色“小狗”彼此间形成戏剧对话，又是一个典型的象征辞格。作为一个象征辞格的“牛”，其意义指向十分丰富。首先，牛是一种典型的原型象征。在中国，炎帝部落的图腾就是牛，据《山海经》记载，炎帝就是牛首人身。牛也是中国藏族、蒙古族的图腾崇拜物。后来又演变为少数

① 大白：《月和相思》，《民国日报·觉悟》1921年7月12日。

② 大白：《月下的相思》，《责任》1922年第2期。

民族的守护神，牛栏神就是侗族敬祭的神祇之一。藏族古籍《创世诸神》记载，当初天牛神之子聂赤赞普从天而降，牛头人身，做了部落主宰。至今，阿坝藏族自治州内的嘉绒藏族的藏民家中还供奉着牛首人身的牛神。随着鬼神观念的演变，汉族传说中出现了牛头人身和马面人身的勾魂使者，在阴间专门负责巡逻和搜捕逃跑的罪人。阿傍为人时，因不孝父母，死后在阴间变为牛头人身，这个传说被道教吸收并演化。其次，“牛”最初的象征意义是“孺子牛”，“孺子牛”的原意是指父母对子女过分疼爱，“女忘君之为孺子牛而折其齿乎？而背之也！”[①] 后来则逐渐演变为勤奋踏实、任劳任怨、甘心为他人和社会服务的一类人的象征。《老牛》中的“老牛”的象征意义指向即为勤奋踏实、任劳任怨、甘心为他人和社会服务，“它虽然极疲乏，却还不肯休息……‘我不管得我自己能不能向前，也管不得你看不看厌，只要我车下的水，平稳流动，浸润着我一片可爱的秧田’”[②]。其象征意义表明了作者自我的人生理念与人生态度，也表明了在那个百废待兴、动乱不堪的新旧变革时代中，改造国民性的殷切期望。

莫洛以客观物象“火”建构了一个象征性意象群，创作了一系列散文诗剧，主要有《燃烧及其他——燃烧》《取火者》《圣火》等；又以客观物象“种子”建构了另一个象征性意象群，创作了一系列散文诗剧，主要有《播种者》《爱的种子》等。无论是“火”还是“种子”，它们的象征意义均指向了新的希望、新的生活。先以“火”为例，无论是东方的“燧人取火”，还是西方的“普罗米修斯盗火”，在古代，“火”均能够给人类在黑夜中带来光明，在寒冷中带来温暖，在饥饿时带来煮熟的可口食物，让人类得以生息繁衍。有了“火”，就能摆脱黑暗和饥寒，给人以希望。取火的“燧人氏”、盗火的“普罗米修斯”，是为人类美好未来勇于探索、勇于牺牲的人类先驱和英雄。再以

① （春秋）左丘明撰，蒋冀骋标点：《左传》，岳麓书社 1988 年版，第 397 页。

② 刘半农：《老牛》，见《扬鞭集》（上），北新书局 1926 年版，第 34—35 页。

"种子"为例，"种子"是植物的繁殖器官，有了"种子"，自然界就能生长出新的植物，人类就能从中获益，繁衍生息。"种子"的象征意义指向与"火"相同，象征了新的希望、新的生活。再联系莫洛散文诗剧的创作背景，"火"与"种子"的象征意义即为新的社会、新的制度、新的生活。但这美好的一切，需要"播种者""投宿者""诘问者""著作家""魔术师""取火者"们的努力与牺牲，他们就像"燧人氏""普罗米修斯"那样，象征了现实社会中的革命先驱，为人类的解放事业去奋斗、奉献、牺牲。因此，在莫洛笔下，又形成了革命先驱系列的散文诗与散文诗剧——《播种者》《投宿者》《诘问者》《著作家》《魔术师》《取火者》等。"火"—"种子"—"取火者"（"播种者""投宿者""诘问者""著作家""魔术师""取火者"），由此形成了一个关系紧密的象征性意象环。

如在《燃烧及其他——燃烧》中，戏剧角色"我"希望自己"寒冷的心"得到一次"旺炽的燃烧"，但戏剧角色"我的朋友"提供的"酒"和"爱情"无法实现这个愿望。只有"火"才能让"我"及千万民众那颗"寒冷的心"——对旧社会、旧制度、旧道德失望气馁的心，重获温暖并热烈燃烧。让"我"为代表的千千万万民众，具有向前的动力，让以"我"为代表的千千万万民众获取希望，让"我"及千万民众获得新生。最终让世间的一切丑恶、罪恶、黑暗得到荡涤，进行一次"旺炽的燃烧"，重获新生。"我要在世界正义烈火里，在群众愤怒的火炬里，在荡涤一切的沸腾的铁之流里，我的寒冷的心，要在这种通红的火焰里燃烧；而且我的心的燃烧，也加添了一分烈火的燃烧的热力……我啊，我的心需要这样的燃烧！"[①] 在《取火者》中，戏剧角色"一个陌生的不速之客"，虽然衣衫褴褛、饱经风霜、饱尝饥苦，却拒绝了戏剧角色"我"的布施——钱、饭、茶。反而坚定地向"我"一次又一次地寻求"火种"，因为"我"的笔能够点燃"火"，"我"

① 莫洛：《燃烧及其他——燃烧》，见《莫洛集》（上），岳麓书社2012年版，第648页。

的文章就是“火种”，即使现在还很微弱。最后，“一个陌生的不速之客”毅然取走了“我”的“一叠原稿”——“我要携走你的火种，去献给渴望火焰的人们”①。“我”被取走的“火种”不仅能够献给需要的人们，也使我自己得到了燃烧，“我觉得周身都在燃烧；这燃烧，仿佛有着光辉，把我的周围都映得如同白昼一样明亮”②，这“火种”使“我”获得了新生，让“我”看到了希望，给予我最大的鼓舞和动力。

在《圣火》中，戏剧角色“他”被遗弃在冰谷里，需要“火”来消除“他”的“寂寞”“寒冷”“阴暗”。另一个戏剧角色“圣者”听到了“他”悲哀而又可怜的乞求，遂现身将“圣火”传递给“他”，让“他”用“圣火”点燃自己的内心，把痛苦留给自己，把光辉和温暖献给别人。当“圣者”把“圣火”放到“他”的心上时，“他”想到的却只有自己，要把所有的温暖和光辉留给自己，待冰川融化之后，好生活在舒适的阳光下面。最终，“圣火”将“他”化为了灰烬，粘在冰崖上。同《燃烧及其他——燃烧》和《取火者》相比，《圣火》出现了反面的戏剧角色“他”，“圣者”在“他”化为灰烬后，指出“他”是一个可怜的人、懦怯的人、自私的人，所以无法使“圣火”真正燃烧，并遭到反噬，“圣火不是属于贪婪的自私者的。使生命的火燃烧，不是为了自己卑污的欲念，而是为了献给人类以光荣！因为自私的缘故，你才燃烧坏了——虽然你曾经燃烧过，但是你却变成冰谷间的一撮灰烬了”③。从而揭示出“火”——新的希望、新的社会、新的制度，只有在无私的、无谓的、勇于奉献与牺牲的革命先驱手中，只有在人民的手中，才能得到真正的燃烧，才能使未来变得美好，才能建立新的制度与社会，“圣者走向另外的地方，把圣火点在正义的勇敢的人的胸间，使他燃烧，而且使冰谷融化，使山崖开花，使草变绿……”④

① 莫洛：《取火者》，见《梦的摇篮》，花城出版社 1984 年版，第 28 页。
② 莫洛：《取火者》，见《梦的摇篮》，花城出版社 1984 年版，第 29 页。
③ 莫洛：《圣火》，见《梦的摇篮》，花城出版社 1984 年版，第 65 页。
④ 莫洛：《圣火》，见《梦的摇篮》，花城出版社 1984 年版，第 65 页。

在《爱的种子》中，剧情线索为戏剧角色“他”寻找“爱的种子”，戏剧矛盾则为难以探寻，这个矛盾是由众多小的戏剧冲突组合而成。“他”在探寻过程中遇见了其他诸多的戏剧角色，如“荷枪的兵士”“大腹便便的商绅”“手握长剑的王”“艳丽的少女”，上述角色均没有“爱的种子”。在文章最后，“他”遇到了戏剧角色“一群穷苦的青年”，他们的工作就是播撒“爱的种子”。“爱的种子”的象征意义最终通过“一群穷苦的青年”之口说出：“我们要奠基建造一个人间的乐园，拓辟一条新的道路，这路连着旧的世界。让所有的人都来到这里，让所有的人——人与人之间，消灭了仇恨。这是我们的本职，也是我们的光荣。而我们撒播的种子，却是宝贵的生命——这就是人间最可贵的爱的种子。”[①] 在“一群穷苦的青年”的感召鼓舞下，戏剧角色“他”也加入了青年们的队伍，和青年们一起工作，努力播撒“爱的种子”。“爱的种子”象征了新的生活与新的社会，“一群穷苦的青年”象征了为建立新的生活与新的社会而努力奋斗、无私奉献的革命先驱，“他”则象征了作者本人，也是在革命先驱者感染影响下觉醒的一代人，最终毅然加入革命队伍，为人类美好的明天努力奋斗，勇于奉献。

《爱的种子》中的戏剧角色“一群穷苦的青年”，同《播种者》中的戏剧角色“播种者”实现了象征意义的契合，“播种者”——“播种的人，播下无数的种子”[②]。他们像“一群穷苦的青年”，也像“投宿者”“诘问者”“著作家”“魔术师”“取火者”那样，为革命、为人类的解放事业，辛苦操劳、无私奉献、勇于牺牲，“这样的播种者：跣脚，蓬头，在翳眼的雾雨中，跪在泞濡濡的泥土上，用两只手，弯曲了手指，在土壤里挖着，掘着；然后，仰起头，咬咬牙齿，坚决地，用沾着泥的双手，撕开自己的胸膛，捧出一颗血红的，热腾腾的心，放进土穴里；然后，又用沾着血和泥的双手，小心翼翼地，掩合了泥；又抚爱而

① 莫洛：《爱的种子》，见《梦的摇篮》，花城出版社 1984 年版，第 45 页。
② 莫洛：《播种者》，见《梦的摇篮》，花城出版社 1984 年版，第 8 页。

珍重地，把泥土压实。最后，向四方望望，满足地倒下——就倒在这黑色的泥土上，红色的血泊中；嘴边，浮着殉道者一样的胜利的笑纹……”①“播种者”点燃了“光辉的火焰”“希望的圣火”，播种着“爱的种子”“希望的种子”，这些“种子”最终都将“挣破了硬壳或种皮；芽蕾，怀着新生的喜悦，突出泥层”②。象征了新的社会、新的制度最终会战胜旧的社会、旧的制度而建立起来，并蓬勃发展，给读者与观众以莫大的鼓舞与激励。

象征辞格配合戏剧剧情使作品的文章主旨、作者的思想感情与理想信念变得更为幽婉与折绕，与散文诗剧的剧性体裁内核也实现了契合。“现代诗剧的出现最足以解释现代诗中象征手法与现实写照美妙渗透。在一般人心目中势不两立的二种因素从新的组合产生了新的意义。我们试考虑为什么综合表现要采取诗剧的形式……现代诗人的综合意识内涵强烈的社会意义，而诗剧形式给予何者在处理题材的时间，空间，深度，广度方面的自由与弹性都较其他诗的形式为多；以诗剧为媒介，现代诗人的社会意识才可得充分发展，而争取现实主义倾向的效果；至于借用历史，因为历史是象征体，它使作者面对现实时有一透视距离，不至粘于现实世界而产生过度的狭窄的现实写法，二者实具彼此匡正的好处。”③ 象征由具体的语境——戏剧剧情、戏剧冲突生成，戏剧剧情和戏剧冲突助力读者与观众深入体味象征辞格的内蕴，象征辞格又指引着全文的主旨，更好地呈现剧情，二者相得益彰。

二　相反相成

所谓的相反相成辞格是指：“发现和利用客观中的相反相成的现象，或者故意‘制造矛盾’，有意识地偏离逻辑上的同一律，把通常相

① 莫洛：《播种者》，见《梦的摇篮》，花城出版社 1984 年版，第 7—8 页。

② 莫洛：《播种者》，见《梦的摇篮》，花城出版社 1984 年版，第 6 页。

③ 袁可嘉：《现代英诗的特质》，《文学杂志》1948 年第 2 卷第 20 期。

互对立、相互排斥的两个概念或判断，临时地有条件地巧妙地联系在一起，表达复杂的思想感情或意味深长的哲理。”① 相反相成辞格的应用使一句话或一段话之中出现了相互对抗、相互排斥的正、反双方——词汇或句子，类似于散文诗剧中的戏剧冲突，但实际上二者是完全不同的。前者属于语言层面，通过正、反两个词汇或两个句子的强烈对立，形成一种特殊的语言表达方式。后者则属于结构层面，通过戏剧剧情的安排，巧妙地设置戏剧角色之间的对立与对抗。简单来说，相反相成是词汇和词汇、语句与语句之间的对立，戏剧冲突则是戏剧角色与戏剧角色之间的对抗。但二者的应用都能反映出作家在创作散文诗剧时，有意制造矛盾和冲突，是对恬静与和谐的传统审美观念的排斥与拒绝。中国传统哲学讲究“中和”，“喜怒哀乐之未发，谓之中；发而皆中节，谓之和。中也者，天下之大本也；和也者，天下之达道也。致中和，天地位焉，万物育焉”②。喜怒哀乐的情绪不表露出来，叫作“中”，表露出来但合乎法度，叫作“和”。“中”是根本，“和”是需要共同遵循的法则，达到了“中和”，天地便各归其位，万物便会生长发育，事事顺遂。

相反相成辞格的应用使散文诗剧的语言表述一方面形成了一种“不可调和”的矛盾状态，另一方面，相反相成辞格的应用又为作者的理性沉思提供了便利。应用相反相成辞格，目的是把要表达的情感意念变得曲折婉转，这就使散文诗剧摆脱了肤浅的抒情，将情绪与个性“隐藏”在“对立”的语言表述形式之中。继而有利于增强作品的理性思辨色彩，呈现冷静、理智、客观的审美风格。相反相成辞格成为诸多散文诗剧作家语言锻造和语言表述的主要方式，借助相互冲突的词汇组合或句子组合，探索世界万物中普遍存在的矛盾性，继而挖掘世间万象之间变幻莫测的复杂关系，既表现出文学语言的丰富性、复杂性与多变

① 王希杰：《汉语修辞学》，商务印书馆 2014 年版，第 374 页。

② 金涛主编：《四书五经典藏本》，外文出版社 2012 年版，第 21 页。

性，又展现出作家复杂、敏感与理性的精神世界和智性思维，实现了文学语言与创作思维的交融，印证了散文诗剧所具有的现代性品格。

以刘半农的散文诗剧《猫与狗》为例。

> 一阵冷风吹来，树打了个寒噤，摇头叹气的说："不幸的是我，我处于他们的永远的争执的中间了。但幸运的也是我，我可以可怜他们啊！到他们都死了，我冬天落下些叶子，遮盖他们的尸身；春天招些小鸟来，娱乐他们的灵魂。"①

上述语段是戏剧角色"树"面对另外两个戏剧角色"猫"与"狗"打架后的戏剧独白。刘半农在"树"的戏剧独白中使用了相反相成辞格——"不幸的"与"幸运的"相互并置。《猫与狗》描写了戏剧角色"猫"与"狗"的对峙和矛盾，与相反相成辞格不同，这是戏剧角色之间的戏剧冲突，属于戏剧结构层面。而相反相成辞格则属于语言层面，是正、反两个词汇或两个句子的并置，如戏剧角色"树"的戏剧独白中"不幸的"与"幸运的"两个正、反词汇的并置。这两个词汇又进一步构成了正、反两个句子的并置——"不幸的是我"与"幸运的也是我"。相反相成辞格的应用使语言表述形成了一种典型的辩证结构，极富哲理意义。刘半农在作品中化身戏剧角色"树"，借"树"的戏剧独白——相反相成辞格来展现自我的辩证思考和人生态度。

又如郑振铎的散文诗剧《旅程》。

> 一个人在旅行。
>
> 他执着手杖，走过山野，走过森林，渡过溪流。
>
> 白兔子从草丛中窥见了他，屏息战栗，心想："这是一个可憎恶的猎人吧？"

① 刘半农：《猫与狗》，见《扬鞭集》（上），北新书局1926年版，第55页。

松鼠们坐在松枝上闲谈；被他的足声惊得四散。它们从浓密的松针里，偷偷地望着，心里想道："可怕的人类来了！不知哪个小兄弟，又要受他的摧残了？"

鸟也带着恐怖，拍拍地从树间飞起。

松柏摇头叹气道："贪婪的樵夫又来了。"

荆棘恃胆立在路旁等着他，自夸它是不怕的。但也终于低头战栗。

小溪蹙额，呜咽地流过山间，绝望地哭道："我的亲爱的鱼儿呀，渔翁来了，来了！"

但是"森林之子们"呀，

请不要发愁，

他——他不过是一个过路的旅客。①

在《旅程》中，郑振铎将自然界的动植物拟人化，把它们设置为戏剧角色，彼此形成戏剧对话。戏剧角色"白兔子"的戏剧台词提及了"可憎恶的猎人"，戏剧角色"松鼠们"的戏剧台词提及了"可怕的人类"，戏剧角色"松柏"的戏剧台词提及了"贪婪的樵夫"，戏剧角色"小溪"的戏剧台词提及了"渔翁"。"可憎恶的猎人""可怕的人类""贪婪的樵夫""渔翁"的内涵实际是完全一致的，均指向了"可怕的人类"——那些破坏大自然环境、危害动植物的人类。但这一次"森林之子们"的猜测是错误的，这个"走过山野，走过森林，渡过溪流"的人类并不是"可怕的人类"。郑振铎以戏剧提示语的方式，向出场的戏剧角色以及读者与观众指出，"请不要发愁"，因为戏剧角色"一个人"不是那些破坏大自然环境、危害动植物的人类，只是"一个过路的旅客"。"一个过路的旅客"的内在含义是不会破坏大自然环境、危害动植物的人类。因此，"可怕的人类"与"一个过路的旅客"（"不

① 郑振铎：《旅程》，见《郑振铎全集》第二卷，花山文艺出版社1998年版，第20页。

可怕的人类"）形成了正、反语义的并置，是典型的相反相成辞格。"可怕的人类"的可怕特质是由多个词语共同构成的——"可憎恶的猎人"＋"可怕的人类"＋"贪婪的樵夫"＋"渔翁"，上述词语的词意共同汇集成了"可怕的人类"的内涵。"可怕的人类"与"不可怕的人类"形成了正、反两种词意的对立与并置，为典型的相反相成辞格。郑振铎借助戏剧剧情、借助相反相成辞格，将自我的理性思考灌注于作品之内。一方面反思了"可怕的人类"对大自然的破坏，使自然界的动植物如惊弓之鸟；另一方面则揭示了看待问题要全面、透彻，不能以偏概全、一叶障目的人生哲理。

在王统照的散文诗剧《荆棘与荆冠》中，贯穿全文的意象为"荆棘"，"荆棘"是一种典型的公设象征，在中西方都是苦难的象征，"走道的脚上踏着它的尖针，土地被它占据了，供人吃食的种子不易萌生；风替它散布，雨给它滋润，甘露成了它的营养的原料。主啊！这样，将来连你每天所要献在圣坛上的早晨与黄昏的羊羔也难以生育出来。因为羊的蹄腿都被荆针刺伤，牧羊的草地都让给荆棘了"①。但"荆棘"所象征的苦难不是单纯的苦难，而是一种孕育着希望的苦难，当一个人跨越了"荆棘"之后，就能找寻到幸福和快乐，真正的幸福快乐都是在经历了极度痛苦之后得到的。"没有尖刺的不会享受曾戴在圣子头上的光荣。不生荆棘的土地岂不成为永远欢乐的天国？我以荆针尖上的光荣示诫世界，人却争逐着这尖上的光荣，所以荆棘在地上到处生长。"②因此，"荆棘"本身的象征含义就蕴含着正、反两层意义——苦痛中孕育着快乐、绝望中孕育着希望，成为一个典型的相反相成辞格。在作品中，"荆棘"是戏剧角色"神"的工具，"神"原本的用意是用"荆棘"的尖刺迫使人类不安于现状、不沉溺享乐，去努力奋斗、争取光

① 王统照：《荆棘与荆冠》，见《王统照文集》第四卷，山东人民出版社 1982 年版，第 376—377 页。

② 王统照：《荆棘与荆冠》，见《王统照文集》第四卷，山东人民出版社 1982 年版，第 377 页。

荣。但戏剧角色“天使”只发现了“荆棘”有害的一面，却未发现其有益的一面，“神”实则希望“天使”要辩证地看待事物。王统照借助相反相成辞格，幽婉、客观地向读者与观众展现自我的人生理念与哲理思考。

《荆棘与荆冠》中的“荆冠”为“荆棘王冠”，由荆棘编制而成，是基督教的圣物。耶稣受难时，头上被人戴上用长满尖刺的荆棘编成的圈状冠，被折磨与嘲讽，“这是圣子在上十字架前曾戴过的冠冕”[①]。人们从此就用“荆棘冠”来象征难以承受的巨大痛苦和折磨。“荆冠”与“荆棘”的作用是完全一样的，具有两面性，“但是荆棘编成的光荣冠冕你现在从人间带来了！你还替地里茂生的荆针发愁？以后，因为没了这光荣的冠，荆棘自然不会到处滋长，供人吃食的种子便可萌生”[②]。“荆冠”与“荆棘”一样，也是戏剧角色“神”用来警醒世人的工具。无论是“荆棘”还是“荆冠”，其本身就蕴含着正、反两层含义，由此形成了典型的相反相成辞格，使语句到全文均具有了对立统一的辩证特质。王统照的理性沉思、对现实的哲理思考均是借助“荆冠”“荆棘”这对相反相成辞格进行隐喻与暗示的。作者的目的就是指出人们在看待事物时，不能以非善即恶、非黑即白的评判标准去武断地下定论，而是要辩证地综合考虑。相反相成辞格的应用使作品极具幽婉、折绕的诗意气质，需要读者与观众深入文本细细体味，才能理解作者的意念与作品的主旨，这就使散文诗剧摆脱了肤浅的抒情与叙事，具有了哲理思辨的特质，与散文诗剧的诗性体裁内核相契合。

王统照在1940年代创作的十部散文诗，题为《散文诗十章》，“一九四八年夏，又收到他的第三篇文稿《散文诗十章》”[③]。《散文诗十章》包括《荆棘与荆冠》《神迹与污鬼的假日》《“人于土的永变为

① 王统照：《荆棘与荆冠》，见《王统照文集》第四卷，山东人民出版社1982年版，第377页。
② 王统照：《荆棘与荆冠》，见《王统照文集》第四卷，山东人民出版社1982年版，第377页。
③ 范泉：《记王统照》，见《范泉文集》第二卷，上海书店出版社2015年版，第82页。

土”》《“水就变成血了”》《“是在身子以外呢还是得罪自己的身子?”》《顶楼中的醉人说》《赐给他的重新收回》《施予者的路遇》《寻求梦的寻求者》《生命树的等待》。上述作品除了被王统照注入戏剧因子由散文诗升华为散文诗剧，且多采用相反相成辞格，将自我的辩证思维、理性思考灌注于作品之内，使作品极具哲理色彩。如《神迹与污鬼的假日》，题目就是典型的相反相成——“神迹”与“污鬼”的并置与对立。在语言表述中，出现了大量的二元对立的词汇，如“平原，山谷的草书”与“火焰”的并置，“石块”与“黄金”的并置，“钻石”与“污秽的粪土”的并置，“断了肢体，先掉眼珠耳朵的残人”与“高歌狂舞”的并置，等等。这些相互对立、相互矛盾的概念的并置，比《荆棘与荆冠》以辩证意象展现正、反对立的方式更为直接，冲突更为集中，更富有视觉上的冲击力。借助这些相反相成的词汇与语句，王统照旨在揭示和批判人类的疯狂，“他们以为这世界过于平淡了，急切看不出有何神迹！于是男子、妇人，会辨别事物的儿童，一切职业的富人，贫苦人，国王与乞丐，文士、商人……都丢开他们的事物，伸开空无所有的双手，用发狂的目焰到处奔跑，寻求神迹”①。

因为惧怕“神迹”的威力，附身于人类的“污鬼们”纷纷离开人类的身体。在作品中，“神迹”象征着人性好的一面——正义、善良、纯洁，“污鬼”则象征了人性坏的一面——邪恶、残暴、阴险，“神迹”与“污鬼”的并置对立恰恰是人性正、反两面的对立。那些疯狂追求“神迹”的人类并不懂得何为“神迹”，只是为了满足自我疯狂的欲念与好奇心而盲目追逐，他们把自我人性坏的一面完全暴露出来。由于这些人类去追逐“神迹”，“污鬼们”暂时离开人类身体在屋外飘荡着，戏剧角色“污鬼甲”与“污鬼乙”由此相遇并发生戏剧对话，揭示出作品的立意之所在——“他们尽管发狂的求着神迹，却不能叫神迹附

① 王统照:《神迹与污鬼的假日》，见《王统照文集》第四卷，山东人民出版社 1982 年版，第 378 页。

在他们身上，而且神迹会使他们减少数目……比先前只有更不好罢了！因为我们才是他们看不见的神迹，我们的假日给我们造成更大的力量，更多的机会！于是污鬼们欣然而别，各要回到他所出来的屋里”。[①] 即使找到了“神迹”，邪恶、残暴、阴险的人性也不会自我消解，伪善的人也无法真正改变自己，即使有所改变，也只是一种伪装，坏的人性依然潜藏于人类的灵魂之中，依然会被“污鬼”附体。王统照对人性进行了深刻的理性思考，结合作品的创作年代，其揭露与批判的意味十分明显。在作品中却难以发现任何情绪倾泻式的批判与控诉，这源于作者借助相反相成辞格去幽婉折绕地展现作品的立意与自我的理念，感性情绪被完全消解，代之以深沉、辩证的理性情感渗透全文。

在《“水就变成血了”》中，作品的题目依然采用了典型的相反相成辞格——“水”与“血”的并置与对立，“水”与“血”的矛盾贯穿全文。王统照借助戏剧剧情，层层展开“水”与“血”之间的戏剧冲突。作品伊始，“大海”变为了“血海”，戏剧角色“老人”为了人类的前途和命运虔诚的祈祷，期望“血海”（“血”）能变回“大海”（“水”）。戏剧角色“天使”随之出现，与“老人”发生了戏剧对话，“天使”告诉老人，自己是到达人间的第二个天使，之前的第一个天使将“大海”（“水”）变为了“血海”（血），自己的使命则是把“江、河、众水泉源”（“水”）也变为“血水”（血）。这是为了惩罚人类，“他们天天饮着清泉，却天天造着患难；他们争在自己的兄弟姊妹的流血中做着游戏。撒旦在世间到处撒布毒害生命的果子，他们吃不下去身上的血渐渐成了待烧的火苗”[②]。与《神迹与污鬼的假日》类似，王统照同样是借助贯穿全文的相反相成辞格——“水”与“血”的并置，去批判现实社会中人类无休止的战争对世界的毁坏，人性的暴虐对生命

① 王统照：《神迹与污鬼的假日》，见《王统照文集》第四卷，山东人民出版社 1982 年版，第 379 页。

② 王统照：《“水就变成血了”》，见《王统照文集》第四卷，山东人民出版社 1982 年版，第 383 页。

的残害。但是在两部作品中，均难以发现作者主观情绪的倾泻或直接显露。感情的焦虑、内心的不满、对现实的批判在作品中被相反相成辞格的应用所消解，作者的理性情感与哲理深思借由相反相成辞格融会在作品之内。

在《赐给他的重新收回》中，作品的题目同样是典型的相反相成辞格——“赐给”与“收回”的并置与对立。《神迹与污鬼的假日》《“水就变成血了”》《赐给他的重新收回》三部作品，从题目上就展现出“神迹”与“污鬼”、“水”与“血”、“赐给”与“收回”的对峙与矛盾。相反相成辞格是王统照建构散文诗剧的典型艺术手法，在《赐给他的重新收回》中，“主”将光明赐给了戏剧角色“瞎子”，将健步赐给了戏剧角色“瘸子”，将声音赐给了戏剧角色“聋子”。“瞎子”“瘸子”“聋子”却纷纷要求“主”将赐给他们的光明、健步、声音重新收回。王统照借助戏剧剧情揭示出缘由所在，也是“赐给”与“收回”的冲突所在——现实世界的残酷万象让“瞎子”“瘸子”“聋子”无所适从，让他们极度痛苦，因此，他们宁愿依然残疾，也要恳求“主”将残废者最渴望的光明、健步和声音收回。“赐给”与“收回”的对立，使作品形成了极大的反讽，在二元对立中，发人深思，立意深远。《神迹与污鬼的假日》《“水就变成血了”》《赐给他的重新收回》等作品，揭示了黑暗、残酷的社会现实，借助相反相成辞格，王统照集中展现矛盾、暴露问题。1940 年代，王统照以《散文诗十章》使中国现代散文诗剧的创作走向了高峰，呈现出了一种成熟、复杂、多变、非中国化的现代品格。虽然作品中充溢着西方的言语背景，却是为现实人生所服务。王统照在现实和艺术对立统一的过程中，自觉、敏锐地把握社会现实，表现出现代知识分子对社会、国家、民族的使命感。

在写作散文诗剧的过程中，相反相成辞格是作家对人生、人性和命运进行哲理思考的艺术利器，正是作家对自我精神世界的自觉剖析，以及在深刻社会责任感驱使下对人类命运的持续关注，外在现实被作者转化为对内在沉思，在描绘相互对立、相互排斥事物的过程之中，将深邃的内心世界与广阔的现实生活、社会人生相结合，利用相反相成辞格为现实服务，反映现实、暴露问题、思考人生。

第三章　中国现代散文诗剧的艺术表现手法

象征与隐喻、反语与反讽、矛盾与悖论，是中国现代诗剧特别是散文诗剧创作中，最为常见的几种艺术表现手法。隐喻、反讽与悖论，更是英美新批评派在西方诗剧复兴、西方现代诗歌和现代诗剧写作过程中，尤为关注的诗学问题与艺术技法。在西方诗剧体系影响下发展成长的中国现代诗剧和中国现代散文诗剧，对于上述艺术表现手法的应用更是十分普遍，进而影响到散文诗剧文体范式——体裁范式、语言范式和文体风格的建构与呈现。同时，象征与隐喻、反语与反讽、矛盾与悖论，其功能和作用各有不同，在以往的研究中，是三对极易被混淆的概念，需要细致地剖析和阐释其异同。具体来说，象征与隐喻是一种能指与所指的互动关系，二者的区别在于象征——公设象征（原型象征、寓言象征、正常象征），是无须通过具体文本，就已经能够提前知晓理解其内蕴层的含义。而隐喻——私设象征（反常象征），则需要在具体的文本中探寻挖掘其意义，脱离具体文本后，此种内涵也就不复存在。反讽与反语均是反话正说或正话反说，具有表里两层的意义，语表层与内蕴层的意义永远都是相反的。反讽与反语相比，并不仅仅是一种艺术表现手法，更是一种创作思维和结构布局。反讽与反语均具有讽刺、批判的功用，但反讽的讽刺与批判更倾向于悲剧——人性悲剧、命运悲剧、社会悲剧，节奏沉重、庄严。而反语的讽刺与批判则更倾向于喜剧，节奏明快、轻松。悖论与矛盾均是由哲学、逻辑学引入文学、诗学、美学领域的跨学科理论。矛盾是相反相成的两个事物的对立统一，或一个事物具有相反相成的两面性。被英美新批评派推崇的悖论则要复杂得多，与“张力”一样，其内涵是不断扩充与发展的，在英美新批评派那里，主要是一种复义（含混、朦胧）的语言结构状态。

第一节　隐喻与象征

德国当代神学家莫尔特曼认为，“隐喻是从属于象征的”。① 在西方，有众多学者认为隐喻与象征之间有着密切的关系，甚至具有一致性。“在中世纪，象征的近义词有隐喻、寓意、面纱等等；在诗学领域，譬如在19世纪的浪漫主义和法国象征主义那里，很多人认为象征就是隐喻、暗示等意思，象征作为重要审美原则，运用的就是隐喻、寓意等手法。”② 也有诸多学者认为隐喻与象征存在差别，譬如在英美新批评派那里，隐喻就比象征更为复杂，以证明他们推崇的玄学派诗歌要比象征主义诗歌高明。英美新批评派十分推崇玄学派，认为玄学派的诗，逻辑联系清楚，外延明确，做到了内涵与外延的统一，与之相反，浪漫主义、唯美主义、象征主义诗歌的思想与经验则是完全离异的。“自十七世纪以来，一种感性的脱节就开始了。从此我们就没有恢复过来，而这一脱节又很自然地被那个世纪最有力的两位诗人，弥尔顿和德莱顿的影响所加剧了。这两个诗人都如此辉煌地发挥了某些诗的功能，他们成就的伟大掩盖了诗的其他功能的缺乏。”③ 因此，英美新批评派认为隐喻应当作为西方现代诗歌与现代诗剧创作的标志性技

---

① ［德］莫尔特曼：《创造中的上帝——生态的创造论》，隗仁莲等译，安希孟等校，生活·读书·新知三联书店2002年版，第401页。

② 何林军：《西方象征美学源流论》，湖南师范大学出版社2008年版，第31页。

③ ［英］艾略特：《玄学派诗人》，裘小龙译，见赵毅衡编选《“新批评”文集》，中国社会科学出版社1988年版，第42页。

法之一，“我们可以用一句话来总结现代诗歌的技巧：‘重新发现隐喻并充分运用隐喻。’”①

但英美新批评派的学者们并没有明确指出，隐喻与象征的本质区别到底在哪里，这就需要从他们推崇与反对的诗歌理念中进行细致的剖析。退特认为好诗都是有“张力”的，“我们公认的许多好诗——还有我们忽视的一些好诗——具有某种共同的特点，我们可以为这种单一性质造一个名字，以更加透彻地理解这些诗。这种性质，我称之为‘张力’”②，张力这个名词由此成为一个特定的文学概念。张力（tension）是退特把术语“外延”（extension）和“内涵”（intension）去掉前缀之后形成的一个特定名词，张力就是“外延”与“内涵”的统一，缺少上述二者任意一个都无法形成张力。英美新批评派认为，玄学派的诗做到了内涵与外延的统一，富有艺术张力，所以得到推崇。浪漫主义、唯美主义、象征主义诗歌的思想与经验则是完全离异的，“唯美主义的口号就是‘内涵越多越佳’，休姆在介绍柏格森时就强调散文与‘外延的多重性打交道’，诗歌与‘内涵的多重性’打交道”③，因此被英美新批评派轻视。由此可以推断到隐喻与象征的区别——在英美新批评派那里，采用了隐喻艺术技法的诗歌，其内涵与外延是一致的；而采用象征艺术技法的诗歌，其内涵与外延是不一致的。

在退特的张力论中，“外延”指“适合某词的一切对象……为文词的‘词典意义’，或指称意义”④；而“内涵”则指“反映此词所包含对象属性的总和……为暗示意义，或附属于文词上的感情色彩”⑤。即为索绪尔提出的“能指”与“所指”，“索绪尔……终于选定了 signifi-

① 赵毅衡编选：《“新批评”文集》，中国社会科学出版社 1988 年版，第 351 页。

② ［美］艾伦·退特：《论诗的张力》，姚奔译，周六公校，见赵毅衡编选《“新批评”文集》，中国社会科学出版社 1988 年版，第 109 页。

③ 赵毅衡编选：《“新批评”文集》，中国社会科学出版社 1988 年版，第 108 页。

④ 赵毅衡：《重访新批评》，四川文艺出版社 2013 年版，第 45 页。

⑤ 赵毅衡：《重访新批评》，四川文艺出版社 2013 年版，第 45 页。

ant（能指）与 signifie（所指），二者的结合构成了记号……人们总容易把记号当成了能指，而实际上它指一个包含两个方面的实体……记号就是由一个能指和一个所指组成的。能指面构成表达面，所指面则构成内容面”[①]。先以“十字架象征上帝”为例，象征体（外延、能指）——十字架是一种自然界或社会生活中的具体客观事物，象征义（内涵、所指）——上帝则是一种精神经验或抽象思想。象征体（外延、能指）十字架与其象征义（内涵、所指）上帝之间本无任何相似之处，需要通过联想众所周知、耳熟能详、历史悠久的寓言、传说、故事来实现二者的统一。再以竹子的象征意义为例，象征体（外延、能指）——竹子的象征义（内涵、所指）有如下含义——顽强的生命力、宽广的胸怀、柔中带刚的个性、淳朴低调的个性、坚韧不拔的品质、高风亮节的品格、刚正不阿的人品、清秀俊逸的人物形象、君子的形象、平安吉祥的祝福、长寿安宁的祝福等。象征体（外延、能指）竹子是单一的，但其象征义（内涵、所指）则是多种多样的，需要通过具体的语言环境来实现二者的统一。

在理查兹（瑞恰慈）那里，“能指”与“所指”、“外延”与“内涵”则演变为“喻体”和“喻指”。记号是“能指”与“所指”的组合，张力是“外延”与“内涵”的组合，而隐喻则是“喻体”和“喻指”的组合，“喻体”和“喻指”是理查兹所创造的术语。但英美新批评派并未对隐喻作出详尽的阐释，只是将其由修辞格上升到了艺术思维的高度。无论是退特的张力论，艾略特的玄学派翻案说，还是理查兹的隐喻学说，“人们日常生活会话中充满了隐喻……哲学越是抽象，就越需要借助隐喻来进行思考……人的思维是隐喻性的，它通过对比而进行，语言中的隐喻由此而来”[②]。终极目的均是探寻现代诗歌、现代诗

① ［法］罗兰·巴尔特：《符号学原理结构主义文学理论文选》，李幼蒸译，生活·读书·新知三联书店 1988 年版，第 133—134 页。

② 束定芳：《隐喻学研究》，上海外语教育出版社 2000 年版，第 28—29 页。

剧写作的最佳艺术技法。“喻体”为“所言物”（主旨的类比），近似于象征体、外延和能指，“喻指”为“所指义”（主旨所在），近似于象征义、内涵和所指。作为比喻的一种，喻体和喻指之间必有相似之处或一致性。但不同于比喻的直接明了——“圆圆的月亮像一个圆圆的盘子”，隐喻更为晦涩与幽婉，譬如郭沫若的现代诗剧《凤凰涅槃》，意象“凤凰涅槃”，隐喻了“中华民族的新生”。首先，中国与“天方国”一样历史悠久，凤凰又是百鸟之王，中国历史上也曾是傲视群雄的世界强国，二者经过岁月的侵蚀，历经磨难，均需要获得新生。其次，序曲中“凤”和“凰”的即将死亡暗示了中国现今被列强欺压的现实，群鸟歌中的种种禽类就像当今世界上的诸多列强，他们争当百鸟之王又争相奚落（欺压）凤凰（中国）。最后，凤凰的新生暗示着中国即将到来的新生和再次强大。因此，喻体与喻指实现了一致与统一。

语言的基本符号是语词，对于诗歌和诗剧来说，其基本符号为意象，意象既是一种艺术的语词，又是一种象征体与象征义、能指与所指、外延与内涵、喻体与喻指的互动与组合，这种互动性主要通过象征性和隐喻性实现。“我们也可以从意义结构关系来分析说明它们之间的一致性，即如果把象征视为一种能指对于所指的特殊的意义指向关系，则象征与隐喻是一致的，两者都具有一种用此物来表现另一物的结构，所以西方很多人把隐喻当作一种特殊的象征方式。”① 具体来说，象征和隐喻均是一种表蕴层与内蕴层的互动，这是二者的相同之处。而二者的区别则在于，象征无须通过阅读文本就能够知晓、理解其内蕴层的含义。这得益于东西方那些耳熟能详、口耳相传、历史悠久的传说、神话和寓言，以及约定俗成的指定，以公设象征——原型象征和寓言象征为代表。而隐喻更近似于一种私设象征，无法通过耳熟能详、口耳相传和约定俗成的联想与指定探究其含义，而需要在具体的、个别的文本中，通过阅读、体味、思考，才能探寻和理解其意义。隐喻还近似于反常象

① 何林军：《西方象征美学源流论》，湖南师范大学出版社 2008 年版，第 31 页。

征，本应为正常的公设象征，由于作家的故意为之，在某个文本中被赋予了全新的含义，使其完全脱离了原本的意义。这个全新的含义需要读者和观众仔细阅读文本并发掘体味作者的用意之后，才能得知其新意，脱离此文本后，其反常的象征意义也就不复存在。此外，象征的一个象征体可以对应多个象征义，象征义不是唯一的。而隐喻的喻体所对应的喻指则是唯一的，并且喻指的意义十分隐晦、幽婉与折绕，不是以“像”或“是”来明确指代。隐喻包含反常象征和私设象征，与之相对，象征则包含原型象征和寓言象征。

一 隐喻——私设象征和反常象征

“‘隐喻’一词来自希腊语的‘metaphora’，其字源meta意思是‘超越’，而pherein的意思则是‘传送’。它是指一套特殊的语言学程序，通过这种程序，一个对象的诸方面被‘传送’或者转换到另一个对象，以便使第二个对象似乎可以被说成第一个。”[①] 隐喻有狭义和广义之分，狭义的隐喻是一种修辞格，亚里士多德认为隐喻与明喻基本相同，“明喻也是隐喻，二者的差别是很小的”[②]。随着历史的发展，尤其在英美新批评派那里，隐喻不再是一种简单的修辞格，而是上升到了人类的一种认知方式或思维方式，“语言功能在社会中的作用的重要性，应当归因于隐喻”[③]，这就是广义的隐喻。富有艺术张力的现代诗歌和现代诗剧，其思维与建构方式必然是隐喻性的，“我们可以用一句话来总结现代诗歌的技巧：‘重新发现隐喻并充分运用隐喻。’”[④] 隐喻包含私设象征和反常象征，私设象征和反常象征是作者根据个人独特的思想经验以及对客观世界的独到认知而生成的，“是作者在作品中靠一定方法建立的象征”[⑤]。

① ［英］泰伦斯·霍克斯：《隐喻》，穆南译，北岳文艺出版社1990年版，第1页。
② ［古希腊］亚里士多德：《修辞学》，罗念生译，上海人民出版社2005年版，第173页。
③ ［英］泰伦斯·霍克斯：《隐喻》，穆南译，北岳文艺出版社1990年版，第102页。
④ 赵毅衡编选：《“新批评”文集》，中国社会科学出版社1988年版，第351页。
⑤ 赵毅衡：《重访新批评》，四川出版集团2013年版，第122页。

隐喻与作者的人格特征、审美趣味和价值取向有着密切关系，需要读者与观众深入作品，与作者实现共鸣才能体味其内涵，并且只适用于具体作者的具体作品。隐喻是某部具体作品中的特定象征符号，具有特别的意义指向，凝聚着该作家的某种特定思想情感与理想信念。作家不是去摹仿现实生活或自然界中的实体或物象，而是完全摆脱了自然界以及人类社会中客观物象的束缚和限制，是一种前所未有的全新创造，其内涵比象征的寓意更加深奥、更加幽婉、更加复杂。借助隐喻，作者故意制造出与读者、观众的审美距离，给读者与观众以新奇的审美感受，读者与观众需要真正理解和领悟作者的创作意图，仔细阅读与欣赏整部剧作的情节，实现与作者的共鸣之后，才能挖掘和体味其背后所蕴含的复杂深刻的意义。因此，隐喻的应用进一步增强了语言表述的暗示性与折绕感，从而与散文诗剧暗示性的诗性体裁内核实现了契合。还有的作者在制造出全新的反常象征之后，将其与公设象征中的正常象征相互并置，形成了一种互动性、对峙性——语境间的相互作用，这恰恰是作者辩证思维的呈现。

在郑振铎的散文诗剧《荒芜了的花园》中，意象“荒芜了的花园”就是一个典型的隐喻——私设象征。与郭沫若的现代诗剧《凤凰涅槃》中的意象——“凤凰涅槃”隐喻“中华民族的新生”类似，结合作品创作的时代背景，意象——“荒芜了的花园”，同样隐喻与暗示了“百废待兴、内忧外患的中国”。作品中的戏剧角色“小青蛙”和“小蟋蟀”则隐喻了生活在这个国家中的底层民众，“小青蛙”和“小蟋蟀”生活在“荒芜了的花园”之中，企盼着“荒芜了的花园”能够重现往日的辉煌，却又无能为力，因为“小青蛙”和“小蟋蟀”——中国普通民众的力量实在太弱小了。戏剧角色好几个“人”面对“荒芜了的花园”，均表示要重整花园，他们的表态给“小青蛙”和“小蟋蟀”等在花园中生活的动物们以希望。但好几个“人”一直为了如何整修花园争论不休，却没有任何的实际行动，最后花园依旧荒芜，依旧破败。戏剧角色好几个“人”则隐喻了每天都在“慷慨激昂”讨论、辩论国家大事，却不做任何实事的政客们。郑振铎想要通过《荒芜了的花园》去影射政治问题与社会现实。在现实中，政府对于国家的改造和民族的振兴，一次又一次地让民众失望，国家的现状依然是落后不前，就像“荒芜了的花园”那样，只能在回忆中想象着以往的荣光，民众对此耗尽了最后的耐心。“青蛙等得不耐烦了，哭丧着脸，不高兴地，一步一步慢腾腾地仍旧走进石罅中去。蟋蟀的希望也渐渐地减少了；他不愿意看见他们的争斗；终于把头缩回草丛中，跑到墙角下，拖长他的音调，重复曼声悲鸣起来。荒芜了的花园还是照旧荒芜着。”① 无论是戏剧角色“小青蛙”“小蟋蟀”，还是好几个“人”，同“荒芜了的花园”均为典型的私设象征，它们的“所指”和“内涵”，只显现在《荒芜了的花园》这部作品之中，脱离特定文本之后，他们的“所指”和“内涵”就会发生改变。

许地山的散文诗剧《蛇》中的“蛇”也是一个典型的隐喻——反常象征。在以往，表意层“蛇”的意义指向或为“阴险毒辣”，如寓言故事“农夫与蛇”中恩将仇报的“蛇”；或是“冷酷无情”，如古希腊神话中看见她的眼睛者就会被石化的蛇发女妖“美杜莎”；或为“狡猾奸诈”，如西方宗教《圣经》中引诱夏娃和亚当在伊甸园偷食智慧之果的“蛇”；或是“蛇蝎心肠”，如许多文学作品中的“美女蛇”形象。由此来看，“蛇”是公设象征中的正常象征，一提及“蛇”，读者与观众通过回顾联想上述口耳相传、历史悠久的故事、传说、神话，以及约定俗成的指定，就能迅速得知其本来的含义。但在许地山笔下，散文诗剧《蛇》中的“蛇”则被赋予了全新的内涵。戏剧角色“我”在“高可触天底桄榔树下”，看到一条蛇蟠在树根上，一动也不动，“我”十分害怕，飞也似的离开了那里，蛇也像飞箭一样，射入蔓草丛中了。回到家，“我”把这件事告诉了另一个戏剧角色“妻子”，向其诉苦，“今儿险些不能再见你的面……我在树林里见了一条毒蛇：一看见他，我就

① 郑振铎：《荒芜了的花园》，《小说月报》1922 年第 13 卷第 4 期。

速速跑回来；蛇也逃走了”①。“妻子”的回答，“在你眼中，他是毒蛇；在他眼中，你比他更毒呢”②，则揭示出了《蛇》中的“蛇”的内涵所在，“蛇”并不是传统意义上的公设象征，与以往的正常象征意义没有任何关系。许地山赋予了它全新的内涵，这是一个典型的反常象征，隐喻与暗示了人生、命运、人性所具有的两面性与相对性。因此，《蛇》中的“蛇”是一个隐喻，只有在散文诗剧《蛇》中，它才有这种内涵，脱离了具体的文本《蛇》，也就没有此种意义了，借助这个反常象征——隐喻，许地山对人生进行了独到、深刻的思考。

再如王统照的散文诗剧《苔语》，作品中的“青苔”与“秋海棠”，既是戏剧角色，彼此之间形成了戏剧对话，使作品由散文诗升华为散文诗剧。又是一对公设象征与私设象征的相互并置。首先，“青苔”在文中的象征意义与其在传统文化中的象征意义是完全一致的——低调却富有活力、沉寂却异常坚韧，是原始绵延的生命强力的象征。“圆尖形软刺的绿叶下有一团青苔，自从夏天的阴雨连绵以来，它们在土地上生长着，低低地，柔柔地，象是本无根蒂的东西，却在厚润的土上坚固地附着住。秋来，它们不曾感到荒寒；热天，也显不出分外的骄傲。没有姿态，没有兴趣一般的活着，但是独有色泽却那么明耀动人，嫩青，深碧，在围子中，在帘痕面前，在阳光的辉煌与皎月的银流下都能看见出它们的严肃沉静的色泽。——那是色泽，却不是老气的态度，永远有着青年潮气的色泽，也正因为是有生发映月的青碧的光辉……败叶、飘蓬，正在被冷风吹乱的时间，这些似无根蒂的青苔低低地，柔柔地，却不为秋力催动。它们没有摇动的华耀，所以也没有漂泊的忧虑，正是由于它们的层集，密附，不是轻薄，不会分散的缘故吧！”③ 在《苔语》

① 落华生：《蛇》，见《文学研究会丛书·空山灵雨·落华生散记之一》，上海商务印书馆1925年版，第5页。

② 落华生：《蛇》，见《文学研究会丛书·空山灵雨·落华生散记之一》，上海商务印书馆1925年版，第5页。

③ 王统照：《苔语》，见《王统照文集》第四卷，山东人民出版社1982年版，第285页。

中，“青苔”是一个典型的公设象征，它的象征意义既是读者与观众所熟知的，也是王统照所极力推崇的，是作者人生信条与人生追求的艺术外化，象征和代表了那些在现实生活中脚踏实地、默默奉献，具有生命强力的一类人。

作品中的另一个客观物象“秋海棠”在自然界中又名相思草、断肠花、八月春。源于历史与传说中陆游与唐婉、贵棠和其妻子之间缠绵悱恻、凄凉动人的爱情故事。当人们的爱情遇到波折后，常以秋海棠自喻，因此它又被称为断肠花，借此抒发男女离别的悲伤情感。此外，秋海棠的象征意义还包括游子思乡、离愁别绪等。在中国现代文学史上，“鸳鸯蝴蝶派”的代表作家秦瘦鸥就曾以“秋海棠”为名，创作了经典言情悲剧小说《秋海棠》。秦瘦鸥的《秋海棠》被誉为“民国第一悲剧”“民国第一言情小说”“民国南方通俗小说的压卷之作”。并被改编为话剧、沪剧、越剧、苏州弹词、影视剧等多种艺术形式，影响极大，“‘秋海棠’一剧风魔了全上海”①。“秋海棠”既是作品名，又是男主人公“吴玉琴”的艺名。小说描写了京剧艺人“吴玉琴”与被旧军阀强娶为姨太太的知识女青年“罗湘绮”之间的爱情悲剧。“秋海棠”既象征了“吴玉琴”和“罗湘绮”之间的爱情悲剧，又象征了传统艺人“吴玉琴”的悲惨人生。因此，“秋海棠”在此部作品中是典型的公社象征——正常象征，与其传统的象征意义完全吻合。

而在散文诗剧《苔语》中，王统照则独辟蹊径地赋予了“秋海棠”全新的象征之意，颠覆了其原有的含义。《苔语》中的“秋海棠”摇尾乞怜、贪婪懦弱，“在失望中乞求的悲啼，仿佛象没了灵魂的张惶样子……‘啊啊！我将失去了我的美丽的身体——不，美丽的生命！’”②这就与顽强坚韧、深沉坚毅的“青苔”形成了鲜明对比，完全摆脱了“秋海棠”固有的象征意义，是王统照理性沉思后的产物，是《苔语》

① 张爱玲：《洋人看京戏及其他》，《古今》1943年第34期。

② 王统照：《苔语》，见《王统照文集》第四卷，山东人民出版社1982年版，第284页。

中特定的象征符号——反常象征。只在该作品中具有特定的意义指向，是为了衬托“青苔”而存在，脱离此文本之后，也就失去了此种意义指向。正常象征“青苔”与反常象征“秋海棠”的相互并置，使二者形成了强烈的对峙与冲突，使作品主旨和作者理念的呈现不是直抒胸臆式的，而是幽婉折绕式的。反常象征“秋海棠”的应用还形成了一种陌生化的效应，制造出了它与读者观众之间的审美距离，极具暗示隐喻的特质，与散文诗剧的诗性体裁内核相契合。

在散文诗剧的创作中，诸多作家也极其钟爱以私设象征来寄托暗示自我的情思和理念。如鲁迅散文诗剧《死火》中的“死火”，就是一个典型的私设象征。“死火”是一种在自然界与社会生活中并不存在的东西，只在《死火》这部作品中有其特定的隐喻之意，需要读者与观众了解创作背景与作家本人当时的心理状态、人生际遇后，才能真正理解其隐喻、暗示之意。《死火》中的“死火”既是一个戏剧角色，与另一个戏剧角色“我”发生戏剧对话，使散文诗《死火》升华为散文诗剧。又是一个典型的私设象征，是鲁迅思维和精神的艺术外化，是其哲理深思后的产物。鲁迅通过戏剧角色“我”与“死火”的戏剧对话揭示出“死火”的悖论命运：

> “你的醒来，使我欢喜。我正想着走出冰谷的方法；我愿意携带你去，使你永不冰结，永得燃烧。”
>
> “唉唉！那么，我将烧完！”
>
> “你的烧完。使我悲苦。我便将你留下……仍在这里罢。”
>
> “唉唉！那么，将我冻灭了！”①

“带出冰谷——烧完”与“留在冰谷——冻灭”，成为“死火”的悖论命运。“死火”假若被“我”带出冰谷，将永远燃烧，最终会被烧

① 鲁迅：《死火》，《语丝周刊》1925年第25期。

完——死亡；假若被“我”留在冰谷，则会被冰冻，最终将被冻灭——死亡。“死火”无论离开还是留下，它的最终命运都是死亡。私设象征“死火”的应用使文章极具幽婉折绕的气质，从而与作品诗性的体裁内核相契合。具有悖论命运的“死火”是一个典型的私设象征，需要结合特殊的创作背景才能发掘其隐喻之意。鲁迅说过：“即使他是神经病者，也是俄国专制时代的神经病者，倘若谁身受了和他相类的重压，那么，愈身受，也就会愈懂得他那夹着夸张的真实，热到发冷的热情，快要破裂的忍从，于是爱他起来的罢。”[①] 1924 年至 1926 年间的鲁迅就受到“和他相类的重压”“热到发冷的热情”，成为当时鲁迅人生状态的真实写照——像“死火”一样。私设象征“死火”，最初可见鲁迅 1919 年在《国民公报·新文艺》上发表的散文诗组诗《自言自语》中的一篇——《火的冰》。“死火”——“上下四旁无不冰冷，青白。而一切青白上，却有红影不可计数，纠结如珊瑚网。这是死火，有炎炎的形，但毫不摇动，全体冰结，像珊瑚枝；尖端还有凝固的黑烟，疑这才从火宅中出，所以枯焦”。[②]“火的冰”——“中间有些绿白，象珊瑚的心，浑身通红，象珊瑚的肉，外层带些黑，是珊瑚焦了……中间有些绿的，象珊瑚的心，浑身通红，象珊瑚的肉，外层带些黑，也还是珊瑚焦了”。[③] 由此来看，无论是“死火”还是“火的冰”，完全摆脱了自然界以及人类社会中所具有的客观形象的束缚，是作者“思”的产物，只在特定作品中才具有特定的意义指向，不能脱离某部作品。

“死火”这一私设象征的雏形“火的冰”，早在 1919 年就已经形成了，“火的冰”也与鲁迅的人生境遇、人生困境息息相关，而当现实人生的困局在 1920 年代中后期到达顶点之后，“火的冰”就进化为了“死火”。1924 年至 1926 年期间的鲁迅，就像“死火”一样，进退维

① 鲁迅：《陀思妥夫斯基的事——为日本三笠书房〈陀思妥夫斯基全集〉普及本作》，见《鲁迅全集·第六卷·且介亭杂文二集》，人民文学出版社 2005 年版，第 426 页。

② 鲁迅：《死火》，《语丝周刊》1925 年第 25 期。

③ 鲁迅：《火的冰》，见珞旷编《现代散文诗选》，湖南人民出版社 1982 年版，第 1 页。

谷，面临着两难的、痛苦的人生抉择，由此走入了黑暗的“野草”丛中。但是“死火”只是“野草”丛中的数个困境之一，鲁迅的战斗意志与战士品质使他最终跨越出了“野草”的阻碍，战胜了自我的悖论命运。私设象征“死火”承载着鲁迅对自我、人生、命运、前路的理性反思，凝聚着鲁迅的主观情感与理性意念。但全篇难以见到鲁迅的情绪倾泻，也难以探寻鲁迅本人的思想感情，主观的情感完全被客观的私设象征“死火”给消解了。而这恰恰为理性因子的注入提供了土壤，是对中国现代诗剧创作初期感性情绪不加节制的一种回绝与修正。作家在写作散文诗和散文诗剧之时，以反常象征和私设象征入诗、入剧，能够避免直抒胸臆、直接表情，而以幽婉折绕、余味曲包的客观传情，既与散文诗剧的诗性体裁内核相契合，又成为中国现代散文诗剧创作的一种重要艺术手法。

二　象征——原型象征和寓言象征

公设象征又被称为公共象征，“公共象征就是在某种文化传统中约定俗成的，读者都明白何所指的象征”①。它的象征意义是在该民族圈或文化圈中经年累月积累形成的，人们能够迅速联想到其意义指向，作家在创作时可以直接拿来使用，不需要进行重新的解释或说明。原型象征、寓言象征均是经过长期历史积淀形成的公设象征，是对人类普遍经验的提纯，有着深厚的民族历史文化渊源。它们与被象征物的联系不需要通过分析具体的文本或语境，只需通过回顾、联想，就能实现固定的替代。公设象征往往形成一个个固定的组合，如红色象征活力、革命、激情等，绿色象征希望、生命、青春等，梅花象征高洁、勇敢、不屈等，松柏象征坚韧、长寿等，大棒象征武力，太阳象征光明，鸽子和橄榄枝象征和平等。公设象征——原型象征和寓言象征则脱胎于耳熟能详、口耳相传、历史悠久的神话传说和历史传奇，折射出极其丰富与复

---

①　赵毅衡：《重访新批评》，四川文艺出版社 2013 年版，第 122 页。

杂的历史内蕴和文化内涵。原型象征和寓言象征的特点是一对一，它们与被象征物的联系无须像隐喻那样，需要在具体的文本和语境中，去挖掘作者的用意和作品的主旨，而是凭借固定的替代，直抵其意。

唐弢的散文诗剧《舍》《渡》《飞》，采用了典型的西方原型象征和寓言象征，以此建构文本。三部作品分别根据普罗米修斯为人类盗取天火的希腊神话传说、先知摩西率领犹太人祖先希伯来人逃离古埃及返回迦南地的历史传奇，以及小飞侠彼得·潘的苏格兰童话故事谱就而成。虽然包裹着西方言语背景的外衣，但实际上是为现实人生进行服务的。《舍》《渡》《飞》三部作品中的主人公"普罗米修士""摩西""潘彼得"均是典型的公设象征——原型象征、寓言象征。作为原型象征、寓言象征的"普罗米修士""摩西""潘彼得"，为象征体（能指），他们有多层的象征义（所指）。其中某些象征义（所指）是近似的，尤其是"普罗米修士""摩西"的象征义（所指）基本是一致的。首先，他们的象征义（所指）均是"反抗"。《舍》中的"普罗米修士"反抗戏剧角色"宙斯"，《渡》中的"摩西"反抗戏剧角色"门拿拍王"（"法老"）。"普罗米修士""摩西"共同反抗的是"宙斯"和"法老"所代表的威权。《飞》中的"潘彼得"的象征义（所指）也是"反抗"，虽然在作品中不像"普罗米修士""摩西"那样，去反抗某个具体的戏剧角色，但是作为公设象征，读者与观众可以通过这个在西方家喻户晓的童话故事，直接联想到"潘彼得"反抗的对象是世俗的偏见、纷扰与枷锁。这些神话原型和寓言故事均是西方民众耳熟能详、妇孺皆知的，通过传播，也使中国的读者和观众熟知，无须读者和观众去阅读具体文本和挖掘文章主旨就能探寻其意。

在苏格兰幻想童话故事《彼得·潘》中，主人公彼得·潘是一个长着翅膀会飞翔的小男孩，他永远也不会长大，也不愿意长大。他喜欢带领孩子们脱离成人的管束，自己处理自己的一切事务，尽情玩耍、自由自在、无拘无束。这就是彼得·潘所追求的生活状态——自由，从而保持永远的童心和童真。《飞》以此为基础进行了一定的改编，因此，《飞》中的“潘彼得”的象征义（所指）和原作是基本重合的，第一个象征义（所指）是“反抗”——反抗世俗的偏见、纷扰与枷锁。“人是一种可笑的生物，他们常常要求自己和别人不同，一面又担心自己竟会和别人不同。奇装异服，钩心斗角，无非为了标新立异；但你如果索性给他特别一点——少生一个鼻子，那又会十分着急，恧恧地惭愧欲死哩。”① 戏剧角色“潘彼得”进入梦境之后，梦到戏剧角色“文黛”在给孩子们讲故事时所提到的一个既现实又世俗的人生问题。虽然由梦中的“文黛”所讲，却是“潘彼得”自己“日有所思”后得出的结论——普通人的人生尤其是成年人的世界，是如此的矛盾甚至痛苦，矛盾和痛苦恰恰源自人们无法摆脱的世俗的偏见、纷扰与枷锁，导致了人们的不自由。“潘彼得”的梦境揭示出了这一切，这也是为何彼得·潘会把孩子们带到与世隔绝的永无岛上，不让自己和孩子们长大，去追求自由自在、无拘无束生活的缘由。

《飞》中“潘彼得”的象征义（所指）除了“反抗”，还有“孤独”。在原著小说中，彼得·潘带领一群孩子们无拘无束、自由自在地生活与玩耍，看似十分快乐，实际上，他的内心却是孤独与寂寞的。一批又一批的孩子，包括温迪和他的弟弟们虽然主动要求来到永无岛，但在经历了各种事件之后，他们都获得了成长，最终还是离开了永无岛，回到了现实世界，告别了彼得·潘和自己的童年。最终永无岛只剩下彼得·潘和小仙女，在以后的日子里，彼得·潘还会再去寻找其他孩子来到永无岛，周而复始。在《飞》中，“潘彼得”亦是如此，“自从文黛带着流浪的孩子们走后，铁钩伏诛，仙境也遂形冷落了。失去了爱的对象，失去了憎的对象，没有热情也没有战斗，空虚的日子也一天天积叠起来，彼得的心像一个无可倚靠的大海”②。戏剧角色“小银铃”施法

① 唐弢：《飞》，《现代邮政》1947 年第 1 卷第 2 期。
② 唐弢：《飞》，《现代邮政》1947 年第 1 卷第 2 期。

让“潘彼得”进入梦境，不再思考和感受这种孤独与寂寞，“潘彼得”终在梦中见到了日思夜盼的“文黛”等人，但这只不过是一场梦，是海市蜃楼。从美梦中醒来后，反而加重了这种孤独寂寞的痛感，《飞》中的“潘彼得”象征义（所指）与原著小说再次实现了重合。《彼得·潘》更近似于一部寓言而非童话故事，詹姆斯·马修·巴利描写的虽是一个童话故事，其中却蕴含着诸多深刻的人生感悟和人生道理，尤其是以独特的儿童视角对人类孤独的生存本质进行了思考、探寻与表现。这种孤独、寂寞的人身感悟和生存状态，也是唐弢在《飞》中沉思与提炼的——“写给一个沉默苦闷的孩子”[①]。散文诗剧《飞》中的“潘彼得”是一个典型的公设象征——寓言象征，他的象征意义源自西方童话《彼得·潘》，借助寓言象征，在特定的时代背景下，唐弢对人生进行了深刻的理性思考。此种艺术表现手法与文本建构方式是唐弢散文诗剧创作的特质，一方面与散文诗剧诗性的体裁内核实现了契合，另一方面，也为散文诗剧的创作注入了现代诗歌与现代诗剧写作所推崇的理性因子。

再以《舍》和《渡》为例，“普罗米修士”“摩西”的象征义（所指）除了“反抗”，还有“牺牲”。《舍》中的戏剧主角“普罗米修士”被钉在高加索山脉史克斜峰悬崖上的水面峭壁上，“四肢套住铁索，一道石楔围绕胸膛，将在无尽的岁月里熬受苦难……而风乃开始呼号，海浪凭借淫威向肉身冲袭，电火以双叉的触须不断地投射酸痛的麻痹的击刺，豪雨如注，杂雷鼓而猛下，山岳在痉挛哩……跃起投落，投落又跃起，悬崖抛掷他如蹙鞠者之娱戏，（他还背着锁镣哩）……宙斯的带翅膀的猎犬——那猛鸷的目光炯炯的鹰，将以利爪撕裂你的肢体，啄食肝脏如贪饕者之野宴……为了明天的咬啮黑夜将补偿白昼的损失，日复一日，使你在悲苦航路上得不到片刻的休息……一阵撕裂的惨痛使普罗米修士战栗，健强的肌肉遂碎成碎片片了（受着命运的劫持他没有死）一

① 唐弢：《飞》，《现代邮政》1947 年第 1 卷第 2 期。

年年，一年年，在史克斜峰前，熬煎苦难”[①]。戏剧角色“宙斯”残忍地折磨惩罚“普罗米修士”，“普罗米修士”甘愿忍受这无尽的苦痛，牺牲了自己。《渡》中的戏剧主角“摩西”的牺牲则表现在两个方面，一是作品中“摩西”放弃了自己在埃及的地位与荣华富贵，同给予他这一切的“法老”进行斗争，这种牺牲主要是物质上的牺牲。二是在回归故土的征程中，面对自己同胞的不解与责难，这成为“摩西”最大的牺牲，他无法得到同胞的理解，甚至被同胞背叛，这种牺牲主要是精神上的牺牲。

回到故土迦南地的旅程——追求自由的过程，伴随着各种各样的艰难险阻，跟随“摩西”逃离埃及的犹太民众逐渐怀念起在埃及做奴隶的时光，在那里，他们可以享受舒适的都市生活。“出了埃及，犹太人必须为自己的生活苦斗，吃的时候宰牲，喝的时候掘井，荒凉和疲劳使他们怀念都市的享受。‘让法老的鞭子打得更重些吧，’许多人想，‘我们不要这样的自由！’困惑在心里滋长。一个个，他们在背地里诅咒。”[②] 他们对于“摩西”带领他们跋山涉水、历尽艰险回到自己故土的行为，不满、不解，甚至要放弃自由，要求“摩西”让他们回到埃及，重做埃及人的奴隶。如果说“普罗米修士”在高加索山脉上遭受的苦痛，还得到了他所为之牺牲的人类（民众）的同情、理解与哀痛。那么“摩西”与跟随“摩西”逃离埃及的犹太民众之间的冲突，则揭示出现实中带领民众追求自由的那些革命先驱者，与漠然甚至甘愿做奴隶的庸众之间的巨大矛盾。这才是一种最为令人惋惜、令人痛苦的牺牲。“摩西”与“跟随摩西逃离埃及的犹太民众”之间的冲突，是先觉者与庸众的矛盾，是“五四”以来，以鲁迅为代表的学人在文学创作中持续关注的问题。“摩西”如同鲁迅小说《药》中的“夏瑜”，“夏瑜”为《药》中的庸众牺牲，却不被庸众理解。

① 唐弢：《舍》，见《唐弢文集》第三卷，社会科学文献出版社 1995 年版，第 418—423 页。

② 唐弢：《舍》，见《唐弢文集》第三卷，社会科学文献出版社 1995 年版，第 524 页。

深受鲁迅影响与陶染、被誉为最得鲁迅真传作家之一的唐弢，在撰写散文诗剧时，自然将这一抽象的现实问题转化为具体的戏剧冲突和戏剧剧情，呈现在读者与观众面前，让读者与观众在领悟了作品的主旨之后，去反思直至觉醒，从而达到通过文学创作实现社会启蒙的终极创作目标。在散文诗剧《舍》与《渡》中，借公设象征——原型象征“普罗米修士”和寓言象征“摩西”，唐弢将自我的理想信念、理性反思熔铸其中。当提及象征体“普罗米修士”和“摩西”之时，读者与观众会迅速通过回溯、联想那些众所周知、耳熟能详、历史悠久的神话传说与历史传奇，体味其蕴含的象征义——“反抗”与“牺牲”。并且在特定的时代背景下，联系当下、联系现实人生。两部作品由此形成了现实人生的一种固定的艺术思维模式：“普罗米修士”—“舍”—“先驱者”“抗暴者”“牺牲者”；“摩西”—“渡”—“先驱者”“抗暴者”“牺牲者”。此时的“普罗米修斯”和“摩西”已不仅仅是西方民众的一种原型象征与寓言象征，更是一种本土化、民族化的意象符号，象征了现实中那些千千万万为了人类解放事业而毁家纾难，牺牲小我成全大我的革命先觉者、先驱者们。

虽然唐弢在创作散文诗剧《舍》《渡》《飞》时，采用的艺术表现手法是一种西方读者与观众耳熟能详的公共象征，但作品的时代背景、创作主旨与思想情感则是完全中国化、本土化的，上述作品中的公共象征是为现实人生所服务的。尤其是《渡》与《舍》两部散文诗剧，是东方与西方、传统与现代相结合的典范之作。唐弢以本土化的宗教用语——“渡”和“舍”命名作品，“渡”和“舍”均指向了“儒释道”三教合一的本土化宗教体系——道教的“渡劫”、佛教的“普渡众生”、儒教的“毁家纾难”、佛教的“舍”——“舍己而从之，且为艳称而广述之。凡日用间发一言行一事，全不为自己起念，全是为物立则。此大人天下为公之度也”①。佛经中有大量对人生的理性思考，充满了哲理

① 《了凡四训》，印光法师鉴定，尤雪行居士校阅，佛学书局1936年版，第39页。

与思辨，在佛教理论方面，汉传佛教融合了中国儒道文化的要素，成功实现了佛教的本土化，中国历史也是一部“儒释道”三教对立统一的历史。虽然散文诗剧《舍》和《渡》包裹着西方宗教、历史、神话的外壳，但是文章的核心内容则是作家本土化、民族化的深沉理性思考。创作宗旨则是对中国社会现实的再现，对中国民众的启蒙。

西方的原型象征“普罗米修斯”和寓言象征“摩西”为唐弢民族化和本土化的思维方式所服务，与“渡”和“舍”的民族化、本土化内涵实现了高度契合，唐弢的散文诗剧《舍》和《渡》，在东方与西方、传统与现代的碰撞与交融中，迸发出了强烈的艺术张力与艺术感染力。

第二节　反讽与反语

反讽与反语是英美新批评派十分重视的语言现象与艺术技法，二者既有相似又有不同，是以往经常被混淆的两个概念。反讽、反语虽然像讽刺那样，具有嘲讽、揶揄、批判的功用，但在语言的结构和表述上，完全异于讽刺。反讽、反语的语表层与内蕴层的含义是完全相反的——表象与事实相反，所言非所指，言在此而意在彼，表面意义和陈述的实际内涵相互对立冲突，“在公众演说中就经常出现一个名为反讽的修辞格，它的特点是嘴所说的和意志所指的正好相反。这里我们已经能够看到一个贯穿所有反讽的规定，即现象不是本质，而是和本质相反。在我说话之时，思想、意志是本质，而词语是现象”①。而讽刺的语表层与内蕴层的意义指向是完全相同的，只是通过夸张来扩大或缩小事实，从而达到揶揄、调侃、嘲讽的目的，“讽刺往往是在否定的背面还有一个肯定的东西存在，本质上是肯定的。而西方反讽诗学的唯一意义指向是否定和颠覆”②。

① ［丹麦］索伦·奥碧·克尔凯郭尔：《论反讽概念　以苏格拉底为主线》，汤晨溪译，见《克尔凯郭尔文集 1》，中国社会科学出版社 2005 年版，第 212 页。

② 吕周聚等：《中国现代诗歌文体多维透视》，山东人民出版社 2009 年版，第 232 页。

反讽与反语均具有讽刺、批判的功用，但反讽的讽刺与批判更倾向于悲剧——人性悲剧、命运悲剧、社会悲剧，节奏偏于沉重、庄严、肃穆。英美新批评派所推崇的反讽，其实际成分已经摆脱了人们日常观念中所带有的讽刺、戏谑、嘲笑的喜剧意味。而反语主要表现为愉快反语和讽刺反语两类。在中国现代诗剧的创作历程中，愉快反语常见于爱情题材的现代诗剧之中，因感情的纠缠，将正意用了反意，没有任何嘲弄与讽刺之意，所以称为愉快反语。此外，还有一些非爱情类的现代诗剧也应用了愉快反语，配合剧情制造悬念，最终达到歌颂、赞美的目的。愉快反语是指因情深难言——包括亲情、爱情、友情的情深难言，故意正话反说或反话正说。讽刺反语与愉快反语相比，更倾向于讽刺与批判，与反讽相比，则更倾向于喜剧，节奏明快、轻松、幽默，常见于一些政治讽刺和社会讽刺类的现代诗剧之中。而反讽与反语相比，并不仅仅是一种艺术表现手法，更是一种创作思维和布局方式，并且具有沉重、庄严、深刻的悲剧特性。

《野草》中的散文诗剧主要采用了反讽的艺术技法，如《颓败线的颤动》，是典型的悲剧反讽。《狗的驳诘》《立论》《聪明人和傻子和奴才》则是克制反讽，“克制反讽”又被称为“克制陈述”，是一种常见的反讽类型。布鲁克斯和沃伦给“克制反讽”所下的定义是：“在实际说出的与可能说出的之间有或大或小的差距。”① “克制反讽”包含两个方面，分别是“夸大陈述”以及“缩小陈述”。需要强调的是，“夸大陈述”（overstatement）与“夸张”（exaggeration）是两个完全不同的概念，“夸张是在作者努力强调，而在同一性质上引申”②，夸张的语表层与内蕴层的性质是相似或相同的，而夸大陈述则是在相反性质上进行引申，其语表层与内蕴层的意义指向是完全相反的。“缩小陈述”与“夸大陈述”的性质相同，其语表层与内蕴层的性质也是相反的，是在不

① 赵毅衡：《重访新批评》，四川文艺出版社 2013 年版，第 155 页。
② 赵毅衡：《重访新批评》，四川文艺出版社 2013 年版，第 155 页。

同性质上进行引申。克制反讽是悲剧反讽的初级阶段，在克制反讽中已经能够探寻出悲剧的意味。

以《野草》为例，首先《野草》的创作背景就是悲剧性、悖论性的。其次，《狗的驳诘》《立论》《聪明人和傻子和奴才》看似是喜剧型的油滑讽刺，实则蕴含着鲁迅对人性特别是国民性深刻地挖掘剖析，再现的实则是现实人生中的悲剧。鲁迅的文学创作，“不仅展现了中国国民精神上的麻木病态，更重要的还在于展现了这种国民性的弱点和病根之所在。人们自己被封建主义吞吃不作反抗，却又以封建伦理道德标准论理处事，律己衡人。这种国民性弱点不仅使他们成为‘毫无意义的示众的材料和看客’，而且常常成为‘吃人’者无意识的‘帮凶’”①。以《聪明人和傻子和奴才》为例，鲁迅以克制反讽隐喻了现实中的庸众“极容易变成奴隶，而且变了之后，还万分喜欢”②。用“傻子”和“强盗”隐喻了虽然勇敢无畏却不被理解，甚至被污蔑的孤独的革命者、先驱者。用“奴才”的“破小屋”隐喻了统治阶层压迫、统治、剥削民众的制度。用“洞子”隐喻了通往自由、通往光明的道路。此种创作宗旨和题材无一例外均是沉重、庄严的，消解了喜剧意味。

一 庄严的反讽

反讽有着悠久的历史，最初是由演说与谈话的诡辩术、修辞术发展而来，“西塞罗和昆体良所赋予它的比较有趣的含义，即作为论辩中对付敌手的方式和作为整个论辩的语言策略”③。反讽受到了英美新批评派的极大重视，理查兹将反讽由语义学上升到语用学的高度，布鲁克斯则进一步将反讽上升到创作思维的高度，“悖论适合于诗歌，并且是其

① 张光芒：《中国近现代启蒙文学思潮论》，山东文艺出版社 2002 年版，第 272 页。

② 鲁迅：《灯下漫笔》，见《鲁迅全集·第一卷·坟》，人民文学出版社 2005 年版，第 223 页。

③ ［英］D. C. 米克：《论反讽》，周发祥译，昆仑出版社 1992 年版，第 23 页。

无法规避的语言。科学家的真理需要一种肃清任何悖论痕迹的语言；显然，诗人表明真理只能依靠悖论”①。需要指出的是，在布鲁克斯那里，悖论就是反讽。布鲁克斯的《悖论语言》写于1942年，而他的另一篇著作《反讽——一种结构原则》则创作于1949年，通过研究比对，可以发现，布鲁克斯分析的悖论实际就是反讽，“布鲁克斯最先咬定悖论包括反讽……后来布鲁克斯改变主意认为反讽包括悖论”②。实际上，在英美新批评派那里，“这两个术语没有多大差别，只是反讽这术语用得更多一些”③。英美新批评派力主反讽应成为西方现代诗剧与现代诗歌的创作思维和艺术表现手法，“我已经辩明，反讽作为对于语境压力的承认，存在于任何时期的诗、其至简单的抒情诗里。但在我们时代的诗里，这种压力显得特别突出。大量的现代诗确实运用反讽当作特殊的、也许是典型的策略。这是有理由的，而且有强有力的理由的”④。英美新批评派所推崇的反讽，其实际成分已经摆脱了人们日常观念中所带有的讽刺、戏谑、嘲笑等喜剧意味。

在此之前，就有学者指出反讽所具有的悲剧特性。对此贡献最大的是英国学者康诺普·瑟沃尔，他将反讽由辩论和喜剧引向了对立与悲剧，“在提及索福克勒斯和‘命运反讽’时，他暗示命运乃是半人化的力量：‘在怀有希望、恐惧、期待和允诺的人与邪恶而又不可更易的命运之间的对照，为悲剧反讽的展示提供了广阔的空间。’……这种戏剧观和瑟沃尔的‘命运反讽观’，都涉及反讽对象是命运注定无知无觉的受嘲弄者的看法。瑟沃尔把两者熔为一体，便引出了‘戏剧反讽’——他称之为‘悲剧反讽’——的概念”⑤。英美新批评派对反讽的研究和

① ［美］克林斯·布鲁克斯：《精致的瓮：诗歌结构研究》，郭乙瑶、王楠、姜小卫等译，陈永国校，上海人民出版社2008年版，第5页。

② 陈仲义：《现代诗：语言张力论》，长江文艺出版社2012年版，第180页。

③ 赵毅衡编选：《“新批评”文集》，中国社会科学出版社1988年版，第333页。

④ ［美］克林斯·布鲁克斯：《反讽——一种结构原则》，袁可嘉译，见赵毅衡编选《“新批评”文集》，中国社会科学出版社1988年版，第345页。

⑤ ［英］D. C. 米克：《论反讽》，周发祥译，昆仑出版社1992年版，第31—34页。

论述，使反讽进一步倒向了悲剧，“新批评的‘反讽’概念完全摆脱了任何这种喜剧成分”①。与反语相比，反讽独具庄严、沉重的气质，配合具体语境——散文诗剧的剧性体裁特质，使作品呈现出浓郁的悲剧氛围和强烈的戏剧冲突。

鲁迅的文学创作特别是散文诗剧写作，善于采用反讽技法，唐弢、师陀等深受鲁迅影响的作家，也擅长在散文诗剧创作中应用反讽。唐弢于 1944 年以西方神话原型——普罗米修斯为人类盗取天火被缚，创作了散文诗《舍》。无独有偶，这一年，陈治策也以此为题材创作了歌剧《普罗米修斯的被囚》。《普罗米修斯的被囚》为典型的戏剧——歌剧，其戏剧角色的对话是以“唱白分离”的方式将诗歌与散文相结合，诗歌的注入使作品由戏剧（歌剧）升华为诗剧（“戏剧化的诗”）。而《舍》为典型的散文诗，戏剧因子的注入——戏剧角色的设置、戏剧对话的生成，使其由诗歌（散文诗）升华为诗剧（“诗的戏剧化”——“散文诗的戏剧化”）。普罗米修斯为人类盗取天火而被缚的西方神话原型，与 1940 年代中国抗战的大时代背景、民众所面临的困境等社会现实，实现了从外延到内涵的契合，本身就具有一种庄严、肃穆的特性。“抗战已第七个年头，离最后胜利的时期越近就越艰苦。敬以普罗米修斯的不妥协的大无畏的精神贡献给为抗战建国而努力的战士们。这是我写此剧的唯一的理由。”② 以何种艺术手段来凸显此种庄严、肃穆的主题，成为陈治策、唐弢需要考虑的首要问题。陈治策主要从文体形式方面入手，以歌剧来建构文本。在西方，歌剧有着极其悠久的历史，属于高雅的殿堂艺术，本身就带有庄严肃穆的特质，因此，《普罗米修斯的被囚》的文体与主题相得益彰。

唐弢则以反讽的艺术表现手法作为突破，来配合和凸显此种庄严、肃穆的主题。反讽所具有的悲剧特性、克制陈述等特质，与普罗米修斯

① 赵毅衡：《重访新批评》，四川文艺出版社 2013 年版，第 151 页。

② 陈治策：《普罗米修斯的被囚》，《文艺先锋》1944 年第 4 卷第 2 期。

为人类盗取天火而被缚的神话原型实现了完美契合。首先，“普罗米修斯”本身就是一个悲剧命运的象征性符号。宙斯对他为人类盗取天火的行为大发雷霆，用锁链将其绑缚在高加索山脉的一块岩石上，让一只饥饿的秃鹰天天来啄食普罗米修斯的肝脏，当他的肝脏被啄食完之后，又会重新生长出来，秃鹰会继续啄食，如此周而复始，形成一种无尽的苦痛与折磨。同时，还要让他忍受风、雨、雷、电的轮番侵袭，普罗米修斯的无尽苦痛和折磨要持续三万年。“四肢套住铁索，一道石楔围绕胸膛，将在无尽的岁月里熬受苦难……而风乃开始呼号，海浪凭借淫威向肉身冲袭，电火以双叉的触须不断地投射酸痛的麻痹的击刺，豪雨如注，杂雷鼓而猛下，山岳在痉挛哩……跃起投落，投落又跃起，悬崖抛掷他如蹙鞠者之娱戏，（他还背着锁镣哩）……宙斯的带翅膀的猎犬——那猛鸷的目光炯炯的鹰，将以利爪撕裂你的肢体，啄食肝脏如贪饕者之野宴……为了明天的咬啮黑夜将补偿白昼的损失，日复一日，使你在悲苦航路上得不到片刻的休息……一阵撕裂的惨痛使普罗米修士战栗，健强的肌肉遂碎成碎片片了（受着命运的劫持他没有死）一年年，一年年，在史克斜峰前，熬煎苦难。”①

其次，普罗米修斯的壮举和遭遇本身就是一种典型的克制陈述。在宙斯看来，普罗米修斯的所作所为是一种罪大恶极的行为，对他的惩罚是理所当然。普罗米修斯的错误只是没有经过宙斯的同意而将天火送给了人类，宙斯认为普罗米修斯违背了他的命令，背叛了他。这就是一种典型的克制反讽——夸大陈述，普罗米修斯的“错误”被宙斯无限地夸大与扭曲，而这个“错误”对人类来说，却是一种施予与恩赐，意味着新生与幸福。语表层的错误、背叛与内蕴层的恩赐、施予是完全的对立与冲突，这是典型的克制反讽。另外，普罗米修斯对人类的无私奉献、付出和牺牲本应得到的是回报与殊荣，他却遭受着无穷无尽的厄运。在《舍》中，戏剧角色“白衣的仙女”向戏剧主角“普罗米修士”

① 唐弢：《舍》，见《唐弢文集》第三卷，社会科学文献出版社 1995 年版，第418—423 页。

发问，为什么他会受到这种禁锢和桎梏，“普罗米修士”的回答是“爱”和“施予”导致了这种境遇。“白衣的仙女”对此十分不解，继续发问，为什么“爱”会成为一种罪名，“施予”却没有得到“善报”。“爱”与“罪名”、“施予”与“未得善报”的对立和冲突又是典型的克制反讽。普罗米修斯的悖论命运构成了典型的悲剧反讽，面对悲剧命运，他却没有任何的悔恨与畏惧，“我了然于行将发生的一切。牺牲是惨厉的试验，在为人类的事业上我必须尽最大的努力”①。唐弢以庄严的反讽艺术技法重新撰写了古老、悲壮、庄严的神话原型，在反讽悲剧和命运悖论中展现出了“普罗米修士”决绝的人生态度和无畏的牺牲精神，联系现实和当下，给予自己、给予民众以力量和鼓舞。反讽的应用也为作品注入了理性沉思的艺术特质，感性与理性的交融使作品迸发出了强烈的艺术张力。

师陀的“夏侯杞”系列散文诗剧中的《作家先生》，亦是以反讽艺术技法建构文本的代表之作。在“夏侯杞”系列散文诗剧中，师陀个人的思想情感、理想信念以及对社会现实的揭露与批判，是由多个“夏侯杞”来共同隐喻和象征，“夏侯杞”是师陀在文中的代言人，即为师陀本人。师陀的“夏侯杞”系列散文诗剧包括《灯下》《座右铭》《健全》《作家先生》《童心》《人性》《一个自私的人》《善恶》《笑与泪》《坟》等，《作家先生》是其中的一篇，也是极为特殊的一篇。特殊之处在于，在《作家先生》中，师陀化身为两个戏剧角色，一个是众所周知的戏剧角色“夏侯杞”，一个是戏剧角色“作家先生”。戏剧角色“夏侯杞”向“作家先生”发出了一系列提问，这些提问是师陀的自我拷问——自省。众所周知，师陀在现实生活中的身份与职业是作家，对于他的身份和职业，师陀在文中进行了深刻的反思和自省，借“夏侯杞”之口向自己——“作家先生”提问。在自我拷问中，配合反讽的艺术表现手法，对自己的身份、职业、所作所为、所承担的一切，

① 唐弢：《舍》，见《唐弢文集》第三卷，社会科学文献出版社 1995 年版，第 420 页。

进行了深刻的理性思考，从而使作品在文本结构上独树一帜，区别于其他的“夏侯杞”系列散文诗剧，又为作品注入了大量的理性因子。

反讽式的自我拷问贯穿全文，既是一种艺术表现手法，又是一种文本建构方式。文章开头，“夏侯杞”就向他的朋友——“作家先生”说，“请住了手罢，作家先生”①。这是一个典型的克制反讽，众所周知，手和笔是作家的命门，作家要靠手和笔养活自己，表达自我的情感理念，手和笔既是作家的饭碗，也是作家的武器。“住了手”就是扔掉笔、停止写作，这无异于让一个作家毁灭，作为作家的师陀又怎会让自己停止写作呢。语表层的意义是“住了手”——停止写作，内蕴层的意义则是不可能停手，仍然会以写作为武器，这也是这篇《作家先生》以及之后文章诞生的原因，假若真的停了手，读者与观众也就无法见到这篇文章了。语表层与内蕴层发生了强烈的对立和冲突，形成了克制反讽，师陀以反讽来总领全文。紧接着“夏侯杞”说出了一系列让“作家先生”停止写作的原因，譬如“你一整天一整天的写着，每天制造一些小谎，无关重要的悲剧和无关重要的喜剧，犹如卖玩艺儿的制造他的玩艺儿。有时候你碰到一个瞎子，（他给你一顿臭骂，）你徒然使他烦恼；倘使你遇见的是一个聪明人，你的运气更坏，他的慧眼一下子看到你的纸后，就像你赤条条被安置他前面了”②。又如，“说一句实话，好先生，你的手枉然茧了，你的背枉然驼了，你的眼睛花了，它白白的花了。你活着时候争取正义，追求理想，手里拿着笔你随意安排，就像你是一位总督——尽由你！等到一只手将你的眼睛蒙闭起来，你便遇着一个大悲剧。人们如果能够将你忘记，时间肯将你湮没，在一夜大风沙中你的曷劳落迦城从地上销灭了，这是你的侥幸；万一不然——你曾想到这个大灾难吗”③。

① 康了斋：《作家先生——夏侯杞》，《新文丛》1941 年第 3 期。
② 康了斋：《作家先生——夏侯杞》，《新文丛》1941 年第 3 期。
③ 康了斋：《作家先生——夏侯杞》，《新文丛》1941 年第 3 期。

再如，“不管你生前是怎样雄辩，这时候你才明白有一种东西比你更强，你只好眼睁睁看着人们——咒骂，赞颂，责怨，曲解，甚至将你尸分，各按他们自己的意思，各随他们高兴”①，以及“历史上的永久胜利者，那征服过无数霸王雄主，光耀千古的辉煌大将时间向你嘲笑。你徒然建立了百年大业，无论你怎样苦闷，这时候你想叹息都不可能”②。“夏侯杞”劝阻“作家先生”停止写作的这一系列理由是典型的克制反讽，这些烦扰、困苦、不堪、阻力、无奈与嘲笑，实际是师陀自己给自己的一种提醒与预警，更是一种动力和鞭策，上述的“艰难险阻”反而坚定了师陀本人作为一个作家进行写作的决心。“夏侯杞”口中的写作已经如此艰难了，但现实中的“作家先生”——师陀本人依然坚持写作，这本身就是一个最大的反讽。在师陀看来，要成为一个合格的作家，就应该承受“夏侯杞”向“作家先生”提出的种种停止写作的理由和压力。成为一个合格的作家，这个过程本身就是一个庄严、悲壮的人生历程，是一种淬炼，只有跨越了此种历练与考验，才能成为一个真正的作家、一个合格的作家。因此，师陀的自问自答没有任何的调侃、自嘲、讽刺的意味包含其中，所以“夏侯杞”对“作家先生”的劝阻不是一种明快的讽刺反语，而是一种庄严的克制反讽。反讽的应用、自问自答的叙事结构，使作品极具幽婉折绕和智性玄思的艺术特质，与散文诗剧的诗性体裁内核相契合，也与英美新批评派所提倡的现代诗歌、现代诗剧的思维方式、写作方式相吻合，使《作家先生》成为一篇韵味独特、诗意浓郁的散文诗剧。

以艾略特为代表的英美新批评派学者将反讽发扬光大，“他们把作为语言现象的反讽与作为哲学概念的反讽融为一体，将反讽上升为一种诗歌本体，并对中国现代主义诗人产生了很大影响”③。早在 1920 年

① 康了斋：《作家先生——夏侯杞》，《新文丛》1941 年第 3 期。
② 康了斋：《作家先生——夏侯杞》，《新文丛》1941 年第 3 期。
③ 吕周聚：《中国新诗审美范式的历史转型》，人民出版社 2014 年版，第 346 页。

代，鲁迅已经开始了关于反讽艺术形式的先锋性实验，深受鲁迅陶染的唐弢、师陀等人，同样借助反讽在散文诗剧中对个人、社会、民族等诸多方面进行全面、独到的理性思考，在他们笔下，反讽同样由语言技巧发展为创作思维与艺术风格。

二 明快的反语

在英美新批评派的学者中，理查兹最早论及“反语”，“无论对威姆赛特还是对布鲁克斯来说，诗歌的一个界定性特征是‘反语法’。这一点他们也是师承理查兹的，后者用同样的术语来表示：‘产生对立这一补充冲力’的特点……在威姆赛特的定义中反语法是一个‘认识原则，这个原则通过反论渐渐化作一般的隐喻原则’”①。反语是一种艺术表现手法、一种克制性陈述，在巴罗克时期，“典型的修辞格是似非而是的反语法”②。在英美新批评派那里，反语则由修辞格升华为一种“认识原则”③、一种艺术思维，是写作现代诗歌和现代诗剧的代表性艺术技法。反语可以划分为愉快反语和讽刺反语两类。愉快反语中因没有任何嘲弄与讽刺的意味包含在内，所以称为愉快反语，主要应用于爱情题材的作品之中。此外，还有一些非爱情类的现代诗剧也应用了愉快反语，配合剧情制造悬念，最终达到歌颂、赞美的目的。愉快反语是指因情深难言——包括亲情、爱情、友情的情深难言而故意正话反说或反话正说。讽刺反语同愉快反语相比，含有嘲笑和讽刺的意味，具有喜剧性的特质。无论是愉快反语还是讽刺反语，均是说反话——或反话正说，或正话反说，表里两层的意思永远都是相反的。

---

① ［英］安·杰斐逊、戴维·罗比：《当代国外文学理论流派》，卢丹怀等译，谢天振校订，上海外语教育出版社1991年版，第99页。

② ［美］勒内·韦勒克、奥斯汀·沃伦：《文学理论》修订版，刘象愚、邢培明、陈圣生、李哲明译，江苏教育出版社2005年版，第227页。

③ ［英］安·杰斐逊、戴维·罗比：《当代国外文学理论流派》，卢丹怀等译，谢天振校订，上海外语教育出版社1991年版，第99页。

与反讽相比，反语具有一种明快、轻松、幽默的节奏与特质。反语的正话反说或反话正说，把作者所要表达的思想感情和创作主旨变得婉转、迂回和曲折，这就与散文诗剧诗性的体裁内核相契合。反语也是中国现代诗剧创作中最为常见的一种艺术表现手法之一，在“戏剧化的诗”的作品中，以白薇的《琳丽》、杨骚的《心曲》《迷雏》、苏灵的《梦与潮儿》、柯仲平的《风火山》等为代表。在“纯诗的戏剧化”的作品中，则以袁水拍的《王小二历险记》《王小二检举不肖房东记》、朱湘的《王娇》《收魂》、许浒的《奇怪的年龄》等为代表。在散文诗剧的创作中，也有诸多作家采用了反语的艺术表现手法。羊翚就十分善于应用反语，羊翚散文诗剧创作的另一大特点则是以自我真实的人生经历为基础进行艺术加工。如散文诗剧《银河一颗星》，在作品中，诗人以自己一次真实的越江经历为创作背景，同时采用大量的愉快反语，配合戏剧剧情的层层推进，逐步呈现诗作的主旨和作者的思想感情。

作品描写了戏剧主角“我”从大后方来到津市，准备在日寇封锁的长江上进行一次偷渡，到新四军五师去。通过文中所描写的渡江的出发地津市，再结合本作的创作时间、地点——“1945 年．藕池口”[①]，能够推断出“我”的目的地和终点分别是津市——历史上曾是湘鄂省际交通要道，位于湖南省西北部，澧水中下游，傍澧水、滨洞庭；藕池镇——属于湖北省荆州市公安县的一个中心城镇，该镇位于江汉平原的东南部，湘鄂两省的交界处。而羊翚本人（原名覃锡之），1945 年到达中原解放区（位于长江、黄河、淮河、汉水之间，以河南为中心，连接安徽、江苏、湖北、陕西四省，由鄂豫、皖西、豫西、陕南、豫皖苏、桐柏、江汉七块战略区组成），参加了新四军第五师文工团。现实人生与文学创作实现了契合，“我”——羊翚本人，翻过武陵山脉，到达湖南津市，准备以津市为出发地，目的地是中原解放区的湖北藕池镇——新四军五师驻地。但此行十分艰难凶险，需要通过日军和伪军的层层封

① 羊翚:《银河一颗星》，见《晨星集》，花城出版社 1984 年版，第 76 页。

锁。“我”只能够求助于戏剧角色——当地的“舵把子”（江湖团体的老大）。津市的这个团体势力极大，控制着沿江所有的走私活动。本就危机重重的“我”，又置身于新的危险之中。

作者营造了一种紧张刺激的氛围，读者与观众自然也陷入此种氛围之中，为“我”捏了一把汗。从表面上看，《银河一颗星》的创作主旨是再现作者本人的一次艰难凶险的渡江之行，羊翚真实的创作目的则是向读者和观众展现一次暖心感人的渡江之旅，以愉快反语展现这种反差。“我”将“舵把子”的左右手“红旗老五”比喻为“瘦猴子”，称人物为“瘦猴子”，一是嘲笑此人极瘦，“舵把子”是一个腆着大肚子的老头子，“红旗老五”与他形成了鲜明的对比。二是带有一种轻蔑侮辱的含义——猥琐、阴险的不法之徒。“我”作为一个上过大学的正直爱国准军人，自然看不起这些为非作歹的江湖人士。在文章开始的一段文字中便可窥见一二，“这里是投机商人、鸦片商贩和妓女的天下，南来北往的水陆码头，热闹异常——多少次泛滥的洪水，也洗不掉这血污的繁华”①。“舵把子”并未立即安排“我”渡江，而是让“我”先住下来，“我”随即被“瘦猴子”带到了一间陈设华丽的厢房，“床上摆着鸦片烟灯，墙上贴着仁丹胡子广告和日本艺伎的半裸照片”②。从房间的摆设上来看，“鸦片烟灯”象征了鱼龙混杂的江湖是非之地，“仁丹胡子广告”（日本仁丹商标图像上的八字式胡子，日本流行的胡子样式）“日本艺伎的半裸照片”则暗示当地处于日军的残暴统治之下，无不印证着“我”所处的危险境地。将“我”安置在此种地方，更加印证了“瘦猴子”猥琐、阴险的表层含义。“我”开始感到忐忑不安，等待着不可知的命运。

天黑后，“瘦猴子”为我端来了丰盛的晚餐和美孚灯，他的嘻嘻一笑更是增添了“我”内心的疑虑。随后“我”听到了隔壁“舵把子”

---

① 羊翚：《银河一颗星》，见《晨星集》，花城出版社 1984 年版，第 66 页。

② 羊翚：《银河一颗星》，见《晨星集》，花城出版社 1984 年版，第 67 页。

和他人打牌的声音，他和别人的对话让“我”毛骨悚然，“我”感到被出卖了，因此，“我”将自我的境遇比喻为“陷身魔窟”[①]。牌桌结束后，“舵把子”未让牌友离开，而是继续享乐，屋内响起了《支那之夜》的唱片声音。我的境遇又像“陷入地狱”[②]。“魔窟”“地狱”的表层含义均是邪恶势力盘踞的地方，“我”现在就仿佛深陷邪恶势力之中——日本帝国主义、国民党反动派、江湖帮派盘踞的恐怖地方。紧接着，别着左轮手枪的“瘦猴子”带我离开了这个地方，“我”跟着他走在夜色之中，越发不安起来。文章的前半部分，营造了一种极其紧张惊悚的氛围，危机感扑面而来，“瘦猴子”似乎马上要将“我”送到地狱，以印证“我”的猜想。

文章的后半部分则揭示出诗作真正的主旨。在走夜路时，“瘦猴子”突然让“我”卧倒，原来是日本骑兵在巡逻。爬起来后，“瘦猴子”的台词“兔子的尾巴——长不了”[③]，展现出了他和“舵把子”为代表的江湖势力的抗日立场。之后他把“我”交给了一个独眼的“老头子”，“老头子”担心江防队会来，“瘦猴子”告诉他不必担心，江防队所有人都在“舵把子”那过夜。又揭示出前文同“舵把子”打麻将的是江防队的队长及其手下，“舵把子”为了“我”安全渡江，故意在“我”隔壁招待他们。“我”依然极其失望，对这样一个老人能否送“我”过江充满了疑问。这个独眼的“老头儿”竟然也非送“我”过江之人，而是让他未成年的、口齿不清的小孙子“水生”送“我”过江，“我”更是迷惑不解，依旧充满疑虑、恐惧与不安。对这一老一小，“我”带有深深的不信任和轻视之感。当“我”顺利过江之后，所有的猜疑、恐惧、忧虑，尤其是之前对湘西北人民的看法，已经完全改变了。诗人将这道江水比喻为天上的银河，“天上有一道银河，水里也有一道银河”[④]。而“水生”就是

① 羊翚：《银河一颗星》，见《晨星集》，花城出版社 1984 年版，第 68 页。
② 羊翚：《银河一颗星》，见《晨星集》，花城出版社 1984 年版，第 68 页。
③ 羊翚：《银河一颗星》，见《晨星集》，花城出版社 1984 年版，第 69 页。
④ 羊翚：《银河一颗星》，见《晨星集》，花城出版社 1984 年版，第 73 页。

银河中的一颗星，“我和哨兵痴痴站在岩上，望着一个小黑点驶向中流，走向银河的拱门，渐渐消失了；他仿佛变成了一颗星，溶入银河的星群里”①。

文章中出现的一个个湘西北人民——“舵把子”“瘦猴子”“老头子”“水生”，均是那银河中的一颗颗星，也揭示出文章的创作主旨和作者的思想感情——歌颂、赞美湘西北人民的纯洁、善良与人性美，这并非悲剧也不是讽刺，而是一出人性的赞歌。那么，“瘦猴子”“魔窟”“地狱”等词语就是典型的愉快反语，上述词语的表层含义——猥琐阴险之徒、邪恶势力盘踞的地方，与内蕴层的含义是完全相反的，内蕴层——歌颂、赞美湘西北地区人民人性的质朴、美好，湘西北人民的善良、仗义。表意层同内蕴层的意义是完全相反的。另外，这部作品实际是一出皆大欢喜的喜剧，大团圆的结局、美好的人性更加印证了“瘦猴子”“魔窟”“地狱”为典型的愉快反语。愉快反语的应用，使文章呈现出一种明快清亮的艺术风格，作品前半部分压抑的情节叙述，更反衬出此种明快清亮的节奏和特质。大部分作家在创作现代诗剧时，并没有借助反转性的戏剧剧情，而是直接以明确的人物关系与戏剧情节，让读者与观众直截了当的体会作品中出现的反语的功用。羊翚与之相比，则是巧妙利用戏剧剧情的起承转合，以先抑后扬的情感表达和剧情陈述，再配合愉快反语的应用，在文章最后呈现出作者本人的立意和感情。

羊翚的另一部散文诗剧《呵，桂花……》，其情节并未像《银河一颗星》那样跌宕起伏。在作品中，诗人通过直接朴实的叙述，配合愉快反语的应用，来实现歌颂赞美的创作目的。戏剧角色“我”依旧是作者本人的化身，羊翚将自我的所见、所闻、所感，以散文诗剧的文体形式呈现在读者与观众面前。诗作中出场的戏剧角色主要有“我”“年青的连长”“桂花”“桂花的奶奶”。“我”是参军的大学生，病倒后被

① 羊翚：《银河一颗星》，见《晨星集》，花城出版社 1984 年版，第 76 页。

司令部破例送到野战医院休养，与我同住在野战医院的均是重伤员，在这里“我”认识了为掩护战友而身负重伤，失去手臂的战斗英雄——“年青的连长”。野战医院由于战事的变化转移到了大别山腹地，“我”与“年青的连长”在这里又认识了“桂花”，以及与她没有血缘关系，却照顾其长大的“奶奶”，彼此之间发生了大量的戏剧对话，愉快反语主要就应用于戏剧角色的戏剧台词之中。“桂花”是一个农村姑娘，心直口快、性格爽朗、心地善良，因此，一见面就把怕狗的“我”，称为“刚解放的四川壮丁”①，“刚解放的四川壮丁”就是一个典型的愉快反语。

壮丁指年轻力壮的男子，亦称为“丁壮”。在抗日战争和国共内战期间，国民党政府曾发生大量强征壮丁的现象，民间称为“抓壮丁”，这本是一个十分沉重的话题和丑恶的社会现象。尤其在四川地区，蒋纬国编著的《国民革命战史抗日御侮》记载，抗战八年，全国共征壮丁13558493名，其中四川2578810名，居全国各省之首。“桂花”听了“我”的四川口音后，自然把我当成了国民党军队从四川强征入伍的壮丁，后来被新四军俘虏与改造，加入了人民军队。因此，“刚解放的四川壮丁”的表层含义是一种轻蔑与嘲弄，但“桂花”本身心直口快、性格爽朗，实际并无恶意，只是一种玩笑，其内蕴层则是指向了“我”这个“四川壮丁”在加入人民军队之后，获得了解放与新生之意。“年青的连长”与“我”在野战医院期间结下了深厚友谊，自然对“桂花”的挖苦感到不满和气愤，不服气地告诉桂花，“我”是一个参军的大学生，并不是什么“刚解放的四川壮丁”。从戏剧角色“桂花”和“年青的连长”的戏剧台词中，侧面反映揭示了情节确是出自作者本人的真实经历。羊翚是地地道道的四川人，1924年出生于四川广汉，他的四川口音，自然被“桂花”误会是“四川壮丁”。羊翚1945年肄业于成都燕京大学历史系，同年就加入了新四军第五师文工团，自然是“年

① 羊翚：《呵，桂花……》，见《晨星集》，花城出版社1984年版，第82页。

青的连长”口中所说的“参军的大学生”。

正因为“年青的连长”对“桂花”挖苦“我”略有不满，所以在“我”说“桂花”洗衣服为何要带着一条狗时，“年青的连长”也挖苦她道：“警卫员!”①“警卫员”又是一个介于讽刺反语和愉快反语之间的反语类型，“警卫员”是典型的反话正说，主要是揶揄、嘲讽之意。羊翚在文章中还使用了大量的愉快反语，譬如后来部队需要转移，戏剧角色“司令员”将“我”和“年青的连长”托付给了“桂花”，“桂花”将我们戏称为“独臂的连长”② 和“怕狗的兵”③，“独臂的连长”“怕狗的兵”就是典型的愉快反语。“独臂的连长”的表层含义是嘲笑、蔑视残疾人，深层含义是赞颂战斗英雄的无畏和牺牲。“怕狗的兵”的表层含义也是嘲笑“我”的胆小，深层含义则是揭示“我”和“桂花”的深厚友谊。内蕴层与语表层的含义均是相反的，是一种典型的反话正说。羊翚通过直接朴实的戏剧剧情和大量愉快反语的应用，一方面使散文诗剧《呵，桂花……》表现出了一种明快、轻松、幽默的节奏与特质，另一方面，则展现出人性美与人性善，展现出人类最真挚、最纯洁的情感。羊翚描写了以“年青的连长”为代表的人民战士的勇敢无畏，歌颂了军人与军人之间（“我”与“年青的连长”）的战友情、战士与群众之间（“我”、“年青的连长”、“十分俊秀的姑娘”与“奶奶”）的军民情、亲人与亲人之间（“十分俊秀的姑娘”与“奶奶”）的祖孙情，在战争年代给人以感动、希望与激励。

反语与反讽相比，更多的是具有一种因情深难言或嫌忌怕说而导致的“口是心非”，以及讽刺、揶揄与嘲笑的功用性。反语将所要表达的感情和主题变得婉转、迂回和曲折——使中国现代散文诗剧的语表层与内蕴层形成了强烈的对峙与冲突，表面意义与实际意义形成巨大的反差

① 羊翚：《呵，桂花……》，见《晨星集》，花城出版社 1984 年版，第 82 页。
② 羊翚：《呵，桂花……》，见《晨星集》，花城出版社 1984 年版，第 91 页。
③ 羊翚：《呵，桂花……》，见《晨星集》，花城出版社 1984 年版，第 91 页。

与矛盾，在对立统一中产生出强烈的艺术张力。

第三节　悖论与矛盾

悖论是逻辑学理论，“‘悖论’是英文‘Paradox’（俄文为‘лapaлокс’，其德文词与英文词同）一词的意译，它在各种语言中都是一个多义词。广而言之，凡似是而非或似非而是的论点，与通常见解相对立的论证，思维中出现的各种各样的疑难，乃至普通的自相矛盾的话语，都曾被人们称为‘悖论’……简言之，假定它真，可推断它为假；假定它假，又可推断它为真。用逻辑的术语表述即为：它是真的，当且仅当（if and only if），它是假的。这样，就构成了一个最简单同时也是最典型的悖论”①。逻辑悖论是一种严格意义上的悖论——狭义悖论。在今天，“悖论”早已成为一个热门话语和“多义词”，学界由“逻辑悖论”推广到了诸如“道德悖论”“历史悖论”“文化悖论”等众多领域，“悖论”的内涵得到了急速扩容。与文学相关的“悖论”，最早是由诡辩术演变而来，应用于演说和辩论，发源于亚里士多德口中的“论辩”，“真理和正义自然比它们的对立面强一些……正如在逻辑的论证中一样，在演说中，演说者应当能从两方面论证，这并不是说我们应当从两方面去说服人（因为我们不应当劝人做坏事），而是说，这样论证，事情的真象才不至于被我们疏忽，而且，在别人不正当地使用论证时，我们便能把他驳倒。在各种艺术中，唯有论辩术从两方而论证”②。真正把“悖论”由逻辑学、哲学引入诗学、文学的范畴，并使之获得学界的重视，则始于英美新批评派。理查兹、布鲁克斯等人虽然十分推崇“悖论”，却并未给“悖论”下过一个完整明确的定义。

① 张建军：《科学的难题：悖论》，浙江科学技术出版社 1990 年版，第 1—2 页。

② ［古希腊］亚里士多德：《修辞学》，罗念生译，生活·读书·新知三联书店 1991 年版，第 23—24 页。

在英美新批评派那里，“悖论”与“张力”一样，其内涵是不断扩充与发展的，主要指向了“复义”。“复义”是英美新批评派极为重视的一种理论问题和语言现象，燕卜荪将其称为“Ambiguity”，有一段时间曾被翻译为“含混”，后来又被改译为“复义”，1990 年代又被译为“朦胧”[①]，而“复义”的翻译最能彰显它的悖论特质。“An ambiguity, in ordinary speech, means something very pronounced, and as a rule witty or deceitful. I propose to use the word in an extended sense, and shall think relevant to my subject any verbal nuance, however slight, which gives room for alternative reactions to the same piece of language”[②]，上述文字是燕卜荪在 1947 年版的学术著作《复义七型》中对“Ambiguity”的定义。麦任增和张其春给出的翻译为：“在日常言语中，复义语就是一句非常明显而往往又是诙谐的或迷惑人的话。我主张按引申的意义使用这个词；因此我认为，任何语义上的差别，不论如何细微，只要它使同一句话有可能引起不同的反应。”[③] 燕卜荪在《复义七型》一书中将“复义”分为了七种类型，其中的一种类型——“含混语”，同“复义”的悖论特质最为吻合。

现在所论述的悖论是美学、诗学与文学范畴之内的，与逻辑学、哲学的悖论实际有着相当大的距离与出入。具体来说，悖论和矛盾均蕴含着对立与冲突。不同点则在于，悖论——复义的含混语是一种语言表述的含混——语义悖论。在上下文已经设定完成的语言表述（语义）中，突然出现了全新的表述——以出人意料的转折进行不同于原意的表述。原初的含义与全新的含义不是并列对等的关系，而是一种转折递进的关系，作者的目的是向读者与观众呈现一种新的语义，新的语义与之前的

---

① ［英］威廉·燕卜荪：《朦胧的七种类型》，周邦宪等译，黄新渠等审校，中国美术学院出版社 1996 年版。

② William Empson, Seven Types of Ambiguity, FIRST EDITION 1930, SECOND EDITION (REVISED AND RE－SET) 1947, REPRINTED 1949, PUBLISHEDBY Chatto and Windus LONDON * Clarke, Irwin and Co. Ltd TORONTO, page1.

③ ［英］威廉·燕卜荪：《复义七型（选段）1930》，麦任增、张其春译，见赵毅衡编选《“新批评”文集》，中国社会科学出版社 1988 年版，第 305 页。

语义是完全对立与冲突的。而矛盾则是相反相成的两个事物的对立统一，或一个事物具有对立统一的两面性——表现为一种相反相成的语境矛盾。两个事物或事物的两面性之间的关系是并列对等的，直至对立统一。相反相成的语境矛盾，既是一种语言表述方式，更是一种文本建构形式，其作用是结构全文。而复义含混的语义悖论则主要应用于语言表述之中，其作用体现在语义的层面。无论是隐喻、反讽还是悖论——复义含混，它们与张力一样，均源自英美新批评派对于现代诗歌与现代诗剧的创作探索，均服务于现代诗歌与现代诗剧的创作。

一 复义含混的语义悖论

燕卜荪的复义理论在1930年正式提出，问世后得到了学界特别是英美新批评派的极大反响，理查兹和兰色姆等人给予了极高的评价，不少英美新批评派的学者都在设法推进燕卜荪的理论，布鲁克斯甚至早在1930年代末就尝试着“把他的反讽论直接溯源于含混论”①。同时，燕卜荪本人也在《复义七型》一书中将“复义”分为了七种类型，“至于燕卜荪所说的‘七型’，分得并不科学，漏洞颇多。其后许多批评家又作过多种分类的尝试，似乎至今尚无令人满意的分类”②。学界有把复义的界定和阐释泛化的倾向，“他所说的含混，面是很宽的，而且我们看到，这定义并非严格新批评派式的”③。实际上，并不是所有的复义类型都与悖论有关，比如其中一种类型是“‘两个意思，与上下文都说的通，存在于一词之中’。显然，双关语是这一型中最明显的”④。双关的含义为“有意识地使同一个词、或同一句话，在同一个上下文中，兼有两层意思”⑤，虽然具有表里两层的意思，但这两层意思既有可能

① 赵毅衡：《重访新批评》，四川文艺出版社2013年版，第138页。

② 赵毅衡编选：《“新批评”文集》，中国社会科学出版社1988年版，第305页。

③ 赵毅衡：《重访新批评》，四川文艺出版社2013年版，第133页。

④ 赵毅衡：《重访新批评》，四川文艺出版社2013年版，第134页。

⑤ 王希杰：《汉语修辞学》，商务印书馆2004年版，第228—229页。

是对立的性质，也有可能是相似或相同的性质。假若表里两层的意思相似或相同，这种双关语就不是一种悖论。

双关语型的复义在中国现代诗剧的创作中十分常见，比如徐雉的现代诗剧《跳舞的快乐》，戏剧主人公“青年”是一个“迷路的人”，“迷路的人”在这部作品中就是一个典型的双关语。表面含义是迷路、迷途，而深层含义则与作品的创作背景密切相关，是指在新、旧交替的大时代面前，以作者为代表的年青一代对自我，特别是对国家前途的迷茫。“现在正常新旧冲突的时代，旧的固然应该弃掉，新的制度又还没有建设；于是受了‘生的烦恼’的侵袭的青年，便一天多似一天，恐怕我也是笼罩在烦闷的浓雾中的一个青年呀！我做这首诗的目的，无非想安慰自己与和我一样的青年罢了！”[①]“迷路的人”的深层含义是对前路的迷茫，表层含义是对前路的未知，其意义指向是完全一致，是“表里如一”，因此，不存在对立和冲突，也就不属于悖论。又如王秋心的现代诗剧《日暮的倦鸟》，贯穿全文的意象为“日暮的倦鸟”，“我们正是日暮的倦鸟！息去没处藏身，飞往又不知方向”[②]。“日暮的倦鸟”同“迷路的人”一样，也是典型的双关语，表面含义是鸟儿无处安身，也不知飞往何方，内蕴层的含义则是指戏剧男女主人公“钟耐成”和“林妙真”在现实中无处容身，不知前路位于何方，等待他们的只有死亡——投湘江自杀。

表里两层的含义并没有任何的对立与冲突，内涵完全一致，因此，也不属于悖论。与悖论密切相关的复义类型应为“含混语”——“一个含混语的两种价值，正是上下文所规定的恰好相反的意义”[③]，燕卜荪称这一类型的复义是“可以想象得出的最含混情况”[④]。具体来说，在原本已经设定的语言表述（语义）中，出现了不同于此种语言表述

① 徐雉：《跳舞的快乐》，见《酸果》，光华书局1929年版，第100—101页。

② 王秋心：《日暮的倦鸟》，《文艺周刊》1924年第23期。

③ 赵毅衡：《重访新批评》，四川文艺出版社2013年版，第135—136页。

④ 赵毅衡：《重访新批评》，四川文艺出版社2013年版，第136页。

的全新意义。如在德莱顿的诗中，诗人正在描述（歌颂）战斗的狂热，突然出现了对死亡恐惧的描写，本应展现战士对战斗的狂热、无畏，却出人意料地描绘起战斗者的胆小、恐惧，这就是一种典型的复义含混——语义悖论。“现代诗人和玄学诗人都同样喜欢用。他们觉得它最适合戏剧化的要求，因为它本身至少就包含两种矛盾的因素，在某种行文次序中，它往往产生不止两种的不同意义，这便造成前次我们所说的‘模棱’而使诗篇丰富。”① 又如玉杲的现代诗剧《大渡河支流》，是一部应用语义悖论的典型作品，全篇充溢着复义含混的语言表述。“赌博场上的吆喝时常扬声于十里/赌徒们扬起手臂/拼命的叫喊/各人有一对/可怕的，迷茫的眼睛”②，上述文字即为典型的复义含混的语义悖论。

一个赌徒会把自己全部的生命、精力、热情和勇气都用到赌场之上，他们应该有着一种盲目到可怕的自信，因此，开始时描述他们有一双“可怕的眼睛”十分正常、恰当。但随后诗人在陈述中又加入了“迷茫”，“迷茫”与之前的“可怕”是两种完全不同的意义指向，是完全对立与冲突的。只有初入赌场的人才会“迷茫”，那些常年厮混在赌场中的赌徒的眼神里只有“可怕”，没有“迷茫”，“迷茫”的出现使语言表述变得扑朔迷离。诗人故意在原本已经设定的语言表述中进行出人意料的转折，加入与原意相冲突的新的表述，从而造就两种或两种以上的不同意义。之后的陈述，异于之前的表述，并且主要是为了突出之后的语义，人为的制造语言表述的混乱，这就是典型的复义含混——语义悖论，这也是中国现代散文诗剧中十分常见的一种艺术表现手法。

在鲁迅的散文诗剧《狗的驳诘》中，戏剧角色“我”听到一条“狗”在背后叫，二者随即展开了戏剧对话，“狗”被“我”称为“势力的狗”③，“势力的狗”是典型的克制反讽，“势力”二字，其表意层

① 袁可嘉：《论新诗现代化》，生活·读书·新知三联书店 1988 年版，第 38 页。

② 玉杲：《大渡河支流》，见《红尘记》，陕西人民出版社 1981 年版，第 52 页。

③ 鲁迅：《狗的驳诘》，《语丝周刊》1925 年第 25 期。

指向的意义为趋炎附势，但通过与另一个戏剧角色“我”的戏剧对话，揭示出“势力的狗”实际并不势力，其内蕴层的形象特质为洁身自好、淡泊名利、不奴颜媚骨。“我惭愧，我终于还不知道分别铜和银；还不知道分别布和绸；还不知道分别官和民；还不知道分别主和奴；还不知道……”[①] 戏剧角色“势力的狗”，其表意层的“势力”与内蕴层的“不知道分别铜和银”“不知道分别布和绸”“不知道分别官和民”“不知道分别主和奴”是完全对立和冲突的，这就是一种典型的克制反讽。而“我”面对“狗”的态度的转变，则是典型的复义含混的语义悖论。初见“狗”时，“我”的态度是“傲慢”——“我傲慢地回顾，叱咤说”[②]。而当“狗”向我诉说他“不知道分别铜和银”“不知道分别布和绸”“不知道分别官和民”“不知道分别主和奴”之后，“我”的态度则变为了“逃”——鲁迅连用四个“逃”与“走”，展现戏剧角色“我”的窘态——“我逃走了”[③]“我一径逃走”[④]“尽力的走”[⑤]“逃出梦境”[⑥]。从“傲慢”和“叱咤”到“逃”和“走”，使《狗的驳诘》的语言表述出现了两种以上的不同意义——自高自大、目空一切和羞愧、尴尬，这是两种完全不同的语言表述。

“逃”和“走”，异于之前的“傲慢”和“叱咤”，并且主要是为了突出之后的“逃”和“走”，这是鲁迅人为地制造语言表述的混乱，鲁迅的目的是向读者与观众呈现一种全新的语义——“逃”“走”。一方面，“傲慢”“叱咤”与“逃”“走”的意义是完全冲突和对立的，另一方面，不同于相反相成的语境矛盾，“傲慢”“叱咤”与“逃”“走”不是并列对等的关系，而是一种转折递进的关系。鲁迅主要为了

---

① 鲁迅：《狗的驳诘》，《语丝周刊》1925 年第 25 期。
② 鲁迅：《狗的驳诘》，《语丝周刊》1925 年第 25 期。
③ 鲁迅：《狗的驳诘》，《语丝周刊》1925 年第 25 期。
④ 鲁迅：《狗的驳诘》，《语丝周刊》1925 年第 25 期。
⑤ 鲁迅：《狗的驳诘》，《语丝周刊》1925 年第 25 期。
⑥ 鲁迅：《狗的驳诘》，《语丝周刊》1925 年第 25 期。

向读者和观众传递“逃”“走”的全新描述，从“傲慢”“叱咤”到“逃”“走”，“我”的态度的转变形成了一种典型的复义含混的语义悖论。在《狗的驳诘》中，克制反讽和语义悖论的应用，使散文诗剧的语言表述形成了含混、模棱、折绕和幽婉的态势。在散文诗剧《神迹与污鬼的假日》中，王统照也以复义含混的语义悖论展现了作品中“凡是有土的地面上的人民”① 的疯狂——“他们要看平原，山谷的草树跳舞着明丽的火焰；他们要看大小石块一夜会变成令人心欢的黄金；他们要看钻石从污秽的粪土向上生发；他们要看断了肢体，先掉眼珠耳朵的残人高歌狂舞”。②“平原，山谷的草树”与“明丽的火焰”、“大小石块”与“心欢的黄金”、“钻石”与“污秽的粪土”、“断了肢体，先掉眼珠耳朵的残人”与“高歌狂舞”，均是相互对立、冲突的语言表述。

作为植物的“平原，山谷的草树”，最为惧怕的就是火，当植物被火焚烧后，火中的氧元素会强制与植物中的水元素相结合，使其最终只剩下碳元素，从而变为灰烬（焦炭），“平原，山谷的草树”本应被火焰燃烧为黑色的灰烬，在王统照笔下却变为“明丽的火焰”。“大小石块”是被人忽视的无价值的物体，黄金则是人人争相收藏的贵重金属，在王统照笔下，无价值的“大小石块”一夜之间竟能变成有价值的“心欢的黄金”。“钻石”是高贵典雅的象征，“粪土”则是低贱污秽的代表，在王统照笔下，钻石居然从污秽的粪土中向上生发。“断了肢体，先掉眼珠耳朵的残人”是典型的弱势群体，他们可怜、卑微、低调，在王统照笔下，竟让这些残疾人高歌狂舞起来。由此来看，上述四组表述彼此之间的对立冲突十分强烈，最为关键的是，上述四组表述彼此之间的关系并不是相互并列对等的，而是一种递进转折的关系。王统

① 王统照：《神迹与污鬼的假日》，见《王统照文集》第四卷，山东人民出版社 1982 年版，第 378 页。

② 王统照：《神迹与污鬼的假日》，见《王统照文集》第四卷，山东人民出版社 1982 年版，第 378 页。

照的目的在于突出后者——“明丽的火焰”“心欢的黄金”“污秽的粪土”“高歌狂舞”这四组语义。这就是典型的复义含混的语义悖论，而非相反相成的语境矛盾。

通过应用复义含混的语义悖论，王统照淋漓尽致地展现出“凡是有土的地面上的人民”渴望看到种种神迹的疯狂与肆无忌惮，“他们以为这世界过于平淡了，急切看不出有何神迹！于是男子、妇人、会辨别事物的儿童，一切职业的富人，贫苦人，国王与乞丐，文士、商人……都丢开他们的事务，伸开空无所有的双手，用发狂的目焰到处奔跑，寻求神迹”①。由“平原，山谷的草树”“大小石块”“钻石”“断了肢体，先掉眼珠耳朵的残人”到“明丽的火焰”“心欢的黄金”“污秽的粪土”“高歌狂舞”，这是语言表述的复义含混，在原本已经设定的语言表述（语义）中，出现了不同于此种语言表述的全新意义，这种出人意料的转折与递进，凸显出剧作描述的对象——“凡是有土的地面上的人民”，追求神迹的狂热。王统照十分善于在散文诗剧的创作中，应用复义含混的语义悖论。

在《顶楼中的醉人说》的开头，戏剧角色“他”从云柱中降落，走入一个残破堡垒的顶楼，看到顶楼血色毡毯上躺着、坐着几个身披紫衣的醉人。王统照对戏剧角色“顶楼中的醉人们”的描述，即为典型的复义含混的语义悖论——“他们高贵的梦眼只是从楼上的手掌般小窗里远眺世界，可是他们脸上都露出油光，贪欲的舌头，双唇梭梭而动，如刚吞食过丰足生食的野兽”②。戏剧角色“顶楼中的醉人们”，既有“高贵的梦眼”，又有“露出油光的脸庞”“贪欲的舌头”，他们像极了“刚吞食过丰足生食的野兽”。这又是一种完全对立与冲突的描述，王统照故意在原本已经设定的语言表述中——“高贵”，以出人意料的

① 王统照：《神迹与污鬼的假日》，见《王统照文集》第四卷，山东人民出版社 1982 年版，第 378 页。

② 王统照：《顶楼中的醉人说》，见《王统照文集》第四卷，山东人民出版社 1982 年版，第 383 页。

转折，加入了与原意相冲突的全新描述——“贪婪”——“脸上都露出油光，贪欲的舌头，双唇梭梭而动，如刚吞食过丰足生食的野兽”，从而使语言表述出现了两种完全冲突对立的表述。之后的描述，异于之前的表述，并且主要是为了突出之后出现的语义“贪婪”，由此人为的制造语言表述的混乱——复义含混，这就是典型的语义悖论。在散文诗剧《顶楼中的醉人说》中，王统照借助复义含混的语义悖论，塑造了一群贪婪无耻的“顶楼中的醉人们”的形象，以此隐喻现实生活中，压榨、欺压人民，吸取人民血汗的权贵阶层。王统照化身戏剧角色“他”质问“顶楼中的醉人们”，“世界上人的死亡愈来愈多，骨殖遮盖了绿的田野，恶草到处滋生，你们怎么有如此的丰足生活呢”[①]，“顶楼中的醉人们”无耻地同声回答：“因为我们知道从磐石中咂蜜，从坚石中吸油。”[②] 王统照以上述富有暗示性、隐喻性的戏剧对话，以及复义含混的语义悖论，使作品的主旨、作者的思想感情不是直线式地倾泻、呈现于读者与观众面前，而是折绕幽婉地进行客观传递。

尤其是复义含混的语义悖论的应用，使散文诗剧的语言表述形成了含混、模棱、折绕和幽婉的态势，这种丰富性、冲突性、复杂性与多变性，一方面同散文诗剧的诗性体裁内核完全契合，另一方面也为理性因子的注入提供了契机。反映出作者本人对人性、人生、命运、生存等问题的理性沉思，诗人饱满的感性情绪与深沉的理性思考借助复义含混的语义悖论实现了统一，作品的艺术张力与艺术感染力也在语言表述的对立冲突、含混转折之下，在感性情绪与理性思维的相互交融之中，迸发而出。

二　相反相成的语境矛盾

“相反相成”是中国现代散文诗剧中十分常见的一种语言修辞范

---

① 王统照：《顶楼中的醉人说》，见《王统照文集》第四卷，山东人民出版社 1982 年版，第 383 页。

② 王统照：《顶楼中的醉人说》，见《王统照文集》第四卷，山东人民出版社 1982 年版，第 383—384 页。

式。其内涵——“故意‘制造矛盾’，把通常相互对立、相互排斥的两个概念或判断，巧妙地联系在一起，表达复杂的思想感情或意味深长的哲理”①，与逻辑术语——矛盾——相反相成的两个事物的对立统一，或一个事物具有对立统一的两面性，内涵是相吻合的。相互矛盾的两个事物或一个事物相互矛盾的两面，其关系是并列与对等的。譬如人性的复杂，一个人既有善的一面，又有恶的一面，善与恶是相反相成的一对概念，二者之间的关系是并列与对等的，最终对立统一于某个人的人性之中。又如作家在文学创作之时，将相反相成的两个人物或事物进行并置描写，这两个人物或事物的关系也必须是完全并列对等和对立统一的，从而形成一种人为的艺术张力。

王统照十分擅长在散文诗剧中制造相反相成的语境矛盾。《赐给他的重新收回》的题目就是典型的相反相成——“赐给”与“收回”的并列与对立，“赐给”与“收回”的矛盾贯穿全文，二者的关系是并列对等。《“水就变成血了”》的题目也是相反相成——“水”与“血”的并列与对立，“水”与“血”的矛盾贯穿全文，二者的关系同样是并列对等。《神迹与污鬼的假日》的题目又是典型的相反相成——“神迹”与“污鬼”的并列与对立，“神迹”与“污鬼”的矛盾贯穿全文，二者的关系也是并列对等。再如《荆棘与荆冠》，“荆棘”和“荆冠”自身就具有相反相成的两面性——苦痛中孕育着快乐、绝望中孕育着希望，这相反相成的两面性依然是并列对等的关系。

无论是相互矛盾的两个事物，还是一个事物相互矛盾的两面，均形成了一种语境上的对立统一——矛盾。与语义悖论相比，语境矛盾除了是一种语言表述方式，更是一种文本建构形式。此外，复义含混的语义悖论，在语言表述过程中，相互冲突的两个或两个以上的语义，虽然彼此具有对立性，但由于是递进、转折的关系，后面的内涵要比前面的意义更为重要，不具备并列对等的关系，因此，最终也不会融和统一。

---

① 王希杰：《汉语修辞学》，商务印书馆 2004 年版，第 241 页。

而相反相成的语境矛盾，相互冲突的两个事物或一个事物相互对立的两面，其关系是并列与对等的，最终会融合统一。聂绀弩的“哥儿”系列散文诗剧也十分善于将相反相成的两个事物，或一个事物相反相成的两个方面进行并置，一方面制造语境矛盾，另一方面则是将其熔铸于戏剧剧情之中，以呈现戏剧冲突，与散文诗剧的剧性体裁特质相呼应。

在聂绀弩的散文诗剧《架桥者》中，表层的戏剧冲突——相反相成的两个事物是“乐园”与危境——“死谷”“火焰山”“弱水”。前者与后者是完全并列对等的，要到达“乐园”，必要经过“死谷”“火焰山”“弱水”，“死谷是一条悠长的，狭窄的小路，一条阴暗的，潮湿的小路，那小路上，到处都是荆棘和泥泞，到处都是蛇虫与虎豹，到处都是传播病疫的微生物……那火焰山有一万丈高的烈火，人只要朝着它走，那怕还离几十里路远，就会被烤得像一只挂炉鸭似的；一到跟前，就连骨灰都烧得没有的么……那弱水有无数万丈深，水面不能浮起任何东西，那怕一缕毛羽，也会马上沉下，而且，那水是天底下一种最毒的水，任何有生命的东西，不能在里面活到一秒钟的么……乐园正在弱水的当中”①。“乐园”是美好幸福的象征，“死谷”“火焰山”“弱水”则是丑恶苦痛的象征，二者的关系是并列对等与对立统一的。

《架桥者》深层次的戏剧冲突——相反相成的两个事物则是“到达乐园”与“乐园正在弱水的当中”②。为了到达“乐园”，“哥儿”（聂绀弩本人）甘愿做一个“架桥者”，为大家搭建一座美丽的虹桥，“跨凌着死谷，跨凌着火焰山，也跨凌着弱水……让全世界的人跟在后面，一齐从这桥上走过，一直走到乐园”③。这是一个奉献和牺牲的过程，也是一个充满悖论的旅程。因为作为“架桥者”的“哥儿”，最终是无

① 聂绀弩：《架桥者》，见《聂绀弩全集》第四卷，武汉出版社 2004 年版，第 358—359 页。
② 聂绀弩：《架桥者》，见《聂绀弩全集》第四卷，武汉出版社 2004 年版，第 359 页。
③ 聂绀弩：《架桥者》，见《聂绀弩全集》第四卷，武汉出版社 2004 年版，第 359 页。

法到达“乐园”的，而将葬身于“弱水”之中。富含戏剧冲突的散文诗剧比单纯的散文诗更加强调对立性，能够使文本呈现出一种辩证性的特征，“戏剧化的诗既包含众多冲突矛盾的因素……诗的过程是螺旋形的、辩证的”①。利用二者的结合，聂绀弩使散文诗避免了浅薄、直接、明了的撰写方式，实现了含蓄、曲折、朦胧的表达方式，这就与散文诗剧的诗性体裁内核实现了契合。在《雪的旷野》中，表面的戏剧冲突——相反相成的两个事物是“冬天——雪的世界”与“春天和夏天”，深层次的戏剧冲突——相反相成的两个事物则是戏剧角色“太阳”、“乌鸦”、“杨树和桃树”与“哥儿”。“太阳”“乌鸦”“杨树和桃树”不愿成为“哥儿”的同志，帮助“哥儿”去主动创造“春天和夏天”，而是被动地默默等待“春天和夏天”的到来，“春天是用不着什么创造的呀！冬天一过，它自己就来了，我们只消等候……我们只准备欢迎……春天自己会来的”②。“太阳”“乌鸦”“杨树和桃树”象征了现实生活中麻木的庸众们，而“哥儿”则象征了革命者、先驱者。革命者、先驱者最大的悲哀与痛苦不是与敌人——“冬天——雪的世界”之间的对立冲突，而是与庸众的对立冲突——被庸众误解，被庸众的麻木伤害，孤独地前行战斗。

《市场上》《荣誉村》《没有脊椎的人》三部散文诗剧延续了《雪的旷野》的戏剧冲突——先觉者与甘愿做奴隶的庸众之间的对立冲突。在《市场上》中，象征现实中的庸众的戏剧角色主要有“老人”“伙计”“屠户老板”“踱着悠闲脚步的人”“看客们”。作为先觉者的“哥儿”，看清了其他戏剧角色身上那无形的枷锁——做了奴隶却不知、甘愿做奴隶的秉性。他向每个戏剧角色呼号：“是的，各位同胞，你们，不止一个人，每个人心上，都有一条链子，一把锁；你们瞧，那不是，就在那儿，难道你们一点都看不见么？一点儿都觉不着么？那链子，那

① 袁可嘉：《论新诗现代化》，生活·读书·新知三联书店1988年版，第39页。

② 聂绀弩：《雪的旷野》，见《聂绀弩全集》第四卷，武汉出版社2004年版，第363页。

锁，束缚着你们的思想，束缚着你们的行动，使你们永远不能自由……你们应该把它除掉！如果你们愿意，我可以告诉你们把它除掉，我可以替你们把它除掉。”[①] 大家却把“哥儿”当作一个“疯子”、一个“有心病的人”，这正是鲁迅所说的，“极容易变成奴隶，而且变了之后，还万分喜欢”[②] 的麻木庸众们的秉性。“‘吃人’的封建思想已经深深地渗透到民族意识和文化心理结构之中……大量的受害者往往并不是直接死于层层统治者的屠刀之下，而是死于无数麻木者所构成的强大的‘杀人团’不见血的精神虐杀之中。”[③] 就像聂绀弩笔下的庸众们，他们不仅自己甘愿做奴隶，还把想要改变现状的人当成“疯子”“有心病的人”，甚至在一开始还把“哥儿”认作“扒手”。因此，鲁迅、聂绀弩笔下的先觉者、先驱者们是孤独的战士，他们得不到民众的理解，得不到民众的援助，只有民众的误解和诋毁，像“哥儿”那样，“独自彷徨在无人的市场”[④]。

在《没有脊椎的人》中，戏剧角色“满面红光的大胖子”，不是《市场上》《荣誉村》中那些社会底层的普通庸众，而是权贵阶层的代表。如“哥儿”所讲，“我希望年纪大，经验多，懂得多的人领导我。而且不光是年龄，经验，学识；我还希望有资财，有地位，有声望的人出来领导。他们做事容易，号召力量大，一定能够把我们的国土从夜狼手里夺回来”[⑤]。“满面红光的大胖子”完全符合“哥儿”所期待的领导者的要求，但是对“哥儿”的期待和要求，“满面红光的大胖子”通过各种戏剧对白、戏剧动作委婉而又坚定地拒绝了。他向“哥儿”诉说了一系列自己无法革命的理由，其中最重要的就是他的利益，“你看，那窗外，一眼

① 聂绀弩：《市场上》，见《聂绀弩全集》第四卷，武汉出版社 2004 年版，第 368 页。

② 鲁迅：《灯下漫笔》，见《鲁迅全集·第一卷·坟》，人民文学出版社 2005 年版，第 223 页。

③ 张光芒：《中国近现代启蒙文学思潮论》，山东文艺出版社 2002 年版，第 272 页。

④ 聂绀弩：《市场上》，见《聂绀弩全集》第四卷，武汉出版社 2004 年版，第 369 页。

⑤ 聂绀弩：《没有脊椎的人》，见《聂绀弩全集》第四卷，武汉出版社 2004 年版，第 377 页。

望不尽的，尽是我的田产；在城里有我开的工厂和店铺；夜狼们正在打我的主意，想用什么口实没收。这些财产是我一手创造的，费了一二十年心血，怎能叫别人拿去呢……我的哥哥在做官，大儿子马上就要在军官学校毕业，另外有些亲戚朋友，都是有地位有面子的人，也不能连累他们。小朋友，我们现在谈的话，不是好玩的，用老百姓的话说，就是‘造反’，一不好，就连生命，连财产，连无论什么都会没有的呀。而且，夜狼们的势力又太大了”[①]。“哥儿”告知他，想要成就伟大的事业，需要艰苦的付出和伟大的牺牲，但“幸福”“安逸”的生活已使以“满面红光的大胖子”为代表的权贵阶层们的脊椎完全消失了——“我的背脊，完全烂得没有了。只好用灯草撑住。灯草当然不中用，你不看见我总是躺着，坐起的时候也总要好好地靠着”。[②] 他们安于现状，不愿做出任何改变，甘愿被“夜狼们”统治，他们是比普通庸众还要顽固麻木的存在。他们是先觉者、先驱者们革命、改革道路上的最大阻力，由此揭示出“满面红光的大胖子”与“哥儿”并列对等、相互冲突的关系。

在《荣誉村》中，戏剧角色“狼主”和“狈后”每晚都要少女、少男陪睡，陪睡后会把他们吃掉，这次“狼主”和“狈后”又选中了八个少女和五个少男，他们来自同一个村子，因此，这个村子被“狼主”和“狈后”的手下“钦差大人”命名为“荣誉村”。“狼主”和“狈后”隐喻了现实中的统治阶层，“钦差大人”则是统治阶层黑暗统治的具体施行者，村中的老老少少则隐喻了现实中甘愿被压迫、被欺侮、被奴役的庸众。“荣誉村”的村民为被选中的八个少女和五个少男，举行了盛大的欢送仪式，但“钦差大人”和选送的少女、少男一走，大家就陷入了悲哀之中，如此来看，村民们似乎并不甘愿做奴隶。戏剧角色“寡妇”在“狼主”选中自己的三个女儿后，选择自缢而亡；

① 聂绀弩：《没有脊椎的人》，见《聂绀弩全集》第四卷，武汉出版社 2004 年版，第 377—378 页。

② 聂绀弩：《没有脊椎的人》，见《聂绀弩全集》第四卷，武汉出版社 2004 年版，第 378 页。

戏剧角色“老祖父”在“狈后”选中自己的孙儿后，也是郁闷而死；戏剧角色“少女”在“狈后”选中自己的未婚夫，自己又被献出服侍“钦差大人”后，发了疯；戏剧角色“青年”的新娘和妹妹被“狼主”选中后，气病在床；还有的戏剧角色被弄得倾家荡产，被打破屁股，大家号啕大哭起来。

《荣誉村》中的村民——庸众们，与《雪的旷野》《市场上》《没有脊椎的人》中的庸众相比，似乎要觉醒了，“哥儿”也趁此机会向民众宣扬：“这是不能忍受的呀！不赶走那些夜狼，不会有好日子过的呀！我们的国土是我们自己的呀!”[①] 但出人意料的是，荣誉村的村民们——“中年人们”“女人们”“青年们”“孩子们”“一个老人”，依然麻木不仁。针对“哥儿”的热血号召，“中年人们”叹息：“有什么法子呢？从前我们的国土都抵挡不住咧!”[②] “女人们”勇敢地推卸责任：“这世界太不好了！可惜我不是男人!”[③]“青年们”不信任地说道：“你们学生只是能说会道，还没有一点风吹草动，早就溜之大吉了。”[④]“孩子们”惊诧地说：“他说什么？好像和人家吵架似的!”[⑤] “一个老人”则热切地让“哥儿”离开，并劝告他：“说这样的话是危险的!”[⑥]他们将说这种话的“哥儿”视作异类，他们的反抗也仅限于对自己的折磨、对自己的号啕。

在“哥儿”系列散文诗剧中，聂绀弩设置了一系列相反相成的事物，这些相反相成的事物，它们之间的关系是并列对等和对立统一的，由此构成了一系列的戏剧冲突，“戏剧主义的批评体系十分强调矛盾中的统一”[⑦]。聂绀弩以相反相成来制造语境矛盾，在此基础上又进一步

---

① 聂绀弩：《荣誉村》，见《聂绀弩全集》第四卷，武汉出版社 2004 年版，第 375 页。
② 聂绀弩：《荣誉村》，见《聂绀弩全集》第四卷，武汉出版社 2004 年版，第 375 页。
③ 聂绀弩：《荣誉村》，见《聂绀弩全集》第四卷，武汉出版社 2004 年版，第 375 页。
④ 聂绀弩：《荣誉村》，见《聂绀弩全集》第四卷，武汉出版社 2004 年版，第 375 页。
⑤ 聂绀弩：《荣誉村》，见《聂绀弩全集》第四卷，武汉出版社 2004 年版，第 375 页。
⑥ 聂绀弩：《荣誉村》，见《聂绀弩全集》第四卷，武汉出版社 2004 年版，第 375 页。
⑦ 袁可嘉：《论新诗现代化》，生活·读书·新知三联书店 1988 年版，第 37 页。

制造戏剧冲突，以配合自我对国民性的深刻理性思考。这种理性思考和艺术再现，在《荣誉村》中达到了顶峰，聂绀弩将国民的劣根性剖析与展现得淋漓尽致，正如鲁迅所讲，“可惜中国太难改变了，即使搬动一张桌子，改装一个火炉，几乎也要血；而且即使有了血，也未必一定能搬动，能改装。不是很大的鞭子打在背上，中国自己是不肯动弹的”①。相反相成的语境矛盾是作家建构散文诗剧十分常见的艺术技法，在描绘相互对立统一的事物的过程中，将诗人深邃的内心世界与广阔的现实生活、社会人生相结合，这是诗人辩证思维的体现、理性情感的传递，从而使散文诗剧摆脱了直线式感性情绪倾泻的抒情方式，感性与理性的融会贯通，激发出了散文诗剧强烈的艺术张力。

① 鲁迅：《娜拉走后怎样》，见《鲁迅全集·第一卷·坟》，人民文学出版社 2005 年版，第 171 页。

第四章　中国现代散文诗剧的文体风格

文体与体裁、风格是不同级别的概念，文体包含体裁和风格，风格是文体呈现的最高范畴，风格的形成也是某种文体完全成熟的标志。“如果艺术通过模仿自然，通过努力为自己创造一种具有普遍性的语言，通过精确地、深刻地研究对象本身，终于达到这样的地步，它准确地，而且越来越准确地了解了事物的特性以及它们生成的方式，它认识了许许多多的形态，它懂得把各种不同的具有典型意义的形式并列并加以模仿——如果艺术达到这样的地步，独特风格就成了艺术可能达到的最高水准，也就是说，它达到这样的水准，可以等同于人的最高努力。如果说，简单模仿是以静止的存在和亲切的现在为基础，虚拟是以一种轻快的、有能力的情绪去把握一种现象，那么独特风格就是以最深刻的认识，以事物的本质为基础，因而我们就能在那些看得见摸得着的形态中认识这种本质。”① “风格”一词源于希腊文，含有木堆、石柱、雕刻刀等意义，希腊人取后一种含义，将其加以引申，“以文字修饰思想和说服他人的一种语言方式和演讲技巧。这种用法，最早见于公元前二世纪的罗马喜剧作家特伦斯和公元前一世纪罗马名作家西塞罗等人的著作中，后由希腊文而传入拉丁文和其他语种”②。在中国，“风格”一词最初并非与文学相关，“风”指人的体

---

① ［德］歌德：《对自然的简单模仿，虚拟，独特风格》，见《歌德文集》（10），人民文学出版社1999年版，第9页。

② 王之望：《文学风格论》，四川文艺出版社1986年版，第15页。

貌、风姿，“格”指人的人格、德行，合在一起则专指人的品格、风度、格调、气度等，如“以倾倚伸脚者，为妖妍标秀，以风格端严者，为田舍朴騃，以蚩镇抗指者，为剿令鲜倚，以出言有章者，为折答猝突”①，又如“机清历有风格，为乡党所惮”②，再如“风格峻整，动由礼节”③。

在中国，首次将“风格”纳入文学范围，使之与文体产生关系的是刘勰，“及陆机断议，亦有锋颖，而腴辞弗剪，颇累文骨，亦各有美，风格存焉”④，此处的“风格”专指文体风格。西方最早对文体风格进行阐释的是古希腊学者狄米椎耶斯，他在《On Style》（被译为《风格论》或《论风格》）一文中，将文体风格分为四种，“平明的风格（Plain Style），庄严的风格（Stately Style），精练的风格（Polished Style），和强力的风格（Powerful style）”⑤。以布封、威克纳格、歌德、柯勒律治等为代表的众多西方学者又进一步阐释了“文学风格”问题。与文学相关的风格即为文学风格，周振甫在其著作《文学风格例话》中，从比较中国历代文论家、诗人的文学观念以及文学创作出发，将文学风格进行了具体的分类，作出了全面的概括与总结。周振甫将文学风格分为了“文体的风格”“作品的风格”“作家的风格”“流派的风格”等。周振甫将“文体的风格”又细分为——“诗与文”“诗与赋”“骚、赋与骚、歌”“骈与散”“游说文”“诗、词、曲”“曲剧与小说”。其论述的“文体的风格”实际是对中国古代文学文体形式的划分及论述，而非文学风格的分类与阐释。不论是何种文学风格，都应是“作家在作品的内容和形式的有机统一显示出来的、与众不同的、鲜明突出的、相对稳定的风貌和格调”⑥。文学风

① （晋）葛洪：《抱朴子》，见《百子全书》五，岳麓书社1993年版，第4833页。

② （南朝宋）刘义庆撰，（南朝梁）刘孝标注：《世说新语》，上海古籍出版社2013年版，第182页。

③ （唐）房玄龄：《晋书》，见宋桂梅《魏晋儒学编年》，四川大学出版社2014年版，第211页。

④ （南朝梁）刘勰著，王志彬译注：《文心雕龙》，中华书局2012年版，第286页。

⑤ 李广田：《文学的基本特质》，《文艺研究》1982年第5期。

⑥ 姜岱东：《文学风格概论》，山东教育出版社1996年版，第10页。

格通过具体的文本进行呈现，不为审美主体观照的文学作品等于没有实现自我的存在价值，“文学作品风格研究的主要对象，是置身于具体审美活动中的作品整体，即我们所说的作品文学风格审美复合体”①。因此，文学作品是文学风格形成的基础，是“创作主体与对象的本质联系通过高度完美的文学作品所体现出来的鲜明独特的审美风貌”②。

综合前人的研究与论述，可以得知，文学风格包括作品的风格、作家的风格、流派的风格与文体的风格。无论何种风格，均须通过固定的艺术表现手法与审美表现形式进行展现。作品的风格是文学风格中最小的单位，它是作家风格、流派风格、文体风格的构成基础。作家的风格是由该作家多部作品的风格共同组成的。当某个作家在某个时期的文学创作——文学作品，表现出相同或相似的风格之时，表明他的文学创作趋于稳定与成熟，其创作的多部具有相同审美趋向的文学作品的风格，共同构成了这一阶段该作家的风格。但作家的风格并非一成不变，受主客观因素的作用——或是艺术追求、人生理念等主观因素的变化，或是社会、历史等客观因素的影响。在不同历史时期，某个作家可能会表现出不同的风格，通过具体的文学作品呈现在读者面前。当具有相同或相似风格的作家聚集在一起之时，这些作家的风格又会形成某个流派的风格，流派的风格同样是通过具体文学作品的风格进行呈现。而文体的风格则是文学风格中的最高级，它涵盖了作品的风格、作家的风格、流派的风格，跨越了不同作家、不同流派之间的限制，同样需要通过具体文学作品的风格进行呈现。同时，文体风格具有复杂性与多样性，是由创作主体——作家、流派所决定。某种文体虽然有着稳定的文体形式——体裁，但是由于写作此种文体形式的作家、流派不尽相同，其风格也必然相异，从而形成不同类型的文体风格。

① 苏敏：《文学审美风格论（上）》，见杨乃乔、伍晓明主编《比较文学与世界文学》第一辑，商务印书馆2004年版，第312页。

② 周振甫：《文学风格例话》，复旦大学出版社2005年版，第33页。

朱光潜提及，“艺术的最高境界都不在热烈。就诗人之所以为人而论，他所感到的欢喜和愁苦也许比常人所感到的更加热烈。就诗人之所以为人而论，热烈的欢喜和热烈的愁苦经过诗表现出来以后，都好比黄酒经过长久年代的储藏，失去它的辣性，只剩一味醇朴我在别的文章里曾经说过这一段话：‘懂得这个道理，我们可以明白古希腊人何以把和平静穆看作诗的极境，把诗神亚波罗摆在蔚蓝的山巅，俯瞰众生扰攘，而眉宇间却常如作甜蜜梦，不露一丝被扰动的神色？’这里所谓‘静穆’（Serenity）自然只是一种最高理想，不是在一般诗里所能找得到的古希腊——尤其是古希腊的造形艺术——常使我们觉到这种‘静穆’的风味。‘静穆’是一种豁然大悟，得到归依的心情。它好比低眉默想的观音大士，超一切忧喜，同时你也可说它泯化一切忧喜。这种境界在中国诗里不多见。屈原阮藉李白杜甫都不免有些像金刚怒目，愤愤不平的样子。陶潜浑身是‘静穆’，所以他伟大”①。鲁迅针对朱光潜的观点指出，“古希腊人，也许把和平静穆看作诗的极境罢，这一点我毫无知识。但以现存的希腊诗歌而论，荷马的史诗，是雄大而活泼的，沙孚的恋歌，是明白而热烈的，都不静穆。我想，立‘静穆’为诗的极境，而此境不见于诗，也许和立蛋形为人体的最高形式，而此形终不见于人一样。至于亚波罗之在山巅，那可因为他是‘神’的缘故，无论古今，凡神像，总是放在较高之处的。这像，我曾见过照相，睁着眼睛，神清气爽，并不像‘常如作甜蜜梦’。不过看见实物，是否‘使我们觉得这种静穆的风味’，在我可就很难断定了，但是，倘使真的觉得，我以为也许有些因为他‘古’的缘故”②。

朱光潜认为诗歌此种文体的最高境界、最佳风味——风格，应为“静穆”。鲁迅并不认同，指出古希腊时期的诗歌文体的风格除却“静穆”外，还包括“雄大而活泼”“明白而热烈”等。朱光潜最为推崇具

① 朱光潜：《说“曲终人不见，江上数峰青”——答夏丏尊先生》，《中学生》1935年第60期。

② 鲁迅：《“题未定”草》（六至九），见《鲁迅全集·第六卷·且介亭杂文二集》，人民文学出版社2005年版，第441页。

有“静穆”风格的诗歌，他指出这只是一种最高的理想，不是在一般诗歌中所能探寻的。鲁迅则明确指出诗歌的风格多种多样，“静穆”只是其中一种。并且不宜将诗歌的某一种风味（风格），如“静穆”定义为极境。“新近在《中学生》的十二月上，看见了朱光潜先生的《说“曲终人不见，江上数峰青”》的文章，推这两句为诗美的极致，我觉得也未免有以割裂为美的小疵……凡论文艺，虚悬了一个‘极境’，是要陷入‘绝境’的，在艺术，会迷惘于土花，在文学，则被拘迫而‘摘句’。但‘摘句’又大足以困人，所以朱先生就只能取钱起的两句，而踢开他的全篇，又用这两句来概括作者的全人，又用这两句来打杀了屈原，阮籍，李白，杜甫等辈，以为‘都不免有些像金刚怒目，愤愤不平的样子’。其实是他们四位，都因为垫高朱先生的美学说，做了冤屈的牺牲的……世间有所谓‘就事论事’的办法，现在就诗论诗，或者也可以说是无碍的罢。不过我总以为倘要论文，最好是顾及全篇，并且顾及作者的全人，以及他所处的社会状态，这才较为确凿。要不然，是很容易近乎说梦的。”① 朱光潜与鲁迅的阐释，特别是鲁迅对于诗歌风格的论断与界说，揭示出文体风格的不确定性。对于中国现代散文诗剧此种文体来说，其文体风格更非一成不变，而是丰富多样与复杂多变的。通过对其文体风格的界定与阐释，能够更全面地回溯与透视中国现代散文诗剧的历史全貌与文体特质。中国现代散文诗剧的文体风格范式主要包括严肃深刻的客观再现、幽婉抽象的智性玄思以及表里冲突的庄严反讽。

第一节　严肃深刻的客观再现

在大动荡、大变革的“五四”时代，新文学的创作主题发生了巨

① 鲁迅：《“题未定”草》（六至九），见《鲁迅全集·第六卷·且介亭杂文二集》，人民文学出版社2005年版，第441页。

大的改变，“为人生”的文学观念逐渐成为主流。“我仍抱着十多年前的‘启蒙主义’，以为必须是‘为人生’，而且要改良这人生……所以我的取材，多采自病态社会的不幸的人们中，意思是在揭出病苦，引起疗救的注意。”① 鲁迅明确主张文学创作应当发挥“改革社会的器械”②的功用，在此基础上，诸多学人倾向于通过现实主义严肃深刻的客观再现，在文学创作过程中挖掘、描摹、探讨社会的根本问题，反映、描写、展现国民的现实人生，“问题文学”随之应运而生。“问题文学”一般是指“问题小说”，这个概念最早由周作人提出。“问题小说、是近代平民文学的出产物。这种著作、照名目所表示、就是论及人生诸问题的小说……必涉及一问题。中国从来对于人生问题、不大关心、又素以小说为闲书、这种小说、自然难以发生。但也不能说全然没有、不过种类不多、意见不甚高明罢了。”③ 除“问题小说”外，“问题文学”还包括“问题戏剧”（社会问题剧）、“问题诗”等。学界虽然没有“问题诗”这一称谓，但是描摹反映社会人生问题的诗歌——特别是散文诗与散文诗剧，与“问题小说”“问题戏剧”相比，决计不在少数。无论是“问题小说”、“问题戏剧”还是“问题诗歌”，在思想内容上均有着相同特性，“从现实人生出发，提出各种各样的社会问题，揭示形形色色的社会弊端，试图引起人们的注意。从当时众多的‘问题文学’创作中，我们看到了半封建半殖民地中国的种种黑暗、丑恶的社会现象，看到了人民的苦难、奋斗与挣扎，看到了五四一代人对自我发展道路、社会前途、国家命运的探索、追求，看到了中国人现代个性觉醒的闪光”④。

---

① 鲁迅：《我怎么做起小说来》，见《鲁迅全集·第四卷·南腔北调集》，人民文学出版社2005年版，第526页。

② 鲁迅：《〈中国新文学大系〉小说二集序》，见《鲁迅全集·第六卷·且介亭杂文二集》，人民文学出版社2005年版，第247页。

③ 仲密：《中国小说里的男女问题》，《每周评论》1919年第7期。

④ 许志英、邹恬主编：《中国现代文学主潮》（上），南京大学出版社2008年版，第32页。

中国现代散文诗剧此种舶来性、杂糅性的新生文体，与其他文体一道，凝聚着“五四”学人深刻严肃的问题意识。尤其是其杂糅性的文体特性——散文性的文体形式、剧性的文体特质，比单纯的诗歌更适宜全面深刻地描摹、表现、反映社会问题。作家可以在一度程度上不受字数、篇幅的限制，同时再凭借戏剧性因子——戏剧剧情、戏剧冲突，去严肃深刻的客观再现社会问题。因此，部分散文诗剧特别是新文学初期的散文诗剧写作表现出了一种典型的现实主义风格，“现实主义的基本原则，概括地说，不外是真实地描写现实……描写了现实生活的真实”①。除了严肃深刻、真实客观地描摹、再现社会中的种种问题，作家还借助散文诗剧的剧性特质——戏剧剧情、戏剧冲突、戏剧对话，去塑造典型的底层民众形象。“而所描写的形象，也就是以具体感性的现象很好地表现本质，以生动鲜明的个别性充分地表现普遍性，这种艺术形象就是典型的形象。关于艺术的典型形象，我们也认为主要是典型的人物形象……关于艺术中人物的所以是典型人物，也由于不同的社会环境和历史条件而不同的……因此所谓艺术的典型形象，有的是只有相对的意义。正如现实主义有各种程度的不同，形象的典型性也有各种程度的不同，而真实地描写出典型环境中的典型性格，这种作品是充分现实主义的，它的形象也就是充分典型的。”② 通过典型的底层民众形象的塑造，能够更深刻、更形象地揭露和反思社会问题。中国现代散文诗剧严肃深刻的客观再现风格范式，主要表现在两个方面，一是描摹真实的黑暗社会现实，二是塑造典型的底层民众形象。

一 描摹真实的黑暗社会现实

“写实”既是现实主义文学，也是“问题文学”的典型创作理念，

① 蔡仪：《论现实主义问题》，作家出版社 1961 年版，第 39 页。
② 蔡仪：《论现实主义问题》，作家出版社 1961 年版，第 107—108 页。

胡适认为，“而惟实写今日社会之情状，故能成真正文学”[①]，胡适提出的“实写”即为“写实”。陈独秀也强调要建设“新鲜的立诚的写实文学”[②]，周作人指出，“近代写实小说的目的，是寻求真实解释人生八个字”[③]。茅盾则明确阐释了现实主义文学的写作目的，“研究社会问题，男女问题”[④]；现实主义文学的创作手法，“科学的精神重在求真，故文艺亦以求真为唯一目的。科学家的态度重客观的观察，故文学也重客观的描写。因为求真，因为重客观的描写；故眼睛里看见的是怎样一个样，就怎样写。又因为尊重个性，所以大家觉东西权尽是特别，或不好，不可因怕人不理会，就不说。心里怎样想，口里就怎样说。老老实实，不可欺人。这是近世时代精神表现于文艺上的例子”[⑤]。因此，在写作散文诗剧之时，作家受社会责任感、历史使命感的驱使，与问题小说家、问题戏剧家一道，将笔触集中于描摹真实黑暗的社会现实，致力于社会问题的探讨和国民现状的剖析。力图从各个角度深入反映国民特别是儿童这一阶层的困苦生活与悲惨命运。儿童的困苦生活与悲惨命运最能凸显现实的黑暗与社会问题的所在。中国现代散文诗剧严肃深刻的客观再现风格，首先就表现为对黑暗社会现实的真实描摹。

新文学历史上的第一首现代诗剧、第一首散文诗剧，是胡适于1918年1月在《新青年》第4卷第1号上发表的《人力车夫》。作品表现出了强烈的问题意识，胡适将笔墨集中于近代中国新生的行业——人力东洋车，将视角集中于社会的底层劳动人民——人力车夫。除胡适的散文诗剧《人力车夫》外，1918年到1919年短短一年间，还有沈尹默于1918年1月在《新青年》第4卷第1号上发表的纯诗《人力车夫》，刘半农于1918年2月在《新青年》第4卷第2号发表的纯诗《车毯

① 胡适：《文学改良刍议》，《新青年》1917年第2卷第5号。
② 陈独秀：《文学革命论》，《新青年》1917年第2卷第6号。
③ 仲密：《再论“黑幕”》，《新青年》1919年第6卷第2号。
④ 沈雁冰：《自然主义与中国现代小说》，《小说月报》1922年第13卷第7号。
⑤ 沈雁冰：《文学与人生》，《四川开江县县立中学校校友会会刊》1926年创刊号。

（拟车夫语）》，鲁迅于1919年12月在《晨报·周年纪念增刊》上发表的小说《一件小事》。上述作品也塑造了人力车夫这一社会底层劳动人民的典型形象，是最早触及人力车夫这一阶层的新文学创作。胡适的《人力车夫》与上述其他几部作品相比，除了注重塑造人力车夫这一典型形象，主要描摹与呈现了真实的黑暗社会现实，这得益于散文诗剧《人力车夫》散文性的文体特质。与纯诗《人力车夫》和《车毯（拟车夫语）》相比，散文诗剧在字数和篇幅上有着先天的优势，可以更为自由地展现作品的主旨与作者的思想情感，能够全面细致地描摹社会现实，揭露社会问题。鲁迅的小说《一件小事》主要凸显了劳动人民的人性美，所以并未涉及和描写人力车夫这一阶层艰辛悲惨的生活与命运。而胡适创作《人力车夫》的目的则是借助描写人力车夫的悲惨命运，从而暴露社会问题，讽刺批判统治阶层的伪善和不作为。

胡适的《人力车夫》不仅描写了人力车夫这一阶层生活的艰辛与困苦，更是将笔端触及了童工阶层。戏剧角色“夫”是一个未成年的人力车夫——童工。通过戏剧角色“客”与“夫”的戏剧对话可以得知，“夫”今年只有十六岁，却已经拉了三年的人力车了，从十三岁起就开始拉车了。童工问题是近代中国一个非常严重的社会问题，童工形成于工业革命时期，我国的童工则出现于晚清时期，是伴随着机器化生产迅猛发展而出现的一个全新阶层，也是最弱势的群体之一。“童工的使用决非个别工厂、某个行业、少数资本家（工厂主）的个人行为，而是见于资本主义发展初期的一种普遍现象。童工几乎分布于当时的各种行业之中，其中又以纺织工业为代表的轻工业中的童工数量最多。”①并且大多数童工的年龄普遍较低，以上海的纺织业童工为例，“其中横卷工人年龄甚低，平均只有12岁，卷丝工人大约13、14岁”②。由此可

① 邵雍：《中国近现代社会问题研究》，合肥工业大学出版社2010年版，第246—247页。

② 宋钻友、张秀莉、张生：《上海工人生活研究（1843—1949）》，上海辞书出版社2011年版，第57页。

见，“夫”在三年前出来拉车的年龄属于童工中的正常年龄。在“客”与“夫”的戏剧对话中，“夫”还提及其半日没有生意，又寒又饥。像人力车夫这一行业，收入与温饱同客源有着密切关系，假若没有稳定的客源，那就意味着这一天要忍饥挨冻。成年车夫尚且无法保证稳定的客源，更不必说童工车夫。童工阶层的工资本身就比成年工人低得多，工时却和成年工人相同。如果说成年的人力车夫是社会底层民众中奔波劳苦的一群可怜人，那么童工车夫更是底层之底层。

除了描写童工阶层的艰辛生活，胡适还通过戏剧对话揭示出“客”的身份是政府官员，“客”不止一次表达出他对“夫”的不忍与同情。但恰恰是以“客”为代表的统治阶层的腐败、不作为以及社会的黑暗麻木，导致了以“夫”为代表的童工阶层的悲惨现状。由此可见，“客”的同情与不忍是多么的伪善。实际上，国民政府也出台过一系列法案试图维护童工的利益，保障童工的权利。针对存在大量童工的问题，1927 年 4 月，蒋介石以国民革命军总司令的名义发布《上海劳资调节条例》，1929 年 12 月 30 日，国民政府公布《工厂法》，于 1931 年 2 月 1 日开始正式施行，1932 年 12 月 30 日，又将修改后的《工厂法施行条例》公布实施。但无论是上海的地方性法规还是国民政府的法律，均未能解决存在大量童工的问题，也无法解决童工劳动强度大、工作环境恶劣、温饱无法得到满足、人身安全无法得到保证等诸多现实性的问题。虽然童工问题曾引起政府的关注，并有相关政策出台，但是“非制定性的规定无法形成有效的约束力，致使童工问题在民国时期一直未能很好地解决”①。散文诗剧《人力车夫》的创作，并无半点的修饰与夸张，而是真实地描摹了黑暗的社会现实，再现了人力车夫特别是童工阶层的悲惨命运与苦痛人生。通过对黑暗社会现实的真实描摹，通过对现实问题的深刻挖掘与再现，通过批判与揭示统治阶层的不作为，使作品表现出了一种典型的、严肃深刻的客观再现

---

① 邵雍：《中国近现代社会问题研究》，合肥工业大学出版社 2010 年版，第 254 页。

风格。

在新文学创作伊始，“五四”学人就把关注与描写的重心放到了青年、妇女以及儿童身上。尤其关注儿童，儿童既是最易被侮辱、被损害的一类人群，又是整个民族和国家的未来与希望。散文诗剧的创作也不例外，除胡适的《人力车夫》描写了城市童工——未成年人力车夫的悲惨命运外，刘半农的散文诗剧《饿》《学徒苦》《卖萝卜人》，则通过对黑暗的社会现实的真实描摹，分别从物质和精神两个方面关注了儿童的温饱问题、工作问题以及启蒙成长问题。在长篇散文诗剧《饿》中，主人公“他”家境贫困，“他”的父亲又把赚来的微薄钱财用来买酒，使“他”长期忍饥挨饿，无法填饱肚子。“饿”成为“他”唯一的人生感受，而“他”唯一的人生诉求则是不再挨饿。“他真饿了！——饿得他的呼吸，也不平均了；饿得他全身的筋肉，竦竦的发抖！可是他并不啼哭，只在他直光的大眼眶里，微微有些泪痕！因为他是有过经验的了！——他啼哭过好多次，却还总得要等，要等他爸爸买米回来！”①整部作品除了戏剧角色“他”与“爸爸”、“他”与“妈妈”的戏剧对话，主要就是“他”的心理感受以及“他”对外部世界的观察。这得益于散文诗剧散文性的文体特质，与纯诗相比在字数、篇幅方面有着先天的优势，能够承载更多的内容和情思。与其他散文诗剧以戏剧对话为主的写作方式不同，刘半农在《饿》中注入了大量的心理描写——“他”的人生感受与人生诉求。

戏剧角色“他”在文中的所见、所感、所想，凝聚着作者本人的忧虑、同情与深思。刘半农带着同情之心、带着问题意识创作了散文诗剧《饿》，力图描摹真实的社会现实、暴露深刻的社会问题——儿童温饱问题，期待引起读者与观众乃至社会各界的共鸣，以达到传播、教育和启蒙之目的。近代中国，国家贫弱、列强入侵、军阀混战、政治黑暗，导致了民生凋敝，人民的温饱问题成为亟待解决的首要问题。与

① 刘半农：《饿》，见《扬鞭集》（上），北新书局1926年版，第92D页。

成年人相比，属于弱势群体的儿童的饥饿问题更是十分突出。在《饿》中，刘半农以小见大，通过描写一个农村普通家庭儿童的忍饥挨饿，映射出整个民国时期儿童的温饱问题，揭示了黑暗社会中，特别是乡镇、农村中儿童的悲惨命运。乡镇、农村儿童要比城市儿童的温饱问题更为严重，在城市，谋生的方式、工作的机会，要远远多于乡镇、农村，这也是为何在城市中有着数量庞大的童工阶层。城市中的儿童虽然艰辛，但是可以通过繁重的工作去填饱肚子。而乡镇、农村的儿童却没有这些赚钱的机会和条件，只能默默忍受饥饿。少年儿童既是民族和国家的未来和希望，又属于最为弱势的群体，需要保护与照顾，但他们在本该幸福、快乐、单纯的童年时光里承载了过多的苦痛，尤其是饥饿。刘半农以诗意叙述和客观描摹相结合的方式，让读者与观众深思，是谁、是什么造成了这种人间悲剧，作品的问题意识十分突出，对黑暗的社会现实——儿童饥饿问题进行了真实描摹与客观再现。

散文诗剧《学徒苦》则关注了学徒问题。文章先以“学徒苦”三字总领全文，通过戏剧角色“学徒”“主翁”“主妇”的戏剧台词，以及对学徒生涯的细节描写，展现了“学徒”艰辛劳苦的日常生活。在初为学徒之时，学徒所从事的工作都是一些繁重的杂务，没有机会学习技术。“主翁不授书算，但曰：‘孺子当习勤苦！’朝命扫地开门，暮命卧地守户；暇当执炊，兼锄园圃！主妇有儿，曰‘孺子为我抱抚。’呱呱儿啼，主妇震怒：拍案顿足，辱及学徒父母！自晨至午，东买酒浆，西买青菜豆腐，一日三餐，学徒待食进脯。客来奉茶。主翁倦时，命开烟铺！复令前门应主顾，后门洗缶滌壶。奔走终日不敢言苦！足底鞋穿，夜深含泪自補！主妇复惜油火，申申咒诅！食则残羹不饱；夏则无衣，冬衣败絮！腊月主人食糕，学徒操持臼杵！夏日主人剖瓜盛凉，学徒灶下烧煮！”① 刘半农真实详尽地描述了学徒一早到晚、一年四季的

① 刘半农：《学徒苦》，《新青年》1918 年第 4 卷第 4 号。

辛劳日常，没有任何的夸张与修饰，“在初为学徒的一两年的时间里，学徒所从事的都是诸如看孩子、打扫卫生、生炉子、搬运东西、洗菜做饭、送饭等杂事，这期间学徒更多的是从事勤杂工的工作。他们既是店铺里的学徒，更是店铺老板和师傅的仆人”①。并且做学徒的一般是少年儿童，年龄偏小，家庭贫困，“学徒大多数来自底层社会的贫困群体，其中绝大部分来自农村地区”②。

学徒既要在心理上遭受师傅（主人）的压迫欺侮，又要在身体上忍饥挨冻，从事过度的体力劳动，并且无法接触到与技艺有关的工作，“这样的勤杂工工作一般都会做两年”③。初为学徒的儿童或少年的身份更接近于仆人，地位低下，饱尝辛酸。散文诗剧《学徒苦》真实客观地反映了近代中国学徒群体的悲苦命运，刘半农向读者与观众揭示了这一社会问题，描摹了黑暗的社会现实。作品饱含着作者的人道主义同情以及对此种问题的不满与批判。刘半农的文学创作一方面注重文体形式与艺术形式的先锋性实验，以推动现代文学的发展；另一方面则以“五四”学人的社会责任感与历史使命感，以文学作为唤醒、改造国民的工具，达到启蒙的社会功用。除了儿童的温饱问题、学徒问题、工作问题，儿童的教育与启蒙问题也颇受学人的重视，学界对儿童精神层面的关注不亚于物质层面，因为儿童是国家和民族的希望与未来。梁启超早在“五四”文学革命之前就已经明确指出，“故今日之责任，不在他人，而全在我少年，少年智则国智，少年富则国富，少年强则国强，少年独立则国独立，少年自由则国自由，少年进步则国进步，少年胜于欧洲，则国胜于欧洲，少年雄于地球，则国雄于地球”④。刘半农也以文学实践的方式去关注思考这一问题。

---

① 徐峰、石伟平：《民国时期传统学徒制探析与启示》，《现代教育管理》2018 年第 12 期。

② 徐峰、石伟平：《民国时期传统学徒制探析与启示》，《现代教育管理》2018 年第 12 期。

③ 徐峰、石伟平：《民国时期传统学徒制探析与启示》，《现代教育管理》2018 年第 12 期。

④ 梁启超：《少年中国说》，见《饮冰室合集·文集·第二册》，中华书局 2015 年版，第 396 页。

因此，在散文诗剧《卖萝卜人》中，刘半农既关注了社会底层劳动者——小商贩的悲惨命运，又关注了儿童的教育启蒙问题。作者先是描写了戏剧角色“卖萝卜人”（小商贩）的悲惨生活。“卖萝卜人”居住于一座破庙里，破庙要被标卖，代表了国家暴力机关的戏剧角色“警察”两次前来驱赶，在第二次驱赶中，“警察”蛮横地将“卖萝卜人”的全部家当，特别是赖以谋生的萝卜全部损毁。“警察忽然发威，将他撵出门外。又把他的灶也捣了，一只砂锅碎作八九片！他的破席，破被，和萝卜担，都撒在路上。几个红萝卜，滚在沟里，变成了黑色！”[①] 刘半农真实客观地描摹出“警察”的蛮横、霸道、凶恶，“卖萝卜人”的卑微、可怜、无助，向读者与观众呈现了一幕社会悲剧。全剧的创作主旨与立意实际并不仅止于此，作者借助戏剧性因子——戏剧剧情和戏剧冲突的巧妙布局，在“警察”欺侮“卖萝卜人”之时，被几个儿童撞见，从而引出麻木庸众的代表——戏剧角色“一个十岁的孩子”，与国家民族未来的代表——戏剧角色“一个七岁的孩子”的对立。作品真正的主角是“一个七岁的孩子”，作品的主旨和立意也主要蕴含于戏剧角色“一个七岁的孩子”与“一个十岁的孩子”的戏剧对话之中。面对“警察”对“卖萝卜人”的欺侮压迫，戏剧角色“一个七岁的孩子”被吓到了，脱口而出“可怕”二字。虽然他还没有真正明白哪里“可怕”，却有一种朦胧的觉醒意识，似乎感受到了问题所在。戏剧角色“一个十岁的孩子”却跟他说：“我们要当心，别做卖萝卜的！”[②] 通过“一个十岁的孩子”的戏剧台词可以发现，他已经变得麻木，价值观也被彻底扭曲。而“一个七岁的孩子”正处于人生的启蒙阶段，对眼前的一切似懂非懂，是国家和民族的未来，假若不加以正确的引导和教育，就会变成已经麻木不仁的庸众——戏剧角色“一个十岁的孩子”。

---

① 刘半农：《卖萝卜人》，《新青年》1918 年第 4 卷第 5 号。

② 刘半农：《卖萝卜人》，《新青年》1918 年第 4 卷第 5 号。

刘半农在作品中真正想要揭示的社会问题是假若作为国家与民族希望的儿童，不能得到正确的引导和启蒙，他们就会变得自私与麻木。在《卖萝卜人》中，刘半农借助散文诗剧的剧性体裁特质，以富含哲理的戏剧对话和精妙的戏剧布局、戏剧冲突，真实描摹了黑暗的社会现实，揭示了深刻的国民性问题，具有强烈的思想启蒙意识，实现了对读者与观众的启蒙。他的散文诗剧《饿》《学徒苦》《卖萝卜人》，均表现出了浓郁的严肃深刻的客观再现审美风格。

二　塑造底层民众的典型形象

中国传统文学的创作，由于“话语权”在“庙堂之音”，因而罕有底层民众成为文学作品的主角。庙堂指太庙的明堂，即古代帝王祭祀议事的地方，后来借指朝廷。“庙堂之音”表面是指宫廷官府之乐，实则是官方主流话语之意。与之相对的则是“民间话语”，指反映民间生活、民间宗教、民间伦理和民间原始自然意识的话语体系。民间与庙堂（官府）相对，民间代表普通百姓，庙堂则代表官方，自古以来，民间话语一直是一种边缘性话语。“五四”文学革命之后，学人们关注普通民众，特别是底层人民的疾苦与不幸，“把被侮辱被损害的劳动人民的生活和他们的形象，令人注目地提到文学领域中来，这是五四人的文学一大贡献”①。以往在传统文学作品中充当配角、充当边缘性角色的平民百姓，尤其是底层民众，在新文学创作中，特别在散文诗剧作家的笔下，转变为主角，“我们不必记起英雄豪杰的事业、才子佳人的幸福、只应记载世间普通男女的悲欢成败。因为英雄豪杰才子佳人、是世上最不常见的人”②。大量典型的、具有代表性的底层民众形象出现在散文诗剧中，由此展现出中国现代散文诗剧严肃深刻的客观再现风格。

“人力车夫”既是近代中国新晋出现的一种职业，又是新文学创作

① 许志英、邹恬主编：《中国现代文学主潮》（上），南京大学出版社2008年版，第35页。
② 仲密：《平民文学》，《每周评论》1919年第5期。

中的一种典型底层民众形象。读者最为耳熟能详的“人力车夫”，是老舍小说《骆驼祥子》中的“骆驼祥子”。老舍塑造了“祥子”这个典型的底层民众形象，“祥子”是1920年代军阀混战时期的一位人力车夫，是旧社会劳苦大众的代表人物之一。老舍通过塑造典型的底层民众形象——人力车夫，展现了一幅社会底层民众的群像画，揭示他们的苦难生活，进而控诉与批判社会的黑暗，暴露社会问题。除老舍外，诸多的“五四”学人也塑造过人力车夫这一典型的底层民众形象。如鲁迅在小说《一件小事》中，通过塑造“车夫”（人力车夫）的典型形象，歌颂劳动人民的心灵美与人性美。《一件小事》也是中国现代文学史上第一次把人力车夫作为主人公进行描写的小说。郁达夫在小说《薄奠》中，同样塑造了“车夫”（人力车夫）的典型形象，与老舍的创作类似，通过典型形象——“人力车夫”的塑造，反映了处于社会底层的民众生活的疾苦与命运的悲凉，表现了作家对底层人民的深切关怀。巴金在散文《一个车夫》中，同样塑造了“人力车夫”的形象——未成年的车夫。《一个车夫》中的“人力车夫”，既象征了底层的劳动人民，又代表了旧社会未成年的童工阶层。巴金将笔触指向了更为艰辛、更为悲惨、更为弱势的童工阶层，揭示旧社会的黑暗，暴露深刻的社会问题。

除了在小说、散文等文学体裁中塑造人力车夫这一典型的底层民众形象，在写作诗歌时，也有诸多作家以此为题材进行创作。如沈尹默的《人力车夫》（1918年1月《新青年》第4卷第1号）、刘半农的《车毯（拟车夫语）》（1918年2月《新青年》第4卷第2号），上述两部作品在文体形式上为典型的纯诗，沈尹默的《人力车夫》也是中国现代文学史上第一首以人力车夫为主人公进行创作的纯诗。无独有偶，1918年1月《新青年》第4卷第1号上，胡适也发表了一部与沈尹默同名的文学作品《人力车夫》。胡适的《人力车夫》是中国现代文学史上第一次把人力车夫作为主人公进行描写的散文诗与散文诗剧。与巴金的散文《一个车夫》类似，胡适塑造的“人力车夫”（“夫”）的形象也包含着两层象征意义，“夫”既是社会底层普通劳动者的象征，又是旧社会未成年童工的代表。胡适借剧性因子——戏剧角色“客”与“夫”的戏剧对话，塑造了一个典型的底层民众形象——“夫”（人力车夫）。通过塑造典型的底层民众形象，展现出了一个未成年人力车夫的艰辛生活。胡适通过塑造典型的底层民众形象——人力车夫，反映暴露了一系列社会问题，表现出了作家强烈的社会责任感与历史使命感，也使作品呈现出一种严肃深刻的客观再现风格。

1924年11月9日，徐志摩在《晨报副刊》上发表了散文诗剧《“谁知道”》，诗人借剧性因子——戏剧角色“我”与“褴褛的老头”（人力车夫）的戏剧对话，向读者与观众客观传递自我的情思，作者的情感与作品的主旨极其幽婉与折绕，这源自徐志摩的个人气质与创作理念。新月诗派的一个重要艺术主张便是理性节制情感，“爱是不能没有的，但不能太热了。情感不能不受理性的相当节制与调剂”[①]。作为新月诗派领军人物的徐志摩通过诗学理论的建设、文学创作的实验，努力践行自我的艺术理念，“我们相信感情不经理性的清滤是一注恶浊的乱泉……我们当然不反对解放情感，但在这头骏悍的野马的身背上我们不能不谨慎的安上理性的鞍索”[②]。新月诗派的诗歌创作虽然力主“理性节制情感”的艺术理念，却没有将自我锁闭于艺术的象牙塔之内，一味埋头探索和钻研新诗的格律化、形式美，单纯追求艺术的唯美。而是与其他“五四”学人一道，关注与描摹现实人生，反映社会问题，履行现代学人的使命和责任，为家国百姓奔走呐喊。以徐志摩为例，虽然接受的是英美式的资产阶级教育，先后赴美英留学，为典型的资产阶级知识分子。但他笔下的诸多诗作，如《毒药》《太平景象》《大帅——战歌之一》《人变兽》《叫化活该》《“先生！先生！”》《“谁知道”》等，充分展现了“五四”学人对家国民族、现实人生的社会责任感与

① 志摩：《白朗宁夫人的情诗》，《新月》1928年第1卷第1号。
② 志摩：《“新月”的态度》，《新月》1928年第1卷第1号。

历史使命感，对军阀混战与军阀统治的黑暗社会的暴露和批判，尤其对底层劳动人民深切的人道主义同情。

在散文诗剧《“谁知道”》中，徐志摩也将视角集中于社会底层劳动人民——人力车夫。与胡适的散文诗剧《人力车夫》从正面展现底层劳动人民的悲惨人生不同，《“谁知道”》全篇难以见到诗人的主观抒情与正面描写，而是从侧面塑造了一个典型的底层民众形象——“褴褛的老头”，客观幽婉地展现出对底层劳动人民的深切关注与同情。徐志摩十分注重挖掘戏剧角色“我”的精神世界，通过对“我”的心理状态的描写，如“暗沈沈”“黑遥遥”“骨髓里一阵子的冷”，使作品具有了神秘性、超然性、现代性的特质，也使作品具有了晦涩、幽婉、折绕的特性。虽然戏剧角色“褴褛的老头”的作用是配合诗人去客观传递情感，却形成了一个典型的底层民众形象——“人力车夫”。与老舍、鲁迅、巴金、郁达夫、胡适塑造的人力车夫形象不同，徐志摩没有将笔墨集中于描写“人力车夫”日常生活的困苦与统治阶层对其的压迫。而是以“人力车夫”作为一种艺术手段，去展现自我的性情和人生的感悟。在此基础上，反而形成了现代文学史上一个独一无二的“人力车夫”的典型形象。这同样源自新月诗派诗人们的历史使命感与社会责任感，“我们对我们光明的过去负有创造一个伟大的将来的使命，对光明的未来又负有结束这黑暗的现在的责任。我们第一要提醒这个使命与责任”①。这也是“五四”学人们的历史使命与社会责任——关注社会人生中的种种问题，尤其关注底层劳动人民的命运，对劳动人民的苦痛命运与悲惨人生表达了深切的人道主义同情，通过文学创作去暴露和揭示社会中存在的种种问题，继而引起读者与民众的关注与共鸣，最终达到传播与启蒙的功用。

因此，作为舶来品诞生于大变革、大动荡时代并在全国得到迅速普及的“东洋车”，自然引起社会各界尤其是文学界的关注。而拖行“东

① 志摩:《“新月”的态度》,《新月》1928 年第1卷第1号。

洋车”的“人力车夫”，是底层劳动民众中具有代表性的一个辛劳困苦的阶层，自然而然的成了新文学时期最为典型的底层民众形象之一，被作家关怀、同情与塑造。“人力车代表的文明就是那用人作牛马的文明。摩托车代表的文明就是用人的心思才智作出机械来代替人力的文明。把人作牛马看待，无论如何，够不上叫做精神文明。用人的智慧造作出机械来，减少人类的苦痛，便利人类的交通，增加人类的幸福，——这种文明却含有不少理想主义，含有不少的精神文明的可能性。我们坐在人力车上，眼看那些圆颅方趾的同胞努起筋肉，湾着背脊梁，流着血汗，替我们做牛做马，拖我们行远登高，为的是要挣几十个铜子去活命养家，——我们当此时候；不能不感谢那发明蒸汽机的大圣人，不能不感谢那发明电力的大圣人，不能不祝福那制作汽船汽车的大圣人：感谢他们的心思才智节省了人类多少精力，减除了人类多少苦痛！你们嫌我用‘圣人’一个字吗？孔夫子不说过吗？‘制而用之谓之器。利用出入，民咸用之，谓之神’。孔老先生还嫌‘圣’字不够，他简直要尊他们为‘神’呢！”[①] 通过塑造“人力车夫”这一典型的底层民众形象，暴露和反思社会问题，呈现出中国现代散文诗剧所具有的严肃、深刻的客观再现风格。

除了塑造“人力车夫”的典型形象，作家在写作散文诗剧时，还塑造了诸多其他底层民众的形象。在徐雉的散文诗剧《送给上帝的礼物》中，说话发声的权力交给了诗剧角色“小孩子”、“工人”、“穷人”与“诗人”（作者本人），这些社会中最为普通甚至最底层的民众。在传统文学中，并不是每个人都拥有话语权（发声权）。“话语权”一词由福柯正式提出，“话语……揭示它与欲望及权力的联系”[②]。具体来说，就是索绪尔所谈论的“口说的词”究竟是由谁的口中发出，谁在说

① 胡适：《漫游的感想（一）》，《现代评论》1927 年第 6 卷第 140 期。

② ［法］米歇尔·福柯：《话语的秩序》，肖涛译，袁伟校，见许宝强、袁伟选编《语言与翻译的政治》，中央编译出版社 2001 年版，第 3 页。

话，代表谁人说话，谁就掌握了权力，“话语”实际是一种“说话的权力”，简称“话语权”。上述戏剧角色在传统文学中是没有话语权的，只能作为发出“庙堂之音”的主角的陪衬而存在。新文学重新评估一切的精神、“人的文学”的精神的形成，使作家在进行文学创作时大胆的尝试与颠覆。散文诗剧《送给上帝的礼物》中，徐雉塑造了一系列典型的底层民众形象——“小孩子”“工人”“穷人”，基本涵盖了底层民众的各个阶层，上诉角色也是社会中最易被侮辱、被损害的群体，作者让他们成为散文诗剧的主角，让他们掌握了“话语权”，塑造他们的艺术形象。

不只如此，“残废者”“暗娼”“乞丐”等最卑微的底层民众也成为新文学创作，特别是现代诗剧写作中极为常见的典型形象，在中国传统文学的创作中极为罕见，是一种颠覆与突破。塑造“残废者”形象的诗剧主要有焦菊隐的“纯诗的戏剧化”《“有一个残废的瞎子……”》、冯振乾的“纯诗的戏剧化”《残废者与受难者》以及王统照的散文诗剧《赐给他的重新收回》。塑造“暗娼”形象的诗剧主要有鲁迅的散文诗剧《颓败线的颤动》。塑造“乞丐”形象的诗剧主要有徐雉的散文诗剧《乞丐》。在散文诗剧《赐给他的重新收回》中，王统照塑造了典型的残废者形象——“瞎子”“瘸子”“聋子”。戏剧角色“主”将光明赐给了戏剧角色“瞎子”，将健步赐给了戏剧角色“瘸子”，将声音赐给了戏剧角色“聋子”。“瞎子”“瘸子”“聋子”在重获光明、健步、声音后，却要求“主”将赐给他们的光明、健步、声音重新收回。作品的立意是讽刺现实世界的残酷万象与黑暗堕落，让重获光明、健步、声音的“瞎子”“瘸子”“聋子”无所适从、极度痛苦，甘愿再做回残废者。王统照通过塑造典型的底层民众形象——“残废者”，来揭示作品的主旨。在现实生活中，残废者是底层民众中最为可悲无助的一类人，他们失去了劳动能力，由于残疾甚至无法照顾自己，许多的残废者只能沦为乞丐，卑微地生活。

“五四”学人对底层民众充满了人道主义同情，社会责任感与历史使命感驱使他们将目光集中于这个阶层，用笔墨触碰这个阶层，描摹他们的现实生活，塑造他们的典型形象，这是新文学的一个重大突破和重要贡献。鲁迅在散文诗剧《颓败线的颤动》中，塑造了底层民众中最为卑微的“暗娼”形象。通过细节的描写，“在光明中，在破榻上，在初不相识的披毛的强悍的肉块底下，有瘦弱渺小的身躯，为饥饿，苦痛，惊异，羞辱，欢欣而颤动。弛缓，然而尚且丰腴的皮肤光泽了；青白的两颊泛出轻红，如铅上涂了胭脂水。灯火也因惊惧而缩小了，东方已经发白。然而空中还弥漫地摇动着饥饿，苦痛，惊异，羞辱，欢欣的波涛……”[①] 以及作品第一部分“她”与“女儿”、第二部分“垂老的女人”与“青年夫妻”的戏剧对话，我们可以推断出，“垂老的女人”年轻时所从事的职业是“暗娼”。更为可悲的是，“她”选择这个职业是为了养活女儿，反而被长大后的女儿与女婿——“青年夫妻”鄙视、羞辱、嘲骂、唾弃，当最小的孙儿口中说出“杀”字后，“她”选择了自我毁灭，走向了无边的荒野，走向了死亡。在鲁迅的笔下，以“娼妓”中最为卑微的“暗娼”为主角，塑造了一个被侮辱、被损害的典型底层民众形象。这是鲁迅对新文学艺术形象的一次重要开拓与贡献，这部散文诗剧饱含鲁迅对社会底层民众深切的人道主义同情，也蕴含着鲁迅对人生、人性深刻的理性反思。

在中国传统文学创作，尤其是传统诗剧中，对爱情的描写基本是围绕才子佳人展开，作家塑造的人物形象的身份与地位也多属特权阶层，话语权掌握在官方手中。平民百姓是没有话语权的，只能作为衬托主角形象的配角而存在。徐雉在散文诗剧《乞丐》中，突破性地将话语权交给了“乞丐”——在以往文学作品中根本没有发声权力的一类人。在作品中，徐雉凭借戏剧对话，塑造了典型的底层民众形象——“乞丐”，戏剧角色“乞丐”成为作品的主角。而戏剧角色“富人”“天才的音乐家”这类在传统文学作品中掌握话语权的人，反而变成了配角，

① 鲁迅：《颓败线的颤动》，《语丝周刊》1925 年第 35 期。

他们的出现只是为了与戏剧主角“乞丐”实现戏剧对话，牵引出“乞丐”的戏剧台词。“富人”和“天才的音乐家”的戏剧台词揭示出他们对人生的肤浅看法，更加衬托出戏剧主角“乞丐”执着坚定的人生追求与理想。“乞丐”成为诗人在作品中的“代言人”，以戏剧独白和戏剧对白抒发出了诗人的爱情宣言与人生信念：“爱情？这正是我所最需要的！这正是我所最需要的！面包只能疗我物质上的饥饿，惟有你的爱能疗我精神上的饥饿！金钱死后是带不去的，天才也有涸竭的时候，惟有你的爱，才是永远不会磨灭的东西！名誉不能给我一些帮助，惟有你的爱是冲破烦闷之浓雾的太阳！是黑暗中引导我的光明！”①

无论是“人力车夫”“暗娼”“残废者”，还是“乞丐”“穷人”“小孩子”，他们都是社会最底层的民众，都是被侮辱、被损害的阶层。通过对上述各种底层民众形象的塑造与刻画，使中国现代散文诗剧表现出了一种浓郁的、严肃深刻的客观再现风格。

第二节　幽婉抽象的智性玄思

英美新批评派学者艾伦·退特提出了“艺术张力论”，该理论提出的目的之一是为玄学派翻案。英美新批评派十分推崇玄学派，理查兹、艾略特、布鲁克斯、退特等学者认为玄学派的诗，逻辑联系清楚，外延明确，做到了内涵与外延的统一。“运用一种时常被认为是典型的‘玄学派’技巧：故意将一个形象比喻发挥到智慧所能达到的最远的境界（与凝炼正好相反）……但在其他场合，我们看到的，不是单纯的比喻的内涵的发展，而是需要读者相当的敏捷性去理解的、通过迅疾的自由联想去达到的内涵的发展。”② 与之相反，浪漫主义诗歌的思想和经验

① 徐雉：《乞丐》，《诗》1923年第2卷第2期。

② ［英］艾略特：《玄学派诗人》，裘小龙译，见赵毅衡编选《“新批评”文集》，中国社会科学出版社1988年版，第36页。

则是完全背离的，尤其是19世纪之后，诗歌更是越来越强调感性。而为玄学派翻案的目的则是反对浪漫主义过分倚重感性，忽视理性的艺术倾向。“自十七世纪以来，一种感性的脱节就开始了。从此我们就没有恢复过来，而这一脱节又很自然地被那个世纪最有力的两位诗人，弥尔顿和德莱顿的影响所加剧了。这两个诗人都如此辉煌地发挥了某些诗的功能，他们成就的伟大掩盖了诗的其他功能的缺乏。”① 退特提出的艺术张力论，就是论述诗歌创作过程中感性与理性的结合问题，也就是艾略特为玄学派翻案时所提及的感觉与思想的融合问题。因此，英美新批评派的终极目的是重拾理性，实现感性与理性的融合统一。英美新批评派认为这是现代诗歌、现代诗剧的创作理念与艺术技法，也是西方诗剧复兴的一条重要路径。

在新文学的创作过程中，部分诗歌与诗剧的创作逐渐也陷入了一种感性情绪过度倾泻的怪圈，“新诗发展到20世纪40年代……主观上由于许多诗人艺术上准备不充分，所以，表现上的简单、肤浅等毛病不仅没有多大的改观，相反，由于肤浅的感伤主义从创造社到新月派再到前期现代派、七月派的一路传承……所以反而有点变本加厉的趋势”②。对理性的忽略导致了诗歌、诗剧语言表述的直抒胸臆、情绪抒发的不加节制，“由于中国现代诗歌在其言说的动机上……写作大多数情况下是启蒙，是宣传，是意义和情感的直接明晰传达”③。在中国现代诗剧的创作过程中，部分作家过度追求主观情绪的呈现，以情绪为主导，将自我的个人情绪不加节制地投放到作品之内，甚至将自我融入其中。“作者个人主观色彩太浓，郭沫若的诗剧基本是他当时情绪的外化，白薇、

① ［英］艾略特：《玄学派诗人》，裘小龙译，见赵毅衡编选《“新批评”文集》，中国社会科学出版社1988年版，第42页。

② 王元忠：《艰难的现代：中国现代诗歌特征性个案研究》，中国社会科学出版社2007年版，第175页。

③ 王元忠：《艰难的现代：中国现代诗歌特征性个案研究》，中国社会科学出版社2007年版，第183页。

杨骚的诗剧不仅如此还带有浓厚的自叙传色彩……在他们的创作中理性和情感无法协调起来，情感压倒了理性，作者的主观情感在剧中人物身上重复出现，剧中人还原成了作者。”① 由此来看，创作富有艺术张力、艺术感染力、艺术生命力的文学作品特别是散文诗剧，需要作家跳出感性的旋涡，重视理性。因此，诸多作家，尤其是散文诗剧作家，以情感表达的非个人化、抽象深刻的思考，将理性因子注入散文诗剧的创作之中，使中国现代散文诗剧表现出了一种幽婉抽象的智性玄思风格。

一　情感表达的非个人化

重视并重拾理性因子，使作品具有幽婉抽象的智性玄思特质，首先需要实现情感表达的非个人化。“诗不是放纵感情，而是逃避感情，不是表现个性，而是逃避个性。”② 艾略特“非个人化”的诗学主张并不是否定个性与情绪，而是强调要客观间接地表达情绪。“尽量避免直截了当的正面陈述而以相当的外界事物寄托作者的意志和情感”③，作者要克制自己的情绪，将自我“隐藏”起来，实现“非个人化”。散文诗剧作为一种杂糅性的文体，诗的体裁内核使其在创作过程中，可以凭借注入了作家主观情感意志的“客观对应物”——意象，来实现情感表达的非个人化。“用艺术形式表现情感的唯一方法是寻找一个‘客观对应物’；换句话说，是用一系列实物、场景，一联串事件来表现某种特定的情感；要做到最终形式必然是感觉经验的外部事实一旦出现，便能立刻唤起那种情感。”④ 作家要将自然界与社会中的客观物象、事物与本人的情感意念相结合，使之升华为意象，通过意象再将自我的情感意

---

① 张时民：《中国现代诗剧：“坠落的欧福里翁”》，《中国现代文学研究丛刊》1988 年第 4 期。

② ［英］艾略特：《传统与个人才能》，卞之琳译，见王恩衷编译《艾略特诗学文集》，国际文化出版公司 1989 年版，第 8 页。

③ 袁可嘉：《论新诗现代化》，生活·读书·新知三联书店 1988 年版，第 25 页。

④ ［英］艾略特：《哈姆雷特》，王恩衷译，见王恩衷编译《艾略特诗学文集》，国际文化出版公司 1989 年版，第 13 页。

念客观传达给读者与观众。

剧的体裁特质，使散文诗剧在创作过程中，可以凭借剧性因子——戏剧冲突来实现情感表达的非个人化。与一般的叙事性文学体裁相比，戏剧文学更加强调把人与自我、人与他人、人与社会、人与自然、人与命运之间的矛盾集中尖锐的展现。“戏剧主义的批评体系十分强调矛盾中的统一”①，戏剧更加强调对立性，从而使文本呈现出一种辩证性特质，“戏剧化的诗既包含众多冲突矛盾的因素……诗的过程是螺旋形的、辩证的”②。剧性因子的注入使作品的主题思想、作者的情感意念，以辩证的戏剧冲突曲折幽婉的传达，而非直接明晰的展现。暗示性意象、戏剧冲突的应用，使散文诗剧避免了一些诗歌、诗剧作品感性泛滥的倾向，为理性因子的注入奠定了坚实的基础。在散文诗剧的写作过程中，逐步实现了感性与理性的对立统一，使散文诗剧此种杂糅性的文体更加富有艺术张力与艺术感染力，也为散文诗与现代诗剧的发展注入了全新的活力与生命力。

师陀、聂绀弩、莫洛笔下的系列散文诗剧——“夏侯杞”“哥儿”“叶丽雅”，就是借助诗歌意象与戏剧冲突，使情感表达实现非个人化的典范之作。在“夏侯杞”系列散文诗剧《灯下》中，有两个戏剧角色“夏侯杞”，一个是“木然坐在桌子前面”③ 的现在的“夏侯杞”，一个是现在的“夏侯杞”梦中的、二十六年前的“小夏侯杞”。“夏侯杞”既是戏剧角色，又是暗示性意象，现在的“夏侯杞”象征了悲苦苍凉的现实人生——“可是这梦真长，当他一觉醒来，他已经一个人被留在这个冷的满目苍凉的世界上了”④。二十六年前的“小夏侯杞”

① 袁可嘉：《论新诗现代化》，生活·读书·新知三联书店 1988 年版，第 37 页。

② 袁可嘉：《论新诗现代化》，生活·读书·新知三联书店 1988 年版，第 39 页。

③ 师陀：《灯下》，见《师陀全集·6·第三卷（下）·散文　诗歌》，河南大学出版社 2004 年版，第 669 页。

④ 师陀：《灯下》，见《师陀全集·6·第三卷（下）·散文　诗歌》，河南大学出版社 2004 年版，第 670 页。

则象征了温馨幸福却又遥不可及的美好希望——“灯光照着他睡熟了的脸，他母亲坐在他旁边，屋子里却充满了希望，幻象和温暖”[①]。两个戏剧角色，现在的“夏侯杞”与二十六年前的“小夏侯杞”，由于所代表象征的事物的不同，彼此之间自然蕴含着强烈的戏剧冲突——悲苦苍凉的现实人生与温暖幸福的幻象之间的碰撞与对立。

文中还出现了一个贯穿全文的暗示性意象“灯”，“油灯”是以往在普通人家中十分常见的一种客观物象，二十六年前的“小夏侯杞”最喜欢在夜晚观察这个“略带黄色的白灯头”[②]。它单纯无邪，富有生命力，还具有官能情感，把二十六年前的“小夏侯杞”带到一个富丽美满的境地，二十六年前的“小夏侯杞”觉得一切光亮、温暖、希望、乐趣以及人生的谜都在那盏亮着的“灯”上。客观物象“灯”寄寓了二十六年前的“小夏侯杞”最纯洁、最欢快的情感，是一切美好事物的象征。但客观物象“油灯”燃尽后，它的光亮就会消逝。它的光也不是一种实体物质，而是一种能量物质，无法被触碰，这又暗示了幸福的转瞬即逝或是幸福的遥不可及，更像是一种幻象。因此，暗示性意象“灯”本身就具有对立统一的特性——美好与消逝、幸福与幻象的对立统一。暗示性意象“灯”、两个“夏侯杞”，以及作品蕴含的无处不在的强烈戏剧冲突，使聂绀弩的思想情感不是直抒胸臆、直线倾泻式地呈现在读者和观众面前，而是以一种客观的、非个人化的方式折绕婉转的进行传递，从而使散文诗剧《灯》具有了一种幽婉抽象的智性玄思风格。

收入河南大学出版社2004年版的“夏侯杞”系列散文诗剧《坟》，是师陀的修订稿，原稿刊于1944年8月《万象》杂志第4年第2期，署名“康了斋”。先以河南大学出版社2004年版的《坟》为例。

---

① 师陀：《灯下》，见《师陀全集·6·第三卷（下）·散文　诗歌》，河南大学出版社2004年版，第670页。

② 师陀：《灯下》，见《师陀全集·6·第三卷（下）·散文　诗歌》，河南大学出版社2004年版，第669页。

在一个小村庄前面，临着大路，柳荫下坐着一位老太太，鸡皮鹤发，一个孩子在她旁边玩土。他们左首是连绵不断的田地，他们右首，有一片坟墓。这一天春光明媚，路上浮土甚深，风送来一阵阵的豌豆花的气息。有位行客精青乌术，到这里为坟墓的龙脉所骇，不禁讶然失声。

“你看见什么，走路的?”老太太诧异的问。

“老太太，我说这坟，”那客人回答，“请问这茔地是府上的吗?”

老太太承认他猜的不错，她的丈夫、她的儿子和媳妇全埋在那里。

“那我替你难过，”客人指着在她旁边玩土的孩子说，“我猜这是你的孙子?”

她无端感到一阵恐怖，赶紧把孩子揽到怀里——

“人家说这坟的风水是极好的?”

“我从来没有见过这么好。里头埋葬的人，生前曾享过荣华富贵，死后留下了计算不清的财产。”

客人发表他的意见。

“只是有个至不幸的缺点——请恕我直言——不管你现在把他抱的多紧，为了这个当初别人的疏忽大意，一时不曾看出的缺点，这孩子有一天要离开你；

“他将因此历尽风尘，受尽苦楚。”

这老太太和孩子就是夏侯杞和他的祖母。后来祖母去世，他流落四方，应了那个骗子的寓言。①

再以 1944 年《万象》版的《坟》为例。

在一个小村庄前面，临着大路，柳荫下坐着一位老太太，鸡皮

① 师陀：《坟》，见《师陀全集·6·第三卷（下）·散文　诗歌》，河南大学出版社 2004 年版，第 704—705 页。

鹤发，一个孩子在旁边玩土。他们左首是连绵不断的田地，右首是一座柏树坟园。这一天春光明媚，路上浮土甚深，风送来一阵阵的豌豆花的气息。一位行客精青鸟术，到这里为坟园的龙脉所骇，不禁讶然失声。

“你看见什么了，走路的?”老太太诧异的问他。

“我看这坟，老太太”那客人说。“这茔地是府上的吗?”

老太太承认他猜的不错，她的丈夫，她的儿子和媳妇都葬在坟园里头。

“那么我替你难过，”他指着旁边玩土的孩子说——“我猜这是你的孙子?”

老太太无端感到一阵恐怖，赶紧把孩子揽到怀里。

“这坟的风水很好，”他接着说，“里头埋葬着的人，在生前曾享过荣华富贵，死后遗留下难以计算的财产。可是有一个至不幸的缺点——请恕我直言——不管你现在把他抱的多紧，为了这个别人看不见的缺点，这孩子有一天要离开你；

“他将因此历尽风尘，受尽苦楚，而最后——

“他将断绝你们一族数千百年来连绵不断的香火!”

这老太太和孩子就是夏侯杞和他的祖母。后来祖母去世，他流落四方，终生反抗这个豫言——他的被注定的命运。①

在两个不同版本的《坟》中，出场的戏剧角色均为“老太太”“行客”“一个孩子”（幼年时的夏侯杞），“老太太”与“行客”围绕“坟”发生了大量的戏剧对话，从而使作品由散文诗升华为散文诗剧。但是，两个版本的《坟》在措辞上有诸多变动，其中最引人瞩目的变更为文章最后的表述。2004 年版的《坟》为“‘他将因此历尽风尘，受尽苦楚。’这老太太和孩子就是夏侯杞和他的祖母。后来祖母去世，

① 康了斋：《坟》，《万象》1944 年第 4 年第 2 期。

他流落四方，应了那个骗子的寓言”。而1944年版的《坟》为“‘他将因此历尽风尘，受尽苦楚，而最后——‘他将断绝你们一族数千百年来连绵不断的香火！’这老太太和孩子就是夏侯杞和他的祖母。后来祖母去世，他流落四方，终生反抗这个豫言——他的被注定的命运”。通过对比可以发现，原版最后的语言表述与措辞更为激烈——“他将断绝你们一族数千百年来连绵不断的香火”“终生反抗这个豫言——他的被注定的命运”。这表明原版的戏剧冲突更为突出和强烈。作品表面的戏剧冲突是“老太太”、“一个孩子”同“行客”之间的对立，“行客”的戏剧台词尤其是最后对“一个孩子”（幼年时的夏侯杞）的寓言，揭示了作品深层次的矛盾——“终生反抗这个豫言——他的被注定的命运”——人生与命运的对抗。“人不是以心灵的身份所做出的事，也就是说，人不自觉地无意地做了某一件事，后来他才认识到那件事在本质上破坏了某种应受尊重的道德力量，这种情况就还是属于‘自然’的范畴。后来他对他的行动有了认识，承认他原先没有认识到的那种破坏行为还是出于他自己的，这样，他就被迫进入分裂和矛盾。这冲突的根源就在于行动发生时的意识与意图和后来对这行动本身的性质的认识之间的矛盾。”① 人生与命运的对抗，是中西戏剧中十分常见的一种戏剧冲突。

“坟”则是贯穿全文的意象，它象征了“夏侯杞”家族的命运枷锁，“她的丈夫，她的儿子和媳妇都葬在坟园里头”。“坟”与“夏侯杞”家族息息相关，它也决定着“小夏侯杞”的命运——“他将因此历尽风尘，受尽苦楚，而最后——他将断绝你们一族数千百年来连绵不断的香火”。坟墓、龙脉、香火是意象“坟”的具象化，属于流传已久的风水学说，它们共同象征了命运这一玄奥的命题。在1944年版的《坟》中，“他流落四方，终生反抗这个豫言——他的被注定的命运”，揭示出“夏侯杞”也就是作者本人与命运抗争的战斗精神和反抗意志。但在2004年版的《坟》中，“他流落四方，应了那个骗子的寓言”，则

① ［德］黑格尔：《美学》第一卷，朱光潜译，商务印书馆1979年版，第271页。

反映出“夏侯杞”也就是作者本人仿佛已经屈服于命运的安排。原稿与修改稿的写作时间不同，不同的时代背景与不同的个人感受会使作者在进行文学创作时产生不同的思想情感与个人信念，原稿的戏剧冲突明显比修订稿更为强烈。无论是原稿还是修订稿，戏剧冲突的布局、暗示性意象的应用，均使作品的主旨与作者的情感变得幽婉与折绕，实现了情感表达的非个人化。

在“哥儿”系列散文诗剧《架桥者》《雪的旷野》中，作品的主旨、作者的情感十分明晰，表现方式却不是直线式的抒情，而是曲线式的非个人化表达。譬如在《架桥者》中，戏剧主角“哥儿”在与戏剧角色“先生”对话后得知了一处人类生活的理想乐土——“乐园”，“乐园里的草木，永远是绿的，正像是那里面的人永远年青；花，永远是妍艳的，像里面的人永远美丽；雀鸟不停地唱歌，跳跃，犹如人们的生活，幸福而愉快；流泉飞溅着珍珠似的泡沫，和人们的心地一样真纯……在乐园里，没有饥饿的人，没有褴褛的人，没有疾病，残废，衰老的人，没有欺凌别人，妒嫉别人，依赖别人的人……在乐园里，一切都是美好的”①。“乐园”象征了新社会与新制度，要建立一种新社会和新制度，过程却是无比艰辛，必定伴随着牺牲。因此，到达“乐园”的过程万分艰险，“到那里去，一定要经过死谷，经过火焰山，经过弱水……那死谷是一条悠长的，狭窄的小路，一条阴暗的，潮湿的小路，那小路上，到处都是荆棘和泥泞，到处都是蛇虫与虎豹，到处都是传播病疫的微生物……那火焰山有一万丈高的烈火，人只要朝着它走，那怕还离几十里路远，就会被烤得像一只挂炉鸭似的；一到跟前，就连骨灰都烧得没有的么……那弱水有无数万丈深，水面不能浮起任何东西，那怕一缕毛羽，也会马上沉下，而且，那水是天底下一种最毒的水，任何有生命的东西，不能在里面活到一秒钟的么……乐园正在弱水的当中”②。

① 聂绀弩：《架桥者》，见《聂绀弩全集》第四卷，武汉出版社 2004 年版，第 358 页。

② 聂绀弩：《架桥者》，见《聂绀弩全集》第四卷，武汉出版社 2004 年版，第 358—359 页。

“死谷”“火焰山”“弱水”均是暗示性意象，象征了实现理想的艰辛与不易、建立新社会新制度的苦难与艰险。

因此，“乐园”同“死谷”、“火焰山”、“弱水”是完全对立的，从而形成了典型的戏剧冲突。要到达“乐园”，必须要经过“死谷”“火焰山”“弱水”，“乐园”甚至就建在“弱水”之上，意味着要到达“乐园”，必须要有牺牲。戏剧主角“哥儿”既是戏剧角色又是暗示性意象——“架桥者”，象征了带领人民走向新社会、建立新制度的先驱者、革命者。在文章结尾，聂绀弩化身戏剧主角“哥儿”，以直抒胸臆的戏剧独白向读者观众表达了自己对新社会、新制度的向往与信心，也表达了勇于牺牲自我的态度和决心，“搭桥者自己吗？他总要站在地上才能搭桥，他总要把桥的支柱安顿在落实的地方，只要先生从桥上走过的时候，向下方望望死谷，望望火焰山，望望弱水，那下面总有一个地方是我的葬身之所；但是我的英灵，将含着笑，看着你们走过那由我搭起的美丽的虹桥”[①]。全文仅有此处是情绪的倾泻，这是戏剧剧情发展到达高潮之后，情感的自然流露。但全文的情感表达方式并不是情绪的倾泻，而是借助各种暗示性意象——“架桥者”“乐园”“死谷”“火焰山”“弱水”，以及戏剧冲突——到达“乐园”与经过“死谷”“火焰山”“弱水”的过程的对立，实现了作品情感表达的非个人化。

在“哥儿”系列散文诗剧《雪的旷野》中，贯穿全文的暗示性意象为“雪的旷野”。“雪的旷野”暗示隐喻了黑暗的社会现实，“只是现在，却是冬天，夜狼们在这国土横行，吸取人民的血和汗，尝食人民的骨和肉”[②]。“雪的旷野”是戏剧主角“哥儿”口中的“冬天”“雪的世界”，与“春天”“夏天”相对应、相冲突。“在过去，世界上曾经有过春天和夏天，遍地是羊的青草，遍地是鲜艳的花，葱绿的树；草地上，

① 聂绀弩：《架桥者》，见《聂绀弩全集》第四卷，武汉出版社2004年版，第359—360页。

② 聂绀弩：《雪的旷野》，见《聂绀弩全集》第四卷，武汉出版社2004年版，第362页。

花丛里，树林中，有黄莺，百灵，画眉婉转地歌唱；有蝴蝶和蜜蜂飞翔，有蜻蜓，蟋蟀，螳螂和蚱蜢欢乐地舞蹈，而太阳又是温暖的。”①与“冬天”“雪的世界”相对，“春天”“夏天”则是美好人生的象征。暗示性意象“冬天”“雪的世界”同“春天”“夏天”形成了典型的戏剧冲突。与《架桥者》类似，在文章的最后，聂绀弩依然化身戏剧主角“哥儿”，以大段的抒情性戏剧独白向读者观众传达自我的理想与信念，“别了，幸福的东西们！你们的春天自己会来，这是值得荣耀的，我呢，我的国土的春天，却要靠我自己创造，靠我的许许多多的同志们来创造！”② 但全文也仅有此处是情绪的倾泻，同样是戏剧剧情发展到达高潮之后，戏剧角色与作家本人情感的自然流露。全文的情感表达方式并不是情绪的倾泻，依然是借助暗示性意象和戏剧冲突来实现情感表达的非个人化。以《架桥者》《雪的旷野》为代表的“哥儿”系列散文诗剧，呈现出了典型的幽婉抽象的智性玄思风格。

在“叶丽雅”系列散文诗剧《窄门》中，戏剧主角“叶丽雅”在观看“苏菲亚·柏洛夫斯卡雅”的画像时，与之发生了戏剧对话，从而引出了《窄门》的另一个戏剧角色“苏菲亚”。“苏菲亚”是沙俄时期反抗沙俄暴政的一位女英雄，在 1881 年与伊·格里涅维茨基等人成功刺杀沙皇亚历山大，被捕后宁死不屈，最终英勇就义。早在“五四”运动之前，国内就有众多学者对其事迹进行了演绎和译介。如岭南羽衣女士著、谈虎客批的五回历史小说《东欧女豪杰》，连载于 1902 年至 1903 年的《新小说》第 1 卷第 1 期至第 1 卷第 5 期，岭南羽衣女士最早将其命名为“女豪杰”。梁启超曾署名“中国之新民”，在《新民丛报》上发表过《论俄罗斯虚无党》一文，提及“苏菲亚”刺杀沙皇一事，亦称其为“女豪杰”，“俄皇亚历山大阅兵归为女豪杰苏菲亚等爆弹所狙薨于道旁”③。因

① 聂绀弩：《雪的旷野》，见《聂绀弩全集》第四卷，武汉出版社 2004 年版，第 362 页。
② 聂绀弩：《雪的旷野》，见《聂绀弩全集》第四卷，武汉出版社 2004 年版，第 363 页。
③ 中国之新民：《论俄罗斯虚无党》，《新民丛报》1903 年第 40—41 期。

此，戏剧角色“苏菲亚”本身就蕴含着强烈的戏剧冲突——革命者、先驱者与旧制度、旧社会的对立。“叶丽雅”观看“苏菲亚·柏洛夫斯卡雅”的画像时，“苏菲亚”在画像中站立于“一爿阴黯凄冷的窄门前”[①]。“窄门”是一个贯穿全文的暗示性意象，暗示和隐喻了旧制度、旧社会以及黑暗残酷的社会现实，“这窄门里有的只是冻馁，轻蔑，侮辱，残害，以至于死亡”[②]。但戏剧角色“苏菲亚”不止一次地向“叶丽雅”表明自己要走入“窄门”的决绝态度，“我知道，但我要进去!”[③] 一方面呈现出革命者、先驱者与旧制度、旧社会的戏剧冲突，另一方面则展现出革命者、先驱者无私奉献、英勇无畏的精神。在作品最后，“叶丽雅”化身为“苏菲亚”，二者实现了统一，“叶丽雅站着如同一座雕像，太阳映着她的前额发光”[④]。莫洛（“叶丽雅”）与“苏菲亚”实现了精神的相通，此种情感的共鸣与传递，借助暗示性意象与戏剧冲突的应用，为典型的非个人化表达，而非情绪的倾泻。

在“叶丽雅”系列散文诗剧《血的花瓣》中，出场的戏剧角色有“阿依”（“我”）和“叶丽雅”，二人结伴，在野外爬行一座并不十分陡峭的坂坡。在爬行过程中，“我”和“叶丽雅”不小心踩空了，滑落摔倒。“叶丽雅”的手出血了，“我”惊慌中随手掠来一团杜鹃花，用杜鹃花的花瓣为其止血，杜鹃花的花瓣上沾染了“叶丽雅”的鲜血。戏剧角色“叶丽雅”在“叶丽雅”系列的散文诗剧之中，既是各部散文诗剧的戏剧主角，又是不同的暗示性意象，在《血的花瓣》中，“叶丽雅”成为传播希望之血、纯情之血、勇者之血、战士之血的使者，“凡是纯情的人类的血都会燃烧……勇者和战士的血教土地燃烧，教所有怯懦的灵魂清醒，教奴隶忘记了哭泣，使他们的心燃烧”[⑤]。杜鹃花

① 莫洛:《窄门》，见《莫洛集》（上），岳麓书社 2012 年版，第 28 页。
② 莫洛:《窄门》，见《莫洛集》（上），岳麓书社 2012 年版，第 28 页。
③ 莫洛:《窄门》，见《莫洛集》（上），岳麓书社 2012 年版，第 28 页。
④ 莫洛:《窄门》，见《莫洛集》（上），岳麓书社 2012 年版，第 29 页。
⑤ 莫洛:《血的花瓣》，见《莫洛集》（上），岳麓书社 2012 年版，第 36 页。

那沾染了鲜血的花瓣，成为贯穿全文的暗示性意象“血的花瓣”。“血的花瓣”像火焰一样鲜红，象征了星星之火、希望之火，“你的血使山杜鹃添注了生命的浆液，明年杜鹃花会开得更好更红，这山野会像火焰一般燃烧”[①]。无论是受伤的“叶丽雅”还是“被揉碎，带着血”[②]的“血的花瓣”，均暗示和隐喻了想要实现理想信念，需要付出的艰辛代价，暗含着强烈的戏剧冲突——爬山人（革命者）与“并不十分陡峻的坂坡”[③]（困难与阻碍）的对立。暗示性意象和戏剧冲突，使《血的花瓣》的情感表达实现了非个人化，作者的理想信念与思想情感变得折绕与婉曲，既与作品诗性的体裁内核相契合，又使作品呈现出一种典型的幽婉抽象的智性玄思风格。

在“夏侯杞”“哥儿”“叶丽雅”系列散文诗剧中，师陀、聂绀弩、莫洛借助暗示性意象与戏剧冲突，客观地传递情感，从而实现了情感表达的非个人化。师陀、聂绀弩、莫洛的个人思想情感、理想信念以及对社会现实的揭露与批判，不是通过一个“夏侯杞”“哥儿”“叶丽雅”来暗示与隐喻，而是由多个“夏侯杞”“哥儿”“叶丽雅”来共同隐喻和象征。“像《叶丽雅》这样富有高度现代艺术色彩的散文诗，在那时还是不可多得的。而叶丽雅的形象本身，其实又是莫洛当年精神生活的象征，暗喻着新时代的预感对莫洛蛰伏的灵魂所作的呼唤，呼唤自己觉醒、振奋，再度勇敢地投入大时代的巨流中去。”[④]师陀、聂绀弩、莫洛在散文诗剧中对人生、命运、现实、未来进行了深刻的理性思索，作者的思想情感、理想信念和理性思考没有直接暴露于读者与观众的面前，理性沉思后的情感积淀是借助诗歌意象与戏剧冲突来客观表现的。这是一种典型的“非个人化”的艺术创作思路，此种文本建构方式与艺术表现手法为中国现代散文诗剧的创作开辟了一条全新的思路，避免

① 莫洛：《血的花瓣》，见《莫洛集》（上），岳麓书社 2012 年版，第 35 页。
② 莫洛：《血的花瓣》，见《莫洛集》（上），岳麓书社 2012 年版，第 36 页。
③ 莫洛：《血的花瓣》，见《莫洛集》（上），岳麓书社 2012 年版，第 34 页。
④ 骆寒超：《骆寒超诗学文集·诗学散论（中）》，人民文学出版社 2010 年版，第 311 页。

了以往诗歌和诗剧写作中作家个人主观情绪泛滥的弊端，从而使散文诗剧具有了一种幽婉抽象的智性玄思风格。

二　抽象深刻的理性思考

文学创作虽然不同于哲学研究，作家却可以将抽象深刻的理性思考熔铸于文学创作——散文诗剧的写作之中，这个过程就是一个典型的感性情绪——诗情，与理性思维——哲理，相互碰撞、相互交融的过程。以艾略特为代表的英美新批评派的学者，强调文学创作不仅要深入内心——感觉（感性），还要深入思维，“这还看得不够深……必须看进大脑皮层、神经系统，还有消化道”①。既要重视感性，又要重视理性，甚至应以理性为主，感性为辅，反对单纯过度地追求感性情绪的倾泻。但以理性完全取代感性也是行不通的，“叶芝在论诗的象征中曾经说过‘诗人应有哲学，但不应表现哲学’……抽象观念必须经过强烈感觉才能得着应有的诗的表现，否则只是粗糙材料，不足以产生任何效果”②。由此可见，对于中国现代散文诗剧的创作，需要实现感性（感觉）与理性（思维）的融会贯通，二者缺一不可。在写作散文诗剧时，诗人自然会将自我的情感熔铸在作品之中，同时，诗人也应化身为哲学家，用哲学家的眼光来观察世界、思考世界。尤其是反思社会、历史、人生、人性、命运等形而上的哲理问题，挖掘、思考、表现世间万象之间变幻莫测的复杂关系与事物的本质。

在散文诗剧的创作过程中，当诗人自我强烈的主观感性情绪与抽象深刻的客观理性思考融为一体后，特别是抽象深刻的理性思考的注入，理性因子成为建构文本的主导要素。将此种创作理念升华为文体风格并产生深远影响的作家，首推鲁迅。在创作散文诗集《野草》之时，鲁

---

① ［英］艾略特：《玄学派诗人》，裘小龙译，见赵毅衡编选《“新批评”文集》，中国社会科学出版社1988年版，第45页。

② 袁可嘉：《论新诗现代化》，生活·读书·新知三联书店1988年版，第76页。

迅就化身为一个哲学家，对人性、人生、命运、生存、生命等形而上的问题，进行了深刻的理性思考，“鲁迅先生自己却明白的告诉过我，他的哲学都包括在他的‘野草’里面”[①]。而作为“鲁迅散文诗创作最合格的传人”[②] 的莫洛，虽未与鲁迅谋面却深受鲁迅陶染。“提倡着一种受了鲁迅启示的新写实主义”[③] 的师陀[④]，以及最得鲁迅真传的作家之一的唐弢，他们的文学创作，特别是散文诗和散文诗剧写作，深受鲁迅影响。在创作散文诗剧的过程中，莫洛、师陀、唐弢像鲁迅一样化身哲学家，利用散文诗剧散文性体裁形式在字数与篇幅方面的先天优势，并借助散文诗剧剧性体裁特质所具有的戏剧因子——戏剧角色与戏剧对话，深入思考各种复杂、深刻、玄奥的哲理性问题。从而将文学创作与理性思考相结合，使其笔下的散文诗剧具有了理性沉思的特质，呈现出了一种典型的幽婉抽象的智性玄思风格。

以莫洛的“黎纳蒙”系列散文诗剧《倦旅》为例，戏剧角色“黎纳蒙”和“我”坐在“混乱的，嚣杂的，而且异常拥挤”[⑤] 的火车车厢里。周围的乘客、车上的小贩和巡走的铁路警察均表现出一种毫无生气的困惫人生状态，“乘客们有懒懒地吸烟，有大声谈话，有蜷在座位上打鼾，有剥着一颗一颗瓜子……他们的脸都是呆滞的，凝重的，无生气的。车上的小贩叫嚷着过去，铁路警察也迂缓地巡走着从这个车厢到那个车厢……一种单调的疲劳使人失去精神的依托；生命在这里不是安息，好像完全是被羁系的困惫”[⑥]。在旅途中，有两种群体，一种群体

① 衣萍：《古庙杂谈（五）》，《京报副刊》1925 年第 105 号。

② 骆寒超：《百年回眸散文诗》，见骆寒超、黄纪云主编《星河　红豆　大型新诗丛刊　2015 年　夏季卷》，人民文学出版社 2015 年版，第 183 页。

③ 刘增杰：《师陀研究资料》，北京出版社 1984 年版，第 37 页。

④ 1936 年 10 月 19 日，鲁迅逝世。师陀连日参加为鲁迅守灵与送殡的活动。从鲁迅去世的头一天起，每天赶到胶州路万国殡仪馆去守灵几个钟头。这是师陀第一次也是最后一次见到鲁迅。后以芦焚之名发表悼念文章《他给我们的不算少》，刊载于 1936 年 11 月《中流》杂志第 1 卷第 5 期的“哀悼鲁迅先生专号”。

⑤ 莫洛：《倦旅》，见《莫洛集》（上），岳麓书社 2012 年版，第 37 页。

⑥ 莫洛：《倦旅》，见《莫洛集》（上），岳麓书社 2012 年版，第 37 页。

是上述的戏剧角色——“乘客们”“小贩”“铁路警察”，他们是毫无生气的、被羁系的、困惫的人，他们虽有生命，却没有精神的依托，没有独立思考的能力，仿佛行尸走肉一般。另一种群体则是戏剧角色“黎纳蒙”和“我”。在“黎纳蒙”系列的散文诗剧中，莫洛的化身实际上有两个，一个是戏剧角色“黎纳蒙”，一个是戏剧角色“我”，“我”总是陪伴在“黎纳蒙”左右，二者一同思考、一起讨论，“黎纳蒙”和“我”的戏剧对话（戏剧独白与戏剧对白），是莫洛本人理性思考的艺术化呈现。

因此，在“黎纳蒙”系列散文诗剧中，“黎纳蒙”既是一个戏剧角色，更是一个哲学家、思考者，由此呈现莫洛本人深刻的理性思考与复杂的精神世界。“另一个散文诗系列《黎纳蒙》，虽和《叶丽雅》写于同个时期，但具有另一种内涵。它所写的是一个知识分子在我们民族处于历史转折时的一段精神历程。”[①] 在《倦旅》中，面对没有精神依托、没有独立思考能力的、麻木的庸众们，“黎纳蒙”思考的是生命的意义与生命的真谛是什么，“这些都是生命吗——连同我们一起？”[②] 借助散文诗剧剧性的体裁特质——戏剧对话，莫洛将自我对生命意义的思考和自我的人生理念，借戏剧角色“黎纳蒙”和“我”的讨论（戏剧对话）具体熔铸于作品之内，呈现在读者和观众面前，从而实现了诗情、剧情与哲理深思的完美融合。与纯诗相比，散文诗剧散文性的体裁特性使作者在文中能够细致、全面、深入地展现抽象深刻的理性思考。随着“黎纳蒙”和“我”戏剧对话的展开和深入，莫洛对生命意义的感知、探寻与领悟也逐渐揭示出来，“生命在时间的路上常常麻木，如同无梦的睡眠；但生命虽然有时茫然无感觉，而时间旅程上的各个小站，却已过眼失去……人生的旅路上有的就是这些太多的悲剧。——而我们，在这寒夜里，都成为人生路上的倦旅者了……现在是我们这些倦旅者

① 骆寒超：《骆寒超诗学文集·诗学散论（中）》，人民文学出版社 2010 年版，第 311 页。
② 莫洛：《倦旅》，见《莫洛集》（上），岳麓书社 2012 年版，第 37 页。

暂时停下在人生路轨上的一个小站里，让我们碰碰运气，去向陌生的生活摸索”①。在《倦旅》中，莫洛通过对生命意义与生命真谛的深刻思考，展现出了明确的自我反省和自我拷问意识，深沉的哲理深思与真挚的思想情感相互融合，使作品实现了感性和理性的统一，激发出了强烈的艺术张力。

在“黎纳蒙”系列散文诗剧《蚯蚓》中，莫洛依然将自我抽象深刻的理性思考，借助戏剧角色“黎纳蒙”和“我”的戏剧对话具体呈现。《蚯蚓》中的“黎纳蒙”和“我”来到了一座美丽小城的湖边，“黎纳蒙”并未对这美丽的湖泊、蔚蓝的湖水、优美的景色产生任何兴趣，反而关注湖边“匆匆而过的那些生活的乞讨者”②——“那些穿着短衫裤的姑娘，在湖堤上带着饥渴的呼嚷招揽顾主；一个报童喊着一串报名，喘急地奔跑过；一个卖橘子花生的女人，挽一只竹篮在嘶声叫卖；一个褴褛的拾荒的孩子，缩着上身，用他的灰色的眼睛向地面各处寻觅，捡起一片桔皮往破篓里放”③。在“黎纳蒙”看来，上述“匆匆而过的那些生活的乞讨者”——“姑娘”“报童”“卖橘子花生的女人”“孩子”，与自己是同一类人，“他，黎纳蒙，一个矮小，苍白，纤秀，近世，寡言笑的年青人，一个忠厚的知识分子”④，都是些平凡的生命，在自我的生活中与命运挣扎、搏斗。他们的生命虽平凡，却没有向命运低头。“黎纳蒙”和“我”的戏剧对话，蕴含着莫洛对生存意义的深刻思考，“这些生命都在挣扎，都在求生的人海中角逐……是的，角逐，而且搏斗；生命的搏斗，显得何其严肃……啊，多么平凡的生命”⑤。

在“黎纳蒙”和“我”的戏剧对话中还出现了象征性意象——“树”与“蚯蚓”，尤其是意象“蚯蚓”，暗示、隐喻了作者的思想情

① 莫洛：《倦旅》，见《莫洛集》（上），岳麓书社 2012 年版，第 38—39 页。
② 莫洛：《倦旅》，见《莫洛集》（上），岳麓书社 2012 年版，第 43 页。
③ 莫洛：《倦旅》，见《莫洛集》（上），岳麓书社 2012 年版，第 43 页。
④ 莫洛：《倦旅》，见《莫洛集》（上），岳麓书社 2012 年版，第 43 页。
⑤ 莫洛：《蚯蚓》，见《莫洛集》（上），岳麓书社 2012 年版，第 43 页。

感、理想信念与哲理思考。当“黎纳蒙”向“我”询问何谓“生存的意义”后，戏剧角色“我”将自己比喻为了一棵树：“现实给我迫害，生活给我折磨，我的生存显得如此渺小；我但愿自己，像一颗平凡的树，逢好的春天，就萌一些叶，开几朵花；到收获的秋季，我也不忘记呈献几颗果子。在今天，生命的存在，我不能寄予非分的奢望。”① 而“黎纳蒙”则将自我的生存意义比喻为“一条蚯蚓”，并以大段的抒情独白来详述“蚯蚓”（自我）的生存意义：“是的，我仅有一个作为一条蚯蚓的渺微的愿望；在阴黯的日子，在阴黯的国度里，我在求生的搏斗中算是败阵了，我只能负着伤痛退回来。我默默地生活——默默地工作，无声，无色，无光彩；但我始终朴拙地工作，笃实地工作，不求报偿地工作。——这为了忠实于生命，为了奉行庄严的生存的意义。正如同蚯蚓——你该知道蚯蚓，蚯蚓在阴黯的泥穴中，为了求取生存，它仅仅吸食一些水分，一些空气和泥污；然而，它看来好像安于命运的支配，安于生命的安排，但它生存着而且工作着，没有忘记生命对于工作的呈献。于是蚯蚓以它的软体翻动泥土，以它的唇吻接植物的根须，它呕吐一些养料给树木，它鼓励树木作欢悦的收受……当它工作疲乏的时候，就蜷伏在泥穴中，静静地谛听，那一个一个成熟的丰满的果实，从枝丛中坠落，发出触地的坚沉的声音。这成熟果实落地的声音，就给蚯蚓带来衷心的安慰。”② 与“我”的人生理念相比，“黎纳蒙”的人生理想更为平凡，更加高尚。

“我”也以大段的戏剧独白来回应“黎纳蒙”对于生存意义的思考，“我这颗（棵——编者注）幼弱的小树，当会欢悦地接受你这条蚯蚓的盛意的赐予，你的养料我会珍视，如果你有耐性，请你作一次细心的等待，也许不久，我这棵小树上将结出果实，待果实成熟，那你也将

① 莫洛：《蚯蚓》，见《莫洛集》（上），岳麓书社 2012 年版，第 44 页。

② 莫洛：《蚯蚓》，见《莫洛集》（上），岳麓书社 2012 年版，第 44—45 页。

能听到每个果实铿然坠地的声音。使你在寂寞里，也获取一分友谊的喜悦”①。象征性意象“树”和“蚯蚓”均指向了现实生活中努力奋斗的群体。尤其是“蚯蚓”，十分卑微，默默无闻和无私奉献，他们“隐藏”于“土地”之中，默默地奉献与付出。“黎纳蒙”和“我”的大段抒情独白是莫洛理性思考的感性呈现，莫洛在写作散文诗剧时，将自我抽象的哲理沉思转化为炽热强烈的思想情感与理想信念，并通过戏剧角色的戏剧对话客观呈现在读者与观众面前。在大动荡、大变革的外部环境中，绝大部分的生命都像“树”“蚯蚓”那样，在自我平凡的生命中努力挣扎，与命运角逐搏斗。但也有另一群人，屈服于命运，被“黎纳蒙”（莫洛）鄙视，“为庄严的生活所摈弃”② ——“那是一群脂红粉白的女人，飘着眩目的红围巾的女人，她们夹在男人的浮浪的笑声里，穿着肥肿的翻皮大衣的身体，在蹒跚着走路”。③ 他们反衬出“蚯蚓”们的坚韧、顽强与不屈。《蚯蚓》可以看作《倦旅》的续集与升华，莫洛对于生存的意义、生命的真谛再一次进行了深刻的哲理思考。如果说《倦旅》批判了某一类人倦怠、麻木的生存状态，但还未明确指出何谓生存的意义、生命的真谛。而在《蚯蚓》中，“黎纳蒙”和“我”则发掘出了符合时代精神的生存意义、生活状态与生命真谛。“黎纳蒙”系列散文诗剧，既是莫洛本人抽象深刻的理性思考的具体呈现，又是莫洛作为知识分子在动荡变革的大时代面前对自我精神世界、灵魂世界的深刻剖析，表现出了浓郁的幽婉抽象的智性玄思风格。

师陀的散文诗剧《生命》、莫洛的散文诗剧《生命》、唐弢的散文诗剧《死》，则通过对生死的深思，熔铸了师陀、莫洛和唐弢对命运、人生、人性等哲理性问题的深刻思考。在师陀的散文诗剧《生命》中，戏剧角色“我”（“夏侯杞”）在树下休息时，看见一只“小青虫”从

① 莫洛：《蚯蚓》，见《莫洛集》（上），岳麓书社 2012 年版，第 45 页。
② 莫洛：《蚯蚓》，见《莫洛集》（上），岳麓书社 2012 年版，第 43 页。
③ 莫洛：《蚯蚓》，见《莫洛集》（上），岳麓书社 2012 年版，第 43 页。

树上坠下，悬在空中，一根细丝支撑着它的重量，使它不至于往下掉落，风吹来，“小青虫”在空中摇摆。“我”由“小青虫”的生死瞬间联想到了人类的命运，联想到了自我的人生。“可千万不要以为我们比小青虫侥幸。一种神妙的奇迹，我们也正跟小青虫一样悬在一根细细的丝上，风吹来，我们摇摆，仿佛我们是悬在永恒上，觉得自己的地位完全稳固。假如我们惊慌，我们怀疑维系我们的细丝，譬如喊‘不要动’的是我们自己，我们便要坠下去，或跌下去，在下面等待我们的正是一个深渊。好就好在我们看不见我们所处的地位。走索地说；‘不要朝下看！’是的，最重要的就是这我们看不见我们处的地位！”[①] 师陀通过“小青虫”的遭遇，感悟到人生的不确定性，与“小青虫”一样，人类的命运并不掌握在自己的手中。在《生命》中，师陀已然化身哲学家，用哲学家的眼光来观察世界、思考人生。深刻抽象的理性思考通过巧妙的戏剧剧情以及戏剧角色“我”（“夏侯杞”）的戏剧独白展现于读者观众面前，让读者观众走入师陀的精神世界，与师陀一道，共同探究人生、命运、生死的奥秘所在。

在散文诗剧《生命》中，莫洛借戏剧角色“蚂蚁”“甲虫”“蝴蝶”之间的戏剧对话，借助戏剧剧情，呈现出大雨来袭时，荒原上各种生命的毁灭。大雨袭来时，通过对死亡的细致描写与理性思考，上升到了对人性的反思，“一只大蜘蛛在趁火打劫，把一只刚刚从雨中飞向树荫的蜻蜓网住，捉在爪里就咬着吃了。一群山蚂蚁，从一段枯了的树木孔中蜂拥出来，惊呼着，乱堆乱挤，只顾逃命，不顾兄弟朋友的情谊了：把你推倒了，自己踩着你的尸身跑过；把他撇了，让自己急急朝一根树干攀爬上去”[②]。戏剧角色“甲虫”义愤填膺地怒斥：“都是倾轧，自私，贪婪，趁火打劫的家伙！”[③] 随着戏剧剧情的发展、戏剧对话的

① 师陀：《生命》，见《师陀全集·6·第三卷（下）·散文　诗歌》，河南大学出版社 2004 年版，第 682 页。

② 莫洛：《生命》，见《梦的摇篮》，花城出版社 1984 年版，第 111 页。

③ 莫洛：《生命》，见《梦的摇篮》，花城出版社 1984 年版，第 111 页。

深入，莫洛又呈现出了“大雨”与“阳光”的对峙、“毁灭”与“回来”（重生）的对立，从而对“生命”所具有的复杂、辩证的内涵进行了深刻的理性思索。“生命”本身就具有双重含义——“毁灭的生命”与“新生的生命”，二者是对立融合、相反相成的。在文章末尾，莫洛借助戏剧角色“作家”之口揭示出个人的哲理沉思：“一阵大雨也要毁灭许多生命；但阳光又将送许多新的生命回来”①，这是典型的相反相成式的悖论拷问。在这两部同名的散文诗剧《生命》中，师陀和莫洛均是以生死为切入，通过描写生死，思考生死，继而升华到对人生、命运、人性、生命等方方面面的哲理深思，借助戏剧剧情、戏剧对话，客观的传递自我的思考、认知与理念。

在《死》中，唐弢也是借助戏剧角色各个“灵魂”的戏剧对话来呈现自我对生与死的深刻理性沉思。戏剧角色一个新来的“灵魂”向“生命之神”询问“为什么剥夺了我的生命”②，另一个新来的“灵魂”则向“生命之神”询问“你为什么生我的呢”③。上述两个“灵魂”的提问，也是作者本人的疑问——人为什么死、人为什么生，这也是困扰着整个人类的复杂问题。唐弢除了思考这两个问题，还对“如何生存”这一命题进行了深入思索。在作品中，戏剧角色之间不止一次地为之进行过讨论，在一次讨论中，唐弢化身为戏剧角色——一个新来的“灵魂”，明确告知其他“灵魂”，“不！我不怕死……不！于死，我无所知……不！我不贪图，也无所留恋……我执着于生！”④ 同时，这个新来的“灵魂”也明确告知“生命之神”，“我要执着于生。你为什么生我的呢？不回答吗？我可以这样反问：我为什么而生的？这任务存在着，我就得生下去，执着于生！”⑤ 通过新来的“灵魂”的戏剧独

① 莫洛：《生命》，见《梦的摇篮》，花城出版社 1984 年版，第 112 页。

② 唐弢：《死》，见《唐弢文集》第三卷，社会科学文献出版社 1995 年版，第 334 页。

③ 唐弢：《死》，见《唐弢文集》第三卷，社会科学文献出版社 1995 年版，第 334 页。

④ 唐弢：《死》，见《唐弢文集》第三卷，社会科学文献出版社 1995 年版，第 334 页。

⑤ 唐弢：《死》，见《唐弢文集》第三卷，社会科学文献出版社 1995 年版，第 335 页。

白与戏剧对白，揭示出唐弢本人对“人为什么死、人为什么生”这一问题的淡然，作者关心、重视、思考的问题实际是“如何生存”这一命题。唐弢化身剧作中的戏剧角色，不止一次地发出了内心的呼声——“执着于生”，表现出了一种生命强力和战斗精神，这是强者的怒吼与呐喊，是理性沉思后的人生答案。在《死》中，唐弢对生死进行了深刻的理性思考之后，从生死这一问题进而上升到对生存意义的思考。

无论是师陀、莫洛还是唐弢，他们的散文诗剧以生死为切入，通过思考生死，进而升华到对人性、命运、人生、生命、生存等其他问题的深刻理性思考。在散文诗剧的创作过程中，诗人化身为哲学家，用哲学家的抽象思维去进行感性的文学创作，抽象深刻的理性思考使中国现代散文诗剧表现出了浓郁的幽婉抽象的智性玄思风格。

第三节　表里冲突的庄严反讽

反讽历史悠久，最初由演说或谈话的诡辩术、修辞术发展而来，“西塞罗和昆体良所赋予它的比较有趣的含义，即作为论辩中对付敌手的方式和作为整个辩论的语言策略”①。反讽与讽刺是两个完全不同的概念，“一个作者，用了精炼的，或者简直有些夸张的笔墨——但自然也必须是艺术的地——写出或一群人的或一面的真实来，这被写的一群人，就称这作品为‘讽刺’”②。讽刺是表意层对内蕴层的一种夸张，通过扩大或缩小内蕴层来达到揶揄、调侃、嘲笑的目的，其表意层与内蕴层的意义指向是完全相同的。反讽与讽刺相反，“言在此而意在彼”，“在公众演说中就经常出现一个名为反讽的修辞格，它的特点是嘴所说

① ［英］D. C. 米克：《论反讽》，周发祥译，昆仑出版社1992年版，第23页。

② 鲁迅：《什么是“讽刺”？——答文学社问》，见《鲁迅全集·第六卷·且介亭杂文二集》，人民文学出版社2005年版，第340页。

的和意志所指的正好相反。这里我们已经能够看到一个贯穿所有反讽的规定，即现象不是本质，而是和本质相反。在我说话之时，思想、意志是本质，而词语是现象”[①]。反讽——克制反讽，陈述的内容（表意层）与想要表达的思想（内蕴层）是相互对立冲突的。反讽与反语的表意层与内蕴层都是相互对立冲突，但与反语相比，反讽更倾向于悲剧——人性悲剧、命运悲剧、社会悲剧，节奏更偏于沉重、庄严、肃穆。英美新批评派极为看重反讽，布鲁克斯认为现代诗歌和现代诗剧应以“反讽”的形式写作，并将反讽上升到了一种创作思维的高度。“我已经辩明，反讽作为对于语境压力的承认，存在于任何时期的诗、其至简单的抒情诗里。但在我们时代的诗里，这种压力显得特别突出。大量的现代诗确实运用反讽当作特殊的、也许是典型的策略。这是有理由的，而且有强有力的理由的。”[②] 随着研究的深入，反讽被逐渐引向悲剧，这是最值得瞩目的现象，悲剧反讽也是英美新批评派最为推崇的一种反讽类型。反讽也成为以鲁迅为代表的中国学人所钟爱的艺术思维与创作方式，并逐渐演变为中国现代散文诗剧中最为常见的文体风格之一。

一 克制反讽

“克制反讽”又被称为“克制陈述”，是一种最为常见的反讽类型，“在实际说出的与可能说出的之间有或大或小的差距”[③]。“克制陈述”包含两个方面，分别是“夸大陈述”以及“缩小陈述”。“夸大陈述”（overstatement）与“夸张”（exaggeration）是两个完全不同的概念，夸张是“在同一性质上引申”[④]，其表意层与内蕴层的性质是相同的。而

① ［丹麦］索伦·奥碧·克尔凯郭尔：《论反讽概念　以苏格拉底为主线》，汤晨溪译，见《克尔凯郭尔文集1》，中国社会科学出版社2005年版，第212页。

② ［美］克林斯·布鲁克斯：《反讽——一种结构原则》，袁可嘉译，见赵毅衡编选《“新批评”文集》，中国社会科学出版社1988年版，第345页。

③ 赵毅衡：《重访新批评》，四川文艺出版社2013年版，第155页。

④ 赵毅衡：《重访新批评》，四川文艺出版社2013年版，第155页。

夸大陈述则是在相反性质上进行引申。“缩小陈述”与“夸大陈述”相同，其表意层与内蕴层的性质也是相反的。在英美新批评派的理论正式传入国内之前，“克制反讽”已经成为中国作家惯用的一种思维方式与艺术表现手法，并成为散文诗剧此种文体的风格范式之一。

在新文学的第一首散文诗剧《人力车夫》中，胡适就以克制反讽来布局全文。先是通过戏剧对话，展现戏剧角色“客”对“夫”的“关心”与“同情”——“你今年几岁？拉车拉了多少时？”① “你年纪太小，我不坐你车。我坐你车，我心凄惨。”② 通过戏剧对话，可以看出戏剧角色“客”十分同情“夫”这个未成年的人力车夫，“客”是一个“心地善良”的戏剧角色。戏剧角色“夫”却没有接受“客”的同情和关怀，反而强调自己已经半日没有生意，又寒又饥，好心肠无法满足饿肚皮。“客”为了让“夫”赚到钱有饭吃，点头对他说：“拉到内务部西!”③ “客”在文章最后的戏剧台词揭示出了他的身份是一个政府官员。在作品中，胡适真实描写了人力车夫这一社会阶层的艰辛与困苦，更是将笔墨触及了童工这一更为凄惨与不幸的阶层。胡适不是简单描摹底层民众的不幸生活，而是以克制反讽的艺术形式与创作思维去反思悲剧生成的根源。在文章最后，揭示了社会悲剧源于政府的不作为，《人力车夫》中的“客”恰恰是政府官员。“客”对“夫”的“关心”“同情”，与最后的戏剧台词“拉到内务部西!”形成了强烈的反差与对峙，即表意层与内蕴层的冲突与矛盾。由此来看，“客”对“夫”的关心同情是多么的虚伪，是多么的讽刺，假若以“客”为代表的政府机构能够做好自己的本职工作，也就不会出现如此多的童工阶层与底层民众，也就不会产生如此多的社会问题与社会悲剧。

---

① 胡适：《人力车夫》，《新青年》1918 年第 4 卷第 1 号。
② 胡适：《人力车夫》，《新青年》1918 年第 4 卷第 1 号。
③ 胡适：《人力车夫》，《新青年》1918 年第 4 卷第 1 号。

在徐雉的散文诗《送给上帝的礼物》中，借戏剧性因子——戏剧剧情，安排戏剧角色“小孩子”“工人”“穷人”“诗人”站在天堂门口等待戏剧角色“天使”审核，从而决定谁最终能够进入天堂。“天使”的审核标准是询问上述戏剧角色携带了什么样的礼物送给上帝。“小孩子”的回答是：“我是一个私生子。我的爹妈因为受不住人间恶毒的咒诅，就把我抛弃了。我没什么可以送给上帝，我只有一颗纯洁无瑕的灵魂。”[①]“工人”的回答是：“我在人间每天要做十三点钟的工作，还是不能得一饱，也没有一个人可怜我。我还有什么礼物可以献于上帝之前呢？我的血汗都被那些资本家榨完了。”[②]“穷人”的回答是：“我是个无产阶级者，除了赤条条一个我以外，什么也没有！感谢上帝，因为他赐给我肉体和灵魂；现在我只能把他赐给我的，仍旧完完全全归还他。”[③] 而“诗人”的回答则是：“我在人间，耳所听见的，只是杀人和喊救的声音！眼所看见的，只是黑暗如漆的宇宙！鼻所闻着的，只是臭秽的血腥气！我眼眶里的泪珠儿倾泻如瀑！我周身的热血沸腾得好像在那里燃烧！我送给上帝唯一的礼物，便是‘现时代的悲哀’！”[④] 四个戏剧角色的“礼物”分别是“纯洁无瑕的灵魂”“没有礼物，甚至血汗都被榨完了”“归还上帝赐给我的肉体和灵魂”“现时代的悲哀”。

四个戏剧角色为了进入天堂，本应献给上帝最为珍贵的礼物，他们却拿出了表面看来十分“寒酸”的礼物。这些礼物竟然让他们最终全部通过了考核，在文章结尾，戏剧角色“天使”让他们全部进入了天堂，“天空的门呀的一声开了，他们便陆续地进去”[⑤]。整部作品的创作思维与结构布局是一种典型的反讽——克制反讽中的缩小陈述。戏剧角色“小孩子”“工人”“穷人”“诗人”送给上帝的礼物是“最微不足

① 徐雉：《送给上帝的礼物》，见《酸果》，光华书局 1929 年版，第 82 页。
② 徐雉：《送给上帝的礼物》，见《酸果》，光华书局 1929 年版，第 82—83 页。
③ 徐雉：《送给上帝的礼物》，见《酸果》，光华书局 1929 年版，第 83 页。
④ 徐雉：《送给上帝的礼物》，见《酸果》，光华书局 1929 年版，第 83 页。
⑤ 徐雉：《送给上帝的礼物》，见《酸果》，光华书局 1929 年版，第 83 页。

道”和“最不起眼”的，最终却凭借这些看似没有价值的礼物进入了天堂。“纯洁无瑕的灵魂”“没有礼物，甚至血汗都被榨完了”“归还上帝赐给我的肉体和灵魂”“现时代的悲哀”同“天空的门呀的一声开了，他们便陆续地进去”形成了一种最为强烈的对峙、反差与冲突，即表意层与内蕴层的矛盾。这是一种典型的克制反讽，原本需要贡献个人最为珍贵的礼物才能进入天堂，却凭借看似没有价值的礼物进入天堂，暗示象征了四个戏剧角色所奉献的礼物实际上才是世界上最纯洁、最美好的东西。天堂的大门是为那些被欺压、被侮辱、被损害的底层民众开放的。在散文诗剧《送给上帝的礼物》中，反讽不仅是一种艺术表现手法，更是一种创作思维与结构布局，通过克制反讽，徐雉一方面揭露社会的不公，另一方面则祝福并预言社会底层人民的美好未来。在中国现代散文诗剧创作伊始，诗人已然开始尝试以克制反讽建构新生的散文诗剧。

王统照的散文诗剧《赐给他的重新收回》，也是以克制反讽布局全文的典型作品。“主”重新赐给了“瞎子”“瘸子”“聋子”——“光象”“健步”“音响”。他们本应开心、快乐，在重获健康后，却恳求“主”，把“光象”“健步”“音响”重新收回。这是因为戏剧角色“瞎子”重获光明后，看到“权威者发怒时威容，刽子手行刑时的凶恶，一只小鸟受了飞弹堕地未死的羽毛纷披，一朵玫瑰被风雨打落污泥上的残忍……，老人脸上的愁苦皱纹，奴隶们被鞭打锁牵的战栗形样”①。“瘸子”重获健步后，“经过狂奔的战争，追逐过善跑的路人，为了比赛无暇休息。人给他种种奔走的差遣，奖誉与威迫……于是他为了健步把自身衰老了……从此后再没有安宁的幸福。更不能随自己的意愿……到死是如此的奔跑，历经险危，永无止息”②。“聋子”重获声音后，听

① 王统照：《赐给他的重新收回》，见《王统照文集》第四卷，山东人民出版社 1982 年版，第 385 页。

② 王统照：《赐给他的重新收回》，见《王统照文集》第四卷，山东人民出版社 1982 年版，第 385 页。

到“海翻地震的大响，满野满城中，受伤者快死去的哀号，呻吟，空中震惊的迅雷。地上交杂的钢铁交打。大火猛吹，巨山倒塌”①。“瞎子”看到的、“瘸子”经历的、“聋子”听到的，是丑陋、痛苦、悲哀、伤心的一切，这一切使他们极度痛苦、极度不适。因此，他们渴望“主”能把赐给他们的——“光象”“健步”“音响”重新收回。

众所周知，日常生活中的“瞎子”“瘸子”“聋子”最渴望重获健康。在《赐给他的重新收回》中，戏剧角色“瞎子”“瘸子”“聋子”在重获“光象”“健步”“音响”之后，反而哀乞“主”，把赐给他们的“光象”“健步”“音响”重新收回，这就形成了极大的反差与对立，是一种典型的克制反讽。在文章最后，戏剧角色“神”在听到他们的祈祷后，立时就把赐予他们的东西重新收回，“神知道还有得救了的‘死人复活’，——复活的会也祈求把赐给他的重新收回吧!”② 这又是一种典型的克制反讽，比起“瞎子”“瘸子”“聋子”这些残废者，“死人”更为可怜，对他们来说，性命——死而复生是最为重要的，假若能获得“主”的恩赐，重获生命，应该会十分珍惜复活的机会，但当“死人”重获新生后，也会像“瞎子”“瘸子”“聋子”那样，选择乞求“主”将赐给他的“生命”重新收回。这种极端的反差、富有张力的冲突，形成了一种典型的克制反讽。王统照以克制反讽布局全文，以克制反讽的艺术手法来批判、揭露现实的丑恶黑暗。现实世界的丑恶黑暗，竟然迫使残废者和死人都不想重获健康与生命，这是何等的讽刺与可笑。《送给上帝的礼物》《赐给他的重新收回》虽然披着西方宗教的外壳，却只是配合作品呈现反讽风格的工具。作品的主旨和立意是借西方宗教，以克制反讽暴露反思社会问题，为现实人生服务。

---

① 王统照：《赐给他的重新收回》，见《王统照文集》第四卷，山东人民出版社1982年版，第386页。

② 王统照：《赐给他的重新收回》，见《王统照文集》第四卷，山东人民出版社1982年版，第386页。

反讽是鲁迅文学创作，特别是散文诗剧写作的一种固定文体风格。《狗的驳诘》《立论》《聪明人和傻子和奴才》为典型的克制反讽。在《狗的驳诘》中，鲁迅设置了戏剧角色“我”与“势利的狗”，二者实现了戏剧对话，使作品由散文诗升华为散文诗剧。戏剧角色“势利的狗”的“势利”二字，其表意层指向的意义为趋炎附势，通过与另一个戏剧角色“我”的戏剧对话，揭示出“势利的狗”实际并不势利，其内蕴层的内涵为洁身自好、淡泊名利、不奴颜媚骨。“我惭愧，我终于还不知道分别铜和银；还不知道分别布和绸；还不知道分别官和民；还不知道分别主和奴；还不知道……”① “势利”与“不知道分别铜和银”、“不知道分别布和绸”、“不知道分别官和民”、“不知道分别主和奴”是完全对立冲突的，由此表现出克制反讽的文体风格。鲁迅的思想情感、作品的主题意义在克制反讽的作用下变得曲折晦涩，避免了直接的批判以及感性情绪的倾泻，也与散文诗剧诗性的体裁内核相契合。

散文诗剧《立论》所立之论是到底应该说谎话还是说真话，鲁迅以克制反讽来布局全文，阐明自我的人生态度——说真话。戏剧角色“我”梦见自己与“老师”在讲堂上发生了戏剧对话——“我”向“老师”请教如何立论，“老师”给我讲了一个故事。故事中有一家人生了一个男孩，满月的时候，抱出来给客人看，从而又引出了戏剧角色三个客人——“第一个人”“第二个人”“第三个人”。三个客人见到满月的孩子后，分别发表了自己的看法。“第一个人”说：“这孩子将来要发财的，”② 他得到了一句感谢。“第二个人”说：“这孩子将来要做官的，”③ 他得到了一句恭维。“第三个人”说：“这孩子将来是要死的，”④ 他得到了一顿痛打。通过三个客人的回答以及所受到的对待，

① 鲁迅：《狗的驳诘》，《语丝周刊》1925 年第 25 期。

② 鲁迅：《立论》，《语丝周刊》1925 年第 35 期。

③ 鲁迅：《立论》，《语丝周刊》1925 年第 35 期。

④ 鲁迅：《立论》，《语丝周刊》1925 年第 35 期。

揭示出文章的立意所在——“说要死的必然，说富贵的许谎。但说谎的得好报，说必然的遭打”[①]。说真话的遭到毒打，说谎话的反而得到了感谢与恭维，这是典型的克制反讽——说真话与说谎话的对立冲突。因此，在文章最后，“我”向“老师”请教一种既不用说谎又不用挨打的说法。“老师”并没有向“我”强调要敢于说真话，反而告知我了一种折中的回答方式：“阿呀！这孩子呵！您瞧！哈哈！Hehe！he，hehehehe！”[②] 这又是一个典型的克制反讽——说真话与和稀泥的对立冲突。鲁迅借克制反讽去讽刺揭示只有说谎话和无原则的调和折中才能得到好酬报、好结果的不古世风。

在散文诗剧《聪明人和傻子和奴才》中，出场的戏剧角色有“奴才”“主人”“聪明人”“傻子”。戏剧角色“奴才”先是向“聪明人”诉苦抱怨自己的不幸生活和悲苦人生，在得到“聪明人”的口头安慰后，“奴才”已然感受到了满足与舒坦，“可是我对先生诉了冤苦，又得了你的同情和慰安，已经舒坦得不少了。可见天理没有灭绝”[③]。“奴才”是现实生活中，被压迫、被奴役的社会底层民众，他们只会抱怨却不懂得反抗，仅仅一两句的安慰就能使他们得到满足，甘愿继续被压迫、被奴役。之后，“奴才”又遇见了“傻子”，向“傻子”进行诉苦，“我住的只是一间破小屋。又湿，又阴，满是臭虫，睡下去就咬得真可以。秽气冲着鼻子，四面又没有一个窗……”[④]“傻子”听后，不像“聪明人”那样只会虚伪的口头安慰，而是用实际行动去帮助“奴才”改变现状。“傻子”跟着“奴才”到他屋外后，动手就要砸那泥墙，要为“奴才”打开一扇窗。“奴才”非但不感谢“傻子”的帮助，竟然在地上团团打滚，哭嚷着：“人来呀，强盗在毁咱们的屋子了！快来呀，迟一点可要打出洞子来了；……”[⑤]

---

① 鲁迅：《立论》，《语丝周刊》1925 年第 35 期。
② 鲁迅：《立论》，《语丝周刊》1925 年第 35 期。
③ 鲁迅：《聪明人和傻子和奴才》，《语丝周刊》1926 年第 60 期。
④ 鲁迅：《聪明人和傻子和奴才》，《语丝周刊》1926 年第 60 期。
⑤ 鲁迅：《聪明人和傻子和奴才》，《语丝周刊》1926 年第 60 期。

“奴才”将无私帮助自己的“傻子”称为“强盗”，听见“奴才”的哭嚷，另外一群“奴才”赶来，赶走了“傻子”。“奴才”马上向“主人”汇报事情的因果与自己的所为，并得到了“主人”的“夸奖”。之后，来了许多慰问的人，里面就有“聪明人”。戏剧角色“奴才”代表了现实中的麻木庸众——甘心被奴役、被压迫的忠心奴才。全文充满了克制反讽与隐喻。戏剧角色“聪明人”、“傻子”以及“奴才”口中的“强盗”，均是典型的克制反讽，他们的表意层与内蕴层的含义是完全相反的。“聪明人”表意层的含义是智慧之人，通过戏剧剧情和戏剧对话，揭示了“聪明人”内蕴层的含义是自私自利、置身事外、明哲保身的无耻之徒。“傻子”表意层的含义为愚蠢之人，通过戏剧剧情和戏剧对话揭示出“傻子”内蕴层的含义是不畏强权暴政、勇于追求自由、甘愿牺牲自我的先驱者与反抗者，“傻子”才是真正富有大智慧和无畏精神的人。“强盗”的表意层含义是匪徒，内蕴层的含义则与“傻子”的内蕴层含义完全相同。借助戏剧剧情的巧妙安排，借助戏剧角色之间的戏剧对话，鲁迅揭示出“聪明人”“傻子”“强盗”表意层与内蕴层含义的对立冲突。鲁迅用戏剧角色“奴才”“奴才们”的所作所为，隐喻了现实中的庸众，“极容易变成奴隶，而且变了之后，还万分喜欢”①。用“傻子”“强盗”隐喻了那些勇敢无畏却不被理解，甚至被污蔑的孤独的革命者、先驱者。用“奴才”的“破小屋”隐喻了统治阶层压迫、剥削民众的制度。用“洞子”隐喻了通往自由、通往光明的道路。

《狗的驳诘》《立论》《聪明人和傻子和奴才》三部作品印证了鲁迅散文诗剧克制反讽的文体风格，也呈现出《野草》的创作思维和鲁迅的人生哲学，“鲁迅的哲学是愤世、讽世、抗世、救世……鲁迅哲学从愤世、讽世出发，最后归结为战斗的哲学”②。三部作品极具现实意义，

① 鲁迅：《灯下漫笔》，见《鲁迅全集·第一卷·坟》，人民文学出版社 2005 年版，第 223 页。

② 姚春树：《中国现代杂文散文杂论》，人民出版社 2014 年版，第 120 页。

克制反讽的应用，一方面使作品的主旨与立意极具折绕幽婉之感，与作品的诗性体裁内核相契合。另一方面，则展现出鲁迅渴望唤醒、启迪民众的强烈情感，表现出了甘愿做“傻子”“强盗”去打破“泥墙”、打出“洞子”的坚定决心，给读者观众以鼓舞和力量。

二　悲剧反讽

英美新批评派所推崇的反讽，已经摆脱了人们日常观念中所带有的讽刺、戏谑、嘲笑的喜剧意味，借助戏剧剧情，引向了悲剧。在英美新批评派阐释悲剧反讽之前，就有部分学者指出反讽所具有的悲剧特性，对此贡献最大的是英国学者康诺普·瑟沃尔。他将反讽由辩论和喜剧引向了悖论与悲剧，“在提及索福克勒斯和‘命运反讽’时，他暗示命运乃是半人化的力量：‘在怀有希望、恐惧、期待和允诺的人与邪恶而又不可更易的命运之间的对照，为悲剧反讽的展示提供了广阔的空间。’……这种戏剧观和瑟沃尔的‘命运反讽观’，都涉及反讽对象是命运注定无知无觉的受嘲弄者的看法。瑟沃尔把两者熔为一体，便引出了‘戏剧反讽’——他称之为‘悲剧反讽’——的概念”①。悲剧反讽在以鲁迅为代表的中国学人笔下，同样得到了发扬光大，应用于散文诗剧的创作之中，成为中国现代散文诗剧的文体风格之一。

在《野草》中，鲁迅以悲剧反讽展现自我复杂深邃的人生哲学，“他的哲学都包括在他的‘野草’里面”②，表现出了一种对生命悖论的执着探寻与追求。在《过客》中，戏剧角色“客”向“翁”“孩”询问前路是怎样的所在，“翁”说前面是“坟”，“孩”则说那里有许多许多的“野百合”“野蔷薇”，两个人的答案是完全相悖的。“翁”是“久住在这里的”③，而“孩”则是“常常去玩，去看他们的”④，似乎

① ［英］D. C. 米克：《论反讽》，周发祥译，昆仑出版社 1992 年版，第 31—34 页。
② 衣萍：《古庙杂谈（五）》，《京报副刊》1925 年第 105 号。
③ 鲁迅：《过客》，《语丝周刊》1925 年第 17 期。
④ 鲁迅：《过客》，《语丝周刊》1925 年第 17 期。

二者都不会说错。“坟”同“野百合”“野蔷薇”是一组对立冲突的意象，“坟”象征着死亡与恐惧，意味着终结，而“野百合”“野蔷薇”则象征着幸福与美好，代表着希望。“前路”究竟是什么，是命运的终结还是生命的希望，鲁迅并没有给出一个明确的答案。“翁”和“孩”相悖的两种回答恰恰是一种典型的悲剧反讽，无论前路是什么，“客”都要走下去，假若是“翁”口中的“坟”，则意味着“客”的生命将会终结。“客”向“翁”“孩”询问走完“坟”或“野百合”、“野蔷薇”之后，前路又是什么，二人的答案出奇的一致，“翁”说：“走完之后？那我可不知道”[①]，“孩”则说：“我也不知道。”[②] 这就意味着即使越过了“野百合”“野蔷薇”，仍然还有未知的前路。“客”早已满是疲惫与伤痛，“我的脚早经走破了，有许多伤，流了许多血”[③]，“客”若继续前行必然会面临死亡，由此呈现出了一种典型的生命悖论式的悲剧反讽。“客”没有屈服于自我的悲剧命运，而是坚定前行——“昂了头，奋然向西走去”[④]。“客”的行为蕴含着鲁迅本人坚定的信念，“客”走向前路，鲁迅则将走出“幽暗的野草丛”。

从物理学的角度来说，《死火》中的“死火”本身就带有悖论的特质，“有炎炎的形，但毫不摇动，全体冰结，像珊瑚枝；尖端还有凝固的黑烟，疑这才从火宅中出，所以枯焦。这样，映在冰的四壁，而且互相反映，化为无量数影，使这冰谷，成红珊瑚色”[⑤]。冰与火是相互排斥的，要么冰被火融化，要么火被冰浇灭。“死火”被遗弃在冰谷之中，被冰冻成了“死火”的形态，既无法像火一样燃烧，又不能与冰融为一体。这是典型的悲剧反讽——冰与火的冲突、生与死的对立。随着戏剧剧情的发展，戏剧角色“死火”被“我”拾起，“死火”在得到“我”的温热

① 鲁迅：《过客》，《语丝周刊》1925 年第 17 期。
② 鲁迅：《过客》，《语丝周刊》1925 年第 17 期。
③ 鲁迅：《过客》，《语丝周刊》1925 年第 17 期。
④ 鲁迅：《过客》，《语丝周刊》1925 年第 17 期。
⑤ 鲁迅：《死火》，《语丝周刊》1925 年第 25 期。

后，重新燃烧起来，与“我”发生了戏剧对话。此时的“死火”又一次面临着一种悖论命运的抉择——“我愿意携带你去，使你永不冰结，永得燃烧。唉唉！那么，我将烧完！你的烧完。使我悲苦。我便将你留下……仍在这里罢。唉唉！那么，将我冻灭了！”[①] 如果“死火”被“我”带出冰谷，将会永得燃烧，直到燃尽为止——死亡；如果“死火”被“我”留在冰谷，将会被冰冻，直到冻灭——死亡。无论是留下还是离开，“死火”的命运都是死亡。这又是一种生命悖论式的悲剧反讽，留下是死亡，离开还是死亡。最终，“死火”选择与“我”一起走出冰谷，虽然将燃烧殆尽，“死火”却没有后悔，“他忽而跃起，如红彗星，并我都出冰谷口外”[②]。“死火”的选择也象征了鲁迅的人生抉择——不逃避命运的安排，勇敢地面对和挑战自我的命运，做自我命运的主宰。

在《失掉的好地狱》中，鲁迅同样以悲剧反讽布局全文。戏剧角色“魔鬼”向我讲述故事，他先是叙述了魔鬼与天神的战争，魔鬼最终战胜了天神，收得地狱，来到了天神曾经统治的地狱中。在魔鬼与天神战争后废弛得很久的地狱里，有一种曼陀罗花，“还萌生曼陀罗花，花极细小，惨白可怜”[③]，天神、魔鬼统治过的地狱都能使曼陀罗花生长。接着又爆发了魔鬼与人类的战争，最终，人类战胜了魔鬼，使魔鬼从地狱出走，“人类于是完全掌握了主宰地狱的大威权，那威权且在魔鬼以上。人类于是整顿废弛”[④]。在“被人类整顿过的地狱”中，“曼陀罗花立即焦枯了”[⑤]。曼陀罗花能够在天神、魔鬼统治的地狱中生长，唯独不能在人类统治的地狱中生存，说明人类统治的地狱不再是“好地狱”，“至于都不暇记起失掉的好地狱”[⑥]，那么魔鬼统治过的地狱自

① 鲁迅：《死火》，《语丝周刊》1925 年第 25 期。
② 鲁迅：《死火》，《语丝周刊》1925 年第 25 期。
③ 鲁迅：《失掉的好地狱》，《语丝周刊》1925 年第 32 期。
④ 鲁迅：《失掉的好地狱》，《语丝周刊》1925 年第 32 期。
⑤ 鲁迅：《失掉的好地狱》，《语丝周刊》1925 年第 32 期。
⑥ 鲁迅：《失掉的好地狱》，《语丝周刊》1925 年第 32 期。

然是“好地狱”。魔鬼被人类打败后，“好地狱”就失掉了，“大半是废弛的地狱边沿的惨白色小花，当然不会美丽。但这地狱也必须失掉”①。

《失掉的好地狱》中的“魔鬼”形象，“有一伟大的男子站在我面前，美丽，慈悲，遍身有大光辉”②，与传统印象中邪恶的魔鬼完全相异。《失掉的好地狱》中的“魔鬼”是追求自由、追求变革的一方，这是典型的反讽——表意层与内蕴层的冲突。在《失掉的好地狱》中，传统印象中受制于天神和魔鬼的弱小人类，则是真正邪恶的一方，“‘人类’以其空洞的‘道统’、虚伪的礼仪和秩序的力量迫害并粉碎一切试图变革的愿望和发展的欲求，‘添薪加火，磨砺刀山’，君临所有之上，撕扯着毁灭着一切‘美的人和美的事’，窒息了一切生机、欲望和生命”③，这又是表意层与内蕴层的冲突。曼陀罗花的焦枯即是一个强而有力的佐证，也是一个典型的悲剧反讽，曼陀罗花在地狱中顽强的生长，即使是天神与魔鬼战争之后的废弛的地狱都没有令其死亡，当面对“被人类整顿过的地狱”之时，其结局却是焦枯——死亡。曼陀罗花的悲剧也展现出鲁迅本人的悲剧意识，与现实世界中鲁迅的悲剧人生息息相关。“地狱”也并非人们传统印象中死亡与可怖的象征，它只是一个地点，没有好坏、善恶之别，被反复争夺，“称为神的和称为魔的战斗了，并非争夺天国，而在要得地狱的统治权。所以无论谁胜，地狱至今也还是照样的地狱。”④。

当人类统治地狱后，“好地狱”失掉了。被人类整顿过的地狱，隐喻了现实人生中固有的社会秩序和伦理规范，人类以其所谓的秩序、礼教、道德，去迫害并粉碎一切试图变革的欲望与力量，最终使一切走向

① 鲁迅：《〈野草〉英文译本序》，见《鲁迅全集·第四卷·二心集》，人民文学出版社2005年版，第365页。

② 鲁迅：《失掉的好地狱》，《语丝周刊》1925年第32期。

③ 李玉明：《“人之子”的绝叫：〈野草〉与鲁迅意识特征研究》，北京大学出版社2012年版，第117页。

④ 鲁迅：《杂语》，见《鲁迅全集·第七卷·集外集》，人民文学出版社2005年版，第77页。

毁灭——曼陀罗花焦枯、鬼魂们“得到永劫沈沦的罚”[①]。而魔鬼最后只能去寻找“野兽和恶鬼”，这“野兽和恶鬼”是“魔鬼”的同道——是追求自由、追求变革的先驱者、猛士、孤独者、狂人。“我有时也想就此驱除旁人，到那时还不唾弃我的，即使是枭蛇鬼怪，也是我的朋友，这才真是我的朋友。倘使并这个也没有，则就是我一个人也行”[②]。“我”是鲁迅在文中的化身，“我”与“魔鬼”是同道的，因此，“魔鬼”愿意在“我”这个人类身边现身并讲述故事。虽然“魔鬼”在同“人类”的战争中失败了，“好地狱”失掉了，但“魔鬼”并没有被打垮，他要去寻找其他的“野兽和恶鬼”——志同道合的先驱者、猛士、孤独者、狂人，暗示了现实生活中的鲁迅也没有被击倒，仍然是顽强的战士，依然坚信能在现实人生中找到志同道合的战友。

在《颓败线的颤动》中，鲁迅借助戏剧因子巧妙地将作品分为前后两部分，在第一部分设置了戏剧角色“幼年时的女儿”与“年轻的母亲”，在第二部分设置了戏剧角色“成年后的女儿”和“垂老的母亲”，彼此相呼应。在第一部分中，戏剧角色“年轻的母亲”的身份是一个暗娼，在悲苦的生活中靠出卖自己的肉体抚养“幼年时的女儿”长大。在第二部分中，“成年后的女儿”对“垂老的母亲”年轻时从事过的职业充满了鄙视与唾弃。她没有感激母亲含辛茹苦地抚养自己长大，反而与丈夫一道用恶毒的语言攻击自己的母亲，“‘我们没有脸见人，就只因为你，’……‘使你委屈一世的就是你！’……‘还要带累了我！’……‘还要带累他们哩！’”[③] 甚至连他们的孩子们都对“垂老的女人”充满怨恨鄙夷，尤其是当“杀”字从“最小的孩子”口中迸出之时，“垂老的母亲”彻底绝望了，最后选择走向无边的荒野。前后两部分的戏剧剧情形成了剧烈的碰撞与对立，展现出了强烈的戏剧冲

① 鲁迅：《失掉的好地狱》，《语丝周刊》1925 年第 32 期。

② 鲁迅：《写在〈坟〉后面》，见《鲁迅全集 · 第一卷 · 坟》，人民文学出版社 2005 年版，第 300 页。

③ 鲁迅：《颓败线的颤动》，《语丝周刊》1925 年第 35 期。

突，这也是典型的生命悖论的悲剧反讽——母亲靠出卖自己的肉体将女儿抚养成人，女儿长大后却嫌弃、厌恶母亲年轻时所从事的职业。母亲没有因为饥饿与贫穷死亡，却被亲手哺育长大的女儿唾弃，被迫结束自我的生命，这就是母亲用生命换来的“回报”。有研究者认为，《颓败线的颤动》隐喻着鲁迅与周作人的兄弟之情，隐含着兄弟二人之间的爱恨情仇——鲁迅是“母亲”，周作人是“女儿”，这仅是一家之言。《颓败线的颤动》所蕴含的意义并非此种简单的现实因素，而是鲁迅对自我人生哲学的艺术化加工，呈现了一种复杂深刻的人生哲理，揭示了鲁迅对复杂人性的挖掘与反思。

《死后》文章伊始设置戏剧角色“我”死在路上，死亡对于任何人，包括鲁迅本人，均是一种悲剧，鲁迅让读者与观众，也让自己如此之快的直面死亡、正视死亡和思考死亡，展现“我”死后的种种奇遇与个人感受，尤其是对死亡的理性沉思。第一部分讲述了“我”死后的个人感受——“恐怖”，“我”虽然死了，只是身体无法活动，知觉却还在。“假使一个人的死亡，只是运动神经的废灭，而知觉还在，那就比全死了更可怕。谁知道我的预想竟的中了，我自己就在证实这预想。”① 这本身就是一种生命悖论的反讽悲剧，死了却依然有知觉，无法得到真正的安息，忍受着恐怖与痛苦。随着逐渐习惯了这种无法行动却有知觉的现状后，“我”开始感知周边的一切。之后“我”的个人感受变为了“高兴”，“我”的身边经过了许多看客，听到了他们的议论，“始终没有听到一个熟识的声音。否则，或者害得他们伤心，或则要使他们快意，或则要使他们加添些饭后闲谈的资料，多破费宝贵的工夫：这都使我很抱歉。现在谁也不看见，就是谁也不受影响，好了，总算对得起人了！”② 这又是一种典型的反讽，“我”高兴的原因不是生命的复活，而是没有影响到其他人，也没有让其他人影响到自己。紧接着

① 鲁迅：《死后》，《语丝周刊》1925 年第 36 期。
② 鲁迅：《死后》，《语丝周刊》1925 年第 36 期。

"我"的个人感受变为了"烦厌"，源于蚂蚁和青蝇不断对无法活动的"我"进行骚扰。这又是一种悲剧，"我"不仅任人注视、围观、议论，还任由昆虫在身体上爬行、飞停、舔舐，却无能为力。当掉下一片东西（芦席）之后，"我"的个人感受最终变为了"愤怒"。无论是何种个人感受，都印证着"我"的悲剧命运。

在第二部分，"我"的悲剧命运继续延续和扩大，"我"先是被人随意盖上芦席，又被人把芦席掀了起来，被质问为何死在这里，这又是生命悖论式的悲剧反讽——一个人连死亡的权利都被剥夺了，"人在地上虽没有任意生存的权利，却总有任意死掉的权力的。现在才知道并不然，也很不容易适合人们的公意"[①]。接着，"不能任意死掉的我"被放置进棺材里面。最为悲剧的是，"我"最擅长的"武器"——纸与笔被剥夺了，从此无法使用了。"可惜我久没了纸笔；即有也不能写，而且即使写了也没有地方发表了。"[②] 鲁迅明确指出："我自己也知道，在中国，我的笔要算较为尖刻的，说话有时也不留情面。但我又知道人们怎样地用了公理正义的美名，正人君子的徽号，温良敦厚的假脸，流言公论的武器，吞吐曲折的文字，行私利己，使无刀无笔的弱者不得喘息。倘使我没有这笔，也就是被欺侮到赴诉无门的一个；我觉悟了，所以要常用，尤其是用于是麒麟皮下露出马脚。"[③] 现在的"我"虽然有意识，却无法行动，还被关进了棺材里面，甚至连纸笔都被剥夺了，这对于以纸笔为武器的战士来说，是最为悲惨的结局，是一种比死亡还要无奈、痛苦、恐怖的悲剧命运。在第三部分，"我"的个人感受则是"气闷""不耐""烦厌"，"烦厌"源于一段奇遇。戏剧角色"勃古斋旧书铺跑外的小伙计"客气地告知已经死去、被装进棺材里的"我"，之前想要购买的"明板公羊传，嘉靖黑口本"给我送来了。二者由此展开了一

① 鲁迅：《死后》，《语丝周刊》1925 年第 36 期。

② 鲁迅：《死后》，《语丝周刊》1925 年第 36 期。

③ 鲁迅：《我还不能"带住"》，见《鲁迅全集 · 第三卷 · 华盖集续编》，人民文学出版社 2005 年版，第 260 页。

段戏剧对话。“我”质问他：“你莫非真正胡涂了？你看我这模样，还要看什么明板？……”[①] 他却一直回答：“那不碍事，不要紧”[②]“那可以看，那不碍事”[③]。戏剧角色“勃古斋旧书铺跑外的小伙计”不停跟一个死人说话已经令人称奇，竟然还要向死人售卖生前询问过的书籍，更是令人称叹。这又是典型的生命悖论的悲剧反讽，即使“我”死亡了，依然无法逃脱生前所处社会的既有秩序、规范、框架——传统秩序、伦理道德，这对于作为孤独者、反叛者的先驱鲁迅来说，是最为无奈的悲剧命运。

鲁迅以生命悖论的悲剧反讽大胆地设想自己死后的种种状态与处境，对死亡进行了深刻的理性沉思，感悟到生前经受过的种种辛劳、悲苦、无奈、矛盾，在死后依然不会得到消逝与解脱，还会继续延续，始终无法摆脱自我的悲剧命运，死后甚至比活着更为可怖。因此，“我”在文章最后决定复活，要直面现实人生。“然而终于也没有眼泪流下；只看见眼前仿佛有火花一闪，我于是坐了起来。”[④] 既意味着梦中的戏剧角色“我”的复活，也意味着在作品中做梦的“我”的苏醒，更意味和象征了现实中的鲁迅放弃了可能有过的死亡念头，而是继续以战士的身份，去直面现实人生的一切苦痛和矛盾。《野草》中的散文诗剧蕴含着鲁迅本人的情感意念以及独到的人生哲学，散文诗剧也成为鲁迅向读者观众传达自我人生哲学与理性情感的最合适不过的载体。在《过客》《死火》《失掉的好地狱》《颓败线的颤动》《死后》等作品中，鲁迅以生命悖论拷问自我，以悲剧反讽布局全文，使作品极富艺术感染力与艺术张力。理性因子的注入，也使作品的主旨与立意极其幽婉与折绕，从而与散文诗剧的诗性体裁内核相契合。上述散文诗剧是鲁迅人生哲理化的具体展现，表现出浓郁的悲剧反讽的文体

① 鲁迅：《死后》，《语丝周刊》1925 年第 36 期。
② 鲁迅：《死后》，《语丝周刊》1925 年第 36 期。
③ 鲁迅：《死后》，《语丝周刊》1925 年第 36 期。
④ 鲁迅：《死后》，《语丝周刊》1925 年第 36 期。

风格。

聂绀弩的散文诗剧《架桥者》表达了作者的崇高理想与牺牲精神，表达了作者对新社会与新制度的向往与信心，同时也揭示出要实现此种理想的不易和艰辛。作者的理想信念却不是以感性情绪直线倾泻的方式展露，而是借助戏剧性因子、凭借对生命悖论的理性思考客观呈现。戏剧角色“先生”口中的“乐园”是贯穿全篇的象征性意象，也是戏剧主角“哥儿”想要做一个“架桥者”带领全世界人民到达的快乐彼岸。到达乐园的目标与到达乐园的过程却十分艰难，是一种典型的生命悖论和命运悲剧，“在乐园里，一切都是美好的……到那里去，一定要经过死谷，经过火焰山，经过弱水”①。凡人经过死谷、火焰山和弱水又会必死无疑。“哥儿”想要实现理想，成为一个真正的“架桥者”，带领全世界人民到达乐园，就必须牺牲自我，否则将无法实现理想，这就是典型的生命悖论的悲剧反讽。唐弢散文诗剧《死》的创作背景是——1939年4月7日为泰山与鸿毛论争作。这一写作背景的本身就包含着生与死、轻与重、个人与国家、渺小与伟大的对立与冲突。在作品中，唐弢借助戏剧角色之间的对话，揭示出生命悖论的反讽悲剧——“你怕死，但你终于死了”② “在没有给予你生命以前，我已经把它剥夺了”③“我不怕死……我执着于生”④。上述戏剧台词展现了生与死的对立，以及为何要生存、如何生存等玄奥的哲理性问题。与之类似，莫洛的散文诗剧《生命》也探索了生命的存在、生与死的对立等深刻的哲理问题。作品讲述大雨袭来时，戏剧角色“蚂蚁”“甲虫”“小草蜢”之间的戏剧对话，展现了大雨对自然界动植物的毁灭性打击，这本就是自然界的悲剧。随着戏剧对话的深入，又逐步揭示出“大雨”与“阳光”的对峙、“毁灭”与“回来”（重生）的对立。“生命”本身就具

① 聂绀弩：《架桥者》，见《聂绀弩全集》第四卷，武汉出版社2004年版，第358页。
② 唐弢：《死》，见《唐弢文集》第三卷，社会科学文献出版社1995年版，第333页。
③ 唐弢：《死》，见《唐弢文集》第三卷，社会科学文献出版社1995年版，第334页。
④ 唐弢：《死》，见《唐弢文集》第三卷，社会科学文献出版社1995年版，第334页。

有双重含义——“毁灭的生命”与“新生的生命”，二者是相反相成的，体现出作者对生命悖论的沉思。在文章末尾，莫洛借助戏剧角色“作家”之口揭示出自我的理性沉思：“一阵大雨也要毁灭许多生命；但阳光又将送许多新的生命回来”①，这是典型的相反相成式的悖论命题。

在《架桥者》《死》《生命》三部散文诗剧中，聂绀弩、唐弢和莫洛以生命悖论的反讽悲剧直面死亡，思考死亡。描写生与死的对立，对生与死进行了深刻的哲理沉思。聂绀弩、唐弢和莫洛对生命、人生、命运的个人感悟与理性书写，既是作者人生经验的提纯，也是理性沉思的结晶，更是对鲁迅悲剧反讽的文体风格的承继与发扬。

① 莫洛：《梦的摇篮》，花城出版社 1984 年版，第 112 页。

结　语

中国现代散文诗剧是一个“舶来品”，同时又具有显著的本土化特征，对西方散文诗、诗剧的借鉴吸纳，对中国传统散文、戏曲的承继学习，使中国现代散文诗剧具有了鲜明的再创造性。中国现代散文诗剧的内部蕴含着散文性、诗性、戏剧性三者之间的对立、碰撞、融合，由此形成了独特的文体特色与审美范式。尽管中国现代散文诗剧受到诸多作家的青睐，中国现代文学史上涌现出了大量的散文诗剧作品，但关于中国现代散文诗剧的理论建设却寥寥无几，专门性的研究著作和论文均十分罕见。因此，对中国现代散文诗剧的研究必须提上议事日程并付诸实践。

西方当代文体学的兴盛、流派的纷呈，反映出文体研究一直是热点问题。虽然当下中国的文体研究得到了长足发展，但与西方相比仍具有较大差距，对现代诗剧特别是散文诗剧的文体范式研究更是十分贫乏。因此，以文体范式为切入，既有助于对中国现代诗剧，特别是中国现代散文诗剧进行全面、系统、深入的梳理、钩沉与整理，又可以补充和完善以往诗剧研究的理论与方法。也只有对中国现代散文诗剧的文体范式进行彻底剖析与阐释，才能实现对西方诗剧，特别是中国现代诗剧创作模式、文体范式、审美形式与发展规律的历史性、整体性、全面性的回溯和透视。从文体范式角度系统研究中国现代散文诗剧，提炼、概括其体裁范式、语言范式、艺术表现手法、文体风格，能够有助于进一步拓展并深化诗剧研究，能够为当下乃至今后的诗剧创作提供借鉴与指导，对中国现代文学学科也是有益的丰富和补充。

主要参考文献

一 理论书目（国内）

《百子全书》，岳麓书社 1993 年版。

艾青：《诗论》，复旦大学出版社 2005 年版。

北京大学、北京师范大学、北京师范学院中文系中国现代文学教研室主编：《文学运动史料选》（第二册），上海教育出版社 1979 年版。

北京大学比较文学研究所编：《中国比较文学研究资料一九一九——一九四九·（三）》，北京大学出版社 1989 年版。

蔡仪：《论现实主义问题》，作家出版社 1961 年版。

陈少华：《情绪心理学》，暨南大学出版社 2008 年版。

陈望道：《修辞学发凡》，复旦大学出版社 2016 年版。

陈旭光：《艺术概论》，江苏教育出版社 2008 年版。

陈植锷：《诗歌意象论》，中国社会科学出版社 1990 年版。

陈仲义：《现代诗：语言张力论》，长江文艺出版社 2012 年版。

戴平主编：《戏剧美学教程》，上海书店出版社 2011 年版。

董健：《中国现代戏剧总目提要》，南京大学出版社 2003 年版。

范泉：《范泉文集》第二卷，上海书店出版社 2015 年版。

冯光廉主编：《中国近百年文学体式流变史》（上），人民文学出版社 1999

年版。
冯光廉主编:《中国近百年文学体式流变史》(下),人民文学出版社 1999 年版。
(明)冯梦龙:《东周列国志》(上),北方文艺出版社 2013 年版。
冯中一主编:《写作研究论文集》,青岛海洋大学出版社 1992 年版。
复旦大学中文系编:《卿云集——复旦大学中文系七十五周年纪念论文集》,上海古籍出版社 2002 年版。
耿建华:《诗歌的意象艺术与批评》,山东大学出版社 2010 年版。
桂扬清、郝振益、傅俊:《英国戏剧史》,江苏教育出版社 1994 年版。
郭沫若:《郭沫若全集·文学编·第一卷》,人民文学出版社 1982 年版。
郭沫若:《郭沫若全集·文学编·第十二卷》,人民文学出版社 1992 年版。
郭沫若:《郭沫若全集·文学编·第十五卷》,人民文学出版社 1990 年版。
郭沫若:《郭沫若全集·文学编·第十六卷》,人民文学出版社 1989 年版。
郭沫若:《郭沫若全集·文学编·第十九卷》,人民文学出版社 1992 年版。
郭英德:《中国古代文体学论稿》,北京大学出版社 2005 年版。
何林军:《西方象征美学源流论》,湖南师范大学出版社 2008 年版。
胡适:《胡适全集·第一卷》,安徽教育出版社 2003 年版。
胡适:《胡适全集·第十一卷》,安徽教育出版社 2003 年版。
胡曙中:《美国新修辞学研究》,上海外语教育出版社 1999 年版。
姜岱东:《文学风格概论》,山东教育出版社 1996 年版。
蒋孔阳:《美学新论》,人民文学出版社 1993 年版。
金涛主编:《四书五经典藏本》,外文出版社 2012 年版。
蓝凡:《中西戏剧比较论》,学林出版社 2008 年版。

李骞：《20 世纪中国新诗流派研究》，中国社会科学出版社 2012 年版。

梁启超：《饮冰室合集》，中华书局 2015 年版。

林骧华主编：《西方文学批评术语辞典》，上海社会科学院出版社 1989 年版。

刘大白：《旧诗新话》，开明书店 1928 年版。

刘芳：《诗歌意象语言研究》，上海译文出版社 2012 年版。

刘泉：《文学语言论争史论 1915—1949》，中国社会科学出版社 2013 年版。

刘世生、朱瑞青编著：《文体学概论》，北京大学出版社 2006 年版。

（南朝梁）刘勰著，王志彬译注：《文心雕龙》，中华书局 2012 年版。

（南朝宋）刘义庆撰，（南朝梁）刘孝标注：《世说新语》，上海古籍出版社 2013 年版。

刘增杰：《师陀研究资料》，北京出版社 1984 年版。

鲁迅：《鲁迅全集·第一卷》，人民文学出版社 2005 年版。

鲁迅：《鲁迅全集·第四卷》，人民文学出版社 2005 年版。

鲁迅：《鲁迅全集·第六卷》，人民文学出版社 2005 年版。

鲁迅：《鲁迅全集·第十一卷》，人民文学出版社 2005 年版。

鲁迅：《鲁迅全集·第十二卷》，人民文学出版社 2005 年版。

鲁迅：《鲁迅全集·第十三卷》，人民文学出版社 2005 年版。

鲁迅：《鲁迅全集·第十四卷》，人民文学出版社 2005 年版。

吕周聚等：《中国现代诗歌文体多维透视》，山东人民出版社 2009 年版。

吕周聚：《中国新诗审美范式的历史转型》，人民出版社 2014 年版。

（宋）罗大经撰，孙雪霄校点：《鹤林玉露》，上海古籍出版社 2012 年版。

骆寒超：《寒超诗学文集新诗主潮论》，人民文学出版社 2010 年版。

骆寒超：《骆寒超诗学文集·诗学散论（中）》，人民文学出版社 2010 年版。

骆寒超、黄纪云主编：《星河　红豆　大型新诗丛刊　2015 年　夏季卷》，人民文学出版社 2015 年版。
骆寒超、黄纪云主编:《星河·第二辑》,人民文学出版社 2009 年版。
珞旷编:《现代散文诗选》,湖南人民出版社 1982 年版。
马威:《戏剧语言》,河北人民出版社 1992 年版。
茅盾:《茅盾全集·第十八卷》,人民文学出版社 1989 年版。
莫洛:《莫洛集》(下),岳麓书社 2012 年版。
聂绀弩:《聂绀弩全集》第一卷,武汉出版社 2004 年版。
潘大道:《诗论》,中华学艺社 1924 年版。
邵雍:《中国近现代社会问题研究》,合肥工业大学出版社 2010 年版。
申丹:《叙述学与小说文体学研究》第二版,北京大学出版社 1998 年版。
施旭升:《戏剧艺术原理》,中国传媒大学出版社 2006 年版。
束定芳:《隐喻学研究》,上海外语教育出版社 2000 年版。
司有仑:《当代西方美学新范畴辞典》,中国人民大学出版社 1996 年版。
宋桂梅:《魏晋儒学编年》,四川大学出版社 2014 年版。
宋钻友、张秀莉、张生:《上海工人生活研究(1843—1949)》,上海辞书出版社 2011 年版。
(明)谈迁:《国榷》,中华书局 1958 年版。
唐钺:《修辞格》,上海商务印书馆 1923 年版。
田汉:《田汉全集·第一卷》,花山文艺出版社 2000 年版。
童庆炳:《童庆炳文集》第四卷,北京师范大学出版社 2016 年版。
汪洋:《语文修辞》,上海交通大学出版社 2013 年版。
(宋)王谠撰,周勋初校证:《唐语林校证》,中华书局 1987 年版。
王恩衷编译:《艾略特诗学文集》,国际文化出版公司 1989 年版。
王希杰:《汉语修辞学》,商务印书馆 2014 年版。
王习胜:《泛悖论与科学理论创新机制研究》,北京师范大学出版社 2013 年版。
王元忠:《艰难的现代——中国现代诗歌特征性个案研究》,中国社会科学出版社 2007 年版。
王之望：《文学风格论》，四川文艺出版社 1986 年版。
王治心、徐以骅导读：《中国基督教史纲》，上海古籍出版社 2004 年版。
文振庭编：《文艺大众化问题讨论资料》，上海文艺出版社 1987 年版。
文字改革出版社编：《清末文字改革文集》，文字改革出版社 1958 年版。
闻一多：《闻一多全集》第二卷，湖北人民出版社 1993 年版。
吴礼权：《现代汉语修辞学》修订版，复旦大学出版社 2013 年版。
夏之放：《文学意象论》，汕头大学出版社 1993 年版。
向熹：《古代汉语知识辞典》，四川人民出版社 1988 年版。
徐澍、张新旭译注：《易经》，安徽人民出版社 1992 年版。
徐志摩：《徐志摩全集》第六卷，中央编译出版社 2014 年版。
许志英、邹恬主编：《中国现代文学主潮》（上），南京大学出版社 2008 年版。
（汉）荀悦撰，张烈点校：《两汉纪》，中华书局 2002 年版。
杨文华：《西方戏剧导论》，大众文艺出版社 1995 年版。
杨周翰选编：《莎士比亚评论汇编》（上），中国社会科学出版社 1979 年版。
姚春树：《中国现代杂文散文杂论》，人民出版社 2014 年版。
余光中：《逍遥游》，国际文化出版公司 2014 年版。
余上沅：《余上沅戏剧论文集》第二编，长江文艺出版社 1986 年版。
袁可嘉：《半个世纪的脚印——袁可嘉诗文选·文选·第二辑》，人民文学出版社 1994 年版。
袁可嘉：《论新诗现代化》，生活·读书·新知三联书店 1988 年版。
袁可嘉：《现代派论·英美诗论》，中国社会科学出版社 1985 年版。
詹虎：《追寻缪斯的足迹——欧美文学研究论集下编》，四川民族出版社 2002 年版。
张白衣：《信号》，中外书店 1934 年版。
张庚、郭汉城主编：《中国戏曲通论》，上海文艺出版社 1989 年版。

张光芒：《混沌的现代性》，人民文学出版社 2007 年版。
张光芒：《中国近现代启蒙文学思潮论》，山东文艺出版社 2002 年版。
张建军：《科学的难题：悖论》，浙江科学技术出版社 1990 年版。
张建军：《逻辑悖论研究引论》，南京大学出版社 2002 年版。
张建军、黄展骥：《矛盾与悖论新论》，河北教育出版社 1990 年版。
张黎编选：《布莱希特研究》，中国社会科学出版社 1984 年版。
赵家璧、洪深：《中国新文学大系·第九集·戏剧》，上海良友图书印刷公司 1935 年版。
赵家璧主编，郁达夫编选：《中国新文学大系·第七集·散文二集》，上海良友图书印刷公司 1935 年版。
赵家璧主编，朱自清编选：《中国新文学大系·第八集·诗集》，上海良友图书印刷公司 1935 年版。
赵毅衡：《重访新批评》，四川文艺出版社 2013 年版。
赵毅衡编选：《“新批评”文集》，中国社会科学出版社 1988 年版。
赵元：《自由与必然性——奥登的诗体实验》，华文出版社 2012 年版。
郑振铎：《郑振铎全集》第四卷，人民文学出版社 1985 年版。
中国社会科学院外国文学研究所、外国文学研究资料丛刊编辑委员会编：《外国现代剧作家论剧作上编》，中国社会科学出版社 1982 年版。
中国社会科学院外国文学研究所、外国文学研究资料丛刊编辑委员会编：《外国现代剧作家论剧作下编》，中国社会科学出版社 1982 年版。
中国社会科学院哲学研究所：《论康德黑格尔哲学纪念文集》，上海人民出版社 1981 年版。
中国现代文学研究会编：《中国现代文学研究丛刊 1984 年第 2 辑总第 19 辑》，北京出版社 1984 年版。
周振甫：《文学风格例话》，复旦大学出版社 2005 年版。
周作人：《周作人散文选集》，百花文艺出版社 1987 年版。
朱光潜：《朱光潜全集》第三卷，安徽教育出版社 1987 年版。

朱恒：《现代汉语与现代汉诗关系研究》，中国社会科学出版社 2013 年版。

朱星：《汉语语法学的若干问题》，河北人民出版社 1979 年版。

宗白华：《宗白华全集》第一卷，安徽教育出版社 1994 年版。

（春秋）左丘明撰，蒋冀骋标点：《左传》，岳麓书社 1988 年版。

二　理论书目（国外）

［英］阿·尼柯尔：《西欧戏剧理论》，徐士瑚译，中国戏剧出版社 1985 年版。

［英］艾略特，T. S.：《艾略特文学论文集》，李赋宁译注，百花洲文艺出版社 1994 年版。

［英］安·杰斐逊、戴维·罗比：《当代国外文学理论流派》，卢丹怀等译，谢天振校订，上海外语教育出版社 1991 年版。

［英］Basil，H.，M. Ian：《话语与译者》，王文斌译，王克非校，外语教学与研究出版社 2005 年版。

［德］贝·布莱希特：《布莱希特论戏剧》，丁扬忠、张黎等译，中国戏剧出版社 1990 年版。

［德］彼得·斯丛狄：《现代戏剧理论（1880—1950）》，王建译，北京大学出版社 2006 年版。

［日］厨川白村：《出了象牙之塔》，鲁迅译，北新书局 1935 年版。

［法］狄德罗：《狄德罗美学论文选》，张冠尧、佳裕芳等译，人民文学出版社 1984 年版。

［瑞士］费尔迪南·德·索绪尔：《普通语言学教程》，高名凯译，商务印书馆 1980 年版。

［苏］高尔基：《论文学》，孟昌、曹葆华、戈宝权译，人民文学出版社 1978 年版。

［德］歌德：《歌德文集》（10），范大灿、安书祉、黄燎宇等译，人民

文学出版社 1999 年版。
［德］黑格尔：《美学》第一卷，朱光潜译，商务印书馆 1979 年版。
［德］黑格尔：《美学》第三卷下册，朱光潜译，商务印书馆 1981 年版。
［苏］霍洛道夫：《戏剧结构》，李明琨、高士彦译，华东师范大学出版社 1981 年版。
［瑞士］卡尔·古斯塔夫·荣格：《荣格文集》第五卷，徐德林译，国际文化出版公司 2011 年版。
［美］克林斯·布鲁克斯：《精致的瓮：诗歌结构研究》，郭乙瑶、王楠、姜小卫等译，陈永国校，上海人民出版社 2008 年版。
［法］兰波：《兰波诗全集》，葛雷、梁栋译，浙江文艺出版社 1997 年版。
［美］勒内·韦勒克、奥斯汀·沃伦：《文学理论》修订版，刘象愚、邢培明、陈圣生、李哲明译，江苏教育出版社 2005 年版。
［英］雷蒙德·查普曼《语言学与文学——文学文体学导论》，王士跃、于晶译，春风文艺出版社 1988 年版。
［美］李欧梵：《世纪末的反思》，浙江人民出版社 2000 年版。
［法］路易·贝尔朗特：《夜之卡斯帕尔》，黄建华译，花城出版社 2004 年版。
［法］罗兰·巴尔特：《符号学原理结构主义文学理论文选》，李幼蒸译，生活·读书·新知三联书店 1988 年版。
［英］马丁·艾思林：《戏剧剖析》，罗婉华译，中国戏剧出版社 1981 年版。
［德］曼弗雷德·普菲斯特：《戏剧理论与戏剧分析》，周靖波、李安定译，北京广播学院出版社 2004 年版。
［英］米克，D. C.：《论反讽》，周发祥译，昆仑出版社 1992 年版。
［德］莫尔特曼：《创造中的上帝——生态的创造论》，隗仁莲等译，安希孟等校，生活·读书·新知三联书店 2002 年版。
［加拿大］诺思罗普·弗莱：《批评的剖析》，陈慧、袁宪军、吴伟仁

译，百花文艺出版社 1998 年版。

［美］乔治·贝克：《戏剧技巧》，余上沅译，中国戏剧出版社 1985 年版。

［英］史蒂文·康纳：《后现代主义文化：当代理论导引》，严忠志译，商务印书馆 2002 年版。

［美］苏珊·朗格：《情感与形式》，刘大基、傅志强、周发祥译，中国社会科学出版社 1986 年版。

［丹麦］索伦·奥碧·克尔凯郭尔：《克尔凯郭尔文集 1》，克尔凯郭尔文集编委会编译，中国社会科学出版社 2005 年版。

［英］泰伦斯·霍克斯：《隐喻》，穆南译，北岳文艺出版社 1990 年版。

［美］托马斯·库恩：《科学革命的结构》（第四版），金吾伦、胡新和译，北京大学出版社 2012 年版。

［美］王德威：《被压抑的现代性——晚清小说新论》，宋伟杰译，北京大学出版社 2005 年版。

［英］威廉·阿契尔：《剧作法》，吴钧燮、聂文杞译，中国戏剧出版社 1964 年版。

［俄］维克托·什克洛夫斯基：《俄国形式主义文论选》，方珊译，张惠君校，生活·读书·新知三联书店 1989 年版。

［法］夏尔·波德莱尔：《巴黎的忧郁》，郭宏安译，上海译文出版社 2011 年版。

［古希腊］亚里士多德：《修辞学》，罗念生译，上海人民出版社 2005 年版。

［古希腊］亚里士多德、［古罗马］贺拉斯：《诗学·诗艺》，郝久新译，九州出版社 2007 年版。

［美］约翰·霍华德·劳逊：《戏剧与电影的剧作理论与技巧》，邵牧君、齐宙译，中国电影出版社 1989 年版。

三　理论期刊

半农：《小说名家 杜瑾讷夫之名著》，《中华小说界》1915 年第 2 卷第7期。
蔡元培：《国文之将来　蔡元培先生在北京女子高等师范学校演讲辞》，《北京高师教育丛刊》1919年12月第1集。
陈独秀：《文学革命论》，《新青年》1917年第2卷第6号。
东方樵大：《呼唤诗魂的一部大剧——周庆荣散文诗〈诗魂——大地上空的剧场〉读后》，《星星》诗歌理论中旬刊2016年第4期。
傅斯年：《怎样做白话文?》，《新潮》1919年第1卷第2号。
郭沫若：《〈孤竹君之二子〉附白》，《创造季刊》1923年第1卷第4期。
郭沫若：《〈孤竹君之二子〉幕前序话》，《创造季刊》1923年第1卷第4期。
郭沫若：《由诗剧说到奴隶制度》，《诗创作》1942年第8期。
胡适：《建设的文学革命论国语的文学——文学的国语》，《新青年》1918年第4卷第4号。
胡适：《漫游的感想（一）》，《现代评论》1927年第6卷第140期。
胡适：《谈谈"胡适之体"的诗》，《自由评论》1936年第12期。
胡适：《文学改良刍议》，《新青年》1917年第2卷第5号。
黄恩鹏：《散文诗〈诗魂〉"剧场文本"精神分析——周庆荣散文诗〈诗魂——大地上空的剧场〉文本细读》，《诗潮》2016年第6期。
剑三：《纯散文》，《晨报副刊·文学旬刊》1923年第3号。
锦明：《论体裁描写与中国新文艺》，《文学周报》1928年第5卷。
柯可：《论中国新诗的新途径》，《新诗》1937年第1卷第4期。
李广田：《文学的基本特质》，《文艺研究》1982年第5期。
梁实秋：《霍斯曼的情诗》，《现代评论》1927年第6卷第141期。
梁实秋：《新诗的格调及其他》，《诗刊·创刊号》1931年第1期。
刘半农：《我行雪中》，《新青年》1918年第4卷第5号。
刘半农：《我之文学改良观》，《新青年》1917年第3卷第3号。
鲁迅：《我的失恋》，《语丝周刊》1924年第4期。

茅盾：《从牯岭到东京》，《小说月报》1928 年第 19 卷第 10 号。
沈雁冰：《文学与人生》，《四川开江县县立中学校校友会会刊》1926 年创刊号。
沈雁冰：《自然主义与中国现代小说》，《小说月报》1922 年第 13 卷第 7 号。
适：《评新诗集（二）》，《读书杂志》1922 年第 2 期。
唐湜：《穆旦论》，《中国新诗》1948 年第 3 集。
滕固：《论散文诗》，《文学旬刊》1922 年第 27 期。
汪义群：《T. S. 艾略特与英国诗剧传统》，《外国语》（上海外国语大学学报）1994 年第 4 期。
汪义群：《客观世界的观照——论现实主义戏剧》，《外国戏剧》1987 年第 1 期。
望道：《语体文欧化底我观》，《民国日报 · 觉悟》1921 年 6 月 16 日。
闻一多：《女神之地方色彩》，《创造周报》1923 年第 5 号。
闻一多：《诗的格律》，《晨报副刊 · 诗镌》1926 年第 7 号。
闻一多：《文学的历史动向》，《当代评论》1943 年第 4 卷第 1 期。
伍禾：《论诗的节奏》，《文学批评》1942 年第 2 号。
西谛：《论散文诗》，《文学旬刊》1922 年第 24 期。
叶公超：《论新诗》，《文学杂志》1937 年第 1 卷第 1 期。
衣萍：《古庙杂谈（五）》，《京报副刊》1925 年第 105 号。
饮冰：《小说丛话》，《新小说》1903 年第 7 号。
余上沅：《论诗剧》，《晨报副刊 · 诗镌》1926 年第 5 号。
语堂：《烟屑》，《宇宙风》1935 年第 6 期。
袁可嘉：《当前批评的任务》，《文学杂志》1947 年第 2 卷第 7 期。
袁可嘉：《对于诗的迷信》，《文学杂志》1948 年第 2 卷第 11 期。
袁可嘉：《诗的戏剧化》，《文学杂志》1948 年第 3 卷第 1 期。
袁可嘉：《诗与意义》，《文学杂志》1947 年第 2 卷第 6 期。

袁可嘉：《我们底难题》，《文学杂志》1948 年第 3 卷第 4 期。
袁可嘉：《现代英诗的特质》，《文学杂志》1948 年第 2 卷第 20 期。
张爱玲：《洋人看京戏及其他》，《古今》1943 年第 34 期。
张梦阳：《鲁迅的精神本质与聂绀弩的杂文创作》，《鲁迅研究月刊》1993 年第 3 期。
张时民：《中国现代诗剧：坠落的“欧福里翁”》，《中国现代文学研究丛刊》1998 年第 4 期。
振铎：《语体文欧化之我观（二）》，《文学旬刊》1921 年第 7 号。
志摩：《“新月”的态度》，《新月》1928 年第 1 卷第 1 号。
志摩：《白朗宁夫人的情诗》，《新月》1928 年第 1 卷第 1 号。
中国之新民：《论俄罗斯虚无党》，《新民丛报》1903 年第 40—41 期。
仲密：《平民文学》，《每周评论》1919 年第 5 期。
仲密：《再论“黑幕”》，《新青年》1919 年第 6 卷第 2 号。
仲密：《中国小说里的男女问题》，《每周评论》1919 年第 7 期。
周作人：《圣书与中国文学》，《小说月报》1921 年第 12 卷第 1 号。
朱光潜：《诗的意象与情趣》，《文学杂志》1948 年第 2 卷第 10 期。
朱光潜：《说“曲终人不见，江上数峰青”——答夏丏尊先生》，《中学生》1935 年第 60 期。

四　作品书目

陈敬容：《远帆集》，花城出版社 1984 年版。
创造社：《创造社辛夷小丛书第一·辛夷集》，泰东书局 1924 年版。
焦菊隐：《夜哭》，北新书局 1929 年版。
刘半农：《扬鞭集》（上），北新书局 1926 年版。
刘北汜：《荒原雨》，花城出版社 1984 年版。
鲁迅博物馆文物资料部整理：《晨光·冯铿遗稿柔石》，书目文献出版社 1986 年版。

落华生：《文学研究会丛书·空山灵雨·落华生散记之一》，上海商务印书馆 1925 年版。

莫洛：《梦的摇篮》，花城出版社 1984 年版。

莫洛：《莫洛集》（上），岳麓书社 2012 年版。

聂绀弩：《聂绀弩全集》第四卷，武汉出版社 2004 年版。

彭燕郊：《高原行脚》，花城出版社 1984 年版。

师陀：《师陀全集》（6），河南大学出版社 2004 年版。

唐弢：《唐弢文集》第三卷，社会科学文献出版社 1995 年版。

田一文：《囊萤集》，花城出版社 1984 年版。

王统照：《王统照文集》第四卷，山东人民出版社 1982 年版。

闻一多：《闻一多全集》第一卷，湖北人民出版社 1993 年版。

徐志摩：《徐志摩全集》第四卷，天津人民出版社 2005 年版。

徐雉：《酸果》，光华书局 1929 年版。

许地山：《空山灵雨》，上海商务印书馆 1925 年版。

羊翚：《晨星集》，花城出版社 1984 年版。

叶金：《阳光的踪迹》，花城出版社 1984 年版。

郑振铎：《郑振铎全集》第二卷，花山文艺出版社 1998 年版。

五　作品期刊

陈治策：《普罗米修斯的被囚》，《文艺先锋》1944 年第 4 卷第 2 期。

大白：《月和相思》，《民国日报·觉悟》1921 年 7 月 12 日。

大白：《月下的相思》，《责任》1922 年第 2 期。

大白：《再造》，《民国日报·觉悟》1921 年 5 月 29 日。

菲力：《神秘》，《中国文学》1944 年第 1 卷第 10 期。

冯振乾：《残废者与受难者》，《诗创造》1948 年第 2 卷第 1 期。

郭沫若：《湘累》，《学艺》1921 年第 2 卷第 10 期。

杭约赫：《动物寓言诗：善妒的孔雀》，《诗创造》1947 年第 1 卷第 2 期。

胡适：《人力车夫》，《新青年》1918 年第 4 卷第 1 号。
焦菊隐：《七夕》，《晨报副刊》1927 年 8 月 8 日。
康了斋：《坟》，《万象》1944 年第 4 年第 2 期。
康了斋：《作家先生——夏侯杞》，《新文丛》1941 年第 3 期。
康了斋：《座右铭》，《万象》1944 年第 4 年第 2 期。
李谷野：《蟲豸篇》，《诗创造》1947 年第 1 卷第 6 期。
刘半农：《老牛》，《新潮》1919 年第 2 卷第 1 期。
刘半农：《卖萝卜人》，《新青年》1918 年第 4 卷第 5 号。
刘半农：《学徒苦》，《新青年》1918 年第 4 卷第 4 号。
鲁迅：《聪明人和傻子和奴才》，《语丝周刊》1926 年第 60 期。
鲁迅：《狗的驳诘》，《语丝周刊》1925 年第 25 期。
鲁迅：《过客》，《语丝周刊》1925 年第 17 期。
鲁迅：《立论》，《语丝周刊》1925 年第 35 期。
鲁迅：《失掉的好地狱》，《语丝周刊》1925 年第 32 期。
鲁迅：《死后》，《语丝周刊》1925 年第 36 期。
鲁迅：《颓败线的颤动》，《语丝周刊》1925 年第 35 期。
罗青留：《嘉会》，《浅草》1923 年第 1 卷第 2 期。
莫洛：《城堡》，《禾报》1947 年第 1 卷第 2 期。
莫洛：《光明》，《明天》1935 年第 6 期。
莫洛：《记忆之囊》，《月刊》1946 年第 1 卷第 6 期。
莫洛：《浪子回家》，《月刊》1946 年第 1 卷第 6 期。
莫洛：《梦的摇篮》，《月刊》1946 年第 1 卷第 6 期。
莫洛：《暮雨》，《幸福》1948 年第 23 期。
莫洛：《披花的少女》，《十月风》1947 年创刊号。
莫洛：《死者与花》，《春秋》1948 年第 5 卷第 4 期。
莫洛：《再嫁》，《春秋》1949 年第 6 卷第 2 期。
穆木天：《复活日》，《创造季刊》1922 年第 1 卷第 3 期。

师陀:《白鸽·外三篇·爱的花束》,《今代文艺》1936 年第 1 卷第 1 期。
师陀:《白鸽·外三篇·探索者》,《今代文艺》1936 年第 1 卷第 1 期。
师陀:《笑与泪》,《文艺春秋·朝雾》1945 年 6 月。
唐湜:《鸟与林子》,《诗创造》1947 年第 1 卷第 3 期。
唐弢:《飞》,《现代邮政》1947 年第 1 卷第 2 期。
田汉:《春雨》,《中央日报特刊》1928 年第 2 卷。
田汉:《生日》,《中央日报特刊》1928 年第 2 卷。
王秋心:《日暮的倦鸟》,《文艺周刊》1924 年第 23 期。
王统照:《道听——在津浦道中》,《晨报副刊》1925 年 3 月 2 日。
王统照:《好难捉到的!》,《晨报副刊》1925 年 4 月 14 日。
徐志摩:《"谁知道"》,《晨报副刊》1924 年 11 月 9 日。
徐雉:《残废者》,《小说月报》1922 年第 13 卷第 6 期。
徐雉:《乞丐》,《诗》1923 年第 2 卷第 3 期。
许浒:《奇怪的年龄》,《诗创造》1947 年第 1 卷第 3 期。
郑振铎:《荒芜了的花园》,《小说月报》1922 年第 13 卷第 4 期。
郑振铎:《自由》,《诗》1922 年第 1 卷第 3 期。
志摩:《"夜"》,《晨报副刊·文学旬刊》1923 年第 19 期。

后　记

博士后出站报告《中国现代散文诗剧文体范式研究》，既是对博士论文《论中国现代诗剧的艺术张力》的有益补充，又是一次全新的拓展。将研究领域由“戏剧化的诗”“纯诗的戏剧化”拓展到了“散文诗的戏剧化”的全新研究领域。在博士后出站报告中，对散文诗剧的文体范式进行了较为全面、深入、细致的研究、剖析、论述，并且对中国现代散文诗剧的创作进行了一次较为彻底的搜集、整理、回溯。在文体范式研究的基础上逐步上升到对中国现代社会的历史变迁、文化心理、文学论争、文学体制等层面的相关研究，进而尝试构建中国现代散文诗剧全貌，深入考察其文学史意义。

能够有机会在博士毕业两年之后，再度对中国现代诗剧进行研究，再度得到一次宝贵的学习机会，首先要感谢我的博士后导师张光芒先生给予的这次宝贵难得的进站学习机会。在进站后，恩师经常与我谈心交流，从生活到学习、从工作到人生，指导我的学习与研究，在我迷茫困惑之时，指引我走出荆棘之丛，使我的研究得到了拓展与突破，使我更加坚定了人生前进的方向。在恩师的指导下，我的理论和写作水平得到了长足的进步。恩师在百忙之中多次抽取宝贵的时间对出站报告进行细致的审阅，对写作中出现的问题进行细致的指导。整个写作过程都是在老师细心、耐心和悉心的指导下完成的，在老师的爱心、耐心、责任心、严谨、严格以及渊博的学识帮助下，我的出站报告得以顺利完成。衷心感谢恩师的谆谆教导和辛勤付出！

其次，要感谢我的博士导师吕周聚先生，恩师在我毕业之后依然默默指导我的学习与成长，将学界最新的理论与我分享，指点我的论文写作，讲授我在研究中的难点与困惑，无私的为学生奉献一切。再次，要感谢我的工作单位青岛大学与所在学院——国际教育学院，给我这个外出学习的机会。学院工作繁杂，学院的领导与师友们分担了我的工作重担，让我安心学习。最后，要感谢我的家人，尤其是我的内子，帮我照顾孩子与家庭，让我免除后顾之忧。在我漫长的求学生涯中，内子一直默默支持，没有她的鼓励与支持，我也无法在学习的道路上走得如此坚定和踏实。